Joe R. Lansdale

Moon Lake

Must Read
Band 38

JOE R.
LANSDALE

MOON LAKE

EINE VERLORENE STADT

Aus dem Amerikanischen von Patrick Baumann

FESTA

Die amerikanische Originalausgabe *Moon Lake*
erschien 2021 im Verlag Mulholland Books.

1. Auflage Oktober 2022

Lektorat: Joern Rauser
Titelbild: Arndt Drechsler-Zakrzewski

ISBN 978-3-98676-030-4
eBook 978-3-98676-031-1

Für Pamela Lansdale Dunklin
und Scott Dunklin

Der Mond ist aufgegangen.
Das Wasser ist gestiegen.
Dunkle Seelen ziehen über
die Erde und weinen.

Jerzy Fitzgerald

ERSTER TEIL

Die Nacht, die Brücke, das bleiche Mondlicht

1968

1

Mein Name ist Daniel Russell. Ich träume von dunklen Wassern.

Meine erste Erinnerung an den Moon Lake stammt aus meiner Jugend. Es war eine dunkle Nacht im Oktober 1968. Der fast volle Mond schien auf dem Wasser zu treiben. Ich erinnere mich an seinen Glanz und die Art, wie sich die Schatten der Bäume am Seeufer zu ihm hinstreckten wie Finger aus Schokolade, die nach einem Silberteller greifen.

Ich und mein Dad hatten auf einer langen, schmalen Brücke über dem See geparkt. Sie bestand aus rostigem Metall, Kabeln und verrottendem Holz, ganz zu schweigen von ein paar verflossenen Träumen, denn die Stadt unter dem Wasser war überschwemmt worden und der große See sollte zum Hoffnungsträger der neuen Stadt werden. Man erwartete, dass Leute von überall aus der Umgebung kamen und ihn aufsuchten, um an seinen Ufern zu picknicken und in seinen Tiefen zu fischen.

Aber das taten sie nicht. Jedenfalls kamen nicht genug.

Ich war 14 Jahre alt, als ich das erfuhr, oder zumindest einen Teil davon. Wenn man den Mond über dem Wasser sah, wurde einem klar, woher der See seinen Namen hatte.

Wir waren in unserem klapprigen Buick unterwegs, der noch aus einer Zeit stammte, in der die Autos groß gewesen waren und der amerikanische Traum für jeden erreichbar schien, der weiß, männlich, heterosexuell und gewillt war, ihn zu träumen. Alle anderen mussten eine Nummer ziehen und warten.

Zwei Tage nachdem man uns wegen einer verspätet bezahlten Stromrechnung das Licht ausgeknipst hatte, wie mein Vater das nannte, machten wir uns vor dem Gerichtsvollzieher aus dem Staub. Nachdem wir zwei Tage ohne Heizung im Dunkeln verbracht hatten, in dem Wissen, dass man uns bald das Haus wegnehmen würde, und da sich in dem jetzt nutzlosen Kühlschrank nur noch ein schwärzlicher Kohlkopf und eine Viertelflasche verdorbener Milch befanden, packte Dad die Reiselust und wir fuhren mit quietschenden Reifen davon.

Als wir dort auf der Brücke parkten, erklärte er mir, weshalb meine Mutter uns vor ein paar Monaten verlassen hatte. Sie können mir glauben, dass ich mir diese Frage durchaus auch schon gestellt hatte. Dad sagte, sie sei der Ansicht gewesen, dass ich, er und die ganze Welt ihr nur zur Last fielen. Ich nehme an, ohne uns hatte sie an ihrem Dasein weniger schwer zu tragen. Wenn man einmal beschlossen hat, Ballast abzuwerfen, zählt wahrscheinlich jedes Gramm.

Nach ihrem Weggang hatte ich meine Mutter kaum je erwähnt. Ich hätte mich gern daran erinnert, dass sie mich einmal gehalten, sanft mit mir gesprochen oder mich geliebt hatte, aber falls sich eine solche Erinnerung irgendwo in meinem Hirn befand, konnte ich sie jedenfalls nicht finden. Sie hatte zu längeren depressiven Verstimmungen und spätabendlichen Besäufnissen geneigt und war dabei von einer irgendwie unheimlichen Schönheit gewesen. Dunkle Haare und Augen, samtweiche Haut, nervöse Bewegungen wie ein Eichhörnchen auf Amphetaminen. Ein silberner Stern saß in einem ihrer Vorderzähne. Das war ein kosmetischer Eingriff gewesen, um den sie den Zahnarzt gebeten hatte. Äußerlich war sie ein Hippiemädchen, innerlich eine Wall-Street-Bankerin.

Nicht lange nach der Abreise meiner Mom nahm Dad ihre übrig gebliebene Kleidung und ihren restlichen Kleinkram und brachte alles zur Müllhalde. Allerdings behielt er eins ihrer schwarzen Höschen, und das war mir etwas unangenehm. Er bewahrte den Slip in einer Schublade in der Nähe seines Bettes auf. Einmal sagte er zu mir: »Der riecht genau wie sie.«

Manche Dinge braucht ein Kind einfach nicht zu erfahren.

An dem Tag, an dem wir unsere Sachen packten und gingen, nahmen wir auch diesen Slip mit. Ich habe gesehen, wie Dad ihn in seinen Koffer legte. Den Großteil unserer Sachen ließen wir zurück und reisten mit leichtem Gepäck, jeder hatte nur einen Koffer – die hatten wir hinter unserem Weihnachtsschmuck hervorgeholt. Wir luden das Gepäck in den Kofferraum und auf den Rücksitz, zusammen mit etwas Fluchtkleidung. Hauptsächlich Hemden.

Dann verbrachten wir ein paar Nächte in Motels, die so billig waren, dass wir in einem davon hören konnten, wie Kakerlaken knisternd unter der Tapete umherhuschten. In einem anderen wurden wir Zeugen, wie der Nachbar hustete, duschte und sich beim Scheißen abquälte.

An diesem kühlen Abend im Jahr 1968 parkten wir auf der Brücke, weil wir kein Zuhause und kein Geld mehr für ein Motelzimmer hatten. Dad sagte, er habe in irgendeiner Zeitung etwas über einen Job gelesen. Aber er drückte sich vage aus. Ursprünglich war er Bibliothekar gewesen, hatte diesen Beruf jedoch aufgegeben, um mehr Geld verdienen zu können, weil meine Mutter sich einen höheren Lebensstandard gewünscht hatte. Sie hatte sich nicht für einen Mann begeistern können, der aus ihrer Sicht einen Frauenberuf hatte, weil er Bücher durch die Gegend schleppte, verstaubte Karteikarten ausfüllte und sich die Dewey-Dezimalklassifikation einprägte. Sie feierte gern. Dad hingegen beklagte sich lieber.

Dad war nicht schlecht in Mathe und in mancherlei Hinsicht ein kluger Mann; er hatte auch die entsprechenden Zeugnisse, die das bewiesen. Er wurde Buchhalter, und ich glaube, dass er und meine Mutter danach für einige Jahre besser miteinander ausgekommen waren, obwohl er diese Arbeit gehasst hatte. Er vermisste den Geruch alter Bücher und die Jagd auf Kunden, die die Leihfristen nicht einhielten.

An einiges davon erinnere ich mich, anderes hat mir mein Dad erzählt und manches habe ich mir vielleicht auch nur ausgedacht.

Als wir dort auf der Brücke saßen und der Wind um das Auto pfiff, trommelte mein Vater mit den Fingern auf das Lenkrad. Der große Silberring, den er an der linken Hand trug, erzeugte dabei ein Klicken und das Mondlicht brachte ihn zum Funkeln.

Dad sagte: »Unter diesem Moon Lake liegt eine Stadt namens Long Lincoln. Die ist nach einem langen Elend namens Lincoln benannt worden. Was sagt man dazu?«

Ich sagte gar nichts, schon weil ich nicht sicher war, ob diese Frage mir gegolten hatte. Das Mondlicht, das durch die Windschutzscheibe fiel, ließ Dad aussehen, als wäre er in schimmerndes Gold gehüllt. Die Knochen seines Gesichts schienen sich schärfer als sonst abzuzeichnen, scharf genug, um damit einen Brief zu öffnen. Sein Mund zitterte. Ihm standen Schweißperlen auf der Stirn, und ich weiß noch, dass ich mich fragte: *Warum schwitzt er? Es ist doch eine kühle Nacht.*

Der starke Herbstwind riss das Laub von den Bäumen und ließ es durch die Luft flattern. Die Blätter erstrahlten im hellen Mondlicht rot, gelb, orange und braun. Viele blieben auf unserer Windschutzscheibe und der Brücke liegen wie Vögel, die sich niederließen. Wo sie über die Scheibe glitten, zeichnete das Mondlicht ein Tarnmuster auf Dads Gesicht.

»In Long Lincoln bin ich geboren. Dort bin ich auch deiner Mutter begegnet. Damals gingen wir auf die High School. Wir hatten geglaubt, wir würden nicht mehr brauchen als Liebe. Wir haben eine Menge alberner Sachen geglaubt. Ein paarmal bin ich noch hergekommen, nachdem ein See draus geworden war. Ich habe hier geparkt, habe nach unten geschaut, und an Tagen, an denen die Sonne schien, konnte ich Gebäude erkennen, ich konnte sogar das Wort ›Postamt‹ lesen an dem Haus, in dem ich Briefe an den Weihnachtsmann eingeworfen, mich fürs College beworben und meinen Großeltern nette Postkarten geschrieben habe. Als sie starben, gab es nur noch mich, dich und deine Mutter. Drei gegen das Nichts. Jetzt sind wir nur noch zu zweit. Du und ich. Gott, ist das eine traurige, alte Welt.«

Ich wollte ihn fragen, warum wir auf dieser Brücke hielten und warum er mir all diese Dinge sagte, von denen er mir größtenteils auch schon früher erzählt hatte, und zwar oft. Aber da war etwas an der Art, wie er sprach, etwas, das mich dazu brachte, länger den Mund zu halten als sonst. Dass wir nun tatsächlich auf dieser Brücke waren, die er mir beschrieben hatte, als wir noch in unserem Haus gewohnt hatten, ließ sie mir noch seltsamer und noch unwirklicher erscheinen.

»Ich habe deine Mutter geliebt«, fuhr er fort. »Ich möchte, dass du das weißt. Ohne sie sind wir aufgeschmissen. Meine Hände sind feucht vom Blut zerstörter Hoffnungen.«

Manchmal redete er so. Meine Mutter hatte immer gesagt, dass er eine Menge Bücher las. Durch seine Arbeit in der Bibliothek hatte er schließlich freien Zugang zu ihnen gehabt.

Ich konnte mich nicht mehr zurückhalten. »Daddy, du machst mir Angst.«

Er wandte sich von mir ab und blickte nach vorn, was mich dazu brachte, dasselbe zu tun. Ich sah das Licht unserer Scheinwerfer auf der Brücke, ich sah, wie weit es reichte, ich sah das Laub, das immer noch in den Lichtstrahlen herumwirbelte und auf der maroden Brücke landete.

Sie war schmal und lang, ihr Seitengeländer bestand aus dünnen, rostigen Metallstreifen, und beim Hinauffahren hatte sie gezittert und gestöhnt wie eine traurige alte Frau, die dem Tod nahe war.

»Manchmal muss man das tun, was für alle das Beste ist«, sagte Dad. »Niemand sollte Hunger und Sorgen ertragen müssen, ohne zu Hause Liebe und Unterstützung zu bekommen. Natürlich sollte man überhaupt erst einmal ein Zuhause haben.«

Als er das gesagt hatte, lachte er ein wenig. Es klang wie knirschendes Eis. Er verhielt sich so merkwürdig, dass sich das Innere des Autos kälter anfühlte, als es bei diesem Wetter sein musste.

»Vor langer Zeit ist diese Stadt da unten einmal bewohnt gewesen. Die Leute dort hatten Arbeitsplätze und Häuser, und dann hat irgendjemand entschieden, dass die Stadt an einen anderen Ort verlegt und umbenannt werden und dass die alte Stadt unter einem See liegen soll. Damals gab es einen großen Damm, der so breit war, dass man drüberlaufen konnte. Der hatte einen Notüberlauf, und da oben war es schön. Wasser kam aus dem Überlauf und floss als Bach mitten durch die Stadt, vorbei an einem Postamt, an Tankstellen, einer Schule, einem Gemischtwarenladen und noch so vielem mehr. Auf beiden Seiten des Bachs standen Bäume, die dem Großteil der Stadt Schatten spendeten, und es gab Häuser an beiden Stadträndern. In einem davon habe ich gewohnt. Da bin ich aufgewachsen. Hab ich das schon mal erzählt?«

»Ja, Sir.«

Ich war nicht sicher, ob er meine Antwort gehört hatte.

»Geld hat den Besitzer gewechselt, und der Ort wurde evakuiert. Man hat an einer anderen Stelle eine neue Stadt gebaut. Aber es gab da unten einige, die nicht gehen wollten. Kannst du dir das vorstellen? Die haben dort gewartet und geglaubt, dass man das Wasser nicht reinlassen würde, wenn sie blieben. Aber genau das hat man getan. Alles verschwand blitzschnell, und die Überreste liegen jetzt da unten auf dem Grund, zusammen mit den Knochen von denen, die nicht gegangen sind. Ich bin dort auf die Welt gekommen. Ich bin dort aufgewachsen. Ich habe dort deine Mutter getroffen.«

Ein Muster begann sich abzuzeichnen.

»Danny, ich habe das Gefühl, dass es kein echtes Licht und keine echte Wärme mehr im Universum gibt. Du sollst dich nie so fühlen müssen. Verstehst du das?«

Nein, das verstand ich nicht.

»›Der Mond ist aufgegangen. Das Wasser ist gestiegen. Dunkle Seelen ziehen über die Erde und weinen.‹ Das ist ein altes Gedicht. Ich weiß jetzt, was es bedeutet.«

Dad legte den Gang ein und ließ uns mit einem sanften Druck auf das Pedal langsam vorwärtsrollen. Ich war froh, dass es endlich weiterging.

»Ich möchte, dass du weißt, wie lieb ich dich habe«, sagte er.

Bevor ich erwidern konnte *Ich hab dich auch lieb,* trat er mit voller Wucht auf das Gaspedal. Der Wagen machte einen Satz nach vorn, die Brücke schwankte.

Er riss das Lenkrad nach rechts, und der große Buick, für den noch fünf Raten abbezahlt werden mussten, krachte durch das verrottende Geländer und segelte wie eine Rakete ins Leere.

Nasses Laub umwirbelte uns. Dann kippte der Wagen nach vorn, und da war der Schatten des Buick, mitten im funkelnden Spiegelbild des Mondes. Wir schienen in Zeitlupe zu fallen, die Scheinwerfer leuchteten in den See und der gespiegelte Mond glich einer goldenen Zielscheibe.

Als das Auto ins Wasser schlug, holte ich tief Luft. Beim Aufprall entstand ein klatschendes Geräusch. Die Scheinwerfer leuchteten sogar unter Wasser weiter, doch nur einen Moment lang, dann gingen sie aus. Die Windschutzscheibe gab nach, faltete sich wie eine Decke zusammen und stieß gegen mich. Das kalte Wasser und der Zusammenprall mit der Scheibe rissen mich aus dem Sitz.

2

Wäre das heute passiert, hätte ich den Sicherheitsgurt angelegt, aber damals taten wir das nicht, selbst dann nicht, wenn es in unserem Auto einen gab. Denke ich heute zurück, frage ich mich, ob mir ein Gurt in diesem Fall sogar zum Verhängnis geworden wäre, ob ich mich mit dem Gurtschloss abgemüht und dabei Wasser geschluckt hätte, bis wir auf dem schlammigen Grund gelandet wären.

Aber in diesem riesigen Buick hat es gar keine Anschnallgurte gegeben, und der Aufprall, die aus dem Rahmen gerissene Scheibe und das Wasser spülten mich über den Rücksitz. Die Kleidung, die wir dorthin geworfen hatten, wirbelte um mich herum. Irgendetwas blieb an meinem Kopf hängen, dann fühlte ich einen Schmerz am Rückgrat.

Mir wurde klar, dass ich durch die Heckscheibe gedrückt worden war.

Das Sicherheitsglas legte sich um mich und gab dann nach. Ich riss mir den Stoff vom Gesicht und sah nach unten. Es war dunkel, aber hell genug, dass ich noch für einen Augenblick die Rückseite des Autos und die verblassenden Rücklichter erkennen konnte – und dann nicht mehr. Die Dunkelheit verschluckte den Buick und meinen Dad.

Über mir sah ich das Mondlicht durchs Wasser scheinen. Es wies mir den Weg, wie bei den Sterbenden, die behaupteten, sie hätten ein warmes, helles Licht gesehen, das sie zu sich rief.

Ich hatte zwar den ganzen Sommer mit Schwimmen verbracht, war aber noch nie dafür gelobt worden, wie ich mich im Wasser bewegte. Ich kämpfte mich ab wie ein sterbender Frosch und war schnell am Ersticken.

Dann sah ich eine Meerjungfrau. Sie schwamm von oben zu mir herab, eine dunkle Gestalt mit flinken Bewegungen.

Ich fühlte mich schwach. Ich spürte, wie ich mich mit irgendetwas füllte und tiefer sank. Dann packte mich die Meerjungfrau, und es ging nach oben. Sie zog mich an der Jacke mit. Die hatte mich bei meinen kümmerlichen Schwimmversuchen behindert und sich wie ein erstickender Kokon um mich gelegt.

Das Licht wurde heller, und schließlich stieß die Meerjungfrau durch die Wasseroberfläche, wobei sie mich immer noch an der Jacke mitriss. Sie war schwarz. Das fiel mir auf. Ich hustete und spuckte, wurde das Wasser jedoch nicht los. Ich hatte das Gefühl, vom Mondlicht absorbiert zu werden. Dann war es verschwunden, das Universum wurde trüb und finster, und es gab nur noch das Schlagen der Arme und Beine der schwimmenden Meerjungfrau im Wasser. Das dachte ich jedenfalls, bevor mir bewusst wurde, dass es sich um mein hämmerndes Herz handelte.

3

Als ich aufwachte, schwebte ein schwarzes Gesicht über mir, als wäre es die dunkle Seite des Mondes. Der dunkle Mond war das Gesicht eines Mädchens, etwa in meinem Alter.

Sie war die Meerjungfrau, deren Umrisse sich in den Lichtstrahlen abzeichneten. Ihr Körperbau war geschmeidig. Ihre dunkle Haut schimmerte feucht. Mondglitzernde Tropfen fielen ihr von Nase, Wangen, Lippen und Kinn sowie aus dem erschlafften Afro. Sie sah mich an, als hätte sie eine bisher unbekannte Fischart vor sich. Zuerst war sie mir nackt erschienen, aber jetzt stellte ich fest, dass sie ein dunkles Hemd und dunkle Shorts trug. Und keinen Fischschwanz hatte.

Ich drehte den Kopf zur Seite, um etwas Wasser aus mir hinausfließen zu lassen, und als ich das tat, sah ich über den See hinweg, wie sich dort ein kleines Licht durch die Bäume bewegte, als wäre es ein großes Glühwürmchen.

Dann war es verschwunden.

Ein anderes schwarzes Gesicht erschien über mir, das größer, runder, älter und nicht ganz so schön war. Der Mann, dem dieses Gesicht gehörte, war vollständig bekleidet und trug einen Fedora.

Der ältere, trockene Mann hob meinen Kopf an und sagte: »Atme ganz ruhig. Du bist auf dem Grund des Sees gewesen.«

Das stimmte zwar nicht ganz, aber ich war ihm sicherlich nahe gekommen.

Da mir übel wurde, drehte ich den Kopf und würgte so viel schmutziges Wasser hervor, dass es für eine ganze Fischzuchtanlage gereicht hätte.

»Ist schon gut«, sagte der Mann. »Das wird wieder.«

Das Mädchen starrte mich immer noch an. Ihre Augen waren weit aufgerissen, ihr Mund geöffnet und ihre Brust hob und senkte sich leicht. Ihr Anblick vertrieb zwar nicht den Schmerz, den ich in dieser Nacht empfand, aber er war wie Balsam für die Wunde in meiner Seele. Ich fühlte eine schwärmerische Verliebtheit in mir aufsteigen.

»Du hast mich gerettet«, stellte ich fest.

»Japp.« Sie lächelte. Lieber Gott, was für ein Lächeln.

»Mein Daddy?«, fragte ich. »Im Auto.«

Der Mann schüttelte den Kopf. »Tut mir leid, Junge. Du bist der Einzige, der rausgekommen ist. Er ist mit dem Auto untergegangen und nicht wieder aufgetaucht. Das Wasser ist ganz schön tief da draußen.«

»Ihr müsst ihn holen«, sagte ich.

»Tut mir leid. Jetzt hat ihn der See.«

Ich begann zu weinen und weiß nicht mehr, wann ich damit aufhörte. Ebenso wenig erinnere ich mich daran, wie sie mir aufhalfen, mich von meiner nassen Jacke befreiten und mich in ihren Pick-up luden, oder wie sie ihr Angelzeug einpackten, denn sie hatten nachts am Ufer geangelt, zwischen den Bäumen und den dunklen

Schatten – zu meinem Glück. Dafür erinnere ich mich noch an die Fahrt in die Stadt.

Sie war lang und einsam gewesen. Schubweise und ruckartig kam die Welt zu mir zurück. Kalte, nasse Erinnerungen, hier ein Fetzen, da ein Fetzen, das Auto im Wasser, wie es sank, tiefer und tiefer.

Ich saß in der Pfütze, die sich um mich gebildet hatte, und zitterte. Auch um das Mädchen neben mir entstand eine Wasserlache. Sie trug jetzt eine Jacke über ihrer nassen Kleidung. Wir schlotterten gemeinsam. Aber in dem Wagen war es warm, die Heizung war aufgedreht. Nach und nach hörte ich auf zu frieren.

Die Stadt war nicht besonders groß, es gab dort helle Straßenlaternen und die Hauptstraße verlief direkt durch die Stadtmitte. Auf beiden Seiten standen Geschäftsgebäude, alte Häuser und große Bäume, deren Äste über den Straßenrand ragten. Viele der Häuser waren zweistöckig, einige wenige hatten drei Stockwerke.

Ich sah ein hell erleuchtetes Dairy-Queen-Restaurant, bekam plötzlich Hunger und schämte mich für dieses Gefühl. Ich war am Leben und sehnte mich nach einem Hamburger, während mein Vater auf dem Grund des Sees war, wo er vielleicht immer noch am Steuer unseres Wagens saß. In meinen fröhlicheren Vorstellungen fuhr er über den Grund und musste nichts weiter tun als eine Stelle zu finden, an der er aus der Tiefe die Böschung hinauf und in die Stadt zurückfahren konnte, um mich zu finden. Der Gedanke erschien mir ganz vernünftig.

Das Polizeirevier nahm ich nur verschwommen wahr.

Da war ein großer weißer Mann mit einem dicken, runden Bauch, der eine dunkelblaue Polizeiuniform mit einer Dienstmarke trug. Außerdem hatte er einen weißen Cowboyhut auf, mit einer Krempe, die so breit war wie das Vordach einer Veranda. Als er sich auf seinem Stuhl umdrehte, sah ich, dass er einen bunten Aufnäher auf dem Ärmel hatte, der sämtliche Flaggen zeigte, die je in Texas geweht hatten – einschließlich der Konföderiertenflagge.

An der Wand hingen viele Fotos, die ihn zusammen mit anderen uniformierten Polizeibeamten zeigten. Auf einem war er mit drei älter wirkenden Personen zu erkennen, einer Frau und zwei Männern. So ernst und bleich, wie sie dort neben ihm standen, wirkten sie wie Wachsfiguren von Scharfrichtern.

Noch ein anderer Mann befand sich in dem Zimmer. Er war ebenfalls groß, aber besser proportioniert. Der Mann trug eine lange Hose, ein blitzsauberes weißes Hemd und er hatte dichtes rotes Haar. Er stellte ein mit einem Tuch abgedecktes Tablett auf den Schreibtisch des Sheriffs.

Auf diesem Tisch stand ein Schild mit der Aufschrift ›Sheriff James Dudley‹.

Wie ein Zauberkünstler zog der Rothaarige das Tuch vom Tablett, und es kam ein Teller mit Brathähnchen, Kartoffelpüree und weißer Soße zum Vorschein.

»Danke, Duncan«, sagte der Sheriff und lächelte ihn an. Der Rotschopf nickte, erwiderte das Lächeln und ging aus dem Zimmer, wobei er eine Old-Spice-Duftwolke hinter sich herzog.

Der Sheriff musterte mich. Ich war immer noch feucht und tropfte. Mir wurden Fragen gestellt, über mich und diejenigen, die mich gerettet hatten. Der Sheriff machte sich mit Block und Bleistift Notizen.

Ich tat mein Bestes und sagte ihm alles, was ich wusste, aber meine Gedanken schweiften ab. Neben dem Büro sah ich eine Tür, über der die Worte ›Wartezimmer für Farbige‹ standen. Der Schriftzug war weiß übermalt worden, unter der dünnen Farbschicht jedoch immer noch erkennbar. Noch vor ein paar Jahren hätten meine Retter durch die Hintertür hereinkommen und sich in dieses Wartezimmer setzen müssen, wo man sich ihrer dann angenommen hätte. Irgendwann.

»Was zum Teufel soll ich so spät am Abend mit ihm anfangen, Jeb?«, fragte der Sheriff. »Such ihm Pflegeeltern oder so was. Morgen früh kann ich einen Abschleppwagen zum See schicken und ein paar Jungs, die gut schwimmen können. Die sehen dann, ob sie das Auto finden.«

»Sie werden Schwimmer brauchen, die mit Taucherausrüstung umgehen können. Das Wasser ist tief dort«, erwiderte der schwarze Mann. Später erfuhr ich, dass sein voller Name Jeb Candles lautete, und seine Tochter Veronica wurde auch Ronnie genannt.

»Das würde das County einiges kosten«, wandte Sheriff Dudley ein. »Und was noch wichtiger ist, dieser Junge hier braucht eine Unterkunft, was zu essen und trockene Sachen. Ich bin nicht ganz sicher, was ich da machen kann.«

Im Jahr 1968 hatte man noch eine etwas andere Auffassung, was den Schutz von Kindern anging. Man verschwendete nicht allzu viele Gedanken daran, wie schwer es Waisenkinder hatten. Jedenfalls nicht in dieser Kleinstadt in Osttexas.

»Er kann erst mal bei uns bleiben, Sheriff. Darf ich telefonieren?«

Er durfte, und kurz darauf wurden mir von irgendwoher trockene Kleidung und ein großes Badehandtuch gebracht. Diese Spenden stammten von schwarzen Bekannten von Mr. Candles.

Sie kamen rasch und leise herein und gingen auf dem gleichen Weg, auf dem sie gekommen waren, wieder weg.

Wie Badetuch-Ninjas.

Ich verschwand im Badezimmer, zog mich um und sah im Spiegel jemanden, den ich nicht kannte: kreidebleich, das dunkle, noch trocknende Haar war ein klebriges Wirrwarr, dazu Augen, denen jede Farbe zu fehlen schien, sowie eine Gänsehaut.

Ich hörte den Sheriff im anderen Zimmer sprechen. Er sagte: »Wenn ihr lange aufbleibt, komme ich später noch vorbei, dann können wir das eine oder andere besprechen. Aber zuerst muss ich drüber nachdenken.«

»Wir werden warten«, erwiderte Mr. Candles.

Als ich herauskam, wickelte mich Mr. Candles in das Badetuch ein und verfrachtete mich wieder in den Pick-up. Wir fuhren davon und ließen den Sheriff mit seinem Notizblock und seinem Brathähnchen allein. Ich hatte mich gerade noch davon abhalten können, mir einen der Hähnchenschenkel zu schnappen und ihn mir in den Mund zu stopfen. Ich war am Verhungern.

4

Später wurden mir noch wesentlich mehr Fragen gestellt, und ich konnte nur wenige davon beantworten. Damals fiel es mir schwer genug, mich an meinen Namen oder meinen früheren Wohnort zu erinnern.

Dennoch erzählte ich dem Sheriff schließlich, dass meine Mutter uns verlassen hatte und ich keine Ahnung hatte, wo sie steckte. Irgendwo in Europa hatte ich noch eine Tante mütterlicherseits, aber ich wusste nicht, wo, und ich kannte sie auch nicht besonders gut. Ihr Mann, mein Onkel, ein reicher Ölindustrieller, dem ich nie begegnet war, war gestorben und hatte ihr genug vererbt. Meine Tante und ich waren uns zwar schon begegnet, aber viel mehr konnte ich dazu nicht sagen.

Das Haus der Candles war nicht allzu weit vom See entfernt und befand sich in einem Teil der Stadt, in dem es keine Straßenlaternen gab und die Häuser von Verandalampen erhellt wurden, um die sich Insektenschwärme bildeten.

In ihrem Haus standen Regale voller Bücher, *Reader's Digest* und noch mehr; auf einem Holzständer lag eine aufgeklappte große, dicke, schwarze Bibel. Auf den Regalbrettern vor den Büchern befanden sich die verschiedensten Dekogegenstände, hauptsächlich Keramikelefanten. Es roch leicht und angenehm nach frisch gebackenem Brot. Eine grazile schwarze Frau war da. Sie hatte ein freundliches Gesicht. Sie sagte, sie heiße Millie, und so solle ich sie auch nennen. Ihre Bewegungen waren so flink wie die eines Vogels, obwohl sie am Boden blieb.

Das Haus war hell erleuchtet und wurde von einem Feuer in einem Ofen erwärmt, der aus einem schwarzen Fass und einem langen, breiten Rohr bestand, das zur Decke führte. Eine Öffnung war hineingeschnitten worden, und man hatte Scharniere hergestellt und an das Fass geschweißt. Die kleine Tür stand offen und ich konnte hineinsehen. Ein helles Feuer verschlang gespaltenes Holz.

Wenn ich etwas berührte, schien es keine Substanz zu haben. Wenn ich sprach, schienen es nicht meine Worte zu sein, also zog ich es vor, nicht zu sprechen. Ich fühlte mich wie ein Phantom, das sich in der Wärme des Hauses auflöste.

»Komm, Kind«, sagte die Frau. »Komm näher ans Feuer. Wärm dich auf.«

Ich ging zu einem Sessel, der am Ofen stand. Das Badetuch wurde mir abgenommen und eine Decke über meine Schultern gelegt. Man brachte mir eine Tasse heißen Kakao, in dem Marshmallows schmolzen. Der Kakao dampfte unter meinem Kinn und erwärmte mir das Gesicht. Als ich daran nippte, füllte er mein Inneres so, wie das Feuer den Ofen erfüllte, nur ohne das Brennen.

Es war schon spät, als der Sheriff kam. Er schien jetzt kleiner zu sein, aber vielleicht lag das auch nur daran, dass er so fehl am Platz wirkte, als er mit seinem Hut in der Hand in dem orangefarbenen Licht des Flurs stand.

Mr. und Mrs. Candles waren bei ihm. Sie sprachen mit gesenkten Stimmen. Hier und dort konnte ich ein Wort aufschnappen, aber größtenteils hörte ich nur Gemurmel. Ich wusste, dass sie über mich und meine Situation redeten, mehr nicht.

Ronnie war bei mir im Wohnzimmer. Sie fragte: »Hast du Angst gehabt da im See?«

»Was denkst du denn?«

»Dumme Frage.«

»Die Sache ist die, ich hatte Angst, bis ich gesehen habe, wie du zu mir runtergekommen bist. Ich hab dich für eine Meerjungfrau oder so was gehalten.«

»Ich kann verdammt gut schwimmen. Du bist nicht so gut. Du zappelst viel rum.«

»Das macht man eben so, wenn man am Ertrinken ist.«

»Ja, vielleicht.«

»Ich bin froh, dass du da warst.«

»Ich auch.«

Ich bemerkte, dass es noch andere Fragen gab, die sie mir stellen wollte. Sie war bestimmt neugierig, wollte erfahren, was meinen Vater dazu gebracht hatte, unseren Wagen von der Brücke in den Moon Lake zu steuern. Aber sie fragte nicht.

Hätte sie es getan, hätte ich ihr auch keine Antwort geben können. Es gab Augenblicke, in denen es mir so vorkam, als hätte mein Vater geglaubt, er könnte einfach von dieser Brücke zurück in die Vergangenheit fahren und sein Leben dort weiterleben. Dieser

Gedanke passte gut zu der Vorstellung, die ich gehabt hatte, er würde auf dem Grund des Sees weiterfahren. Keiner meiner Gedanken und keines meiner Gefühle in dieser Nacht waren besonders einleuchtend.

Später lag ich im Dunkeln unter warmen Decken allein auf der Couch. Von Zeit zu Zeit wachte ich wimmernd auf, und jedes Mal war Millie da. Sie streichelte mir über den Kopf und sagte: »Ganz ruhig, Kleiner. Ganz ruhig. Du bist hier sicher. Der Sheriff sagt, dass du für eine Weile hier bei uns bleiben kannst.«

»Mein Daddy hat versucht, mich zu ertränken«, gab ich zurück.

»Ach nein, Kleiner. Das war nur ein Unfall. Er hat die Kontrolle verloren.«

Ich nickte zwar, wusste es aber besser.

Millie streichelte mir den Kopf, bis ich einschlief. Ich merkte nicht, dass sie ging. Das Tageslicht kam. Ich wachte spät auf, war erschöpft von dem erlittenen Trauma, knabberte an ein paar Crackern herum und aß etwas Tomatensuppe. Sowohl Ronnie als auch Mr. Candles waren gegangen, sie zur Schule, er zur Arbeit. Millie setzte mich nicht unter Druck. Ich aß, legte mich wieder auf die Couch und schlief weiter.

Als ich irgendwann aufwachte, war es stockdunkel. Es gab nur noch den Schein der Verandalampe, der durch einen Spalt zwischen den Vorhängen am Fenster neben der Couch drang. Als hätte sie gespürt, dass ich wieder erwachen würde, war Millie bei mir. Sie strich mir noch einmal mit den Fingern durchs Haar. Meine Mutter hatte das nie getan, jedenfalls konnte ich mich nicht entsinnen. Aber ich weiß noch, dass sie mich manchmal vom anderen Ende des Zimmers aus angestarrt hatte, als wäre sie überrascht, dass sie ein Kind hatte.

»Hör zu«, sagte Millie. »Ich weiß, dass du das nicht gern hören wirst, mein Kleiner, aber es muss gesagt werden. Dudley kam noch mal vorbei, während du geschlafen hast. Er sagt, sie hätten den See nach dem Auto deines Vaters abgesucht und nichts gefunden. An manchen Stellen haben sie freie Sicht bis zum Grund, aber näher am Rand ist es durch den Schlamm etwas trüb. Dort könnte das Auto hingerutscht sein.«

Sie tätschelte meinen Arm.

»Hat dein Vater … dir wehgetan?«

»Er hat versucht, mich zu ertränken. Zählt das?«

Für einen Moment glaubte ich, sie würde lachen, aber sie beherrschte sich. Ich nehme an, sie überlegte, ob ein Lachen angemessen war oder nicht. Dann begnügte sie sich mit einem Räuspern.

»Er war nicht mehr richtig bei sich, Kleiner.«

»Ich hatte ihn lieb«, entgegnete ich.

»Natürlich hattest du das. Die Sache ist die, Danny, du bist hier und in Sicherheit, und ob sie das Auto nun finden oder nicht, die Welt dreht sich auf jeden Fall weiter. Du wirst dich irgendwann mitdrehen müssen.«

»Ja, Ma'am.«

»Hast du Hunger?«

»Nein, Ma'am. Ich bin bloß sehr müde.«

»Das macht nichts, Schätzchen. Geh ruhig wieder schlafen, und falls du vor uns aufwachst, in der Küche gibt es Brot, Fleisch und Käse. Du kannst dir ein Sandwich machen.«

»Danke.«

»Und wenn du nachts noch irgendwas brauchst, scheu dich nicht, zu rufen oder an unsere Schlafzimmertür zu klopfen. Ich kann hier bei dir sitzen, bis du eingeschlafen bist, wenn du magst. Möchtest du das?«

»Ja, Ma'am.«

»Deine Eltern haben dir auf jeden Fall Manieren beigebracht, Kleiner. Schlaf jetzt, Schatz. Schlaf einfach.«

Sie saß bei mir und legte ihre Hand auf meinen Arm, und nach einer Weile begann sie leise zu summen, sang hin und wieder im Flüsterton ein altes Lied, wobei sich nur hier und da ein Wort in das Summen mischte. Die Worte hatten etwas mit Jesus und einem alten, rauen Kreuz zu tun.

Die Angst, die Erschöpfung, die Wärme im Zimmer, die sanfte Berührung der Hand dieser liebenswerten Dame, das alles half mir, in einen tiefen Schlaf zu fallen. Ich träumte von Daddy, der den riesigen Buick über den Grund des Sees steuerte und nach einem Weg suchte, nach einem Weg hinauf und hinaus in die trockenere Welt.

5

Letztlich blieb ich länger bei den Candles als nur einen oder zwei Tage; es war beinahe so, als hätte Dudley mich vergessen. Ein Monat ging ohne besondere Vorkommnisse in den nächsten über. Der Winter kam, nass, kalt und eisig, und manchmal lag am frühen Morgen etwas von dem in Osttexas so seltenen Schnee. Aber im Haus der Candles war es warm und behaglich. Ich fühlte mich dort sicher, sogar ein wenig glücklich.

Ich spürte, dass sie meinen Vater niemals finden würden. Sie hatten Haken an Kabeln durch den See gezogen, nichts gefunden und es dabei bewenden lassen. New Long Lincoln, die Stadt, die die alte ersetzt hatte, kam mir nicht wie eine Gemeinde vor, in der man sich zu viele Gedanken über einen mörderischen Vater machen wollte, der beinahe seinen Sohn ertränkt hatte. Und ich begann nach und nach ebenso zu empfinden. Schlafende Dämonen sollte man nicht wecken.

Wenn ich spätnachts den kalten Wind hörte, der die Fensterscheiben im ganzen Haus zum Klirren brachte, nahm ich manchmal meinen Vater wahr, der am Fußende meines Bettes stand – man hatte mir ein kleines in einem Abstellraum für Lebensmittel gegeben.

Auf beiden Seiten des Bettes und hinter mir standen Regale. Sie waren mit Gläsern bestückt, in die man Gurken, Rote Bete und in Essig schwimmende Jalapeños gefüllt hatte. Über dem Regal an der Rückwand befand sich ein hohes Fenster, das manchmal leicht von dem sich im Wind wiegenden Ast eines Paternosterbaums berührt wurde. Im Sonnenlicht warf der Ast kleine Schatten, und wenn der Mond hell schien, tröpfelten Mondschatten herein.

In manchen Nächten saß Dad da unten am Fußende meines kleinen Bettes. Ich steckte den Kopf unter die Decke, aber ich konnte spüren, dass er dort war. Ich fühlte seine Berührung an meinem Knöchel, meinem Fuß oder Bein. Es schien nach Wasser, Fischen und Moder zu riechen. Unter dem Kopfkissen hielt ich die Augen fest geschlossen. Dann ließ seine Berührung schließlich nach, das Bett bewegte sich leicht, als er aufstand, und ich nahm ihn nicht mehr wahr.

Der Gestank wich dem schwachen Duft des Zedernholzes, aus dem die Regale bestanden. Dann war da nur noch die natürliche Kälte des Winters, denn das Feuer im Fassofen war gelöscht, die tragbaren elektrischen Heizkörper waren ausgeschaltet, und es gab keine Klimaanlage.

Mit der Zeit lernte ich, besser mit den Besuchen meines Vaters umzugehen. Ich konnte nicht feststellen, ob diese Visiten echt oder bloß eingebildet waren, ob der feuchte Geist meines Vaters mich wirklich in meinem kleinen, warmen Bett heimsuchte. Ich kam nicht dahinter, ob er wollte, dass ich dort unten bei ihm im See war, oder ob er kam, um mir zu zeigen, dass es ihm gut ging.

Die Zeit verflog. Während der Woche ging Ronnie natürlich zur Schule. An den Wochenenden fuhren sie und ich mit ihrem Dad zum Angeln, weit entfernt von der Brücke über den Moon Lake. Ich bat sie nicht darum, nicht dorthin zu gehen; sie taten es einfach nicht. Wir fischten vom Ufer aus, manchmal auch von einem kleinen Boot aus Aluminium.

Ronnie boxte gern. Sie sah es sich im Fernsehen an. Und dann zog sie auch selbst die Handschuhe an. Ihrer Mutter gefiel das nicht besonders; sie hielt es für nicht sehr damenhaft und befürchtete, dass Ronnie sich die Nase brechen oder einen Zahn verlieren würde. Aber ich bemerkte, dass sich ihr Vater, der selbst geboxt hatte, sehr darüber freute. Mir gefiel das auch.

Wir übten gemeinsam. Wir lernten verschiedene Schläge und prügelten auf den schweren Sandsack ein, den Mr. Candles in einem eigenen Bereich seiner Garage aufbewahrte. Dort gab es auch eine Boxbirne, die wir benutzten.

Von Zeit zu Zeit, wenn wir leichte Handschuhe und Mundstücke trugen, die Mr. Candles in einem Eimer Wasser mit einem Schuss Alkohol abgekocht hatte, bekamen wir die Erlaubnis, innerhalb eines Kreises zu boxen, den er mit weißer Kreide auf den Boden der Garage zeichnete. Der Kreis war etwa halb so groß wie ein echter Boxring. Wir legten es nicht auf einen K. o. an. Bei unseren kleinen Kämpfen trugen wir nur blutige Nasen, hin und wieder eine aufgeplatzte Lippe, ein blaues Auge oder ein paar blaue Flecken davon.

Das Ganze führte dazu, dass ich mich stärker fühlte und mehr Selbstvertrauen bekam. Es fühlte sich gut an, sich bei körperlicher Aktivität zu verausgaben. In diesen Nächten schlief ich tief, und dann blieb der Geist meines Vaters in seiner neuen Heimat auf dem Grund des Moon Lake.

Die Candles kauften mir einige Kleidungsstücke, dieses und jenes. Laut Gesetz hätte ich zur Schule gehen müssen, aber stattdessen überließ das County es Millie, die vor der Integration Lehrerin an der Schule für Schwarze gewesen war, mir Unterricht zu erteilen. Mit dem Ende der Schwarzenschule war auch ihr Job zu Ende gegangen. Sie erzählte mir, dass sie eine Zeit lang in der neuen Schule an der Essensausgabe gearbeitet hatte.

»Das hat meinen Stolz verletzt, nachdem ich Lehrerin gewesen war. Es war eine ehrliche Arbeit, und ich war froh, sie zu haben, aber es war so, als würde man mich degradieren, mich dafür bestrafen, dass ich mir Bildung angeeignet und Kindern Lesen, Schreiben und Rechnen beigebracht hatte. Plötzlich servierte ich Thunfischüberraschung, Corned Beef, Wonder Bread und Erdbeer-Wackelpudding. Ich hatte keine Freude daran. Und was noch schlimmer war, das Essen war so mies, dass der Koch, den sie eingestellt haben, genauso gut Zement hätte anrühren können.«

Sie hatte nicht lange an der Essensausgabe gearbeitet. Schließlich hatte sie gekündigt, zu Hause verschiedenes Gebäck zubereitet und diese Ware sowohl an schwarze als auch an weiße Kunden verkauft. Ihre Brote waren braun wie der Herbst, so knusprig und doch so weich wie die eine wahre Liebe, und wie ein brandneuer Schwamm nahmen sie die Butter auf. Ihre Plätzchen waren süß, aber nicht zu süß, und ihre Kuchen und Torten waren Geschenke des Himmels. Der Geruch, den sie beim Backen verströmten, brachte mich förmlich zum Schweben.

Falls es einen Himmel gab, was ich ernstlich bezweifelte, hätte Millie dort die Bäckerei betrieben. Sie hätte ihr Gebäck persönlich an Gott, Jesus und den Heiligen Geist geliefert und den Engeln sonntags Plätzchen gebracht. Vielleicht hätte sie eines gutmütigen Tages sogar dem Satan einen Teufelskuchen hinuntergeworfen. Lange Rede, kurzer Sinn, man ließ sie dafür sorgen, dass meine Bildungslücken nicht zu groß wurden, und dadurch hatte ich den zusätzlichen Vorteil, ihre Backwaren kosten zu dürfen.

Millie war herzlich, aber unter dieser Herzlichkeit lag eine Zähigkeit. Sie unterrichtete mich – Lesen, Schreiben, Geschichte, Geografie und die Grundlagen der Algebra, die ich nie ganz begriff. Millie benotete meine Aufgaben und schickte sie dann zur Schule, wo sie von weißen Lehrern überprüft wurden, die man in den Südstaaten der Jim-Crow-Gesetze für fähiger hielt. Nur selten änderten sie eine Note oder eine Bemerkung, aber es gab ihnen ein gutes Gefühl, die von Millie zuvor benoteten Arbeiten zu prüfen und ihnen ihren weißen Segen zu geben.

Im Fach Geschichte kam es zu einigen Markierungen, wo ich über den Sezessionskrieg in einem weniger verständnisvollen Tonfall geschrieben hatte, als die meisten Südstaatler es taten. Außerdem hatte ich

Meinungen vertreten, die nicht der Linie der Töchter und Söhne der Konföderation entsprachen. Zweifellos waren diese Auffassungen unter Millies Einfluss entstanden, die mich mit zahlreichen Büchern über den Krieg versorgte, nicht nur denjenigen, die im texanischen Geschichtsunterricht verwendet wurden.

An den Schulmorgen, wenn es kalt war und der Nebel vom nassen Gras aufstieg, sah ich zu, wie Ronnie aufbrach, um den Bus zu nehmen.

Normalerweise beobachtete ich sie vom Fenster aus und wischte mit dem Ärmel die Feuchtigkeit von der Scheibe, um sie sehen zu können. Aber eines Morgens standen wir auf der Veranda, warteten auf den Bus und atmeten weiße Gischt aus, und plötzlich beugte sie sich herüber und küsste mich auf die Wange … mit Lippen, die weich wie Baumwolle und warm wie eine Wolldecke waren. Ich war so überrascht, als hätte ich festgestellt, dass ich bunte Eier legen und Limonade pinkeln konnte.

»Ich mag dich, Danny Russell«, sagte sie.

Wenige Augenblicke später traf der Bus ein. Mit einem Zischen öffnete sich die Tür. Ein schwarzes Mädchen in einem weißen Kleid mit einer weißen Schleife im hochgesteckten Haar sprang von einem der vorderen Sitze auf die Einstiegsstufen und rief hinaus: »Was machst du da mit dem weißen Jungen?«

»Er ist ein Gast«, erwiderte Ronnie und stieg von der Veranda.

»Komm wieder rein«, forderte der Busfahrer das Mädchen in Weiß auf. Der Fahrer, der einen ähnlichen Beruf hatte wie Mr. Candles, war ein schwergewichtiger schwarzer Mann, der einen Fedora, eine Kakihose und Arbeitsstiefel trug.

»Wohnt der weiße Junge bei euch?«, erkundigte sich das Mädchen und ignorierte die Aufforderung.

»Geh zurück in den Bus, Earleen, sonst kriegst du eins auf die Nase«, drohte Ronnie.

Earleen nahm diese Drohung ernst und zog sich zurück. Ronnie stieg die Stufen hinauf, drehte sich ein wenig um, sah mich an und lächelte. Es war, als hätte ich einen spitzen, aber süßen Pfeil ins Herz bekommen.

Die Tür schloss sich. Durch die beschlagenen Scheiben sah ich, dass sie sich wie ein Schatten durch den Mittelgang bewegte. Dann saß sie, und ich konnte ihren sitzenden Umriss durch das Glas erkennen, während sich der Bus dampfend entfernte und der Auspuff so laut knallte, dass ich zusammenzuckte.

6

Mitten im Dezember erfuhr ich, dass die Polizei meine Tante ausfindig gemacht hatte. Ich weiß nicht, wie sie das geschafft hatten, aber sie hatten es. Meine Tante war immer noch im Ausland und verprasste auf stilvolle Weise das Geld meines toten Onkels. Sie war auf dem Weg nach Frankreich und hatte Pläne, von denen sie sich auch durch einen verwaisten Neffen nicht abbringen lassen wollte. Es würde noch drei Monate dauern, bis sie wieder zu Hause war.

In dieser Hinsicht erinnerte sie mich an meine Mutter. Ihre eigenen Interessen überwogen die aller anderen, und zwar unter allen Umständen. Es war, als würde sie sagen: »Ach, Dannys Vater ist ertrunken und Danny hat mit knapper Not überlebt, und seine Mutter, meine Schwester, ist davongerannt wie ein verschrecktes Reh? Das ist ja wirklich ein hartes Los, aber ich habe vor, mir den Eiffelturm anzusehen und dann die Croissants in Südfrankreich zu probieren. Ich hab gehört, die sollen einfach köstlich sein. Und vielleicht taucht seine Mutter ja wieder auf, bevor ich nach Hause komme. Könnte ja sein.«

Aber das machte mir nichts aus. Ich freute mich darüber, länger bei den Candles bleiben zu dürfen. Ich kannte sie besser als meine Tante, denn ich konnte mich kaum noch an unsere einzige Begegnung erinnern.

Zu Weihnachten schenkten mir die Candles eine Jacke, die sie als Jägermantel bezeichneten, dazu die ersten drei *John Carter vom Mars*-Bücher, ein Paar Socken, Unterwäsche und ein Taschenmesser mit allen möglichen Werkzeugen daran. Es war so etwas wie ein Schweizer Taschenmesser, allerdings nicht ganz so teuer. Ich nahm an, dass sie es vielleicht gebraucht in einem Pfandhaus gekauft hatten, aber ich freute mich trotzdem darüber. Und durch die drei Bücher waren die nächsten Tage mehr als gerettet.

In den Weihnachtsferien blieb die Schule geschlossen, das Wetter war katastrophal. Wir blieben alle zu Hause, und Millie las uns abends Gedichte vor. Sie hatte eine Vorliebe für Robert Frost, trug aber auch Robert Service vor, den ›Barden des Yukon‹, einen Dichter, den Mr. Candles mochte. Ich mochte ihn auch. Unser gemeinsames Lieblingsgedicht war *Das Ende des Dan McGrew.* Ronnie gefiel die Lyrik von Langston Hughes.

Nachdem wir ein paar Tage lang in der Garage geboxt, abends Gedichte gelesen und auch ein wenig ferngesehen hatten, sah Mr. Candles eines späten Nachmittags aus dem Fenster und sagte: »Das Wetter ist besser geworden. Lasst uns angeln gehen.«

Ich und Ronnie hatten ohnehin genug davon, im Haus herumzusitzen, daher sprangen wir sofort auf, zogen unsere Angelsachen an und holten unsere Ausrüstung aus der Garage. Ich trug meinen neuen Mantel, weil er das Wärmste war, das ich hatte.

Mr. Candles hatte ein Aluminiumboot, das auf einem Anhänger in der Garage stand. Wir befestigten diesen an der Anhängerkupplung seines Pick-ups und fuhren los. Nur noch kurz hielten wir an einem Ködergeschäft, um ein paar Würmer zu besorgen.

Als wir den See erreichten, war ich froh, den Mantel zu haben, den sie mir geschenkt hatten, zusammen mit Handschuhen und einer Wollmütze mit Ohrenschützern, die Mr. Candles mir geliehen hatte. Ronnie war auch dick eingepackt; sie trug einen Wollpullover, den sie nur mit Mühe über ihre Haare ziehen konnte.

Es war verdammt eisig, obwohl die Sonne schien und kein Wind wehte. Der Himmel war klar. Die Bäume um den See schimmerten von den Eiszapfen, die wie Glasschmuck an extravaganten Kronleuchtern an ihnen hingen.

Wir schoben das Boot von dem Gestell in den See. Im Sonnenlicht strahlte das Wasser so silberhell, dass es einen blendete. Durch die Sonne konnte man es für warm halten, aber als ich beim Sprung ins Boot ein paar Spritzer abbekam, war es eiskalt.

Das Fischerboot war mit einem kleinen Motor ausgestattet, am Boden lagen Paddel. Mr. Candles ließ sie dort liegen und fuhr uns mithilfe des Motors auf den See hinaus. Wir waren ein ganzes Stück von der Brücke entfernt, aber ich konnte sie noch gut sehen. Von dort, wo wir waren, sah sie wie ein verworrener Faden aus.

Ich zeigte auf die Brücke und fragte: »Wäre es in Ordnung, wenn wir dorthin fahren?«

Ronnie und Mr. Candles sahen mich an, als hätte ich gerade gefragt, ob wir die Würmer essen könnten, die wir als Köder mitgebracht hatten.

»Ich weiß nicht, Junge. Ich hatte gedacht, wir wären noch weiter davon weg. Das war jedenfalls meine Absicht.«

»Ich fühle mich weder besser noch schlechter, wenn wir dort nicht hinfahren. Können wir?«

»Ich glaube, schon«, erwiderte Mr. Candles.

»Bist du sicher?«, fragte Ronnie.

»Ich bin sicher.«

Mr. Candles verzog das Gesicht, wendete das Boot, schaltete in einen höheren Gang und steuerte auf die Brücke zu. Ich sah sie vor uns größer werden. Bald sah sie weniger wie ein langes, verworrenes Stück Faden aus und mehr wie das, was sie wirklich war: eine Brücke aus Kabeln, morschen Brettern, rostigen Geländern und Nieten. Wo unser Buick erst vor ein paar Monaten durchgebrochen war, war noch immer eine breite Lücke zu erkennen.

Als wir unter der Brücke hindurchfuhren, sahen wir die Schatten der Kabel, Latten und Geländer auf dem Wasser. Die Oberfläche war ruhig, bis auf die Bewegung, die das Boot verursachte, und auch diese erstarb bald, als Mr. Candles den Motor ausschaltete. Ich versuchte, durch das Wasser zu sehen und die unter uns liegende Stadt zu erkennen, aber das Sonnenlicht erzeugte immer noch diesen Silberglanz, von dem mir die Augen wehtaten.

Mr. Candles, der begriff, was ich vorhatte, sagte: »Man kann nicht immer sehen, was da unten ist. Der

Legende nach allerdings schon. Und manchmal geht's auch. Zumindest zum Teil. Die höheren Dächer. Aber normalerweise nicht. Meist sieht man bloß Schatten. Wenn der Wasserstand ein bisschen niedriger ist, gibt's da drüben eine Stelle« – er zeigte darauf – »dort, wo mal die alte High School war. Wenn es niedrig genug ist, kann man da aus dem Boot steigen und so tun, als ginge man übers Wasser, aber es ist das Dach der High School. Ich hab das ein Mal gemacht.«

»Hab ich auch schon«, warf Ronnie ein.

»Ist es jetzt niedrig genug?«

»Nein«, antwortete Mr. Candles. »Das geht nur in einer trockenen Jahreszeit. Normalerweise sinkt der Wasserstand mitten im Sommer ein bisschen, und dann kann man's machen. Wenn er sehr niedrig ist, was hin und wieder vorkommt, ragen die Dächer von der High School und anderen Gebäuden aus dem Wasser.

Unter der Brücke hier war die Main Street. Auf der Main Street kann man meistens gut fischen. Ronnie hat da mal einen 38 Kilo schweren Katzenwels gefangen. Der hätte fast den verdammten Haken gerade gebogen. Eigentlich sagt man, dass die nicht so groß werden. Die größten, die ich bis dahin gesehen hatte, waren 15 Kilo schwer, aber ich habe auch schon von über 20 Kilo schweren gehört. Dieser jedenfalls war schon uralt und größer als alles, wovon ich je gehört hatte. Ich hätte es nicht geglaubt, aber so viel hat er gewogen, als sie ihn im Tierfuttergeschäft auf die Waage legten. Zu Hause haben wir ihn noch zweimal auf der Garagenwaage gewogen und haben Freunde eingeladen, damit sie

Fotos machen konnten. Trotzdem haben uns manche immer noch nicht geglaubt. Das war ein richtiger alter Herr aus dem See. Schwer zu sagen, wie lange er schon gelebt hatte, bevor er in den See kam und ihn zu seinem Zuhause gemacht hat. Wir haben ihn abgespült und ihn für eine Weile in einer Wanne schwimmen lassen. Wenn er mit der Schwanzflosse gewackelt hat, ragte sie oben über den Rand. Dann haben wir ihn wieder zum See zurückgebracht und freigelassen.«

»Ich fand es schön zu sehen, wie er wegschwimmt«, meldete sich Ronnie zu Wort. »Für einen Moment konnte man ihn noch an der Oberfläche sehen und erkennen, wie lang er war. Dann tauchte er unter und war weg. Wie durch Zauberei. Er kam zu uns nach Hause, wurde gewogen und wieder ins Wasser zurückgebracht. Das war wie ein Arztbesuch ohne Termin für ihn.«

Ein Schatten bewegte sich über die Wasseroberfläche. Für einen Augenblick glaubte ich, ein großer Vogel sei vor der Sonne entlanggeflogen, aber als ich nach oben schaute, sah ich einen ungewöhnlich großen Mann, jung, weiß und mit verwahrlostem Äußeren. Von dort, wo wir saßen, schien es, als trüge er die Sonne auf den Schultern.

Er blickte lange auf uns herab, als würde er darüber nachdenken, einen Klumpen Rotz hochzuziehen und ihn auf uns zu spucken, aber er tat nichts, außer uns anzusehen. Er hielt eine Taschenlampe in der Hand, obwohl die Nacht noch Stunden entfernt war.

Ich winkte. Mit einer langen Verzögerung winkte er zurück. Dann ging er weiter.

»Winston Remark«, sagte Mr. Candles, als der Mann verschwunden war. Wir hörten die Brücke quietschen, sahen sie schwanken, und ich konnte durch die Lücken zwischen den Brettern Winstons Füße sehen, die von einem Brett zum anderen stiegen. Sein Schatten bewegte sich auf dem Wasser, zusammen mit dem der Brücke.

»Der arme junge Mann«, fuhr Mr. Candles fort. »Er kommt immer hierher, irrt herum und schaut auf das Wasser. Sogar nachts läuft er hier mit der Taschenlampe umher. Keiner weiß, wonach er eigentlich sucht, aber ich habe da eine Vermutung. Seine Vergangenheit. Er ist wohl nicht ganz richtig im Kopf. Ich hab ihn schon oft gesehen. Seine Zunge und sein Verstand sind nicht ganz beieinander. Vielleicht ist er stumm. Er gibt bloß Geräusche von sich.«

»Wo wohnt er?«, fragte ich.

»Gute Frage, aber ich kann sie nicht beantworten. Wir haben was gemeinsam, Danny, ich, er und sogar du.«

Ronnie unterbrach ihn: »Oh, ich hab einen.« Sie zog einen Sonnenbarsch ins Boot und nahm ihn vom Haken. Mr. Candles tauchte einen mitgebrachten Eimer in das kalte Wasser, und sie legte den Fisch hinein.

Danach fing ich einen, dann wieder Ronnie, dann Mr. Candles, dann wieder ich. Sie kamen nun so schnell, wie wir Würmer auf unsere Haken hängen, sie fangen und in den Wassereimer werfen konnten. Bald herrschte ein großes Gezappel im Eimer.

Im Laufe des Tages bissen noch sehr viele Fische an, bis dann irgendwann überhaupt keiner mehr kam.

Zu diesem Zeitpunkt war der Eimer aber beinahe voll, und Mr. Candles nahm die kleineren Fische heraus und ließ sie über den Bootsrand hinausgleiten.

»So viele können wir sowieso nicht essen, und für mich ist drei Tage Fisch nacheinander schon ein Tag zu viel. Aber wir können ein paar für eine Weile auf Eis legen.«

»Ich könnte die jeden Tag essen«, wandte Ronnie ein.

»Darauf wette ich«, gab Mr. Candles zurück. »Ronnie mochte schon immer Fische, Wasser und Schwimmen. Sie ist wie eine Robbe.«

»Es war mein Glück, dass sie so gut schwimmen kann«, gab ich zu bedenken.

»Das stimmt«, räumte er ein.

Wir hätten aufbrechen können, als die Sonne unterging und es ziemlich kalt wurde, aber das taten wir nicht. Bei Nacht angelten wir weiter, obwohl wir jetzt nichts mehr fingen. Ein Sichelmond stand am Himmel. Er war schmal, aber hell, und man konnte seinen Umriss auf dem Wasser sehen. Der See lag so ruhig da, dass ich das Gefühl hatte, ich könnte aus dem Boot steigen und auf ihm gehen.

»Sie wollten vorhin was über Winston sagen. Dass wir etwas gemeinsam hätten.«

Es war einige Zeit vergangen, seit Mr. Candles davon gesprochen hatte und von unserem Angelglück unterbrochen worden war, aber ich war neugierig, worum es ging.

»Oh, das hatte ich ganz vergessen. Ich sagte, dass ich und Winston was gemeinsam haben, und auf eine etwas andere Weise auch du, Danny.

Weiter unten, wo der See schmaler wird und der Überlauf Wasser aus dem Fluss durch den neuen Damm leitet, war das Farbigenviertel der Stadt. Während der Zeit der Rassentrennung wohnten wir im Schatten des alten Damms. Die Weißen lebten auf der anderen Seite dieser Brücke. In der Mitte lag die Stadt, und auf beiden Seiten gab es Häuser, den Abschnitt für die Farbigen und den für die Weißen. Die, die an der Grenze zwischen den Weißen und den Farbigen wohnten, könnte man vielleicht die gehobenen Farbigen nennen. Dazu gehörte auch die Familie deiner Mutter, Ronnie. Deine Mutter war diejenige, die mich gerettet hat, durch die ich das bisschen echte Bildung bekommen habe, die ich jetzt habe. Den Rest habe ich von Shakespeare und aus der Bibel.«

»Man sagt dazu jetzt schwarz oder afroamerikanisch.«

»Oh. Na ja, das ändert sich ständig, wie sie uns bezeichnen. Solange es eine gute Bezeichnung ist und nicht böse gemeint, hab ich nichts dagegen. Schwarze also. Afroamerikanisch hört sich an, als stammten wir aus irgendeiner Wüste.«

Mr. Candles hielt inne, als würde er das Mondlicht auf dem Wasser betrachten, dann die dunkle Linie des Waldrands an beiden Uferseiten, dann die weiße Barriere, die der sogenannte neue Damm bildete, weit entfernt am anderen Ende des Sees.

»Der alte Damm war gebaut worden, um den Großteil des Wassers abzuhalten. Der neue ist so entworfen, dass er verhindert, dass der See breiter wird. Damit er sich nicht zu sehr ausbreitet und alles überflutet. Der

Überlauf lässt aber mehr rein als der alte, weil es keine Stadt mehr gibt, die vor dem Nebenarm des Angelina River zu schützen wäre. Damals gab es gerade genug Wasser, um einen hübschen kleinen Bach zu füllen, der genau durch die Stadtmitte floss.«

Ich erinnerte mich, dass Dad davon gesprochen hatte, von diesem Bach.

»Im Sommer gab es in unserem Teil der Stadt, so nah beim Wasser, Moskitos und Kriebelmücken bis zum Abwinken. Es gab auf beiden Seiten des Bachs Geschäfte von Farbigen, wenn auch nicht so viele. Wir hatten ein Kino, ein paar kleine Läden, einen Autohändler und so weiter.

Die Stadt ist während der Prohibition gebaut worden, und sowohl in unserem Stadtteil als auch auf der weißen Seite hat es geheime Orte gegeben, wo man trinken konnte. Ich kannte schwarze Männer, die Schnaps in die weißen und die schwarzen Gebiete schmuggelten und sich damit etwas dazuverdienten. Sie lieferten ihn auch aus der Stadt an Kunden überall in Osttexas und wahrscheinlich auch noch anderswohin. Immer wenn eine trockene Gemeinde nass werden wollte, wurde das Nass geliefert. Es gab lange Tunnel unter der Stadt – ich nehme an, die gibt's immer noch. Die sind von reichen Männern gebaut und zum Transport von Schnaps benutzt worden, was sie noch reicher machte. Das waren die Vorfahren der Leute, die jetzt in der Stadtverwaltung sitzen und hier alles bestimmen. Die haben sich das ganze Geld unter den Nagel gerissen.

Die meisten anderen haben im Sägewerk gearbeitet, das da auf dem Hügel hinter den Bäumen lag, in der

Nähe der Bahnschienen, neben dem Schrottplatz. Nicht weit von dort gab es einen Friedhof für Farbige – Schwarze.

Da hatte man also die Orte, wo man arbeiten, sein Auto verschrotten und sich später begraben lassen konnte, alle nur einen Steinwurf voneinander entfernt. Später, als die Prohibition aufgehoben wurde, bekam das Sägewerk immer mehr Mitarbeiter, und ich glaube, die alten Tunnel wurden vergessen und liefen vielleicht mit Wasser voll.

Dort, wo wir wohnten, gab es eine Art Senke, wie eine Schüssel, der Boden war tiefer als im Rest der Stadt, und der Lärm von den Zügen kam durch die Lücken im Wald und brachte unser Haus zum Dröhnen. Wir konnten auch die große Säge hören, die die Bäume verschlang und sie als Bauholz wieder ausspuckte, als Eisenbahnschwellen und so weiter. Die Luft roch nach Terpentin.

Der Schrottplatz befand sich nicht ganz so weit oben auf der Anhöhe wie das Sägewerk. Er war voller alter Autos. Von dem Weißen, dem der Platz gehörte, sagte man, dass er der gemeinste Kerl war, der je das Laufen gelernt hatte. Man erzählte sich, er behandele seinen Sohn schlecht und lasse zu, dass andere den Jungen noch schlechter behandelten. Der Junge trieb sich die meiste Zeit mit einer Taschenlampe im Wald herum.«

»Winston«, sagte ich.

»Stimmt. Wir haben gemeinsam, dass wir beide in der alten Stadt gewohnt haben, oder in der Umgebung. Er hat den Großteil seiner Jugend auf dem Schrottplatz seines Vaters verbracht, da oben hinter den Bäumen nahe der Hügelkuppe, damals, als der Platz noch in Betrieb war. Keine Ahnung, was mit seiner Mutter ist, aber wer immer sie war, sie spielte keine Rolle in seinem Leben.«

Für einen Augenblick hing Mr. Candles stumm seinen Erinnerungen nach.

»Dieser Schwarzenfriedhof. Meine Mutter, mein Vater und meine Brüder sind alle da oben begraben. Auch noch andere Verwandte. Leute, die ich kannte. Ich gehe nie hin, muss ich leider sagen.

Eines Tages, als er von der Arbeit im Sägewerk nach Hause ging, ist das Herz meines Vaters geplatzt. Explodiert wie eine Bombe. Mama sagte, er habe sich zu Tode geschuftet. Plötzlich war ich der Mann im Haus. Musste mich um meine Mutter und meine vier jüngeren Brüder kümmern, also hatte ich keine andere Wahl als auch ins Sägewerk zu gehen. Es war ein Vollzeitjob, und das war fürchterlich. Heiß, dreckig, gefährlich, eine Knochenarbeit. Nicht nur die Luft roch nach Terpentin, sondern auch man selbst. Dieser Gestank zog einem in die Haare und die Klamotten. Man brauchte eine Menge Seifenlauge, um ihn loszuwerden, und dann ging man am nächsten Tag wieder hin.

Einmal habe ich gesehen, wie sich ein weißer Mann mit dem Ärmel in der großen Säge verfing. Hat ihn ins Sägeblatt gezogen und zerstückelt. Und dann hat ihn keiner mehr zusammenbekommen, wie Humpty Dumpty. Der Sägeraum war rot von seinem Blut. Wir haben noch Tage später Stücke von ihm gefunden. Ich fand sein Ohr. Schreckliche Geschichte. Tut mir leid, Kinder.«

»Erzähl weiter, Daddy.«

»Im Sägewerk fing man früh an und hörte spät auf. Ich machte mich meist auf den Heimweg, wenn es dunkel wurde, manchmal auch kurz danach. Wir hatten kein Auto. Manchmal sahen wir eins vorbeifahren, aber das war auch alles.

In manchen Nächten kam ich nach Hause und konnte nicht schlafen, weil ich das Gefühl hatte, mein Leben zu verschwenden. Ich ging nicht mehr zur Schule, hatte keine richtige Zukunft. Als Farbiger hatte ich nicht mal die Aussicht, Vorarbeiter im Werk zu werden.

Wenn ich nicht schlafen konnte, auch wenn ich noch so müde war, stand ich auf und lief draußen herum. Ich spazierte über die Straßen. In unserem Viertel gab es keine Straßenlaternen. Die Weißen von der Stadtverwaltung waren wohl der Ansicht, dass Farbige kein Licht brauchten, als wären wir Fledermäuse. Sie dachten auch, dass uns Löcher in der Straße nichts ausmachten, kaputte Wasser- und Abwasserleitungen oder Kabel, die manchmal Strom leiteten, manchmal auch nicht. Ganz sicher war aber, dass wir bezahlen mussten, egal ob wir was bekamen oder nicht. Wenn man sich zu laut beschwerte, kriegte man gar nichts. Ich weiß noch, dass ich nicht immer alle Rechnungen bezahlen konnte, und dann wurde uns das Licht abgeschaltet und wir verbrachten die Abende mit Kerzen- und Laternenlicht. War nicht so schlimm, aber schön war es auch nicht.

Ich möchte euch nichts vormachen, ich war wütend. Wütend auf mein Leben. Ich war jung, hatte Träume und wusste, dass ich sie entweder vergessen oder umwandeln musste – kein Anzug mit Fliege, sondern kurze Hosen und Sandalen.«

Darüber musste Ronnie lachen. »Ich kann mir beim besten Willen nicht vorstellen, dass du je kurze Hosen und Sandalen getragen hast.«

»Es handelt sich hier um etwas, das deine Mutter eine Metapher nennen würde.«

»Du bist also spazieren gegangen.«

»Die Lichter auf der weißen Seite der Stadt haben mich angezogen, als wäre ich irgendein Insekt, das um eine Verandalampe herumflattert. Und als ich näher an diese Seite kam, hörte ich Musik, sah Autos vorbeidonnern und Leute durch die Gegend laufen, mit all dem Selbstvertrauen, das ihre blasse Haut ihnen gab.

Später begann ich mich mit deiner Mutter zu treffen. Sie wohnte direkt an der Grenze zwischen dem Schwarzenviertel und dem Weißenviertel. Ihr Haus war weißbrotweiß gestrichen, und keine sieben Meter von ihrem Vorgarten entfernt hing ein goldenes Licht an einem hohen Mast. Nachts schien diese Lampe auf ihr Haus und den Garten und trennte Hell und Dunkel voneinander.

Mit der Zeit lernte ich sie und ihre Familie besser kennen und ging dorthin, um zuzuhören, wie ihr Vater Gedichte vorlas, ihre Mutter auf dem Klavier Boogie-Woogie spielte, und um deine Mama im Wohnzimmer singen und tanzen zu sehen. Sie kannten mehr Gospelsongs, als in den Gesangsbüchern standen, und manche davon waren so inspirierend, dass man einfach aufspringen und tanzen musste.

Aber was ich euch jetzt erzähle, hat sich etwas früher abgespielt. Damals bin ich nachts oft zu dieser Grenzlinie gegangen und an manchen Abenden habe ich sie auch übertreten. Ich dachte mir, dass ich mich vielleicht anders fühlen würde, wenn ich im helleren Teil der Stadt bin, und auf eine gewisse Weise war das auch so. Es kam so weit, dass ich spätnachts mit ein paar Eierkartons in einer Tragetasche unterwegs war, die ich mir unter den Arm klemmte, ganz dreist. Ich ging ins Weißenviertel, verkleisterte mit den Eiern mitten in der Nacht Autos und schmiss sie auf Häuser.«

»Daddy!«, rief Ronnie.

»Ich war wütend, Schätzchen. Wütend, weil ich schwarz war, wütend auf die, weil sie weiß waren. Ich habe mich über einfach alles aufgeregt, oft mit guten Gründen, manchmal mit wenigen oder gar keinen Gründen. Ich möchte nicht behaupten, dass richtig war, was ich getan habe, und ich möchte auch nicht, dass ihr so was tut, aber so war es nun mal, das ist die Wahrheit. Und Danny, Junge, nimm's mir nicht übel, aber damals hab ich diese Weißen in ihren weißen Häusern, die an den hell erleuchteten Straßen standen, gehasst. Ich hasste sie wirklich sehr, Gott, vergib mir. Ich fühlte mich ausgetrickst. Ausgeraubt. Nicht so, als hätte ich beim Spielen durch Pech schlechte Karten gezogen, sondern so, als hätte ich erst gar keine Karten bekommen.

Einmal war ich spätabends mit den Eiern auf dem Weg, wobei mir völlig bewusst war, dass sie mich irgendwann erwischen würden, und ich kam an diesem Haus im Viertel der Farbigen vorbei. Es war nicht weit von der Grenze zu den Weißen, aber nicht so nah dran wie Millies Haus. Man konnte allerdings schon ganz deutlich die Straßenlaternen auf der anderen Seite strahlen sehen.

Ich spazierte also an diesem Haus vorbei. Das Garagentor neben dem Haus stand offen und drinnen war es hell. Während ich näher kam, konnte ich ein regelmäßiges dumpfes Pochen hören, und dann sah ich dadrin diesen muskulösen dunkelhäutigen Mann mit kurz geschnittenem grauem Haar. Er hatte Lederhandschuhe an und schlug auf diesen großen Sack ein, der an einer rasselnden Kette hing. Wie er zuschlug, so hart, das faszinierte mich. Ich blieb stehen, starrte ihn an und sah zu, wie er um diesen Sack herumtanzte, leicht wie der Geist eines Engels, während er mit den Fäusten drauf eindrosch.

Er hob den Blick und sah mich da stehen in meinen geflickten Sachen und den zerlumpten Schuhen mit den Pappsohlen, die ich ausgeschnitten und reingelegt hatte, mit meiner Tasche voller Eier unter dem Arm, und es schien, als würde er mich sofort durchschauen.

Er fragte: ›Was machst du da, Junge?‹

›Ich stehe hier.‹

›Das seh ich. Komm mal her.‹

Ich kannte diesen Mann nicht, jedenfalls nicht richtig, aber ich erkannte ihn. War ihm hier und dort mal begegnet, und er hatte eine starke Ausstrahlung. Ich gehe also zur Garage, und er sagt: ›Ich seh dich hier manchmal vorbeigehen. Könnte mir vorstellen, dass in dem Beutel da unter deinem Arm keine Gesangbücher sind. Ich sitze im Dunkeln auf meiner Veranda, trink ein Bier, seh dich vorbeikommen und denke mir, dass du irgendwas ausheckst. Egal was du da im Weißenviertel machst, es wird ein schlimmes Ende nehmen. Daher möchte ich dir vorschlagen, ganz freundlich, dass du es sein lässt. Ich will nicht, dass morgen früh was über dich in der Zeitung steht. Sag mir mal deinen Namen, dann weiß ich wenigstens, um wen es geht, wenn ich ihn lese.‹

Ich sagte ihn ihm, und er hat mich aufgefordert: ›Komm mal rein hier.‹

Er zog seine Handschuhe aus, indem er bei einem die Zähne benutzte, um die Schnüre zu lösen, ihn sich dann unter den Arm steckte, um seine Hand herauszuziehen, und dann mit der freien Hand den anderen losband. Danach gab er sie mir.

Ich stellte meinen Eierbeutel hin und nahm die Handschuhe. ›Lass mich dir helfen, sie anzuziehen‹, hat er gesagt.

Die Handschuhe waren zwar verschwitzt, aber ich mochte, wie sie sich anfühlten. Er hat mich aufgefordert, gegen den Sack zu schlagen. Ich weiß nicht, wieso, aber ich hab's getan. Ein paarmal hab ich zugeschlagen, und er sagte: ›Nee. So wird das nichts.‹ Und dann fing er an, mir zu zeigen, wie man boxt.

Sein Name war James Turner. Er war ein Eisenbahner im Ruhestand, das war einer der Jobs, bei denen man noch wirklich eine Rente bekam. Er schlief gern tagsüber und blieb nachts wach. Er war mal Profiboxer gewesen, und zwar ein guter, das sagte er jedenfalls, und ich glaubte ihm. Aber er hatte einen anderen schwarzen Mann dafür getötet, dass der seine Mutter beleidigt und niedergeschlagen hatte, und dafür war er ins Gefängnis gegangen. Hatte den Mann mit einer harten rechten Geraden getötet.

In der ersten Nacht trainierte ich ein paar Stunden mit ihm, und wir haben ungefähr die Hälfte von den Eiern gebraten und sie gefuttert, bis wir fast aus den Nähten platzten. Sein Haus war voller Fotos von erwachsenen Kindern und einer schon vor langer Zeit gestorbenen Frau. Mir wurde allmählich klar, dass Mr. Turner älter war, als er schien.

Am frühen Morgen schleppte ich mich wieder davon, war gerade lange genug zu Hause, um noch eine Tasse Kaffee mit meiner lieben Mama zu trinken und meinen jüngeren Brüdern Hallo zu sagen, und dann musste ich wieder zur Arbeit. Aber ich fühlte mich gut. Ich hatte etwas gefunden, das mir was bedeutete. Danach warf ich nie wieder mit Eiern, und meine schlechte Laune ließ ich an diesem Boxsack aus. Ich verbrachte viel Zeit mit Mr. Turner, und er hat mir noch mehr beigebracht als nur das Boxen. Obwohl er im Gefängnis gewesen war, war er ein guter Mann. Ich war nicht mehr so wütend, und die Weißen fingen eher an, mir leidzutun. Die waren nur das, wozu man sie erzogen hatte.

Dann fing das Gerede über den See an, und man sagte, dass wir umziehen müssten. Viele taten es. Aber einige von uns, auch Weiße, haben geglaubt, die könnten nicht einfach das Wasser reinlassen, solange noch jemand in Long Lincoln blieb. Das würden die nicht tun.

Sonderbarerweise haben sich dann die Weißen und die Farbigen zusammen im Gemeindehaus versammelt, das natürlich im Weißenviertel lag. Zu Anfang saßen wir noch getrennt, später dann nicht mehr. Wir hatten eine gemeinsame Sorge, und in diesem Moment waren wir alle die Benachteiligten. Aber wir sprachen auch übers Angeln, über die Familie, über dies und das, und bei allen spielte sich mehr oder weniger dasselbe ab. Wir waren gar nicht so verschieden.

Bei einem dieser Treffen bin ich deiner Mutter begegnet. Ich hab sofort Feuer gefangen, stand lichterloh in Flammen. Keine Ahnung, ob sie sofort dasselbe für mich empfunden hat, aber mit der Zeit konnte ich sie für mich gewinnen. Eines Abends lud sie mich im Rahmen meiner Annäherungsversuche zu einer Singveranstaltung in Garrison ein, in einer Kirche. Sie hatte ein Auto. Das war was Besonderes, wenn man farbig war – schwarz – und ein Auto hatte. Ich ging zu ihrem Haus, in den besten Sachen, die ich hatte, und wir fuhren zusammen dorthin.

Ronnie, was jetzt kommt, hab ich dir noch nie erzählt, hab bloß Andeutungen gemacht, und deine Mama will darüber auch nicht reden. Deswegen werden wir immer so still, wenn du von deinen Großeltern sprichst, von unserem alten Leben. Denn in der Nacht, in der es passiert ist, waren wir zum Singen in einer Kirche in Garrison. Das war eine kleine Schwarzenkirche, in der es höllisch heiß und laut war, von unseren Stimmen. Wir fanden es toll, dort zu sein. Wir hatten das Gefühl, was Besonderes zu sein.

Während wir dort waren, kamen nicht etwa die Bonzen, um diejenigen, die in Long Lincoln geblieben waren, an den Fersen aus ihren Häusern zu schleifen. In den zwei Wochen davor hatten wir keinen Ton von ihnen gehört, und deshalb und wegen all der Petitionen, die wir eingereicht hatten, glaubten wir, dass wir vielleicht was erreicht hätten. Aber den Mann mit dem Geld kannst du nicht besiegen.

Während wir gesungen haben, wurde zu Hause der Damm gesprengt und das Wasser rauschte heran, riss Beton und alle möglichen anderen Sachen mit. Das Wasser spülte die armen kleinen Gebäude und Häuser des Farbigenviertels weg, so einfach, wie man mit der Hand Schachfiguren vom Brett fegen kann. Hat einfach alles mitgerissen, meine liebe Mutter, meine Brüder, Millies Eltern, hat mir Mr. Turner weggenommen … wie ein gemeiner Dieb. Die meisten sind ertrunken, all diese Leute, die dort ausharrten und sich weigerten wegzuziehen.

Als wir aus Garrison zurückkamen, ganz vom göttlichen Segen erfüllt, schien der Mond auf das schwarze Wasser, wo einmal Long Lincoln gewesen war. Das Wasser reichte bis auf die Straße, und wenn wir schneller gefahren wären, wären wir mitten reingerauscht. Da ließ der göttliche Segen dann schnell nach.«

Mr. Candles' Stimme versagte, und er zögerte kurz, bevor er weitersprach. »So ist das also, Danny. Wir haben was gemeinsam, was diesen See betrifft. Er hat uns unsere Familien genommen. Man fand die Leichen von einigen, die ertrunken sind, in den Randbereichen des Sees, zum Beispiel meine Mutter. Sie wurde dann auf dem Friedhof da oben auf dem Berg begraben« – er deutete in Richtung des Waldes – »neben meinem Vater, der dort schon seit Jahren in seinem Grab lag und auf sie wartete, genau wie meine Großeltern. Kein einziger von meinen Brüdern wurde je gefunden. Ich nehme an, sie sind jetzt wieder mit der Erde vereint und Nahrung für die Bäume, oder tief in Schlamm und Schlick vergraben. Mr. Turner wurde nie gefunden, und niemand ging damals ins tiefe Wasser, um diese Leute zu suchen. Die Bonzen behaupteten, es war ein Unfall. Sie sagten, dass sie an dem Abend, als sie das Wasser reinließen, davon ausgegangen seien, niemand sei mehr da. Aber sie wussten, dass das nicht stimmte, so sicher, wie Vögel fliegen und Fische schwimmen. So viele von den Dickköpfigen sind ertrunken und so viele davon waren arm, dass sich zwar einige Anzüge oder Kleidung für ihr Begräbnis leisten konnten, aber viele in blauen Totenhemden beerdigt werden mussten, die das Bestattungsinstitut, das bereits in New Long eröffnet worden war, für Farbige bereitstellte. Die Hemden waren aus billigem Stoff und sahen wie Chorgewänder aus. Aber das Geld dieser Leute, der Schwarzen wie der Weißen, ist in dieser Flut verloren gegangen. Ganze Familien verschwanden von der Bildfläche und waren auf Almosen angewiesen, um unter die Erde zu kommen. Das war eine schreckliche Nacht. Winston und sein Vater waren noch oben auf dem Hügel, aber ihr Geschäft hatte von den Menschen aus der Stadt gelebt, und nun gab es die Stadt nicht mehr. Winston war nun mehr oder weniger auf sich allein gestellt. Was haben ich, du und er gemeinsam, auf die eine oder andere Weise? Den Moon

Lake. Winston, weil das Geschäft seines Vaters zum Erliegen kam, als es die Stadt nicht mehr gab. Und dann ging sein Vater fort. Winston war sich selbst überlassen wie ein ausgesetzter Hund.«

»Hasst du ihn nicht?«, fragte Ronnie.

»Den See? Wasser ist Wasser. Warum soll ich Wasser hassen? Manche Angehörigen von denen, die in der Stadt ertrunken sind, zum Beispiel ich und deine Mama, wir haben damals vor Gericht geklagt, aber nach einer Weile hörten wir nichts mehr davon. Unser Anwalt, ein guter schwarzer Anwalt, starb nach kurzer Zeit; danach kam ein guter weißer Anwalt, der ebenfalls bald starb, und dann wurde es still um die ganze Sache.

Die Stadtverwaltung hat dafür gesorgt. Das neue Long Lincoln war errichtet, die meisten Menschen aus der alten Stadt lebten bereits dort, und nun zogen auch diejenigen, die die Flut überlebt hatten, dorthin. Es war vorbei.«

Als Mr. Candles seine Erzählung beendet hatte, schoben sich wie auf ein Stichwort dunkle Wolken heran und verdeckten den Mond. Der See und alles in der Umgebung wurde schrecklich finster. Dann sah ich ein Licht an der gegenüberliegenden Böschung auf und ab tanzen, in der Nähe der Brücke. Ronnie und Mr. Candles sahen es auch.

»Das wird wohl wieder Winston sein«, vermutete er.

Ich beobachtete das Licht. Es zog sich tiefer in den Wald zurück und verschwand schließlich. Mir wurde klar, dass ich in jener Nacht, als ich aus dem See wieder aufgetaucht war, dasselbe Licht am Ufer gesehen hatte.

»Wir fahren besser zurück«, sagte Mr. Candles.

Wir holten unsere Angeln ein, und als Mr. Candles am Startergriff zog, um den Motor anzulassen, zuckte ein Blitz über den Himmel. In diesem Licht sah ich, dass das Wasser plötzlich unruhig wurde.

Donner grollte und Regen kam schlagartig herunter, durchnässte uns und plätscherte im Boot. Unter dem Boot schwoll der See an und warf uns hin und her.

7

Wir brauchten länger als erwartet, um das Ufer zu erreichen. Das Wasser schubste uns herum wie ein Schläger, der uns das Taschengeld abknöpfen wollte.

Als wir endlich an Land waren, luden wir im strömenden Regen das Boot auf das Gestell, während der Wind versuchte, es hochzuheben und wegzutragen. Dann stiegen wir in den Pick-up. Meine Füße fühlten sich wie Eisklötze an.

Mr. Candles ließ den Motor an, und die Luft aus der Heizung blieb zunächst kalt.

Wir blieben sitzen, bis es wärmer wurde, hörten dem Prasseln des Regens zu, dem Knistern der Blitze, dem Donnergrollen. Der Wind war so stark, dass der Truck wackelte.

Endlich setzten wir uns in Bewegung, und die Scheibenwischer schlugen wie ein winkender Dorftrottel nach dem Regen.

Als wir das Haus erreichten, luden wir das Boot ab und rannten lachend hinein. Wir trockneten uns mit Handtüchern ab, zogen unsere kalten, nassen Schuhe aus, machten sauber, wo wir Tropfen hinterlassen hatten, und aßen etwas Maisbrot, das Mrs. Candles im Ofen aufgewärmt hatte. Wir strichen Butter auf die knusprigen, braunen Brotscheiben, zerbröselten sie über unseren Milchgläsern und aßen die Brocken mit Löffeln aus der Milch. Als das Brot zerkaut in unseren Schlünden verschwunden war, tranken wir die restliche Milch. Wir berichteten Millie vom Angeln, vom Regen und davon, wie Mr. Candles das Boot unter großer Anstrengung wieder zum Ufer gebracht hatte. So wie wir es erzählten, hörte es sich nach einem Abenteuer an.

»War keine große Sache«, behauptete er.

»Du weißt, dass du bei Regen nicht auf dem See sein sollst«, ermahnte ihn Millie.

»Als wir losfuhren, hat es noch nicht geregnet.«

Als wir aufgegessen hatten, sagte Mr. Candles, wir sollten uns bettfertig machen, er werde noch die Fische putzen. Ich wollte ihm helfen. Ich hatte noch nie zuvor Fische geputzt und wollte wissen, wie das ging. Aber er bestand darauf, dass der Abend für uns vorbei war.

Ich ging in mein kleines Zimmer, zog den Schlafanzug an, mit dem mich die Candles versorgt hatten, und ging dann durch den Flur ins Badezimmer. Dort putzte ich mir die Zähne und wusch die Hände.

Als ich wieder herauskam, verließ Ronnie gerade ihr Zimmer und kam den Flur entlang. Sie trug einen blauen Schlafanzug mit Füßen und hatte ihr schönes, wildes Haar mit einem Haarband zusammengebunden, das es jedoch nicht ganz bändigen konnte. Sie ging gerade an der Tür zur Küche vorbei, als ich vom Badezimmer in Richtung meines Bettes aufbrach. Plötzlich kam sie näher, packte meine Schultern, drehte mich mühelos um und küsste mich.

Es war ein warmer Kuss, der mir noch mehr gefiel als der auf die Wange, den sie mir früher schon gegeben hatte. Ich spürte ihn bis in die Zehen, und er brachte die Milch und das Maisbrot in meinem Magen in Bewegung.

Es war kein langer, dafür aber ein kräftiger Kuss, und als ihre Lippen meine verließen, fragte ich: »Wofür war das denn?«

»Nur so«, erwiderte sie und tappte rasch durch den Flur davon. Einmal blickte sie noch mit süßem Lächeln zu mir zurück, dann ging sie in ihr Zimmer und schloss die Tür.

Halleluja.

Im Bett lag ich wach und dachte über diesen Kuss nach. Die Wärme und die Erinnerung an ihn ließen mich in den Schlaf gleiten.

Für eine Weile war es schön, aber dann spürte ich, wie sich das Bett bewegte, und wusste, dass mein Vater zurück war. Er streckte die Hand aus und berührte meinen Fuß.

Als ich von diesem Schreck aufgewacht war, gab es nur noch die Dunkelheit und die etwas kühle Luft des mitternächtlichen Zimmers. Ich brauchte einige Zeit, um wieder einschlafen zu können.

Wegen der Weihnachtsferien musste Ronnie in den Tagen nach unserem Angelausflug nicht zur Schule und Mr. Candles nicht zur Arbeit. Wir blieben zu Hause, in dem warmen Haus. Ich war gern in Ronnies Nähe. Sie lächelte mich in dieser Zeit oft an, vermutlich in Erinnerung an unseren Kuss, obwohl nur sie diejenige war, die geküsst hatte. Ich hätte mir selbst einen Tritt dafür versetzen können, dass ich ihren Kuss nicht erwidert hatte.

8

Nur wenige Tage nach dem Angelausflug stürzte die überwältigende Freude, die ich empfunden hatte, durch einen finsteren Tunnel ins Nichts. Es überkam mich ganz plötzlich, wie eine Grippe.

Die Sterne funkelten nicht mehr, der Mond schien nicht mehr. Die Regentropfen waren schwer wie Blei, und mein armes Herz war wie ein nasser Stein im Schatten. Vielleicht lag es daran, dass Weihnachten nun vorbei war und all die schönen Momente vergangen. Ronnie ging wieder zur Schule und Mr. Candles ging wieder zur Arbeit. Wenigstens hatte ich noch Millie, ihren guten Geist, ihr gutes Herz und ihr gutes Essen.

Etwas anderes, das zu meiner Verstimmung beitrug, war die Tatsache, dass mein Geburtstag vor der Tür stand. Ich hatte niemandem etwas davon gesagt, aber mit dem Beginn des neuen Jahres würde ich 15 werden. Ich nehme an, die Vorstellung, so bald nach diesen wundervollen Weihnachtsferien wieder zu feiern, erschien mir unpassend. Weihnachten war ein allgemeines Fest, dagegen aber schien mir mein Geburtstag, meine Existenz, die ich meiner Mutter und meinem Vater verdankte, nicht der Rede wert. Der Gedanke daran bedrückte mich.

An einem sonnigen, kühlen Morgen, als der Regen nach ein paar Wochen endlich nachgelassen hatte und die Sonne wieder aus der grauen Wolkendecke hervorlugte, saß ich neben Mrs. Candles auf der Schaukelbank der Veranda. Wir waren beide in unsere dicken Mäntel gehüllt und hatten den Bauch voll mit Frühstück und heißer Schokolade. Sie las mir aus einem Buch vor, brachte mir etwas über die Mysterien des alten Rom bei und bereitete mich auf einen Test in Geschichte vor, dem sie mich am Ende der Woche unterziehen wollte. Während wir das taten, hielt Sheriff Dudley vor dem Haus.

Er kam nicht in seinem Dienstwagen, sondern in einer schwarzen Rakete von einem Auto, das aussah, als hätte man es aus demselben See gefischt, in dem mein Vater und sein wuchtiger Buick nun zu Hause waren. Dudley trug seinen Hut und eine Kakihose, aber kein Dienstabzeichen und keine Waffe. Seine Kleidung war sauber und frisch gestärkt, und der Anlass schien ihn mit Stolz zu erfüllen.

Auf dem Beifahrersitz saß noch ein anderer Mann. Ich erkannte ihn als denjenigen, der Sheriff Dudley an diesem kalten, feuchten Abend, als ich frisch aus dem See gerettet in New Long Lincoln eingetroffen war, das Brathähnchen mit Kartoffelpüree gebracht hatte. Ich erinnerte mich, dass er Duncan hieß. Der Mann hatte sein Fenster heruntergekurbelt. Er trug einen dunklen Hut und ein dunkles Hemd und wandte sich uns zu. Dabei setzte er ein schmales Grinsen auf, als hätte er einen fahren gelassen und hielte das für saukomisch.

Sheriff Dudley stieg aus und nahm den Hut ab, während er die Stufen hinaufging, um vor der Schaukel stehen zu bleiben. Er nickte Mrs. Candles zu und nannte sie Miss Millie. Sie nickte zurück.

»Wie geht's Ihnen, Dudley?«, fragte sie.

»Gut, im Großen und Ganzen, und wo's mir nicht gut geht, lässt sich nichts dagegen machen. Ich will gleich zur Sache kommen. Junge, deine Tante ist wieder zu Hause in Tyler, Texas. Sie sagt, dass du zu ihr ziehen und dich in einer Schule in Tyler anmelden kannst.«

»Und meine Mutter?«

Dudley schüttelte den Kopf. »Über sie konnte ich nichts in Erfahrung bringen, egal wo ich gefragt habe. Deine Tante sagt, sie hat keine Ahnung, wo sie steckt, und deine Mutter habe auch keine richtigen Freunde, bei denen sie vielleicht sein könnte.«

Ich nehme an, dass er recht hatte. Meine Mutter mochte zwar schön und mysteriös sein – dieser Silberstern in ihrem Schneidezahn, ihre bezaubernden Hippie-Outfits –, aber wer sie näher kannte, stellte mit der Zeit fest, dass sie auch sehr sonderbar war. Es war, als hätte sie ein Loch ins Universum gekratzt, wäre hineingekrochen und hätte es hinter sich wieder geschlossen.

»Daniel, sei morgen früh bereit, dann komme ich dich abholen und fahre dich zu deiner Tante. Ich freu mich für dich. Freu mich, dass sie wieder zu Hause ist.«

Sheriff Dudley tauschte noch ein paar Höflichkeiten mit uns und ging dann wieder zu seinem Wagen zurück. Ich sagte zu Mrs. Candles: »Ich weiß nicht, ob ich bei meiner Tante wohnen möchte.«

»Und ich möchte es ganz bestimmt nicht, Danny«, erwiderte Millie. »Ich will, dass du hierbleibst.«

»Dann darf ich also bleiben?«

Millies rechte Wange zitterte. »Du hast keine Wahl. Die haben dich schon länger bei uns gelassen, als ich erwartet hatte. Weißt du, Danny, Kleiner, die sehen die Dinge nicht so, wie sie sind. Die sehen nur das, was sie für wahr halten.«

»Was heißt das?«

»Die Farbigen gehören zu den Farbigen, die Weißen zu den Weißen. Sie erzählen dir, dass das genauso sei wie bei den Vögeln und so. Dass jede Art unter sich bleibt. Aber Menschen sind keine Vögel, Danny. Die glauben, sie würden dich retten, und dabei haben sie die Macht des Gesetzes auf ihrer Seite. Verstehst du das?«

In der Theorie verstand ich es, aber im Herzen war ich verwirrt.

Am nächsten Tag ging Ronnie nicht zur Schule, Mr. Candles nahm sich den Vormittag frei und natürlich war auch Millie da. Sie standen mit mir auf der Veranda und warteten auf Sheriff Dudley. Es war kalt, aber die Sonne schien und die Vögel sangen. Doch meinetwegen hätte es ebenso gut stürmen können.

Die Candles hatten mir eine Reisetasche für die wenigen Dinge gegeben, die ich besaß, und ich hatte reichlich gefrühstückt.

Als der Sheriff eintraf, diesmal in seinem Dienstauto, beugte sich Ronnie zu mir herüber, umarmte mich, näherte ihren Mund meinem Ohr und sagte: »Ich werd dich vermissen, Danny.«

Ihre Stimme stockte, und in diesem Augenblick war meine Kehle wie zugeschnürt, sodass ich nichts erwidern konnte.

Ich umarmte sie ebenfalls und dachte an den Kuss im Flur. Dann ließ ich meine hübsche Meerjungfrau los und umarmte Millie. Sie sagte: »Ich hab dich lieb, Kleiner. Pass auf dich auf.«

Als sie mich losließ, reichte sie mir eine braune Papiertüte, die sie in der Hand gehalten hatte.

»Für unterwegs. Plätzchen. Du kannst sie mit Sheriff Dudley teilen.«

Ich und Mr. Candles reichten uns die Hände, und er fragte, ob ich meine Bücher in der Reisetasche und mein Taschenmesser in der Hosentasche hatte. Das hatte ich. Als wir unsere Hände losließen, stürmte ich vor und schloss ihn ebenfalls in die Arme.

Sheriff Dudley kam und führte mich die Stufen hinunter, er mit meiner Reisetasche in der Hand, ich mit der Tüte mit den Keksen. Ich spürte, wie mir etwas entrissen wurde, und was immer das war, es tat weh. Ich stieg in den Wagen und blickte zu den Candles zurück, die auf der Veranda standen, überzeugt, dass ich sie zum letzten Mal sah. Ronnie und Mrs. Candles weinten, und Mr. Candles wirkte, als hätte er am liebsten dasselbe getan. Lächelnd hob er beide Hände in Boxhaltung und rief mir zu: »Immer die Hände oben halten, Danny.«

»Mach ich«, rief ich zurück und winkte.

Die Fahrt dauerte zwei Stunden. Sheriff Dudley schaltete das Radio ein. Hauptsächlich liefen schwermütige Countrysongs, und die meisten davon passten zu meiner Stimmung. Ich glaube, das war der Tag, an dem ich zum Country-Fan wurde. Ein Lied von George Jones darüber, wie er aufgehört hatte, sie zu lieben, traf mich besonders schwer.

Ich öffnete die Tüte, die Millie mir gegeben hatte. Ihr entströmten Wärme und ein angenehmer Duft. Sie war mit großen Keksen mit Schokoladensplittern gefüllt. Ich bot Sheriff Dudley einen an. Er nahm ihn ohne Zögern.

Kauend sagte er: »Millie backt die besten Kekse. Alles, was sie backt, ist das Beste.«

Ich nickte und biss ebenfalls in einen Keks, obwohl ich kein bisschen hungrig war.

Aus den Augenwinkeln warf mir Dudley einen Blick zu. »Es wird schon nicht so schlimm werden, Junge. Du kommst wieder unter deinesgleichen.«

»Ich war gern bei den Candles.«

»Wenn's nach mir ginge, könntest du auch bei ihnen bleiben. 'ne bessere Familie gibt's nicht, aber das ist einfach nicht üblich.«

»Ist das wichtig?«

»Manche Dinge sind eben, wie sie sind. Vielleicht kann man manches davon umgehen. Aber als Weißer bei Schwarzen zu leben, als wäre man ihr Sohn, das führt nur dazu, dass man es sich unnötig schwer macht, und um ehrlich zu sein, es könnte auch für sie die Dinge schwerer werden lassen. Ich sage ja nicht, dass ich das richtig finde, ich sage nur, es ist eben, wie es ist.«

»Das ergibt aber nicht viel Sinn.«

»Ich sag's nur ungern, aber manchmal tut man eben Dinge, die nicht viel Sinn ergeben, oder man muss

Dinge tun, die einem nicht gefallen, und das kann einem manchmal zu schaffen machen. Sehr sogar. Das ist die Seite des Lebens, von der sie einem nichts erzählen. Von Zeit zu Zeit werden Träume verstümmelt, und die, die das am härtesten trifft, sind diejenigen, die kein richtiges Rückgrat haben. Also pass auf, dass du dir dein Rückgrat bewahrst.«

»Haben Sie Ihres noch?«

»Kann ich nicht behaupten.«

Ein paar Stunden später trafen wir an dem kleinen blauen Haus ein, das auf einem winterlich braunen Rasen stand und über eine breite, weiße Veranda mit großen grünen und blauen Schaukelstühlen aus Metall verfügte.

Sheriff Dudley schaltete den Motor aus. Wir blieben im Auto sitzen und betrachteten das Haus.

»Ist schön«, sagte er. »Ich hab mit deiner Tante telefoniert. Sie sagt, sie hat es gekauft, kurz nachdem sie von ihrer Reise zurückkam. Sie habe ihr ganzes restliches Geld dafür ausgegeben.«

Wir stiegen aus, ich mit meiner Kekstüte, der Sheriff mit meiner Tasche.

Als wir gerade die Veranda betraten, wurde erst die Tür, dann die quietschende Fliegengittertür vor ihr geöffnet, und meine Tante kam heraus.

Vor Staunen blieb mir der Mund offen stehen.

9

Meine Tante sah meiner Mutter verblüffend ähnlich. Mit beiden hatte die Natur es gut gemeint, aber während meine Mutter auf mich immer traurig gewirkt hatte, sah Tante June aus, als wartete sie nur auf irgendeinen Grund, aus der Haut zu fahren und einen mit dem Schuhabsatz zu Tode zu prügeln.

Ihr fehlte der Silberstern im Schneidezahn. Sie war ein bisschen stämmiger als meine Mutter, und an ihrer Kleidung war gar nichts Hippieartiges. Ihr schwarzweißes Kleid wirkte in etwa so stilvoll wie eine geliehene Steppdecke. In ihrem Haar sah ich eine lange graue Strähne, die meiner Meinung nach höchstwahrscheinlich aus dem Schönheitssalon stammte. Sie trug kein Make-up, und ich sollte bald feststellen, dass sie das auch sonst nur selten tat. Ich versuchte mich zu erinnern, ob meine Tante die jüngere oder die ältere der beiden Schwestern war. Aber ich musste feststellen, dass ich über keinerlei Erinnerungen zu diesem Thema verfügte. Es war nie erwähnt worden, wenn meine Mutter über sie gesprochen hatte, was nicht besonders häufig vorgekommen war. Sie sah mich an, als hielte sie mich für ein Pockenbläschen oder etwas Ähnliches.

»Du musst Daniel sein.« Ihre Stimme klang, als hätte sie an diesem Morgen mit Schleifpapier gegurgelt.

»Ist ja schon eine Weile her, dass wir uns begegnet sind.«

»Ja, Ma'am. Nur ein Mal, glaub ich.«

Sie sah über meine Schulter Dudley an. »Und Sie sind natürlich Sheriff Dudley.«

»Ja, Ma'am. Wir hatten telefoniert.«

»Kommen Sie rein, Sheriff.«

»Danke, nicht nötig. Ich werde von Zeit zu Zeit mal vorbeikommen und nach ihm sehen. Und um Bescheid zu sagen, falls wir die Leiche seines Vaters finden.«

»Sparen Sie sich die Mühe«, gab sie zurück.

»Haben Sie irgendeine Ahnung, wo seine Mutter ist?«

»Nein.«

»Dann haben Sie und Ihre Schwester sich wohl nicht sehr nahegestanden?«

»Manchmal ja, manchmal nein. Meistens nein. Wir haben uns nicht gegenseitig die Haare gekämmt, Kleider getauscht und uns über Jungs unterhalten, wenn Sie das meinen.«

»Verstehe.« Sheriff Dudley reichte meiner Tante meine Reisetasche.

Tante June stand mit geneigter Hüfte da und wartete ab, ob Dudley noch mehr dabeihatte. Das war nicht der Fall.

»Okay. Danke, Sheriff. Daniel, komm ins Haus.«

Ich verabschiedete mich von Dudley und marschierte durch die offene Tür, wobei ich meine Kekstüte wie einen Schutzschild vor mich hielt. Ehe ich mich versah, schloss sich die Tür und ich hörte, wie der Sheriff seinen Wagen startete und davonfuhr.

Meine Tante sah mich an, als wäre ich das Exemplar einer unbekannten Tierart aus dem Amazonas. Sie hielt meine Reisetasche in der Hand. Sie hob sie an, ließ sie wieder sinken und stellte fest: »Nicht viel drin.«

»Ich hatte auch nicht viel.«

Sie stellte die Tasche neben der Tür ab, ohne mich aus den Augen zu lassen.

»Ich versuche, bei dir eine Ähnlichkeit zu deiner Mutter zu erkennen«, sagte sie. »Oder eine zu mir. Wusstest du, dass wir Zwillinge sind?«

Ich schüttelte den Kopf. Mir wurde klar, dass ich mehr über die Candles wusste als über meine eigene Familie.

»Ich bin neun Minuten älter als sie.«

»Oh« war die einzige Antwort, die mir darauf einfiel.

Es war warm im Haus, und es war auch schön, aber angesichts der Tatsache, dass ihr Mann ein sehr erfolgreicher Ölmagnat gewesen war, hatte ich mir den Geschmack meiner Tante anders vorgestellt. Vielleicht hatte ich den Tadsch Mahal und eine Truppe Elefanten erwartet. Es war ein einfaches und ordentliches Haus, und abgesehen von dem penetranten Zigarettengeruch, der sich in den Vorhängen und Polstermöbeln festgesetzt hatte, wirkte es durchaus gemütlich.

Tante June, die mich immer noch musterte, schien zu wissen, was ich dachte.

»Der Zigarettengestank stammt noch vom Vorbesitzer. Die Möbel auch. Ich lasse das ganze Zeug nächste

Woche wegschaffen. Dann bekommst du auch ein neues Bett.«

Ich nickte.

»Was ist in der Tüte?«

»Plätzchen«, antwortete ich.

»Ich mag Plätzchen«, sagte sie. »Hast du die von dieser farbigen Familie?«

»Von Mrs. Candles.«

»Farbige Frauen können gut kochen. Wie war es so, bei denen zu wohnen?«

»Es war gut.«

»Nicht so schlimm, was?«

»Überhaupt nicht schlimm.«

»Schön, das zu hören. Ich weiß, dass es auch ein paar gibt, die auf Sauberkeit achten.«

Ich war noch keine fünf Minuten im Haus und begann bereits, sie zu hassen.

»Willst du einen Snack?«

Ich nickte, als wüsste ich, was ich wollte. In Wahrheit war ich vom Frühstück und von dem Keks, den ich gegessen hatte, immer noch vollgestopft bis obenhin.

Sie führte mich in ihre Küche. An mehreren Stellen hingen Hähne aus Holz an der Wand. Über der Tür befand sich ein eingerahmtes Tuch mit der Aufschrift ›Gott segne dieses Haus‹. An der Wand hing eine Uhr, deren Ticken klang, als würde jemand Eisenbahnschienen festnageln.

»Diese gottverdammte Uhr macht mich wahnsinnig«, klagte sie. »Wie lange bin ich jetzt hier, drei Wochen? Und ich denke immer wieder, daran gewöhne ich mich noch. Aber das werde ich nicht. Ich bin froh, wenn dieser ganze Mist verschwindet und ich neue Sachen bekomme. Die Leute, denen das Haus gehört hat, hatten einen beschissenen Geschmack.«

Sie nahm die Uhr von der Wand, schlug sie kräftig auf die Küchentheke, bis sie aufhörte zu ticken, und warf sie dann in den Mülleimer unter der Spüle. »Da rate ich lieber, wie spät es ist. Setz dich an den Tisch.«

Sie hatte das Feingefühl eines Militärausbilders, aber ohne jeden Charme. Ich setzte mich.

Sie holte einen gläsernen Milchkrug hervor und stellte ihn auf die Theke. Dann griff sie noch einmal in den Kühlschrank. Darin befand sich ein bereits zubereitetes Sandwich auf einem Teller. Dieser Teller steckte zwischen ein paar schwarz angelaufenen Bananen und etwas in einer durchsichtigen Schüssel mit einem Deckel. Der Inhalt der Schüssel sah nicht besonders vertrauenerweckend aus. Sie platzierte den Teller vor mir, goss mir ein Glas Milch ein und stellte es daneben. Dann stellte sie die Milch in den Kühlschrank zurück und goss sich aus einer Kanne auf dem Herd eine Tasse Kaffee ein. Sie nahm eine Flasche Whiskey aus einem Küchenregal, ließ etwas davon in den Kaffee tröpfeln und sagte: »Das ist mein Augenöffner. Iss was. Ich werde mehr Lebensmittel brauchen, jetzt, wo du hier bist.«

Der Belag auf dem Sandwich stellte sich als Pfefferkäse heraus. Das Brot war etwas feucht. Ich aß nur ein paar Bissen. Ich war noch dermaßen vollgestopft, dass ich befürchtete, zu rülpsen oder mir in die Hose zu scheißen.

»Ich muss einkaufen gehen. Du solltest mitkommen. Hör mal zu, Daniel. Ich hab nicht die geringste Ahnung, wie man sich um einen Teenager kümmert.«

»Und ich hab keine Ahnung, wie man ein Teenager ist«, erwiderte ich.

Das brachte sie zum Lachen.

»Ich und deine Mutter, wir hatten nicht gerade die besten Vorbilder, was das Großziehen von Kindern angeht. Wir hatten überhaupt keine guten Vorbilder für irgendwas. Aber ich habe gut geheiratet, und deine Mutter hat es versucht. Leider hat sie deinen Dad geheiratet. Sie hatte sich mehr von ihm versprochen.«

»An Dad gab es nichts auszusetzen.«

»Ach nein?«

»An Dad gab es nichts auszusetzen«, wiederholte ich den Satz wie ein Mantra.

»Dann sehen wir uns doch mal die Tatsachen an. Deine Mutter wird vermisst. Dein Vater ist mit dir zu seiner alten Heimatstadt gefahren, zur Heimatstadt deiner Mutter und zu meiner. Dann ist er mit seinem Auto, in dem du gesessen hast, durch ein Brückengeländer gefahren, und du musstest von Farbigen vor dem Ertrinken gerettet werden und ein paar Monate bei ihnen wohnen. Wie war das noch mal? An deinem Vater gab es nichts auszusetzen?«

»Ich glaube nicht, dass er wusste, was er tat.«

»Tja, aber irgendjemand musste es wissen, und ich tippe auf ihn. Er hat versucht, dich umzubringen, Daniel. Er hat dich in eine Lage gebracht, in der du ganz auf dich allein gestellt warst und bei Farbigen leben musstest.«

»Es hat mir nichts ausgemacht, bei den Candles zu sein«, entgegnete ich. »Ronnie sagt, es ist ihnen lieber, wenn man sie Schwarze nennt.«

»Ronnie? Ist das das kleine Mädchen, von dem Dudley mir erzählt hat? Du bist doch wohl nicht in eine Hottentottin verknallt, oder, Danny?«

Ich spürte, wie ich rot anlief, aber nicht wegen Ronnie, sondern wegen dem Wort, mit dem meine Tante sie bezeichnet hatte. Ich wusste zwar nicht, was genau es bedeutete, aber mir war klar, dass es nichts Gutes bedeutete.

Sie betrachtete mich von oben bis unten, als würde sie meine Gedanken lesen.

»Merk dir eins, Kleiner. Ich bin nicht dafür zuständig, dich großzuziehen. Das war nicht mein Job. Das war der Job von meiner Schwester und ihrem nichtsnutzigen Ehemann.«

In diesem Punkt konnte ich ihr nicht widersprechen.

Meine Tante nippte an ihrem Kaffee. Sie sah mich weiter an, als würde ich mich vielleicht in eine Rauchwolke auflösen, wenn sie es nur lange und gründlich genug tat. Dann würde ich in den Vorhängen kleben wie der Zigarettengestank, und sie könnte diese und mich beim Frühjahrsputz wegwerfen.

Ihre Augen weiteten sich. Ihr schien etwas einzufallen, so plötzlich, als hätte sie ein Blitz getroffen.

»Du wirst doch keinen gottverdammten Hund haben wollen, oder?«

10

Nur fürs Protokoll: Tante June hat meinen Geburtstag, der gerade hinter mir lag, nie erwähnt. Ich glaube, sie erfuhr das Datum erst irgendwann später.

Das kleine blaue Haus wurde zu meinem Zuhause, aber ich betrachtete es nie als solches. Nicht wirklich. Es war einfach der Ort, an dem ich wohnte. Tante June strahlte so viel Wärme aus wie ein Eisschrank im Winter. Sie behandelte mich jedoch anständig, so anständig, wie man das Haustier eines toten Verwandten behandelt, um das man sich eigentlich nicht kümmern mag.

Im Haus hatte alles seinen Platz, und dort hatte es auch verdammt noch mal zu bleiben. Ich musste mein Zimmer so sauber und ordentlich halten wie das Zimmer in einer Kaserne. Ich ging zur Schule. Sah fern. Las Bücher. In der Schule fiel es mir zunächst schwer, mich anzupassen. Man hielt mich für merkwürdig, und ich war in etwa so beliebt wie Prostatauntersuchungen.

Auf ihre eigene Weise war meine Tante durchaus freundlich. Es war allerdings nicht ihre Art, einen an der Hand zu halten, zu umarmen oder auf die Wange zu küssen. Sie brachte mich dazu, zur Schule und in die Kirche zu gehen, was ich immer deprimierend fand, vor allem weil sie selbst nicht hinging und nicht das geringste Interesse an irgendetwas Theologischem hatte. Ich denke, sie glaubte, es würde mich irgendwie zu einem Mitglied der Gemeinde machen.

Ich erinnere mich, dass ein Junge aus der Schule sagte, die Kirche sei ein toller Ort, um Mädchen aufzureißen. Vielleicht hatte er recht. Ich fand es nie heraus. Ich ging nicht mehr hin, sobald ich ein eigenes Auto hatte und nicht mehr wie Schmutzwäsche dort abgeladen und eine Stunde später wieder abgeholt wurde.

Ein paar Jahre lang schrieb ich Ronnie und sie schrieb zurück. Manchmal schickte ich auch Millie Briefe und sie schrieb ebenfalls zurück. Schließlich kamen die Briefe seltener, dann gar nicht mehr. Ich glaube, selbst gute Erinnerungen müssen irgendwann Platz machen für neue. Ich war beinahe froh darüber, dass wir aufhörten, uns zu schreiben. So konnte ich aufhören, an das zu denken, was ich verloren hatte.

Wenn meine Tante und ich allein im Haus waren und beide Langeweile bekamen, unterhielten wir uns manchmal ein wenig. Es war für gewöhnlich das, was ich als zweckgerichtetes Gespräch bezeichnen würde. *Hast du dies oder jenes? Wie läuft es in der Schule? Brauchst du noch irgendwelche Lebensmittel?*

Ich versuchte, unsere Unterhaltungen auf andere Dinge zu lenken, aber das schien so gut wie unmöglich zu sein. Ich wollte mehr über meinen Vater und meine Mutter erfahren, über Dinge, die mir als Kind vielleicht nicht aufgefallen waren.

Eines Tages überraschte mich meine Tante, indem sie sagte: »Weißt du, zuerst bin ich mit deinem Vater ausgegangen. Aber deine Mutter war diejenige, auf die er es abgesehen hatte. Pech für sie. Glück für mich. Als er das Interesse an mir verlor, war das so, als ob ich einem Kanonenschuss ausgewichen wäre. Dein Vater war nicht die Zellen wert, aus denen er bestand, dieser hübsche Mistkerl. Er hatte immer so was Düsteres und Verdächtiges an sich, wie eine Schlange in der Unterwäscheschublade. Deine Mutter und ich, wir standen uns nicht besonders nahe, vor allem für Zwillinge, aber ich weiß noch, dass ich ihr sagte, sie solle sich besser aus dem Staub machen, wie man damals sagte. Nimm die Beine in die Hand und verlass diese Ehe, so schnell du kannst.«

»Glaubst du, dass sie tot ist?«

Sie sah mich an, als wollte sie mir ein dunkles Geheimnis verraten, und ihr Gesicht war sehr schön, aber sie sagte nichts. Ganz plötzlich stellte sie fest, dass sie noch etwas in der Küche zu erledigen hatte.

So war Tante June. Im einen Augenblick glaubte man, vielleicht eine echte Verbindung zu ihr hergestellt zu haben, nur um dann zu bemerken, dass man das Ziel weit verfehlt hatte, wie bei einem Dartwurf, bei dem sich das Loslassen gut angefühlt hatte.

Eines, das sich während der Zeit bei meiner Tante veränderte, war der Geist meines Vaters. Er besuchte mich nicht mehr. Vielleicht fand er mein Leben nun zu langweilig, um mich heimzusuchen.

Im Lauf der Jahre rief Sheriff Dudley ein paarmal an. Das überraschte mich. Als er an jenem Tag von Tante Junes Veranda getreten war, hatte ich angenommen, dass ich nie wieder von ihm hören würde. Aber er rief an. Nicht einmal in der Woche, auch nicht einmal im Monat, aber mindestens ein- oder zweimal im Jahr. Er erkundigte sich nach mir. Ich sagte ihm immer, dass es mir gut gehe, und den Rest der Zeit sprach er mit meiner Tante, während ich irgendwo in der Nähe saß oder stand, in der Hoffnung, etwas Neues über die Suche nach dem Auto und der Leiche meines Vaters zu erfahren.

Wenn sein Anruf vorbei war, sah ich meine Tante an, und jedes Mal sagte sie so etwas wie: »Die wissen auch nicht mehr als vorher. Haben noch mal den See abgesucht. Haben ein paar Autoreifen und ein totes Pferd gefunden, aber nicht ihn. Aber wenn du mich fragst, würde dieser fette Sheriff nicht mal seinen eigenen Arsch mit den Händen finden, selbst wenn er eine ausführliche Wegbeschreibung hätte.«

In der elften Klasse begann ich so langsam, mich wie ein echter Teenager zu fühlen. Meine Tante kaufte mir einen Gebrauchtwagen, denjenigen, mit dem ich mich vor der Kirche drückte, einen hellbraunen 1964er Impala, und, Junge, Junge, lief der gut. Ich musste einen Teilzeitjob als Einpacker im Supermarkt annehmen, um die Versicherung, die Reifen, den Sprit und so weiter bezahlen zu können. Aber das gefiel mir. Es bedeutete, dass ich weniger Zeit mit meiner Tante verbringen und mich nicht durch ihr Schweigen navigieren musste wie ein Schiff durch den Nebel. Ich lernte genug, um meinen Abschluss zu schaffen. Ich hatte Verabredungen. Mit zwei verschiedenen Mädchen hatte ich einige Male Sex in meinem Auto – aber nicht zur gleichen Zeit. Keine dieser hübschen Sexpartnerinnen stellte sich als meine wahre Liebe heraus, und ich mich auch nicht als ihre.

Die zweite, Jennifer Kitchen, eine blonde Schönheit mit einer Figur, die sie sich von der Göttin Aphrodite geliehen hatte, ging mir eine Zeit lang nicht aus dem Kopf. Aber dann entwickelte sie eine nicht zu überwindende Vorliebe für Footballspieler, weshalb sie mir ihre Gunst entzog und sie diesen gewährte.

Für ein paar Wochen verkroch ich mich schmollend zu Hause. Es war kein Verlust von Liebe, wie gesagt, aber doch ein Verlust von irgendetwas. Sex wahrscheinlich. Ich hatte darüber nie mit meiner Tante gesprochen, aber zu meiner Überraschung erkannte sie, was mir fehlte.

»Hast Liebeskummer, hm?«

»Was?«

»Irgendein Mädchen?«

»Nein.«

»Blödsinn. Man sieht's dir doch an. Die kommen und gehen, Danny, und meistens gehen sie. Ist keine große Sache. Du hättest sie sowieso geschwängert, und dann hättet ihr ein Kind, stell dir vor, was das für eine Belastung wäre. Du hättest ein Mädchen am Hals, das sich genauso schnell verändert wie du. Gott, kauf lieber Kondome und hab ein bisschen gesunden Menschenverstand. Hab für ein paar Jahre Spaß. Oder, noch besser, stirb als Junggeselle. Da sparst du Lebensmittelkosten.«

Ich wusste nicht, was ich darauf erwidern sollte. Es war beschämend. Aber so war das mit meiner Tante eben. Entweder herrschte absolutes Schweigen oder es kam irgendeine einsichtsvolle oder auch gemeine Bemerkung wie aus dem Nichts. Einmal fragte ich sie, weshalb sie nach so langer Zeit in Europa mit dem Reisen aufgehört hatte, und ihre Antwort war so schonungslos wie ein Steinwurf.

»Na, ich muss mich doch um dich kümmern, oder nicht?«

ZWEITER TEIL

Das Brüllen der Fliegen

1978

Im Dunkeln gab es nichts,
das nicht auch im Licht da gewesen wäre.

Rod Serling

11

Als der Abschleppwagen das Auto meines Vaters aus dem Moon Lake zog, zehn Jahre nachdem er hineingefahren war, befand ich mich in meinem Haus und arbeitete gerade an einem Artikel für eine Tageszeitung.

Ich schrieb über eine arme Dame, die zu Hause gestorben und von ihren zwei Hunden teilweise aufgefressen worden war. Man hatte sie in einem Haus voller Hundekot und zwischen Stapeln alter Zeitungen gefunden. Beide Hunde waren klein, niedlich und trugen rote Hundepullover, auf die mit roten und weißen Fäden die Worte ›Mommy's Baby‹ gestickt waren. Nach den Worten des Polizisten, der durch das Fenster gestiegen war und sie gefunden hatte, hatten die Hündchen Blut an den Zähnen gehabt.

Als der Cop ihre Leiche fand, war diese so voller Fliegen, dass er sagte, er habe zuerst geglaubt, eine summende elektrische Heizdecke vor sich zu haben, die kurz davor war, den Geist aufzugeben. Als er dann aber vortrat und die Fliegen aufschreckte, erhoben sie sich in einer dichten Schwade, und in dem schmalen Flur, in dem er sie gefunden hatte, hörte es sich wie das Brüllen eines Löwen an. Weil er religiös war, hielt er es für ihre Seele, die in Form aufgeblähter Stubenfliegen ihren Körper verließ. Interessant.

Ich war kurz davor, den Artikel zu beenden, als ich den Anruf bekam. Ich versuchte gerade, einen Weg zu finden, die Betonung auf ihr Engagement im Tierschutz zu legen und den Teil wegzulassen, in dem ihre verhungernden Haustiere von ihr genascht hatten, ebenso die widerliche Einzelheit mit dem Gebrüll der Fliegen.

Was die Hunde anging, so empfand ich Mitgefühl. Wäre ich in einem Haus gefangen gewesen und hätte keine Daumen oder sonstige Finger gehabt, um telefonisch Hilfe zu rufen oder eine Pizza zu bestellen, hätte ich sie wohl auch gefressen. Aber so etwas wollten die Leute nicht lesen, jedenfalls nicht in einer Kleinstadtzeitung.

Der Anrufer war der alte Sheriff Dudley, der immer noch die gleiche Arbeit machte, jetzt allerdings für die neue Polizei von New Long Lincoln und als Chief Dudley. Er erzählte mir, dass man die Überreste meines Vaters gefunden hatte, vom Wasser und der Zeit zerstört und über Vorder- und Rücksitz verteilt. Außerdem war man im Kofferraum auf Koffer sowie auf weitere körperliche Überreste gestoßen – Knochen und verwestes Fleisch, eingewickelt in eine Decke, die sich in einen schlammbedeckten Stoffbrei verwandelt hatte. Man nahm an, dass es sich um die Überreste meiner Mutter handelte.

Um es milde auszudrücken: Dies war ein Schockmoment für mich.

Als man mich bat, zu kommen und mir anzuhören, was sie zu sagen hatten, sowie Vorkehrungen für die Beerdigung zu treffen, war ich zuerst sowohl verwirrt als auch widerwillig.

Es lag nicht daran, dass mein Teilzeitjob für die Zeitung mir echtes Geld einbrachte, das ich zu verlieren fürchtete, denn ich hatte vor Kurzem ein zweites Roman-Exposé für genug Geld verkauft, um mir für die nächsten sechs Monate keine Sorgen machen zu müssen. Der Grund war, dass ich mich zu dieser Zeit nach so viel Schmerz und Trauer über lange Jahre von all diesen Dingen losgelöst hatte. Es war ein Teil meiner Vergangenheit, der im Unterholz verschwunden war, und falls er dort noch nicht verendet war, war er zumindest schwer verletzt und lag weitgehend still.

Ich hatte einmal ein Gedicht über meine Vergangenheit geschrieben. Es ist bis heute nicht veröffentlicht.

Am meisten beschäftigte mich, dass ich meinen Therapietermin absagen musste, wenn ich nach New Long Lincoln fuhr. Ich hatte keinen Termin bei einem echten Therapeuten, sondern bei einem Boxtrainer vom YMCA.

So langsam wurde ich ziemlich gut, und wie ich von Mr. Candles gelernt hatte, half mir das Boxen, meine Mitte zu finden. Es war meine Therapie. Außerdem hatte ich gelernt, mich durch Skepsis und hin und wieder auch durch Sprücheklopferei zu schützen.

Ich beendete den Text über die teilweise von den Hunden gefressene Frau, schrieb eine halbe Seite für den Roman, den ich begonnen hatte, und versuchte mich dann an ein paar Gedichten, doch wie üblich waren sie alle scheiße. Aber beim Schreiben konnte ich wie beim Boxen den Druck in meinem Kopf ablassen, ganz egal worüber ich schrieb. Ich fragte mich, ob die alten Völker zu genau diesem Zweck Löcher in Schädel gebohrt hatten, um diesen Druck herauszulassen, in dem Glauben, er würde einfach davonfliegen, obwohl die Patienten stattdessen Infektionen und eine neue Vorliebe für Hüte entwickelten. Dennoch hatte der Drang zu bohren nicht nachgelassen.

Mit meinem Artikel in einer Manilamappe fuhr ich zur Arbeit. Als ich das Zeitungsgebäude betrat, herrschte dort schlechte Luft, und eine klebrige Wärme hatte sich ausgebreitet.

Saul Albright, der Geschäftsführer, war als Einziger anwesend. Er hatte ein rotes Gesicht und weiße Haare, war dünn wie ein verhungerndes Fotomodell und schlau wie ein Fuchs. Er schien immer wachsam zu sein, selbst wenn er saß, aber heute wirkte er ein wenig geschrumpft. Er stand vor der Tür zu seinem Büro und lehnte sich an den Türrahmen. Seine Kleidung hing an ihm, als hätte man sie über eine Stuhllehne geworfen. Er sah müde und verschwitzt aus.

»Daniel«, sagte er.

Saul wich in sein Büro zurück und ich folgte ihm. Wie immer klemmte er sich hinter seinen Schreibtisch, streckte die langen Beine aus und legte die Hände in den Schoß. Ich legte die Mappe mit meinem Artikel auf den Rand des Tisches. Er beäugte sie traurig wie ein hungriger Mann, der Diät macht und einen Nachtisch vor sich sieht, von dem er weiß, dass er ihn nicht essen sollte.

»Ich habe heute Morgen einen Anruf bekommen. Von dem Polizeirevier in New Long Lincoln«, eröffnete ich ihm und fasste den Inhalt dann zusammen. »Ich werde für ein paar Tage wegmüssen.«

»Oh, das ist ja furchtbar, Daniel.«

»Das stimmt.«

»Natürlich musst du hin.«

Die Erkenntnis, dass mein Vater meine Mutter ermordet haben musste, bedeutete auch, dass in dieser Nacht, in der wir zum Moon Lake gefahren waren und auf der Brücke gestanden hatten, bevor wir U-Boot spielten, ihre Leiche schon die ganze Zeit über im Kofferraum gelegen hatte. Damals hatte ich geholfen, das Gepäck einzuladen, und konnte mir beim besten Willen nicht erklären, wie es meinem Vater gelungen war, meine tote Mutter in den Kofferraum zu packen, ohne dass ich es bemerkt hatte. Obwohl einer der Koffer groß genug gewesen war, dass sie hineingepasst hätte.

»Mann, ist das heiß hier drin«, sagte ich. »Wo sind die anderen?«

»Ich hab die Klimaanlage ausgeschaltet. Strom und Wasser kommen als Nächstes dran. Ist nicht gerade der beste Zeitpunkt, um dir das zu sagen. Die anderen wissen es bereits, aber ich bin fertig, alt, und mein Gedächtnis lässt allmählich nach. Manchmal lege ich meine Hose über Nacht in den Kühlschrank.«

Das glaubte ich ihm zwar nicht, aber das war eben Sauls Art, sich an das Thema anzuschleichen, über das er wirklich sprechen wollte. Seine Methode.

»Ich löse die Zeitung auf, Daniel. Ich wollte dich erst anrufen, aber dann bin ich zu dem Schluss gekommen, es dir lieber persönlich zu sagen. Dich werde ich am meisten vermissen, so wie Dorothy die Vogelscheuche.«

»Warum machst du Schluss?«

»Weil sie keiner liest und auch keiner mehr Fische darin einwickelt. Ich habe dran gedacht, sie zu verkaufen. Aber an wen? Die Zeitung von Tyler und die Fernsehsender heimsen alles ein, was es hier in der Kleinstadt zu holen gibt. Ich verdiene kein Geld. Bin mit so ziemlich allen Zahlungen im Rückstand. Ich hab mir Geld von Peter geliehen, um Paul zu bezahlen, und dann ist Peter gestorben. Heute ist der letzte Tag.

Heute Morgen bin ich aufgestanden, hab einen Blick auf meine Schulden geworfen und kam zu dem Schluss, dass ich das zwar alles abbezahlen kann, aber die Vorstellung, mich durch noch so einen Monat zu quälen und meine kalten Hosen aus dem Kühlschrank zu tragen, war alles andere als verlockend. Ich habe hier deinen Scheck. Mann, Danny. Mit dem Geld, das du hier verdienst, kannst du dir gerade mal einen Geburtstagskuchen und ein Partyhütchen kaufen. Du brauchst das nicht, du schreibst doch Romane.«

»Ich hatte aber das Gefühl, dass ich es brauche.«

»Vielleicht als Hobby, aber nicht mehr.« Er öffnete die Schreibtischschublade, holte den Scheck hervor und gab ihn mir.

»Hör mal, wenn du dir das nicht leisten kannst …«

»Red keinen Quatsch. Ich kann mir die verfluchte Zeitung nicht leisten, aber das hier schon. Komm doch von Zeit zu Zeit mal bei mir vorbei. Nicht hier natürlich. Besuch mich zu Hause, und wir ziehen uns tiefgekühlte Hosen an. Ich werde immer eine für dich bereithalten. Das mit deinem Vater und deiner Mutter tut mir leid. Ich weiß gar nicht, was ich sagen soll.«

»Da gibt's nicht viel zu sagen. Es hat sich herausgestellt, dass mein Vater meine Mutter ermordet hat und auch mich umbringen wollte. Ich glaube, damit ist genug gesagt.«

»Du kennst nicht die ganze Geschichte, kleiner Danny.«

»Mom ist ja wohl nicht von selbst in den Kofferraum gestiegen und dadrin gestorben.«

»Wahrscheinlich nicht. Aber du bist ein Reporter, wenn auch nur einer für eine schwächelnde Zeitung, die heute ihren letzten Tag hat. Du weißt genug, dir sollte klar sein, dass die Dinge nicht immer so sind, wie sie zuerst scheinen. Wenn man sich auf Mutmaßungen statt auf Tatsachen stützt, kann man so ziemlich jeden wie einen Arsch aussehen lassen.«

»Manche Dinge sind so offensichtlich, da geht's nicht um ›Wo Rauch ist, ist auch Feuer‹, sondern um ›Wo Feuer ist, ist Feuer‹.«

Saul erhob sich und streckte über den Tisch hinweg seine Hand aus. Ich schüttelte sie.

»Falls du nach New Long Lincoln fährst und dich entschließt dortzubleiben, brauchst du vielleicht einen Job. Ich kenne die Dame, die dort die Zeitung leitet. Christine Humbert. Sie hat ein größeres Unternehmen als dieses hier. Vielleicht sind die sogar in der Lage, dir genug zu bezahlen, dass du morgens zur Arbeit fahren kannst. Ich könnte ein gutes Wort für dich einlegen.«

»Ich hab nicht gesagt, dass ich bleiben will.«

»Stimmt. Aber ich kenne dich lange genug, um zu erkennen, wenn dich etwas wirklich neugierig macht, und in diesem Fall hast du auch noch persönliche Gründe für deine Neugier. Pass auf, ich mache jetzt hier zu und fahr nach Hause, und morgen geh ich angeln. Das hab ich noch nie getan, also dachte ich mir, ich mach das vielleicht einfach mal. Natürlich brauche ich dafür erst noch die Ausrüstung, also mach ich's vielleicht doch nicht. Je mehr ich drüber nachdenke, desto mehr kommt es mir wie eine elende Plackerei vor, einen Fisch zu fangen und ihn zu säubern.«

»Ich nehme an, du druckst den Nachruf nicht mehr, den ich geschrieben habe.«

»Ich fürchte, nein. Tut mir leid, aber die alte Dame wird sich beerdigen lassen müssen, ohne dass jemand für sie ins Horn geblasen hat. Wir jedenfalls nicht.«

»Traurig.«

»Daran kann ich jetzt nichts mehr ändern, Danny.« Saul umrundete bereits seinen Schreibtisch und ging auf den Ausgang zu. »Komm schon.«

Als wir draußen standen und er den Schlüssel im Türschloss umdrehte, sagte ich: »Ich werde das hier vermissen.«

»Es hatte seine Momente, nicht? Wenn du nicht vorhast, für eine andere Zeitung zu arbeiten, dann nutz die freie Zeit, die du jetzt hast. Du bist ein außergewöhnlicher junger Mann. Du bist hier eingestellt worden, ohne einen Abschluss in Journalismus zu haben, weil du bereits einen Roman geschrieben und verkauft hattest. Das ist verdammt reif für dein Alter. Eine alte Seele. Ich hab auch mal drüber nachgedacht, einen Roman zu schreiben. Das tu ich immer noch. Ich weiß, dass ich ihn nie schreiben werde. Aber du, du hast schon einen rausgebracht und jetzt einen zweiten verkauft. Vergiss dieses journalistische Stückwerk. Schreib lieber dein Buch fertig.«

»Vielen Dank für alles, Saul.«

Ich fuhr nach Hause, um meine Sachen zu packen.

12

In dieser Nacht schlief ich zu Hause, obwohl ich nicht sicher bin, ob das Auf-und-ab-Gehen im Haus und das Dösen auf der Couch, das von Zeit zu Zeit von Wassertrinken und Snacks unterbrochen wurde, die aus Graham-Crackern mit Erdnussbutter bestanden, wirklich als Schlaf bezeichnet werden kann.

Der nächste Morgen war so heiß wie ein billiges Motelzimmer in der Hölle. Ich trug meinen Koffer und die Schreibmaschine zum Auto hinaus und verstaute sie im Kofferraum, und als ich damit fertig war, war ich schweißgebadet. Ich hatte einen Stapel Kassetten auf dem Sitz, von denen ich hoffte, dass sie mich auf meiner Fahrt nach New Long Lincoln unterhalten würden, aber eigentlich hatte ich gar keine Lust, Musik zu hören.

Ich blickte zum blauen Haus meiner Tante zurück, das ich nach ihrem Tod geerbt hatte, und in diesem Moment wusste ich, dass ich es verkaufen würde. Sie war nun schon seit ein paar Jahren tot, nach einem Herzinfarkt im Lebensmittelgeschäft, während sie sich auf die Zehenspitzen gestellt hatte, um eine Dose Limabohnen vom Regal zu nehmen. Ein Beobachter, der ebenfalls auf der Jagd nach Gemüse gewesen war, hatte es gesehen. Er sagte, die Dose Bohnen sei bei ihrer Berührung heruntergefallen und habe sie mitten auf den Kopf getroffen, aber in diesem Augenblick sei sie bereits von selbst zusammengesackt. Dieses Strecken nach den Bohnen war mehr gewesen, als ihr Herz verkraften konnte, und so war es wie ein geworfener Wasserballon zerborsten. Zwei Tage später beerdigte ich sie ohne kirchliche Zeremonie, nur mit einem einfachen Gottesdienst am Grab, bei dem bloß ich, der Eigentümer des Bestattungsinstituts, seine beiden Totengräber und ein ernstes Eichhörnchen in einem nahen Baum anwesend waren. Ich konnte nicht genau sagen, ob sie mir fehlte. Ich rede von meiner Tante, nicht von dem Eichhörnchen. Das Tier kannte ich ja kaum.

Im Haus gab es nichts mehr, das ich behalten wollte. Die Möbel brauchte ich nicht, ebenso wenig all die Töpfe und Pfannen in der Küche. Ich hatte eigentlich keinen Grund mehr, in diese Gemeinde zurückzukehren. Es gab keinen Ort, an dem ich nach meiner Fahrt nach New Long Lincoln sein wollte, aber zu diesem Zeitpunkt verschwendete ich keinen tieferen Gedanken an diese Frage. Das alles erinnerte mich an den Tag, an dem ich dieses Haus zum ersten Mal betreten hatte. Tante June hatte davon gesprochen, seinen Inhalt wegzuwerfen, um neu anzufangen, und sie hatte es getan.

Ich tat dasselbe, doch diesmal schloss es das Haus selbst mit ein.

Die Reise nach New Long Lincoln dauerte zwei Stunden. Zuerst stattete ich jedoch der Bank einen Besuch ab, löste meinen Scheck von der Zeitung ein und hob mein ganzes Geld ab. Es war zwar kein Vermögen, aber es kam mir so vor.

Unterwegs hielt ich nur ein Mal an, um zu tanken, mich zu erleichtern, einen Sweet-Mama-Schokoladenkuchen und einen schwarzen Kaffee in einer Styroportasse zu kaufen. Ich aß den Kuchen und trank den Kaffee während der Fahrt. Der Kuchen war gut; der Kaffee war scheußlich. Vielleicht hatten sie die Kaffeemaschine versehentlich mit Getriebeöl befüllt.

Ich fuhr zu schnell, hatte aber Glück – keine Polizeiblinklichter tauchten in meinem Rückspiegel auf. Als ich die Stadt erreichte und am Ortsschild vorbeikam, las ich darauf, dass die Einwohnerzahl von New Long Lincoln in den letzten zehn Jahren von 20.000 Seelen auf 35.000 angewachsen war.

Auf dem Platz in der Stadtmitte stand eine riesige Statue von Jefferson Davis, der ein Buch, wahrscheinlich eine Bibel, in der einen Hand hielt und sich mit der anderen ans Mantelrevers griff. Der Gesichtsausdruck der Statue sollte wohl kämpferisch wirken, nehme ich an, aber sie wirkte eher wie ein Mann, der an Verstopfung litt. Über Davis flatterte eine Konföderiertenflagge an einer langen Metallstange im Wind.

Wie viele der Statuen, die die Konföderation verherrlichten, war auch diese wahrscheinlich in der Bürgerrechtsära errichtet worden, um den Schwarzen, der Regierung und Lyndon Johnson eins auszuwischen. Viele Menschen in diesem Teil des Landes erweckten den Eindruck, als wäre der Sezessionskrieg erst seit gestern vorbei. Für manche von ihnen schien er überhaupt nicht geendet zu haben.

Ich hielt an einem Dairy-Queen-Restaurant, um nach dem Weg zu fragen. Ein pickliges Mädchen hinter dem Tresen half mir weiter. Mit einer Wegbeschreibung und einem eiskalten Drink ging ich wieder hinaus. Nun war es schon Mittag, und die Sonnenstrahlen versengten die Luft, die zum Schneiden dick war und nach Kupfer schmeckte.

Ich erkannte das Polizeirevier wieder, als ich dort eintraf, obwohl es beträchtlich vergrößert worden war. Plötzlich bekam ich eine Art Flashback zu dieser feuchten Nacht, die nun gar nicht mehr so weit zurückzuliegen schien. Ich spürte das kalte Wasser des Sees an mir, dann die kalte Luft, und das, obwohl es Hochsommer war. Und so heiß, dass selbst ein Kamel ein Zelt gebraucht hätte, aber dennoch fühlte ich es.

Das Innere des Reviers hatte sich verändert. Hier lief nun eine Klimaanlage auf Hochtouren. Die Luft war voll mit blauem Zigarettenrauch. Hinter einer durchsichtigen Plastiktrennwand mit einer Schiebeöffnung saß eine junge schwarze Frau mit kurz geschnittenem Haar und munterer Miene, die ein blaues Kleid und einen schwarzen Mantel trug. Vor ihrem Platz stand ein Schild mit der Aufschrift ›Shonda Ray‹. Sie lächelte mich an.

Es verblüffte mich immer noch ein wenig zu sehen, dass eine schwarze Person an einem Empfangstresen arbeitete in einer Stadt in Osttexas, in der noch immer Jim Crow regierte. Die Zeiten änderten sich nach und nach, und darüber war ich froh.

»Sie tragen einen Mantel?«, sprach ich sie an.

»Durch die Klimaanlage wird mir nach einer Weile kalt. Wenn ich dann nach draußen gehe, bin ich wie ein Stück Brot, das frisch aus dem Toaster kommt, und mein Schweiß ist die Butter.«

Ich grinste und sagte ihr, dass ich da sei, um mit Chief Dudley zu sprechen.

»Ich werde ihn mal anklingeln. Ihr Name?«

Ich nannte ihn ihr. Sie nahm das Telefon und sprach in den Hörer. Ich blickte mich um und sah ein paar Männer, allesamt weiß, in Polizeiuniformen an Schreibtischen sitzen. Ein weiterer kam aus dem hinteren Bereich hervor, ein schlaksiger Kerl, der mir einen Blick zuwarf und nickte. Ich nahm an, dass es noch weitere Cops gab, die gerade auf Streife waren. Das Department war ebenso gewachsen wie die Stadt selbst.

»Sie können reingehen«, verkündete Shonda und legte den Hörer auf. »Er ist drei Türen weiter auf der rechten Seite.«

Sie betätigte den Summer und öffnete die Seitentür. Wie ein Schuljunge auf dem Weg zum Nachsitzen trottete ich einen langen Flur entlang. Bevor ich sein Büro erreichte, kam Chief Dudley schon heraus und blickte mir entgegen. Er sah noch genauso aus wie früher, abgesehen davon, dass sein Haar dünner und grauer geworden war. Außerdem war sein Bauch um einiges geschrumpft, wodurch er jetzt eher an ein Artilleriegeschoss als an eine Bowlingkugel erinnerte.

Er lächelte, winkte mich herein und ging in sein Büro. Ich folgte ihm.

»Mach die Tür zu, junger Mann.«

Ich tat es. An der Wand sah ich das Foto, das ich schon damals in seinem alten Büro gesehen hatte. Das mit den Leuten, die wie Wachsfiguren aussahen und neben Dudley standen, der rosige Wangen hatte und auf dem Bild viel jünger wirkte, als ich es in Erinnerung hatte.

Chief Dudley bemerkte, wo ich hinsah, und sagte: »Leute von der Stadtverwaltung. Wenn du denkst, dass sie da alt aussehen – jetzt sehen sie wie wandelnde Tote aus. Aber die Sache ist die: Alte Hunde können genauso gut beißen wie junge.«

»Wenn sie Zähne haben.«

»Die haben sie. Viel zu viele.«

Chief Dudley schleppte sich hinter seinen Schreibtisch wie ein Nashorn, das nach einer weichen Stelle sucht, um sich hinzulegen. Vorsichtig ließ er sich auf seinen quietschenden Stuhl hinab und sah mich an.

»Setz dich doch.«

Ich nahm auf dem Stuhl vor seinem Tisch Platz und schlug ein Bein über das andere.

»Du bist ja richtig groß geworden, Junge. Als ich dich das letzte Mal gesehen habe, warst du nicht mehr als ein Furz im Wind. Jetzt siehst du aus, als drehten sich die Mädchen nach dir um.«

»Die Mädchen scheinen das leider anders zu sehen.«

»Ach, du hast bloß noch nicht die Richtige gefunden. Pass auf, ich bestell dich ja nur ungern deswegen hierher, aber es ist wirklich wichtig, dass du ein paar Sachen unterschreibst. Sachen, die die Knochen von deinem Vater betreffen und die Überreste deiner Mutter, jedenfalls nehme ich das an. Es ergibt doch Sinn, dass sie es ist, oder?«

»Aber Sie sind nicht sicher?«

»Unser Gerichtsmediziner sieht sich die Leiche noch an, wird aber vielleicht Hilfe von jemandem von außerhalb brauchen, der sich mit solchen Sachen auskennt. Zahnärztliche Unterlagen von ihr gibt's wahrscheinlich schon lange nicht mehr. Damals haben die Leute solche Dinge nicht lange aufbewahrt, schon gar nicht, wenn ein Patient nicht mehr kam, und falls sie doch aufbewahrt wurden, müsste man erst einmal rausfinden, wer eigentlich ihr Zahnarzt gewesen ist.«

Er sah mich an, als ob ich es ihm verraten könnte. Ich wusste aber nichts, also sagte ich nichts.

»Ich hatte dir versprochen, dass wir weiter nach deiner Mutter suchen werden, aber um ehrlich zu sein: Das haben wir nicht getan. Wir haben vor ein paar Jahren aufgehört, und die Behörden, mit denen wir in Kontakt waren und die sie ebenfalls suchen sollten, haben dasselbe getan, falls sie überhaupt je mit dem Suchen angefangen haben. Dass wir sie, das Auto und deinen Dad gefunden haben, nun ja, das war keine brillante Polizeiarbeit. Es war eher ein Zufall.«

»Was für ein Zufall?«

»Die Dürre. Der See ist mehr oder weniger ausgetrocknet. Und eins sag ich dir, das ist ein erstaunlicher Anblick, so tief, wie er war, und die alte Stadt ist immer noch da, größtenteils sogar in überraschend gutem Zustand. Mann, das sieht aus, als könnte man da einfach ein paar Hausmeister hinschicken, neues Gras anpflanzen, ein paar Büsche, und den Ort dann nach ein paar Wochen wieder eröffnen. Das Ungewöhnlichste war, dass es da draußen mehrere Autos gab, die das Wasser weggespült hatte, als es da noch Wasser gab. Das von deinem Vater befand sich auf der anderen Seite der Brücke, also nicht mehr da, wo er damals runtergefahren war. Und jetzt kommt das Seltsame. Da steht eine Werkstatt, immer noch aufrecht und stabil, und der Wagen war dadrin geparkt.«

»Was?«

»Muss mit der Zeit da reingeschwemmt worden sein, nehme ich an.«

»Ziemlich erstaunlich.«

»Wasser hat viel Kraft. Bei einem Unwetter könnte das Auto über den Grund geschwommen und am Ende dort gelandet sein. Der Mann vom Abschleppdienst, Buck, hat eine lange Kette drangehängt und es rausgezogen. War in einem üblen Zustand, aber es ist noch alles da gewesen. Die Überreste von deinem Vater waren auf Vorder- und Rücksitz verteilt. Die Knochen von deiner Mutter, oder das, was wir dafür halten, haben sich noch weitgehend in einem Stück befunden, hier und da mit vertrocknetem Fleisch dran, und sie steckten hauptsächlich in einem Koffer, der sich aber aufgelöst hat. Die Knochen waren in die Reste einer alten Decke eingewickelt. Sie und diese Decke waren um den Ersatzreifen im Kofferraum geschlungen. Hier und da sah man ein Muster auf der Decke. Sie war vielleicht blau, schwarz oder dunkelgrün gewesen. Da waren so kleine Verzierungen drauf, aber ich konnte sie nicht erkennen.«

»Blau. Und die Verzierungen waren Seepferdchen. Ich erinnere mich an diese Decke. Die stammte aus unserem Haus. Es war meine. Meine Mutter hatte sie mir gegeben. Bis zu diesem Moment hatte ich sie völlig vergessen. Ich hatte sie immer zusammengefaltet am Fußende meines Bettes liegen, hab sie in kalten Nächten benutzt. Wo ist denn das Auto?«

»In einer Werkstatt, in der wir uns sonst um Polizeiautos kümmern. Ich hab es von Leuten unter die Lupe nehmen lassen, die angeblich wissen, was sie tun. Tatortspezialisten. Heißt, dass sie bei 'nem Kurs mitgemacht und ein Handbuch dabeihaben. Wir haben hier nicht gerade Großstadtpersonal, aber wir tun, was wir können.«

»Da Sie ja nun nicht mehr Sheriff, sondern Chief sind – wo ist denn das Sheriff's Department hin?«

»Die verschiedenen Behörden haben sich früher dieses Büro geteilt, aber jetzt nicht mehr. Das Sheriff's Department hat heute ein eigenes Gebäude am Stadtrand. Und ich habe jetzt Polizisten unter mir, die gerade frisch aus den Windeln raus sind. Ein Kerl namens Hiram Drudd macht inzwischen meinen alten Job als Sheriff. Ist der Sohn von einem meiner alten Deputys. Dumm wie 'ne Tüte frischer Pferdescheiße, aber ich versuche, mich mit ihm zu arrangieren. Muss ich ja. Aber er ist mir keine Hilfe. Wir denken darüber nach, das FBI dazuzuholen, diese Besserwisser von der Regierung. Und ich schätze, darauf wird's auch hinauslaufen, obwohl ich überhaupt keine Lust drauf habe.«

»Die könnten aber dabei helfen, den Fall abzuschließen.«

»Es ist unser Fall.«

»Wichtiger ist doch, dass er gelöst wird.«

»Junge, da gibt's nicht viel zu lösen. Der Lack ist ab, wenn er überhaupt je dran war. Dein Vater hatte einen Streit mit deiner Mutter, und er hat's wahrscheinlich nicht gewollt, aber höchstwahrscheinlich hat er sie geschlagen, und dadurch ist sie gestorben. Er hat sie in die Decke eingewickelt, sie in den Kofferraum gelegt und beschlossen, Heim und Herd zu verlassen und dich mitzunehmen in den See. So machen Verrückte das manchmal. Bringen ihre ganze Familie um, weil sie sich nicht vorstellen können, ohne sie zu leben. Die denken hauptsächlich an sich selbst. Sie wollen die Kontrolle haben, im Leben wie im Tod.«

»Kann ich das Auto und die Überreste sehen, Chief?«

»Bevor das FBI kommt und alles einsackt, lasse ich dich hin. Ich krieg vielleicht Ärger deswegen, aber Scheiße noch mal, ich bin ein alter Mann und hätte schon vor Jahren in den Ruhestand gehen sollen. Ich bin hier praktisch ehrenamtlich tätig. Mein Mitbewohner ist der Meinung, dass ich in Pension gehen und den ganzen Tag auf der Veranda sitzen und Bier oder Kaffee trinken soll, je nach Tageszeit. Aber die Aussicht finde ich nicht sonderlich verlockend. Er ist die Sorte Mensch, die keine allzu hohen Ambitionen im Leben hat, weißt du? Ist selbst in Pension gegangen, sobald er konnte. Kriegt Rente und nähert sich so langsam der Sozialhilfe an, ein paar Jahre vor mir. Wenn der ein Stück Wassermelone und eine Schüssel Erdbeereis hat, ist das Leben für ihn in Ordnung. Ich mag ihn trotzdem. Ist ein guter Freund.

Wir kennen uns seit Jahren. Komm, wir gehen hin. Fangen wir mit dem Auto an und nehmen uns danach die Knochen vor.«

13

Der Ort, an dem sie das Auto aufbewahrten, lag hinter der Polizeiwerkstatt. Dudley führte mich durch den Hinterausgang und brachte mich hin. Es war ein riesiges Aluminiumgebäude, bei dem ich sicher war, dass es zehn Jahre zuvor noch nicht hier gewesen war.

Vor der Tür zur Werkstatt blieben wir stehen, also vor der Seitentür, nicht vor dem großen, geschlossenen Rolltor an der Vorderseite. In der Nähe stand ein Streifenwagen. Die Sonne lag mir schwer im Nacken.

Dudley legte die Hand an den Türknauf. Dann sagte er zu mir: »Die werden verlangen, dass du dir was über die Schuhe ziehst, und du wirst Plastikhandschuhe und 'ne Badekappe tragen müssen. Handschuhe reichen denen heute nicht mehr.«

»Okay.«

»Zuerst muss ich fürs Protokoll wissen, ob du sicher bist, dass es dasselbe Auto ist. Du erinnerst dich doch noch dran?«

»Als wär's gestern gewesen.«

»Alles klar.«

Drinnen lief die Klimaanlage, und ein nervöser, kleiner, sommersprossiger Kerl saß an einem Tisch in der Nähe der Tür. Mit von Öl und anderen Autoflüssigkeiten geschwärzten Fingern erledigte er Papierkram.

Die Seiten, auf denen er schrieb, waren voll von seinen Fingerabdrücken.

Dudley nickte ihm zu und wies ihn an: »Gib uns mal was zum Anziehen.«

Der Nervöse stand auf, zog Plastikhandschuhe an, öffnete eine Plastikkiste, nahm die Dinge heraus, die wir brauchten, und brachte sie uns.

Ich konnte das Auto sehen, das über einer Werkstattgrube geparkt war. Von unten ragten Hände aus der Grube, von denen eine einen Schraubenschlüssel hielt. Der Mechaniker machte irgendetwas an der Unterseite des Wagens, aber ich war nicht sicher, was es war. Bestimmt waren es keine Reparaturen; er suchte irgendetwas. Vielleicht Hinweise?

Die Felgen waren rostig und voller Schlamm. Ein paar Fetzen Reifengummi hingen noch daran. Auf der gegenüberliegenden Seite sah ich einen Kopf, der mit einer Badekappe bedeckt war.

»Ist er das?«, fragte mich Dudley und nickte in Richtung Wagen.

»Ja, Sir, das ist er.«

Die ursprüngliche Farbe war verschwunden und hatte dem Farbton des Seegrunds Platz gemacht, braun und sandartig. Die Seitenfenster waren schlammverschmiert und kleine Gegenstände, die ich nicht erkennen konnte, steckten in diesem Schlamm. Ich hatte mir das Auto nass vorgestellt, aber natürlich war es jetzt trocken, nachdem die Dürre, die sengende Sonne und die Klimaanlage ihren Dienst getan hatten.

Als ich mir das Auto ansah, konnte ich beinahe wieder das Krachen hören, mit dem der Buick durch das Brückengeländer gebrochen war, ich konnte auch wieder den atemberaubend tiefen Sturz in das mondbeschienene Wasser fühlen.

Wir hatten Handschuhe, die Kappe, die Fußbedeckung sowie einen Kittel aus Plastik an, der alles bedeckte. Der Kittel knisterte bei jeder Bewegung. Es war, als steckte man in einem Kondom.

Als wir näher kamen, sah ich das Loch, wo sich einmal die Heckscheibe befunden hatte. Ich war durch die Kraft des hereinströmenden Wassers dort hindurchgedrückt worden, während mein Vater, der größer war, an den Vordersitz gepresst worden war. Im Auto waren viel Schlamm und einige verworrene Gegenstände, die ich nach einer Weile als die schlammverkrusteten Reste von Kleidungsstücken erkannte.

Ich betrachtete den Kofferraum, in dem man die Knochen meiner Mutter gefunden hatte. Natürlich wusste ich, dass man sie herausgenommen hatte, aber ich stellte sie mir darin vor, ihren früher so schönen, nun ruinierten Körper, der in eine Decke gewickelt neben einem Ersatzreifen lag. Mein alter Herr auf dem Vordersitz, vielleicht mit ihrem Slip in der Hand, von dem er mir erzählt hatte.

Beim Blick durch die Lücke, wo sich die Heckscheibe befunden hatte, konnte ich sehen, dass auch die Windschutzscheibe fehlte. Als wir an der Rückseite des Wagens vorbeigingen, sah ich, dass das Glas auf der Fahrerseite noch intakt war, aber schlammverkrustet. Es wies an der Stelle, an der irgendetwas, vermutlich mein Vater, dagegengeprallt war, sternförmige Risse und Sprünge auf. All das zu sehen und mich wieder an diese Nacht zu erinnern machte mich ziemlich fertig.

Als wir auf die andere Seite gelangten, hob die Person, die sich dort aufhielt, ihren badekappenbedeckten Kopf und sah uns an.

Sie war vielleicht zehn Jahre älter und unter einer Plastikhülle, aber diese glänzenden, tiefbraunen Augen waren die meiner Meerjungfrau.

Ronnie.

14

»Das ist Officer Ronnie Candles«, stellte Dudley sie mir vor. »Ist 'ne Weile her, aber du kennst sie natürlich.«

»Ich erkenne den jungen Daniel in deinem Gesicht«, sagte sie.

»Ich glaube, du erkennst mich nur wieder, weil du wusstest, dass ich herkommen würde.«

»Hab dein Gesicht auf der Rückseite deines Buchs gesehen. Du hattest eine Tweedjacke mit Ellbogen-Patches an. Sehr schriftstellerisch. Aber du siehst noch genauso aus wie früher, nur viel größer.«

»Hast du meinen Roman gelesen?«

»Ich hab ihn gekauft, aber noch nicht gelesen. *Der Stein auf dem Meeresgrund.*«

»Genau.«

Chief Dudley sagte: »Ich weiß noch, wie ihr beide tropfnass in meinem Büro gestanden habt. Ihr habt mich beim Abendessen gestört.«

»Ich erinnere mich auch«, erwiderte Ronnie. »Damals gab es immer noch einen Warteraum für Farbige, oder zumindest hing das Türschild noch da, unter dünner, weißer Farbe.«

»Nun«, sagte Chief Dudley, »jetzt ist das jedenfalls nicht mehr da. Warum gehst du nicht mit Danny was essen und bringst ihn dann zur Leichenhalle?«

»Ich würde lieber erst zur Leichenhalle, ist das in Ordnung?«

»Von mir aus, Junge.«

Ich und Ronnie gingen zum Tisch zurück, zogen die Ausrüstung aus und legten sie in einen Wegwerfbehälter. Dann traten wir ins Sonnenlicht hinaus. Zuerst fühlte es sich gut an, aber dann wurde die Hitze zur Last.

Jetzt, nachdem Ronnie die Plastikhülle abgelegt hatte, sah ich, dass sie einen kompakten Körperbau mit breiten Schultern hatte und sich so geschmeidig bewegte wie eine Katze.

Sie griff nach hinten und löste ihr Haar, das von einer gewaltigen Haarklammer in Schach gehalten worden war. Nun richtete es sich auf, war weich, schwarz und glänzte im Licht. Sie hatte einen Stil für sich gefunden und war dabei geblieben.

Mann, war sie hübsch. »Erinnerst du dich wirklich noch an mich?«, fragte ich.

»Ich weiß noch, wie verängstigt und nass und unterkühlt du warst. Auch wie verängstigt, nass und unterkühlt ich selbst war. Ich erinnere mich, dass du eine Weile bei uns gewohnt hast. Ja, ich weiß es noch.«

»Deine Eltern?«

»Sind älter geworden, aber es geht ihnen gut.«

»Ich habe immer noch die Bücher, die sie mir geschenkt haben, auch noch das Schweizer Taschenmesser. Ich hab's sogar jetzt bei mir.«

»Das ist schön. Daddy trainiert immer noch ein bisschen am Boxsack. Mama schwirrt herum, als wäre sie 20 Jahre jünger. Ich werde ein bisschen traurig, wenn ich ihre grauen Haare sehe, weil mich das daran erinnert, dass für sie der Herbst des Lebens anfängt, wie Daddy es ausdrückt. Aber sonst ist mit ihnen alles in Ordnung.«

Ich dachte: *Erinnerst du dich an den Kuss im Flur?* Ich wollte es wirklich gern wissen, hatte aber sicher nicht vor, sie zu fragen.

Wir stiegen in den Streifenwagen und Ronnie startete den Motor. Die Klimaanlage fühlte sich gut an. Es war nur eine kurze Fahrt zur Leichenhalle, ein nicht besonders großes Rechteck aus Aluminium, das ein wenig wie ein Hangar für ein kleines Flugzeug aussah.

Noch so ein kleines Gebäude, ebenfalls aus Aluminium, drängte sich dicht an das erste, und eine Veranda führte vom größeren zum kleineren Haus. Die Veranda war überdacht, und die Seiten dieses Dachs bestanden nicht aus Holz oder Steinen, sondern aus Hartplastik, das die Funktion langer Fenster erfüllte; das Ganze erinnerte mich an ein rechteckiges Aquarium. Jemand, der darin von einem Gebäude zum anderen ging, konnte von außen leicht gesehen werden.

Wir traten in die fürchterliche Hitze hinaus, legten die Strecke zum kleineren Gebäude zurück und traten ein. Drinnen befand sich ein Tisch, auf dem ein Textverarbeitungsgerät und ein Drucker standen. Eine junge Frau saß an der Maschine. Sie sah aus, als hätte sie noch nicht einmal ihren High-School-Abschluss. Sie war auf eine schmollende Weise hübsch, hatte eine lange rote Mähne und Augen, die so grün waren wie Erinnerungen an Irland.

Ein Mann, der etwa zehn Jahre älter war als ich, stellte gerade eine Manilamappe in ein Regal. Er hatte einen athletischen Körperbau, war groß und seine Haare waren schwarz wie Motorschmiere.

Die Luft war hier beinahe kalt und ein dunkler Vorhang war vor das kleine Fenster rechts vom Tisch gezogen worden. Wo er sich teilte, drang ein schmaler Lichtstreifen hindurch, der durch den Holzboden zu schneiden schien wie die Klinge eines Rasiermessers. Stühle standen in einer Reihe vor einem langen, schmalen Tisch, auf dem sich eine gläserne Kaffeekanne auf einer Warmhalteplatte befand. In der Kanne war Kaffee. Er sah dunkel und gefährlich aus.

Der Mann drehte sich um und sah uns an. Er strahlte eine Art altmodische Männlichkeit aus. Seine Lippen waren schmal, seine Augen zusammengekniffen; eine Locke seines dunklen Haars hing ihm in die Stirn. Es schien, als hätte jemand Elvis aufgebockt und ihm John Wayne in den Arsch geschoben. Der Kerl trug ein weites Hawaiihemd, eine Kakihose und weiße Tennisschuhe.

Sobald er sich bewegte, betrachtete ihn das Mädchen am Tisch mit einem Lächeln auf den Lippen. Ich hätte schwören können, dass ein Moschusgeruch in der Luft lag, aber der hätte auch von mir selbst ausgehen können. Ronnies Anblick hatte eine Menge Chemikalien in mir freigesetzt.

»Hallo, Jay«, begrüßte Ronnie den Mann. »Wie geht's?«

»Gut. Sie sind sicher Daniel, der Sohn?«

»Der bin ich.«

»Der Chief hat angerufen. Er sagte mir, dass Sie vorbeikommen würden.« Er streckte seine Hand aus. »Jay Scott.«

Wir schüttelten uns die Hände.

»Nett, Sie kennenzulernen, Jay.« Das war eine glatte Lüge, denn während er mir die Hand schüttelte, schaute er an mir vorbei und musterte Ronnie, als würde er gerade beobachten, wie die Göttin Aphrodite nackt und schön aus dem schäumenden Meer emporsteigt. Ein unvernünftiger Anflug von Eifersucht durchfuhr mich wie ein Blitz und verschwand wieder.

Die Rothaarige am Tisch räusperte sich.

»Oh, und das ist Shirley Rivers«, stellte Jay sie vor. »Entschuldigen Sie meine schlechten Manieren. Das liegt an dieser Arbeit. Die Toten müssen einander nicht vorgestellt werden.«

Shirley hob die Hand, bewegte leicht die Finger und sagte: »Hi. Ich bin keine von den Toten.«

Wäre ihre Stimme nur ein wenig höher und piepsiger gewesen, hätte sie einen eigenen Kindersitz gebraucht.

»Sie ist eine Praktikantin von der University of Texas«, klärte Jay uns auf. »Studiert Krankenpflege, stimmt's?«

»Anthropologie. Aber ist schon okay, Sie waren ja noch nicht mal nah dran«, sagte Shirley.

»Tut mir leid.«

»Nein, das stimmt nicht.«

»Ja, da haben Sie wahrscheinlich recht«, erwiderte Jay. »Bitte folgen Sie mir. Nicht Sie, Shirley. Sie haben noch Papierkram zu erledigen.«

»Ja, Boss.« Sie salutierte.

Wir gingen durch eine Tür am hinteren Ende des Raums. Jay führte uns über den von durchsichtigem Plastik umgebenen Gang zu dem größeren Gebäude. Drinnen war es eiskalt. Wir standen in einem schmalen Durchgang zwischen Reihen riesiger Gebilde, die wie Aktenschränke aussahen. Unser Atem bildete weiße Wölkchen vor unseren Mündern.

Jay ging direkt zu einem langen Schubfach und zog es heraus. Darin befand sich ein Karton, der mit einem weißen Tuch bedeckt war. Es war schwer vorstellbar, dass jemand, der einmal gelebt hatte, nun in einem Karton in einem Aktenschrank verstaut war.

»Wissen Sie, ich sage immer: ›Das Sterben macht die Toten zu besseren Menschen, und wenn die Lebenden gut aufpassen, haben sie auch was davon.‹ Ich bin der Meinung, dass der Tod die Dinge ins richtige Licht rückt. Chief Dudley hat mir von Ihrer Vergangenheit erzählt. Das mit der Brücke und so weiter.«

»Ich habe meinen Frieden mit ihm gemacht. Mit dem, was er gewesen ist – und mit dem, was er getan hat«, behauptete ich.

Natürlich war das eine glatte Lüge.

»Das sind die sterblichen Überreste Ihres Vaters, Daniel.« Jay zog das Tuch vom Karton.

Ich sah hinein.

Da waren gelblich verfärbte Knochen und ein Schädel mit einem Riss an der Vorderseite, wahrscheinlich dort, wo der Kopf gegen das Lenkrad geknallt war. In diesem Moment empfand ich nichts. Ohne das Fleisch hätten diese Knochen jedem gehören können.

Außerdem befanden sich dort Teile seiner Kleidung in Plastiktüten, und in einer davon lag nur ein einziger Gegenstand, ein silberner Ring. Ich wusste, dass er meinem Vater gehörte. Ich erinnerte mich daran, wie er an seinem Finger geglänzt hatte, als er in jener nun so lange zurückliegenden Nacht die Hand auf das Lenkrad gelegt hatte. Eher war es dieser Ring, der mir die Realität seines Todes vermittelte, und weniger die Knochen.

»Hallo, Dad«, sagte ich.

»Wir brauchen noch ein paar Informationen von Ihnen. Genauer gesagt, wir müssen diese Zähne irgendwie mit seinen zahnärztlichen Unterlagen abgleichen.«

»Ich habe keine Ahnung, wer sein Zahnarzt war«, gab ich zurück. »Das ist zu lange her. Vielleicht habe ich es nie gewusst. Ich weiß nicht mal mehr, bei welchem Zahnarzt ich selbst gewesen bin. Bei Mom ist es dasselbe. Chief Dudley hat mich das – was sie betraf – auch schon gefragt.«

Jay nickte. »Vielleicht können wir es irgendwie herausfinden. Wahrscheinlich schon.«

»Aber das da ist sein Ring. Da bin ich sicher.«

Jay schloss das Schubfach, ging zu einem anderen, und als er es öffnete, fühlte sich die Luft darin wie etwas Festes an, das aus diesem Fach emporstieg.

Dort lag eine Decke, die Seepferdchendecke aus meiner Kindheit, befleckt mit Schlamm, und sie war um ein Bündel geschlungen. Ich wusste natürlich, was sich in diesem Bündel befand. Außerdem lagen da drei durchsichtige Plastikbeutel, in denen sich kleine blaue Ohrringe, ein silberner Ehering, schwarze Abendschuhe von der Art, wie sie eine Frau vielleicht bei einem Kirchenbesuch getragen hätte, sowie einige Büschel schlammverschmierten Haars befanden.

Jay schlug die Decke zurück, als würde er einen Burrito auseinanderziehen. Ich versuchte in diesen Knochen meine Mutter zu erkennen, aber natürlich konnte ich das nicht. Lederartiges Fleisch hielt einige von ihnen zusammen.

Ich beugte mich darüber, betrachtete den grinsenden Totenschädel und bemerkte etwas Wichtiges.

Ich atmete tief durch. So tief und so laut, dass sich sowohl Ronnie als auch Jay zu mir umwandten.

Die Worte fielen förmlich aus mir heraus.

»Das ist nicht meine Mutter.«

15

Im selben Moment wurde mir noch etwas anderes klar. Es war gar nicht meine Seepferdchendecke. Zuerst hatte ich nur das gesehen, was ich sehen wollte. Chief Dudley hatte mir beschrieben, dass die Decke ein Muster hatte, und den Rest hatte ich selbst ergänzt, weil alles zu passen schien. Ich nehme an, wenn ich an meine Mutter und mein Zuhause dachte, dachte ich automatisch an diese Decke, vielleicht weil diese mir weit mehr Wärme geschenkt hatte als sie.

Doch als ich sie nun ansah, fiel mir auf, dass die Verzierungen auf dieser Decke anders aussahen. Es hatte sich vielleicht um herabhängende, weiße Blumen gehandelt, aber ich war mir nicht ganz sicher. Doch ich hatte keinen Zweifel daran, dass es keine Seepferdchen waren. Zunächst hatte ich den Eindruck gehabt, es hätte sich um so ziemlich jede Farbe handeln können. Jetzt war die Decke schlammbraun und durch den Verfall brüchig geworden.

»Ich weiß, es muss ein großer Schock sein«, sagte Jay.

»Nein. Das ist nicht meine Mutter.«

»Das erkennen Sie an den Knochen?«

»Am Schädel. Meine Mutter hatte eine kosmetische Verzierung an den Zähnen. Mein Vater hatte die immer gehasst. Sie hatte einen kleinen Silberstern mitten auf einem ihrer Vorderzähne. Sie hatte ein Faible für den Hippie-Stil, aber auf eine teure Art. Sie wissen schon, kreisförmige Ohrringe, Miniröcke, so was alles. Eine von diesen stylishen Sachen war der Silberstern. Und der hing nicht nur an der Oberfläche. Der war im Zahn. Ich garantiere Ihnen, das ist sie nicht. Außerdem, als ich von der Decke hörte, war ich überzeugt, dass es die aus meiner Kindheit sein muss, aber das ist sie nicht.«

»Es ist lange her, dass du sie gesehen hast«, gab Ronnie zu bedenken.

»Trotzdem, das ist sie nicht. Ich habe mir immer die Seepferdchen angesehen und mir vorgestellt, ich wäre Aquaman, würde zwischen Seepferdchen herumschwimmen und die sieben Weltmeere unsicher machen. Ich habe diese Decke geliebt, und das hier ist eine andere. Das sind keine Seepferdchen. Abgesehen davon, dieser Schmuck, diese Schuhe – das war nicht ihr Stil.«

»Es könnte eine andere Decke aus Ihrem Haus sein«, wandte Jay ein.

»Vielleicht. Aber ich erinnere mich nicht an sie.«

»Sie hätte zum Zahnarzt gehen und ihren Stil ändern können. Und die Decke ist vielleicht einfach eine, die Sie vergessen haben. Es ist lange her.« Ich verspürte Erleichterung, aber es war eine unangenehme Art von Erleichterung, als hätte ein Hai nur meinen Fuß gefressen, nicht das ganze Bein. Im Kofferraum des Wagens, der meinem Vater gehörte, hatte eine Leiche gelegen, also konnte er immer noch ein Mörder gewesen sein, nur nicht der Mörder meiner Mutter. Und wenn er zu einem Mord in der Lage gewesen war, konnte er letztlich auch meine Mutter getötet haben. Es war schwer für mich, aus alldem irgendeine Schlussfolgerung zu ziehen.

Falls er sie nicht umgebracht hatte, wäre sie jetzt Ende 40. Konnte sie sich so lange versteckt haben?

Die Schubfächer wurden wieder hineingeschoben. Wir gingen hinaus, kehrten ins Hauptgebäude zurück, blieben vor dem Empfangstisch stehen und redeten, während Shirley zuhörte. Sie ging zur Kaffeekanne in der Ecke und goss uns allen Kaffee ein. Ich glaube, es gehörte zu ihrem Job, ganz altmodisch als ›Mädchen für alles‹ zu fungieren und immer zu wissen, wann jemand etwas brauchte. Vielleicht war es aber auch nur Teil ihrer Persönlichkeit.

Wir entschieden uns, auf den Stühlen in der Nähe der Kanne Platz zu nehmen, um den Kaffee zu trinken.

»Das war eine Überraschung«, bemerkte Ronnie.

»Und Sie sind sicher, was den Stern angeht?«, erkundigte sich Jay.

»Sie ist es nicht«, sagte ich.

Ronnie berührte meinen Arm. »Ich weiß nicht, ob ich sagen soll, dass es mir leidtut, oder dir dazu gratulieren soll, dass es nicht deine Mom ist.«

»Die Frage kann ich dir auch nicht beantworten.«

»Es gibt da jetzt was Neues, das nennt man DNA-Tests«, sagte Jay. »Ist noch nicht ganz ausgereift, aber schon ziemlich erstaunlich. Vielleicht dürfen wir einen Arzt bitten, Ihnen etwas Blut abzunehmen, und es dann mit den Knochen abgleichen, falls die noch DNA enthalten. Ich weiß nicht viel darüber, aber vielleicht wird das in ein paar Jahren hilfreicher sein, als es jetzt ist. Dann hätten wir es schwarz auf weiß.«

»Es ist nicht sie.«

»Schon okay. Sie müssen nicht.«

»Es ist nicht sie.«

Ich füllte einige Formulare aus, aus denen hervorging, dass ich keinen Grund hatte, daran zu zweifeln, dass es sich bei einer dieser Knochenansammlungen um meinen Vater handelte, dass ich hinsichtlich der Knochen aus dem Kofferraum jedoch überzeugt sei, dass es sich nicht um meine Mutter handelte. Ich schrieb auf, was mich zu diesem Schluss kommen ließ. Den DNA-Test verweigerte ich zwar nicht, stimmte ihm jedoch auch nicht zu. Ich wusste, dass die Knochen in dem Karton, die meinem Vater zugeordnet wurden, wirklich seine waren, wegen seines Ringes, und ich wusste, dass der andere Karton die Knochen einer Person enthielt, die nicht meine Mutter war. Hätte sie den Zahnschmuck entfernen lassen können? Okay, ja. Sie war eine Weile weg gewesen, also war das möglich. Aber sie war immer stolz auf den Stern gewesen, wahrscheinlich gerade deshalb, weil Dad ihn gehasst hatte.

Ronnie fuhr mich zum Polizeirevier und zu meinem dort geparkten Auto zurück. Wir blieben für einen Moment vor dem Revier sitzen und hörten dem Summen der Klimaanlage im Wagen zu.

»Ich habe das Gefühl, Jay hat mir nicht geglaubt.«

»Es ist sein Job, skeptisch zu sein. Meiner auch, Danny. Stell die Fragen und hinterfrag die Antworten. Bei unserer Arbeit müssen wir das so machen.«

»Ich weiß.«

»Was wirst du jetzt tun?«

»Ich glaube, ich bleibe noch ein bisschen hier. Zuerst dachte ich, ich würde hierherkommen, um ein paar Dinge abzuhaken. Vater tot – Check. Mutter tot – Check. Vater ein Mörder – Check. Und dann würde ich wieder nach Hause fahren. Zu einem Haus, das ich verkaufen will. Aber jetzt weiß ich nur, dass ich noch eine Weile bleiben werde.«

»Ich finde, das ist eine gute Idee.«

»Ach ja?«

»Klar. Ich meine, du möchtest bestimmt meine Eltern besuchen, falls du bleibst, oder sogar dann, wenn du beschließt, dass du lieber fahren willst, nicht? Du kommst doch sicher nicht her, ohne uns mal Hallo zu sagen.«

»Das war der nächste Punkt auf meiner Liste.«

»Ich geb dir meine Telefonnummer. Dann machen wir was aus, das für uns alle passt. Vielleicht ein Essen bei ihnen zu Hause.«

»Wohnen sie noch im gleichen Haus?«

»Ja. Dadrin ist es heute ein bisschen enger als früher. Sie haben im Laufe der Jahre eine Menge Sachen angeschafft, die sich dort angesammelt haben.«

»Gibt's noch den Boxring in der Garage?«

»Der ist kleiner als früher. Wie gesagt, sie haben viel Krimskrams.«

»Wohnst du immer noch da?«

»Bei Mom und Dad? Lieber Himmel, nein. Ich bin doch jetzt richtig erwachsen, Danny.«

Sie nahm einen Block und einen Stift aus ihrer Hemdtasche, stützte den Block am Armaturenbrett ab, schrieb ihre Nummer auf ein Blatt und gab es mir.

»Danke.«
»Du rufst doch an, oder?«
»Auf jeden Fall.«

16

An der Main Street fand ich etwas, das man früher als Gästehaus bezeichnet hätte. Links davon, an der Querstraße, grenzte eine große Garage an und rechts stand ein zweistöckiges Haus, das einen neuen Anstrich brauchte und vor dem ein Schild mit der Aufschrift ›Zu verkaufen‹ stand.

Man konnte es wohl eher als *Gasthaus* denn als *Gästehaus* bezeichnen, denn es war nur ein Zimmer zu vermieten. Dieses war schlicht und befand sich im ersten Stock eines alten, aber gepflegten zweistöckigen Hauses, das so robust wirkte, als könnte man ohne Weiteres mit einem Jet auf dem Dach landen.

Die Vermieterin Mrs. Chandler war dünn, verschrumpelt und hatte wolliges, leicht rosafarbenes Haar, das aussah, als hätte sie es mit einer Mischung aus Erdbeer-Wackelpudding und Rote-Bete-Saft gefärbt. Doch irgendetwas an ihrem Knochenbau vermittelte mir den Eindruck, dass sie schon auf der Welt gewesen war, bevor es geteerte Straßen gegeben hatte. Sie führte mich die knarrende Treppe hinauf, damit ich das Zimmer begutachten konnte.

Es war ein einfacher Raum ohne Fernseher. Er enthielt ein Bett, einen Tisch und einen Holzstuhl. Ein weiterer Stuhl der gleichen Art stand am Fenster.

Vor diesem hingen Jalousien, halb aufgezogen und schief.

Das Licht war gut. An der Wand über dem Bett sah ich ein Gemälde, das wirkte, als wäre es aus einem Motel gestohlen worden. Die hausbackene Darstellung eines sonnigen Tags am See mit einem Jagdhund, der die Pfote hob und die Nase ins hohe Gras hielt. Eine Ente flog gerade in die Lüfte. Sie hinterließ keinen Schatten auf dem Wasser. Der Künstler schien während der Arbeit verstorben zu sein.

Es gab eine Klimaanlage. Sie summte wie eine Biene in einem Glas.

Es gab eine Tür, von der Mrs. Chandler sagte, dass sie in einen Wandschrank führte, sowie eine zweite, durch die man ihr zufolge ins Badezimmer kam.

Sie öffnete die Badezimmertür. Es war klein und ordentlich und bot gerade genug Platz für eine Duschkabine, eine Toilette, eine Kommode und das Waschbecken. Über diesem hing einer dieser Metallspiegel, in denen man völlig verzerrt aussieht. Es gab zwei Handtücher, ein großes und ein kleines, sowie einen Waschlappen. Sie passten farblich nicht zueinander und wirkten ein wenig abgenutzt, schienen jedoch sauber zu sein und waren sorgfältig über der Handtuchstange gefaltet. Der Raum war so klein, dass man praktisch gleichzeitig duschen, sich erleichtern und sich auch noch vor dem schlechten Spiegel die Haare kämmen konnte. Ein Liliputaner wäre zufrieden gewesen. Was mich anging, war ich nicht so sicher.

Sie schloss die Tür wieder.

»Sie sind also Schriftsteller«, sagte sie.

Ich nickte. Ich hatte es ihr bereits gesagt. Sie hatte mich zuvor gefragt, was ich beruflich machte, als glaubte sie, dass ich mich vielleicht hier einquartierte, um die Bank auf der anderen Straßenseite ausspähen zu können. Ich glaube, sie prüfte, ob ich auch noch eine Minute später bei meiner Geschichte blieb.

»Haben Sie denn was geschrieben, das ich vielleicht gelesen habe?«

»Ich habe bisher nur einen Roman veröffentlicht«, erwiderte ich. »Ich schreibe gerade an meinem zweiten.«

»Ein Bestseller?«

»Nein.«

»Dann kenne ich es nicht. Ich lese nur Bestseller. Ich dachte nur, vielleicht schreiben Sie ja unter einem anderen Namen.«

Sie gab mir den Schlüssel zum Zimmer und zur Haustür. Ich steckte ihn zu meinem Taschenmesser in meine Tasche. Sie schrieb mir die Rufnummer des Telefons unten im Flur auf, ermahnte mich, keine Ferngespräche zu führen, und eröffnete mir, dass sie keine Mahlzeiten servierte. Außerdem teilte sie mir mit, dass sie kein Bed and Breakfast anbot. Und sie würde keine Wäsche für mich waschen. Sie zählte eine ganze Liste von Dingen auf, die sie nicht tun würde, als hätte ich erwartet, sie würde jeden Morgen hereinkommen und mir beim Pinkeln mein Ding festhalten. Selbst wenn sie diesen Service angeboten hätte, wäre es für uns beide eng geworden in dem kleinen Badezimmer. Vielleicht hätte es geklappt, wenn ich einen Fuß auf den Rand der Duschwanne gestellt hätte.

Sie ließ mich wissen, ich könne die Treppe und den Flur benutzen, um hinauszugehen, aber vom Wohnzimmer und der Küche solle ich mich fernhalten. Der Rest des Hauses war ihre Domäne.

Tatsächlich hatte ich durchaus erwartet, die Treppe und den Flur benutzen zu dürfen. Ich hatte nicht vorgehabt, aus dem Fenster zu klettern, um irgendwo eine Mahlzeit einzunehmen, und auch nicht, an der Regenrinne hinaufzuklettern, wenn ich wieder hineinwollte.

Dann ging sie und schloss die Tür ganz leise hinter sich, als wollte sie mir damit zeigen, wie es in ihrem Haus gemacht wurde. Ich hörte zu, wie sie die Treppe hinunterging, und hörte, wie diese unter ihrem Gewicht knarrte.

Als sie weg war, holte ich meine Schreibmaschine aus dem Koffer und stellte sie auf den Tisch. Ich nahm mein Papier, die Bänder, das Tipp-Ex und das Durchschlagpapier hervor und reihte alles in ordentlichen Stapeln neben der Maschine auf. Dazu legte ich ein paar Manilamappen und eine kleine Plastikdose mit Büroklammern, daneben einen Notizblock und einen Stift. Man konnte sehen, dass ich es ernst meinte. Ich schloss den Koffer wieder und stellte ihn auf den Boden.

Als Nächstes zog ich die Jalousie ganz nach oben und setzte mich auf den Stuhl am Fenster. Das Zimmer war sauber, aber das Fenster war voller Fliegendreck. Ich sah hinaus. Eine Straße lag in meinem Blickfeld.

Eine grüne Eidechse kroch von der Hausecke auf mein Fenster. Sie blieb mitten auf der Scheibe sitzen und krallte sich dort fest. Die Kehle des Tiers blähte sich auf und schrumpfte wieder. Es war hellrosa. Ich tippte an das Glas, aber die Eidechse rührte sich nicht. Vielleicht hatte sie gerade einen Godzilla-Film gesehen und war übermütig geworden.

Ich legte meinen Koffer aufs Bett und öffnete ihn. Es war nicht viel drin, aber ich hängte eine Handvoll Hemden auf die Kleiderhaken im Wandschrank. Unter der Kleiderstange stand eine kleine Kommode. Sie enthielt drei Schubladen. Ich legte meine Unterwäsche, Socken und T-Shirts in die oberste Schublade. Im Koffer hatte ich noch eine Jeans. Diese schob ich in die zweite Schublade. Ich hatte nur ein Paar Schuhe bei mir, die Tennisschuhe, die ich gerade trug. Ich nahm mein Rasierzeug und legte es auf das Waschbecken unter dem Spiegel.

Nun zog ich das Buch, das ich mitgebracht hatte, aus dem Koffer, stellte diesen beiseite, legte mich auf das Bett und las für eine Weile. Meine Füße ließ ich über das Fußende des Bettes hängen, damit meine schmutzigen Schuhe die Laken nicht berührten.

Aber ich konnte das Gelesene nicht verarbeiten. Es gelang mir nicht, einen Gedanken zu Ende zu führen. Der Buick und die Knochen beschäftigten mich zu sehr. Und auch Ronnie.

Ich klappte das Buch zu, schlüpfte aus den Schuhen, rollte mich auf dem Bett zusammen und schlief sofort ein.

Als ich aufwachte, zog ich meine Schuhe wieder an, nahm die Nummer, die Ronnie mir gegeben hatte, ging nach unten und benutzte das Telefon im Flur, um sie anzurufen. Ich wollte ihr die Telefonnummer des

Hauses geben, in dem ich wohnte, und erfahren, ob es schon Pläne für das gemeinsame Abendessen gab. Sie nahm den Hörer nicht ab. Natürlich nicht; unsere letzte Begegnung lag ja erst ein paar Stunden zurück. Sie war noch bei der Arbeit.

Ich fuhr durch die Straßen der Stadt und versuchte mich zu orientieren. Durch Zufall fand ich ein kleines Café, Rita's Place, und nahm dort ein Grillkäse-Sandwich und einen Kaffee zu mir. Als ich aufgegessen hatte, fuhr ich weiter und versuchte mir den Stadtplan einzuprägen, mit Lebensmittelgeschäften und so weiter.

Dann ging ich zur Bank gegenüber dem Chandler-Haus und eröffnete ein Konto.

Als das erledigt war, verließ ich die Innenstadt und suchte das Haus der Candles. Ronnie hatte mir ja bestätigt, dass sie noch am selben Ort wohnten, aber dieser Ort erwies sich als schwer auffindbar. Ich hatte geglaubt, er wäre fest in meinem Gedächtnis verankert, doch da hatte ich mich getäuscht.

Ich ging in ein Lebensmittelgeschäft und kaufte ein paar einfache Dinge: Bananen, Äpfel, ein paar Baby-Ruth-Schokoriegel und einen Karton Milch. Ich tankte den Wagen. An einem Zeitungsstand kaufte ich die Lokalzeitung und ein paar Magazine. Ich suchte mir auch ein Taschenbuch aus und kaufte es. Es schien besser zu sein als das andere, das ich gerade las. Auf dem Cover war ein Alien.

Mit der ganzen Beute kehrte ich in mein Zimmer zurück und platzierte alles auf der Fensterbank. Ich schälte eine der Bananen und aß sie. Einen der

Baby-Ruth-Riegel starrte ich an, aß ihn aber nicht. Auch das Taschenbuch starrte ich an, ohne es zu lesen. Dann ging ich zum Tisch, setzte mich vor meine Schreibmaschine und legte ein Blatt ein.

Das Blatt enthielt viel weiße Fläche. Eine Weile starrte ich darauf. Schließlich begann ich zu tippen, und als ich den Blick wieder hob und auf die Armbanduhr sah, stellte ich fest, dass ich schon seit drei Stunden schrieb. Draußen war es noch sommerhell, obwohl es bereits spät am Nachmittag war.

Ich ging nach unten und rief noch einmal bei Ronnie an. Diesmal meldete sie sich. Ich genoss es sehr, ihre Stimme zu hören. Ich sagte ihr, wo ich war.

Sie erwiderte: »Ich hatte mich schon gefragt, wo du landen würdest. Das Haus kenne ich. Auch die Dame kenne ich ein bisschen. Nicht dass wir was miteinander zu tun hätten. Heute Abend können wir nicht bei meinen Eltern essen. Es gibt da irgendeine Veranstaltung in der Kirche, zu der sie gehen. Aber ich dachte mir, wir beide könnten uns auch irgendwas Einfaches zu essen besorgen und rausfahren zum Moon Lake, falls dir das nicht zu viel wird. Ich dachte, du möchtest den See vielleicht sehen, aber wenn nicht, wenn das zu viel ist, versteh ich das.«

Ich dachte kurz über diese Idee nach.

»Ich glaube, ich muss ihn sehen.«

»Bin in 30 Minuten da«, sagte sie.

17

Ich duschte schnell und zog frische Sachen an, womit meine Ersatz-Jeans verbraucht war. Ich legte meine Armbanduhr wieder an und sah nach der Zeit. Falls sie wirklich 30 Minuten gemeint hatte, blieben mir noch zehn übrig.

Ich sprang förmlich die knarrenden Stufen hinunter und den Flur entlang. Dabei warf ich einen Blick durch die offene Wohnzimmertür rechts. Da auch die Küchentür offen war, konnte ich hineinsehen. Mrs. Chandler stand am Herd und rührte mit einem langen Löffel in einem Topf. *Kessel brodelt, Feuer zischt,* dachte ich.

Sie wandte sich um und sah mich an. Ich winkte ihr zu. Geistesabwesend hob sie den Löffel aus dem Topf und wackelte damit in meine Richtung. Da war etwas Rotes am Löffel. Wahrscheinlich das Blut eines ehemaligen Mieters, der es gewagt hatte, das Wohnzimmer zu betreten.

Ich ging nach draußen, stand in der Hitze herum und wünschte, ich wäre länger im Haus geblieben. Aber gerade als ich vorhatte, in den Flur zurückzukehren, um mein Leid zu lindern, sah ich den Streifenwagen näher kommen.

Ich stieg ein.

»Lassen sie dich den als Privatwagen benutzen?«

»In kleinen Städten tut man sich kleine Gefallen. Ich habe zwar ein eigenes Auto, aber ich darf das hier benutzen, wenn ich möchte, solange es um was geht, das zumindest irgendetwas mit Polizeiarbeit zu tun hat. Und ich glaube, wenn wir zum See fahren und uns den Tatort anschauen, dann zählt das. Jedenfalls wenn ich das so in meinen Bericht schreibe. Wie ich sehe, steht das Judson-Haus immer noch zum Verkauf.«

Sie nickte in Richtung des Hauses mit dem ›Zu verkaufen‹-Schild, während sie den Bordstein verließ.

»Der alte Judson hat sich in einem der Wandschränke umgebracht. Hab gehört, er hat sich das Hirn rausgepustet und dabei eine Stange voller Kleidung ruiniert. Seine Familie wohnt in Connecticut. Sie bieten es schon seit Jahren an. Niemand hier aus der Gegend hat Interesse. Sie wollen kein Haus kaufen, in dem sich jemand umgebracht hat, nicht mal dann, wenn sie es praktisch umsonst bekämen.«

Wir hielten an einem Drivethrough-Imbiss und bestellten Hotdogs, Pommes frites und Erfrischungsgetränke, bevor wir zum Moon Lake weiterfuhren.

Es war eine unheimliche Erfahrung. Ich kannte den See nur in nassem Zustand. Während wir näher kamen, verspürte ich ein plötzliches Unbehagen im Bauch. Aber als wir am Ufer dessen parkten, was einmal der See gewesen war, war das Gefühl verflogen. Das Wasser war verschwunden, und von dort, wo wir saßen, konnte ich die Dächer von Gebäuden erkennen, ein eingesacktes Kreuz auf einem verfallenden Kirchtürmchen sowie die Brücke, von der mein Vater uns gestürzt hatte.

Wir blieben bei laufendem Motor in dem von der Klimaanlage gekühlten Polizeiauto sitzen und nahmen unser Abendessen zu uns. Ronnie betrieb etwas Small Talk über nichts Besonderes, dies und das, und dann fragte sie: »Bist du verheiratet?«

»Nein.«

»Ich auch nicht.«

Wir beendeten unsere Mahlzeit und stiegen aus dem gekühlten Wagen in die Hitze. Zu dieser Zeit im Sommer wurde es erst sehr spät dunkel, aber selbst im Dunkeln lief einem noch für eine ganze Weile der Schweiß in Strömen hinab.

Wir gingen zum Ufer. Der See war eine gewaltige Schüssel aus rissigem, vertrocknetem rotem Schlamm. Das Licht traf diesen Lehm auf eine Weise, die ihn unangenehm glänzen ließ.

Hier und da waren Pfützen zu sehen, manche größer, manche kleiner. Ich sah einen Fisch aus einer herausspringen und wieder hineinplatschen. Noch ein paar Tage Hitze, und diese Pfütze würde verschwunden sein, ebenso der Fisch. Ein saurer Geruch lag in der Luft.

Wir gingen näher an die Brücke heran. Sie war noch maroder als in meiner Erinnerung. Ich konnte die Lücke erkennen, wo Dad mit dem Buick durch das Geländer gerast war. Wir kamen zu dem Schluss, dass sie noch stabil genug aussah, um auf ihr zu gehen.

Vorsichtig stiegen wir auf die Brücke. Ich ging auf die Lücke zu. Ronnie legte mir eine Hand auf die

Schulter. »Ich glaube, es ist besser, in der Mitte zu bleiben.«

Ich nickte. Wir gingen ein bisschen weiter und blieben stehen. Ich nahm einen tiefen, heißen, trockenen Atemzug und blickte in den ausgetrockneten See hinaus, auf die Überreste von Long Lincoln.

Einige der Bauten waren teilweise eingestürzt. Sämtliche Fenster hatten die Scheiben verloren und die Türen waren vom Wasser eingedrückt. In den Türöffnungen lagen Hügel aus trocknendem Schlamm und Schlick. Ich sah die zerklüfteten und zertrümmerten Ruinen von Häusern auf der weiten Fläche und fragte mich, ob eines davon das Haus von Mr. Candles' Mutter war oder dem Mann gehört hatte, der ihm das Boxen beigebracht hatte. Ich fragte mich, wo mein Vater und meine Mutter zu Hause gewesen waren, bevor sie Long Lincoln verlassen hatten. Sie mussten näher an der Brücke gewohnt haben, vielleicht auf der anderen Seite. Im weißen Teil der Stadt.

Mir kamen meine Großeltern in den Sinn, die ich nie gekannt hatte. Ich hatte nie viel über sie nachgedacht. Hatte keine Fotos von ihnen und wusste nichts über ihr Leben.

Autos aus der Zeit der Stadt sowie einige neuere waren überall verstreut. Da gab es Waschmaschinen und Trockner, kaputte Möbel und Fernseher und alte, zertrümmerte Radios in Schrankgröße, die sich in den Häusern befunden hatten, als das Wasser mitten in der Nacht hereingeströmt war und sie zerstört hatte. Radios, die vielleicht Big-Band-Musik und Sendungen über Shadow und den Lone Ranger gebracht oder über den Angriff auf Pearl Harbor berichtet hatten, die Ansprachen von Franklin Delano Roosevelt, die ersten heißen Rockabilly-Beats und Bekanntmachungen über den derzeitigen Stand des Koreakriegs gesendet hatten.

Da draußen lag auch viel Schrott herum, der nicht aus der Stadt stammen konnte. Er war zwar nicht neu, schien mir aber zu modern für die Zeit, als das Wasser diese kleine Welt ertränkt hatte. Vieles davon war von faulen oder auch von cleveren Mistkerlen im See entsorgt worden.

»Ist der Fluss, der in den See mündete, auch ausgetrocknet?«, erkundigte ich mich.

»Ist jetzt trocken wie eine Wüste«, antwortete Ronnie. »Aber wenn wir ein paarmal richtig starken Regen gehabt haben, wird er wieder fließen und der See wird sich wieder füllen. Wird nicht lange dauern.«

Natürlich wusste ich von den monsunartigen Regenfällen in Osttexas. Es gab zwar keine richtige Regensaison, aber im Gegensatz zum restlichen Texas hatten wir viel Niederschlag und ansteigende Flüsse. Hochwasser war hier etwas Stinknormales.

»Sind der Fluss und der See früher schon mal so ausgetrocknet?«

»Du weißt doch noch, wie Daddy uns von der Zeit erzählt hat, als der Wasserstand so niedrig war, dass sie aus einem Boot steigen und auf den Dächern herumlaufen konnten, und wie er einmal die Dächer von den größeren Häusern sehen konnte. Soweit ich weiß, war das der niedrigste Stand. Bis jetzt.«

»Wie heißt dieser Fluss?«

»Das ist eigentlich ein Bach, der zum Fluss wird, wenn es viel regnet. Genau genommen ist es ein Nebenarm des Angelina. Aber ein großer Arm, der immer weiter zunimmt. In nicht allzu langer Zeit wird er wieder in den Angelina einmünden und an dieser Stelle wird er tiefer und breiter werden als woanders.«

Ronnie wandte sich in die entgegengesetzte Richtung und zeigte dorthin. »Siehst du das gelbe Gebäude, auf dem ›Bud's Werkstatt‹ steht?«

Das Haus hatte die Farbe von altem Senf und der Schriftzug bestand aus grauen Lettern, die sicher einmal schwarz gewesen waren.

»Diese Öffnung da. Der Carport neben der Werkstatt. Dort haben sie das Auto von deinem Vater gefunden.«

Ich erinnerte mich an meine Träume, in denen er unter Wasser umhergefahren war und einen Ausweg gesucht hatte. Vielleicht war das Getriebe hinüber gewesen und eine Schnappschildkröte hatte ihm den Weg zu dieser Werkstatt gewiesen, wo er seinen Buick parken und ihn von einem Fisch und einer Wassermokassinotter reparieren lassen konnte. Ich fand, dass das eine gute Idee für ein Kinderbuch war.

Wir spazierten zum See und gingen am Ufer entlang, bis wir eine betonierte Stelle fanden, an der man kleine Boote zu Wasser gelassen hatte. Wo das Wasser gewesen war, war der Beton mit Moos überwuchert.

Dort rutschten wir hinunter und betraten den Grund des Sees. Mittlerweile waren die Rückseiten unserer Hemden, unsere Achseln und Kragen bereits schweißnass.

Wir kamen an verstreuten Trümmern vorbei: ein Fahrradrahmen, ein Toaster, eine Kaffeekanne, eine reifenlose Radfelge.

Ronnie sagte: »Die Leute können solche Schweine sein, wenn es um ihren Müll geht. Die schmeißen ihn einfach in den See, als wäre der ein Loch ohne Boden und als gäb's kein Morgen.«

Als wir die Werkstatt erreichten, spazierten wir über einen kleinen Hügel aus leicht feuchter Erde, über den man ins Innere gelangte. Man sah noch die Reifenspuren, wo sie den Buick herausgezogen hatten.

Drinnen hingen immer noch einige Werkzeuge an Haken. Irgendwie waren sie dem hereinströmenden, wirbelnden Wasser entgangen. An der Wand hing etwas Schlammverkrustetes, worin ich schließlich einen Reifenschlauch erkannte. Die Luft roch faulig und Ziegelmauern und Betondecke speicherten die Hitze wie ein Ofen.

Wir hielten es dadrin nicht lange aus. Vor der Werkstatt bahnten wir uns weiter unseren Weg durch die Hitze und den Müll und trafen dabei auf ein Stück Stacheldraht sowie auf eine demolierte *Star Wars*-Lunchbox.

Ronnie stemmte die Hände in die Hüften, kniff die Augen gegen die Sonne zusammen, blickte sich einen Moment um und sagte: »Hör mal, ich hab da so ein komisches Gefühl. Warte hier einen Augenblick, bin gleich wieder da.«

»Komisch inwiefern?«

»Einfach komisch.«

Sie ging durch das Seebett, die Böschung hinauf und war nicht mehr zu sehen.

Ich schaute über die weite Fläche zu den Bäumen, die oberhalb der Böschung und am Hang des Hügels wuchsen, auf dem sich einmal ein Sägewerk, ein Schrottplatz und der Friedhof befunden hatten, von dem Mr. Candles mir vor so vielen Jahren erzählt hatte.

Es verging nicht allzu viel Zeit, bis ich Ronnie wieder die Betonrampe herunterrutschen sah. Sie hatte einen Reifenmontierhebel in der Hand. Als sie näher kam, rief ich ihr zu: »Ich hoffe, du willst mir damit nicht ans Leder.«

Sie grinste mich an. Ich genoss ihren Anblick. In ihrer verschwitzten Uniform mit der großen Waffe an ihrer Hüfte, mit den Handschellen am Gürtel und den schwarzen, in der Sonne glänzenden Schnürstiefeln sah sie gut aus.

Ronnie ging auf ein schwarzes Ungetüm von einem Auto zu. Als wir wieder nebeneinander gingen, fing sie an zu reden. »Der See ist schon seit einer Weile ausgetrocknet. Als der Chief darüber nachdachte, wurde ihm klar, dass wir nun eine einmalige Chance hätten, das Auto deines Vaters zu finden. Wir kamen hierher und sahen uns dort um, wo wir glaubten, dass es stehen musste, aber da war es nicht. Dann fand der Chief es in der Werkstatt und ließ es rausziehen.«

»Ich bin überrascht, dass er sich überhaupt die Mühe gemacht hat.«

»Sei nicht zu streng mit ihm. Vielleicht hat er im Laufe der Jahre nicht immer von morgens bis abends daran gedacht, aber er hat es nicht vergessen. Und er hat mich eingestellt. Das hätte sonst keiner getan. Eine schwarze Frau als Polizistin? Das sagt schon was über ihn aus und führt dazu, dass ich ihm manches verzeihen kann.«

»Mich hat er eigentlich auch nicht schlecht behandelt. Er war immer nett zu mir.«

Mittlerweile hatten wir das schwarze Ungetüm erreicht.

»Ich habe über die Möglichkeit nachgedacht, dass dein Vater vielleicht überhaupt niemanden umgebracht hat.«

»Ach ja?«

»Der Einfall, den ich habe, ergibt vielleicht nicht viel Sinn, aber er geht mir nicht aus dem Kopf.« Ronnie musterte den Wagen. »Ein '48er Ford.« Sie schob den Montierhebel unter den Kofferraumdeckel und versuchte ihn hochzustemmen. Der Deckel knarrte. Dann fasste ich mit an, wir legten beide unser Gewicht auf den Hebel und drückten ihn hinunter. Der Kofferraum sprang auf.

Ich hob den Deckel und hielt ihn fest. Der Innenraum war geräumig und enthielt einen Ersatzreifen. Darin war keine Luft mehr, aber das Gummi schien noch gut erhalten zu sein – obwohl ich nicht ausschließen konnte, dass es wie ein zu früh aus dem Ofen genommener Kuchen in sich zusammengesunken wäre, wenn ich es berührt hätte.

In der Nähe des Ersatzreifens lagen Stofffetzen. Unter einer Schicht von in den Kofferraum gesickertem Schlamm lag etwas, das zuerst wie ein Volleyball aussah. Aber als wir näher hinschauten, wurde uns klar, dass es sich um die glatte Oberseite eines menschlichen Schädels handelte.

18

Zitternd vor Aufregung gingen wir zu weiteren Autos und öffneten die Kofferräume. In den meisten fanden wir keine Knochen, in einigen aber schon. Wir fanden die sterblichen Überreste von vier Menschen in vier Wagen, alle zwischen Stoffstücken, und alle Stoffe ähnelten sich, obwohl sich ein Großteil davon im Wasser aufgelöst hatte oder zerfiel, sobald wir die Deckel öffneten und Luft hineinließen.

All diese Stoffstücke schienen durch einen Faden mit etwas verbunden zu sein, das ich irgendwo im Hinterkopf hatte. Aber was auch immer am anderen Ende dieses Fadens hing, weigerte sich störrisch, sich von mir ans Licht ziehen zu lassen.

Nachdem wir damit fertig waren, setzten wir uns wieder in Bewegung, bei einer Hitze, die so gewaltig war, dass man förmlich hören konnte, wie sie die Atmosphäre verbrannte. Wir gingen bis unter die Brücke. Dort spendeten die Bretter etwas Schatten.

»Ich dachte, da wäre nichts«, sagte Ronnie. »Aber ich musste einfach nachsehen.«

»Guter Instinkt.«

»Ich dachte mir: Was, wenn dein Vater es nicht getan hat? Dann muss es jemand anders getan haben. Man ist die Leichen losgeworden, indem man sie in

Autos gelegt und die Autos in den See geschoben hat. Vielleicht schon seit Jahren.«

»Hat mein Vater damit wieder eine weiße Weste?«

»Ich sage nur, dass es so gewesen sein könnte. Aber er könnte auch die in den anderen Kofferräumen getötet haben, dann hat er diese Person umgebracht und in den Buick gelegt und ist mit ihr und dir ins Wasser gefahren. Diese Person könnte deine Mutter gewesen sein.«

»Und ich sage, das ist sie nicht.«

»Trotzdem war eine Leiche im Kofferraum.«

»In vielen Kofferräumen liegen Leichen.«

»Ich denke, dass man die Autos ins Wasser geschoben hat. Aber dein Dad hat den Buick selbst in den See gefahren, also muss die Leiche drin gelegen haben, als er das getan hat.«

»Ich hätte doch sehen müssen, wenn er eine Leiche in den Kofferraum gepackt hätte.«

»Hattet ihr eine Tiefkühltruhe?«

»Ja.«

»In der Garage?«

»Ja.«

»Hast du da jemals reingeschaut?«

»Die war abgeschlossen. Dad hat sie abgeschlossen, damit ich als Kind keinen Blödsinn machen konnte, zum Beispiel reinklettern. Ich weiß, worauf du hinauswillst.«

»Er hätte nichts weiter tun müssen als noch mal zurück ins Haus gehen, ins Bad oder um irgendwas zu holen, das er vergessen hatte. Noch mal: Ich sage nicht, dass es so war, aber man muss es in Erwägung ziehen.«

»Um die anderen umzubringen, hätte er ihre Wagen stehlen müssen, wenn das überhaupt ihre sind, und nachdem er sie in den See geschoben hätte, hätte er wieder zu seinem eigenen Auto zurückgehen müssen. Das heißt, er hätte sich zu Fuß entfernen müssen. Er konnte ja nicht zwei Autos gleichzeitig fahren.«

»Das stimmt. Sei mir nicht böse, Danny. Ich sage dir nur, wie es in meinen Augen aussieht, ich behaupte nicht, dass es so gewesen sein muss. Ich werde das hier melden.«

Als wir im Auto saßen und die Klimaanlage summte, begann ich mich wieder mehr wie ein Mensch zu fühlen, obwohl meine Verwirrung nicht nachließ.

Ronnie benutzte das Funkgerät und meldete den Fund. Dann warteten wir ab, ohne viel zu reden. Ich war ihr nicht böse. Ich wusste nur nicht, was ich sagen sollte.

Konnte Dad wirklich während meiner ganzen Jugend ein Serienmörder gewesen sein? Etwas so Waghalsiges sah ihm gar nicht ähnlich. Wenn er all diese Morde begangen hatte und diese Autos seinen Opfern gehörten, weshalb hatten die Fahrzeuge ein so unterschiedliches Alter? Nachdem ich meine Gedanken geordnet hatte, sagte ich es Ronnie.

»Manchmal fangen Serienmörder schon früh an. Und er stammt aus dieser Stadt, Danny. Ich sage nur, dass es möglich ist.«

»Mit dieser Denkweise könnten sich die Cops auch leicht aus der Affäre ziehen.«

Ronnie drehte sich auf ihrem Sitz um und sah mich an. »Das tue ich nicht, Danny.«

»Gott, das weiß ich doch. Ich spreche nur aus, was mir gerade durch den Kopf geht.«

Sie tätschelte meine Hand.

»Schon klar.«

Drei Polizeiwagen trafen ein. Aus einem davon stieg Chief Dudley. Zögernd stiegen wir ebenfalls aus, hinein in eine Wand aus Hitze.

Jetzt kamen auch die anderen Cops aus den Autos hervor, und es waren sogar Fahrzeuge vom Sheriff's Department dabei. Ein riesiger orangefarbener Abschleppwagen fuhr vor. Aus diesem stieg ein schwarzer Mann. Er trug eine Kakihose, die frisch gebügelt und gestärkt wirkte. Für einen Abschleppwagenfahrer schien er viel zu korrekt gekleidet zu sein.

Chief Dudley kam und stellte Fragen. Ich stand schweigend da und überließ Ronnie das Antworten. Es wäre mir leichter gefallen, eine mathematische Formel für Zeitreisen zu erstellen, als eine Antwort darauf zu finden, warum all diese Leichen in den Autos lagen und was sie mit meinem Vater zu tun hatten.

»Verdammt noch mal«, fluchte Dudley. »Damit hat sich die Angelegenheit gerade in einen riesigen dampfenden Haufen Hundescheiße verwandelt.«

Er warf mir einen Blick zu, als wäre das alles meine Schuld. Dann schickte er einige von den Cops, die sich zu uns gestellt hatten, in das Seebett hinunter, wo sie sich unsere Funde ansehen sollten. Außerdem wies er sie an, die Kofferräume aufzubrechen, die wir noch nicht angerührt hatten. Das bedeutete, dass sie, um alles zu finden, die gesamte Fläche absuchen mussten, die nicht gerade klein war.

»Tja, Danny«, wandte sich Chief Dudley an mich. »Jetzt hast du vielleicht mehr bekommen, als du erwartet hattest. Jay hat angerufen. Du sollst gesagt haben, dass das nicht die Knochen deiner Mutter sind. Irgendwas mit einem Zahn.«

Ich erklärte es ihm, obwohl ich annahm, dass er es bereits wusste. Meine Vermutung war, dass er es aus meinem Mund hören wollte.

»Die Zähne kann man sich beim Arzt in Ordnung bringen lassen.«

»Ich weiß.«

Ich bemerkte ein Licht in den Schatten auf der anderen Seite des Sees. Es bewegte sich. Ich berührte Ronnie und zeigte darauf. Dudley sah ebenfalls hin.

»Das ist Flashlight Boy, der Junge mit der Taschenlampe«, sagte er. »Der irrt da ständig durch den Wald, nachts oder im Schatten schaltet er seine Lampe ein, und dann ist er wieder verschwunden. Manche versuchen ihn einzufangen, aus welchen Gründen auch immer. Das ist so, als würde man versuchen, ein Irrlicht mit einem Einmachglas zu fangen. Die meisten von uns lassen ihn einfach in Ruhe. Er tut keinem was zuleide. Lebt schon seit Jahren in den Wäldern um den See. Wo genau, das weiß keiner.«

»Er war der Junge, der an dem Abend auf der Brücke stand, als wir mit Dad angeln waren«, erinnerte mich Ronnie. Ich nickte. Das Licht verschwand wieder, und auch der Gedanke daran verflog, als der Abschleppwagenfahrer zu uns kam.

Er war groß und schwarz und bewegte sich, als hätte er einen Essensgutschein für ein leckeres Buffet in der

Tasche. Er hatte ein strahlendes Lächeln und Krähenfüße um die Augen, die ihn kultiviert wirken ließen. Ich schätzte ihn einige Jahre älter als mich, aber das Alter stand ihm so gut wie ein Negligé einem Filmstar. Alles in allem fühlte ich mich in seiner Gegenwart ein wenig unzureichend, vor allem dann, wenn Ronnie ihn so ansah, wie sie es gerade tat.

Er lächelte sie an, schirmte seine Augen vor der Sonne ab und wandte sich dann an Chief Dudley: »Was gibt's? Wieder einer?«

»Ja.« Dudley nahm seinen Hut ab und schlug damit nach einer großen Fliege auf seinem Oberschenkel. Nachdem er das Insekt verfehlt hatte, setzte er den Hut wieder auf. »Nicht nur einer. Mehrere.«

»Ist ja merkwürdig.«

»Das können Sie laut sagen. Seien Sie vorsichtig, wenn Sie die Autos rausziehen. Behandeln Sie sie, als wären es Ihre Kinder. Die Beamten da unten werden Ihnen sagen, welche Sie rausholen sollen. Ich weiß nicht, wie fest der Seegrund ist. Fester als beim letzten Mal, nehme ich an.«

»Der ist schon ziemlich fest«, sagte ich.

»An der Oberfläche vielleicht«, entgegnete der Abschleppwagenfahrer, »aber nicht darunter. Ein schwerer Wagen wie meiner könnte bis zur Achse einsinken.« Er streckte die Hand aus. »Ich bin übrigens Buck Rogers. Und ja, das ist mein echter Name, und nein, ich kenne Flash Gordon nicht.«

Wir schüttelten uns die Hände, und ich nannte ihm meinen Namen, der wesentlich weniger spektakulär klang.

Buck musterte das Seebett.

»Da werde ich ein bisschen tüfteln müssen, mit ’ner langen Kette wie letztes Mal und natürlich mit meiner Erfahrung als Fahr- und Abschleppexperte. Aber wenn ich ein Auto haben möchte, dann kriege ich es auch.«

Buck lächelte nicht, als er das sagte. Er meinte es ernst.

»Darum bezahlen wir Sie auch so gut«, erwiderte Chief Dudley. »Aber es gab ein Auto, bei dem haben Sie’s nicht geschafft.«

»War mir klar, dass Sie das nicht vergessen würden. Ein paar dumme Kids sind mit einem alten Army-Jeep in einen Tümpel irgendwo im Hinterland gefahren. Sie sind zwar noch rausgekommen, aber der Jeep ist in einer Art Treibsand versunken, der aus tiefem Schlamm und Öl von einem alten Kran bestand. Ich habe mit einer sechs Meter langen Stange dadrin herumgestochert, ohne auf den Jeep zu stoßen. Ich schätze, er könnte weggerutscht und weiter draußen gelandet sein. Aber ihn rauszuziehen war unmöglich. Diese Kids hatten Glück, dass sie nah am Ufer waren und bald wieder auf festen Boden kamen.«

Die Enttäuschung über sein Scheitern war Buck für einen Moment deutlich anzusehen. Dann wandte er seine Aufmerksamkeit Ronnie zu und fragte: »Und wie ist es dir so ergangen, Ronnie?«

»Gut. Und dir, Buck?«

»Ist echt schön, dich zu sehen. Ich vermisse unsere Ausflüge nach Shreveport.«

Ronnie lächelte ihn an.

Bucks Grinsen wurde breiter. Dann hob er die Hand zum Abschied und ging davon wie der Lone Ranger nach dem Abschluss einer gefährlichen Mission.

»Du nimmst also deine Freunde zu den Tatorten mit?«, fragte Chief Dudley Ronnie mit einem Nicken in meine Richtung.

»Ich dachte mir bloß, dass Ihnen wahrscheinlich nicht in den Sinn kommt, Sie wissen schon, nach Hinweisen zu suchen, wie Polizisten das machen. Also haben wir das für Sie übernommen.«

»Ach, so ist das?«

»Eigentlich haben wir ein Picknick gemacht.«

»Ein Picknick?«

»Spreche ich zu leise, Chief? Ja, ein Picknick.«

»Meine Dame, ich bin immer noch dein Boss.«

»Ich hatte frei und bin nur gemein zu Ihnen, wenn ich nicht im Dienst bin.«

»Auch wieder wahr.«

Es war offensichtlich, dass sie sich nur aufzogen.

»Nachdem wir gegessen hatten, sind wir im Seebett herumgelaufen. Ich habe all die Autos gesehen und mich gefragt: *Was wäre, wenn?* Verstehen Sie?«

»Ich wünschte, du hättest das nicht getan. Jetzt haben wir alle Hände voll zu tun. Und alle möglichen Probleme. Und, ach du Scheiße, überlege mal, wie viel Papierkram du jetzt erledigen musst, Officer.«

»Normalerweise nennen Sie mich Ronnie.«

»Wenn ich an Papierkram denke, nenne ich dich Officer, selbst wenn du nicht im Dienst bist. Hör zu, setz Danny ab, wo immer er abgesetzt werden muss, und dann sollten du und ich ein paar Fragen klären, zum Beispiel warum hier all diese Knochen herumliegen. Ach, vergiss es. Das kriegen wir sowieso nicht raus. Ich geh nach Hause und esse was zu Abend. Duncan kocht heute. Das heißt, es gibt eins von vier Gerichten, denn mehr kann er nicht, aber alle vier schmecken gut.

Ich kann auch vier verschiedene Gerichte kochen, keins davon sonderlich gut, daher freue ich mich aufs Essen. Ich nehme mal an, heute Abend wird's Hühnchen mit Klößen geben.

Fahr ins Büro und fang an aufzuschreiben, was du gefunden hast und wie du es gefunden hast. Ich rufe dich hiermit in den Dienst zurück. Ohne Überstunden.

Wenn du's geschrieben hast, drucke es aus, damit ich es lesen kann, und sei gründlich. In diesem Sinne, schreib es nicht mit der Hand – tippe es. Du weißt schon, an der Schreibmaschine, und dann leg eine Akte an mit dem ganzen Scheiß. Gott, vielleicht finden die in den anderen Autos noch mehr Leichen. Was auch immer das alles zu bedeuten hat, eins kann ich dir jetzt schon sagen: Es gefällt mir nicht.«

»Möchten Sie den Bericht auf Farbpapier?«, fragte Ronnie.

»Das wäre nett.« Chief Dudley hielt inne. »Blau mag ich besonders.«

Wir gingen zu Ronnies Streifenwagen und stiegen ein.

»Er scheint ja wirklich ganz in Ordnung zu sein«, merkte ich an.

»Buck?«

»Chief Dudley.«

»Oh. Meistens schon. Er mag mich, weil ich ihn nicht unterschätze. Ich glaube, auf eine gewisse Art legt er's sogar drauf an, unterschätzt zu werden. Das verschafft ihm bei den bösen Jungs einen Vorteil. Und mir gibt es ein bisschen Hoffnung.«

»Wie das?«

»Ich wurde mein Leben lang von Weißen unterschätzt, weil ich schwarz und eine Frau bin. Auch Schwarze haben mich unterschätzt, weil ich eine Frau bin, weil ich dreist bin und einen Job für Weiße mache, als Polizistin. Der Mist kommt von beiden Seiten. Findest du auch, dass der Chief wie dieser Cartoon-Hund aussieht?«

»Deputy Dawg?«

»Genau. Aber noch mal, unterschätz ihn nicht.«

»Langsam fange ich an, dir zu glauben. Und du und dieser Buck Rogers – ich kann nicht fassen, dass er wirklich so heißt –, ihr kennt euch anscheinend ganz gut?«

»Vor ein paar Jahren ist mein Auto liegen geblieben. Ich musste zu Fuß weiter, hab mir ein Telefon gesucht und Daddy angerufen, damit er mich abholt. Am nächsten Morgen hab ich den Abschleppdienst gerufen, damit er den Wagen aufgabelt. Das war Buck. Er kam zu mir nach Hause und hat mich mitgenommen, damit ich ihm zeigen konnte, wo das Auto war. Er hat den Wagen abgeschleppt. Ich bin vorn bei ihm im Abschleppwagen mitgefahren. Wir sind uns nähergekommen.«

»Wie nah genau?«

Sie musterte mich aufmerksam. »Wir hatten ein paar Dates.«

»Ach ja? Und wo seid ihr da so gewesen?«

»Willst du jetzt jedes Detail wissen?«

»Ganz sicher nicht.«

»Einmal hat er mich mit seiner Rakete zum Mars mitgenommen … Ach, verdammt. Das sollte ein Witz sein. Du weißt schon, wegen seinem Namen. Aber ich glaube, das kann man leicht falsch verstehen, das mit seiner Rakete …«

»Schon kapiert.«

»Aus unseren Dates ist nichts Besonderes entstanden. Ganz sicher kein Trip zum Mars. Das Problem ist, dass viele Frauen auf Buck stehen. Die kleben an ihm wie Flöhe an einem Hund. Es gibt zu viel Konkurrenz, und er ermutigt sie auch noch. Und manchmal nehme ich da etwas Dunkles an ihm wahr, glaube ich jedenfalls, und ich weiß nicht, ob ich das mysteriös, anziehend oder ein bisschen beunruhigend finden soll.«

»Danke, war nur neugierig«, sagte ich.

19

In der Nacht wachte ich auf, lag da und hörte meinem eigenen Atem zu. Er war laut und ich konnte nichts dagegen tun. Ich hatte die Augen noch geschlossen, aber ich spürte etwas, das ich schon lange nicht mehr gespürt hatte, dieses Gefühl, dass jemand im Zimmer war. Selbst mit geschlossenen Augen konnte ich ihn wahrnehmen, und ich wusste verdammt gut, wer er war.

Im Zimmer war es eiskalt und die Luft schien feuchter zu sein, als sie es bei einer auf 23 Grad eingestellten Klimaanlage eigentlich sein sollte. Etwas schien in der Luft zu zittern, und ich war sicher, dass ich den Gestank der Verwesung roch.

Er betrat mein Zimmer durch die Tür. Ich wusste, dass die Tür nicht geöffnet worden war, weil sie abgeschlossen war, aber er kam. Ich sah ihn nicht hereinkommen, hörte aber seine Schritte. Ich versuchte aufzustehen, konnte es aber nicht.

Dann fühlte ich, wie sich das Bett bewegte.

Ein Rascheln ertönte, die Bettdecke am Fußende wurde weggezogen, dann spürte ich seine Hand an meinem Knöchel, wie eine Fußkette aus Eis. Ich wollte den Fuß wegziehen. Ich wollte schreien, tat es aber nicht. Es ging einfach nicht. Es war, als hätte ich einen Korken in der Kehle.

»Danny«, sagte mein Vater. »Erinnerst du dich noch, was Mr. Candles dir erzählt hat? Über das, was da oben im Wald auf dem Hügel ist? Weißt du das noch?«

Seine Stimme klang, als befände er sich hinter einer Mauer aus Schlamm.

Ich versuchte zu antworten, brachte aber kein Wort hervor. Ich lag einfach da und fühlte diese kalte Hand an meinem Knöchel. Dabei zitterte ich, als hätte ich einen epileptischen Anfall. Als ich aufwachte, war das Zimmer leer.

Draußen war es noch dunkel. Ich setzte mich im Bett auf. Immer noch keuchte ich, und mein Herz pochte wie ein Presslufthammer.

Ich checkte das Fußende des Bettes. Die Decke war noch am richtigen Platz, aber für einen Augenblick schickten die Straßenlaternen einen blassen Goldton durch das offene Fenster am Bett. Das Licht fiel auf den Holzboden, und ich war sicher, dass ich dort eine kleine Pfütze bemerkte, wo Wasser von meinem Vater herabgetropft war. Aber als ich mich aus dem Bett wälzte und das Licht einschaltete, war da nur Glanz, als wäre das Holz an dieser Stelle etwas zu intensiv poliert worden.

Ich atmete tief durch und sammelte mich. Ich dachte darüber nach zu schreiben, zu lesen, irgendetwas zu tun, um mich abzulenken, aber ich tat nichts davon. Dann aß ich eine Banane und ließ die Schale auf der Fensterbank liegen. Ich ging ins Badezimmer, zog mich an, ging nach draußen und schloss die Tür sorgfältig hinter mir ab. Mein Auto war am Bordstein geparkt, wo der Gehweg endete. Ich konnte mich nicht daran erinnern, es dort abgestellt zu haben.

Kurz darauf fuhr ich aufs Land hinaus, und die Bäume und Schatten im Scheinwerferlicht waren so mysteriös wie ein dunkler Zauber.

Ich erreichte den See. Jetzt war er nicht ausgetrocknet; er war nass. Ich fragte mich, wann es geregnet hatte und wie es so schnell so viel hatte regnen können, dass das Seebett sich in so kurzer Zeit hatte füllen können. Im Moment fiel jedoch kein Tropfen. Was war hier los?

Am See war der Nachthimmel klar und der Vollmond schien. Ich hatte nicht geglaubt, dass es eine Vollmondnacht war, aber so war es, und das Spiegelbild des Himmelskörpers trieb auf dem Wasser.

Als ich auf der Brücke stand, sah ich ein Licht, das sich rechts von mir durch die Bäume bewegte. Es huschte rasch einen Hügel hinauf in den Wald und verschwand. Irgendetwas musste es bedeuten, aber ich war nicht sicher, was.

Ich schaltete die Taschenlampe ein, die ich in meiner Hand entdeckte, und richtete sie hinaus auf das tote, schwarze Wasser. Es schwammen Skelette darin, die von Haut- und Muskelfetzen zusammengehalten wurden. Ihre Köpfe kamen zum Vorschein und tauchten wieder unter. Mit ihren Skelettarmen und -händen kämpften sie gegen das Wasser an, das ihnen durch die Finger floss und in ihre leeren Augenhöhlen und offenen Münder strömte. Sie schwammen auf die Brücke zu und befanden sich schon sehr bald unter ihr. Ich folgte ihnen mit meinem Lichtstrahl.

Als ich durch eine Lücke im Bretterwerk der Brücke nach unten blickte, konnte ich sie sehen. All ihre Schädel waren nach oben gerichtet und sahen mich an, doch in diesen tiefen Höhlen waren keine Augen, nur Finsternis. Aber die Dunkelheit in ihren Schädeln schien lebendig zu sein. Sie hoben ihre Knochenarme zu mir, und obwohl ich hoch oben war, konnten sie mich beinahe erreichen, was ich nicht begreifen konnte. Skelettfinger stießen durch die Lücken, wackelten und streckten sich nach mir. Ich rannte los. Dabei verfingen sich meine Füße in den Laken und ich rollte vom Bett, wieder keuchend.

Nachdem ich mich aus dem Kokon aus Decken und Laken befreit hatte, stand ich langsam auf. Der Schein der Laternen, der durchs Fenster drang, fiel auf mein Gesicht und den Boden.

Mir war kalt.

Diesmal ging ich wirklich ins Badezimmer, wusch mein Gesicht und pinkelte. Ich hob die Decken auf und machte das Bett. Dann sah ich eine Bananenschale auf der Fensterbank liegen, genau wie in meinem Traum. Ich fühlte, wie sich ein dunkler Schatten um mich herum bewegte, dann in mir, und ich setzte mich aufs Bett und dachte lange über diese Dinge nach, aber ich fand keine Antworten. Schließlich kroch ich wieder unter die Decke und schlief.

Man sagt, Träume versuchen einem etwas mitzuteilen, das man bereits weiß oder das man durchschauen muss. Man sagt, dass Geister Botschaften des Gehirns sind, die es an die Augen schickt, statt sich an den üblichen Weg zu halten, bei dem die Augen Botschaften an das Hirn senden. Manche sind der Ansicht, dass sich damit nicht nur Geister, sondern noch viele andere Dinge erklären lassen, die wir sehen, von Bigfoot bis hin zu tanzenden Gremlins in Bermudashorts. Das Gehirn denkt etwas und schenkt ihm genug Glauben, um den Augen zu befehlen, es zu sehen. Einmal habe ich gelesen, dass es geschieht, wenn wir spätnachts Auto fahren. Wenn wir müde sind, uns jedoch immer weiter antreiben und kurz davor sind einzuschlafen. Das Hirn versucht ständig, uns zu warnen. Es will, dass wir anhalten und uns ausruhen. Es erkennt, dass wir in Gefahr sind. Daher schickt es uns falsche Bilder, zum Beispiel einen Hund oder eine Person, die über die Straße rennt. Etwas, das uns alarmiert, bevor es zu spät ist.

Hatte der Geist meines Vaters in der letzten Nacht mit mir gesprochen oder hatte der Geist meiner Erinnerungen irgendetwas aus der Tiefe hervorgeholt, etwas, das mit diesen Leichen in den Kofferräumen in Verbindung stand?

Ich duschte, rasierte mich, putzte mir die Zähne und so weiter. Dann suchte ich das Café auf, das ich am Vortag gefunden hatte, trank einen Kaffee, fuhr zum See hinaus und ging auf die Brücke. Die Vögel sangen, krächzten und kreischten. Ich hörte Frösche quaken und Grillen zirpen. Eine Wolke blauschwarzer Insekten flog an mir vorbei in den Wald auf der gegenüberliegenden Seite.

Anders als in meinem Traum hatte sich der See nicht wieder mit Wasser gefüllt. Er wirkte eher noch trockener als am Tag zuvor.

Als ich dort auf der Brücke stand und in das mit Trümmern übersäte Seebett hinausblickte, ließ der Wind einen tückisch aussehenden Staubteufel entstehen, der den pulverigen Lehm vom Boden hob und in meine Richtung wirbelte. Für ein paar Augenblicke kam er auf mich zu, um dann so plötzlich wieder zu verebben, wie er entstanden war. Der Staub verteilte sich und wurde zu fein, um erkennbar zu sein. Dann schlief auch der Wind ein.

Ich überquerte die Brücke und erreichte das andere Ende, ohne dass sie unter mir einstürzte. Ich erinnerte mich nun ganz deutlich an die Geschichte über das, was sich oben auf dem Hügel befand, wie sie Mr. Candles mir und Ronnie vor langer Zeit erzählt hatte.

Der Hang war steil. Es gab eine Art Pfad, dem deutlich anzumerken war, dass er nicht mehr oft benutzt wurde, denn er war schmal und die Bäume und das Gras waren dicht an ihn herangerückt.

Als ich mich der Hügelkuppe näherte, teilte sich der Pfad. Die eine Abzweigung war breiter als die andere. Die schmalere machte eine Biegung, bevor sie die Kuppe erreichte, und verschwand kurvenreich im dichteren Laubwald.

Es war kühler unter den Bäumen, im Schatten, aber ich fühlte mich dennoch, als würde ich das Innere eines Staubsaugerbeutels einatmen.

Ich machte eine kurze Pause, um wieder zu Atem zu kommen. Ein Rotfuchs huschte zwischen den Bäumen auf der Hügelkuppe hervor und wurde von grellem Sonnenlicht überflutet. Der Fuchs blieb stehen und blickte über den Pfad zu mir herüber. Nachdem er den

Kopf gehoben und mich mit einer Art *Was gibt's*-Blick angesehen hatte, huschte er schnell und elegant aus der Sonne in das dichte Unterholz. Dabei erzeugte er nicht einmal ein Rascheln.

Ich ging den ansteigenden Pfad hinauf zu der Stelle, an der der Fuchs gestanden hatte, atmete tief durch und blickte mich um.

Links von mir sah ich die Überreste des Sägewerks. Es war jetzt nicht mehr als eine Ansammlung grauer Gebäude unterschiedlicher Größe. Ihre Wände bestanden aus groben Holzlatten mit Lücken, die so groß waren, dass ein gut gemästetes Schwein hindurchgepasst hätte.

Ich stapfte zum größten Gebäude. Es hatte ein Blechdach und die Doppeltür ähnelte denen, die man an Scheunen fand. Sie stand weit offen. Als ich hineinging, flatterte ein Taubenschwarm in einer grauweißen Explosion an mir vorbei, sodass ich zusammenzuckte. Einen Augenblick später war ich drinnen und sah eine gewaltige, rostige Säge mit zerklüfteten Metallzähnen, deren Spitzen rot von Rost waren. Vor ihr befand sich eine lang gezogene Blechrinne, die auf Betonblöcken ruhte. So hatte man das gefräßige Monstrum mit Bäumen gefüttert. Gerissene Ketten und Gummiriemen lagen herum, die man bei der Arbeit mit der Säge benutzt hatte. Da war noch ein Betonblock, auf dem, wie ich annahm, ein Benzinmotor gestanden hatte.

Ich ging ein wenig umher, aber abgesehen von der Fledermausscheiße am Boden gab es nicht viel zu erkennen. Als ich den Blick hob, sah ich eine Kolonie dieser Tiere kopfüber von den Dachsparren hängen.

Kacken die mit dem Kopf nach unten?, fragte ich mich. Lief ihnen das Zeug dann nicht über den Körper? Oder machten sie ihr Geschäft auf dem Weg nach draußen, wenn sie nachts auf Insektenjagd gingen, ließen sie ihre Guano-Bomben fallen, um Ballast abzuwerfen? Für einen Augenblick erschien es mir wichtig, dieses Rätsel zu lösen. Dann überließ ich die Fledermäuse dem Schatten und den Dachsparren.

Als ich wieder draußen war, spazierte ich umher, betrat die anderen Gebäude und verließ sie nach kurzer Zeit. Vom Hügel konnte ich auf eine tiefere Ebene hinabblicken, auf der sich eine riesige grüne Fläche mit kurz gemähtem Gras befand, die sich über einige Morgen Land erstreckte. Es war ein Golfplatz. Dahinter lag ein riesiges Haus, das wie ein englisches Herrenhaus aussah. Es war von Nebengebäuden umgeben, die so luxuriös wirkten, dass man sie als elitär bezeichnen konnte.

Ich drehte mich um und richtete den Blick auf die andere Hangseite. Da war ein Schrottplatz, umgeben von einem glänzenden Blechzaun. Ich konnte von meiner Position aus ins Innere des umzäunten Gebiets sehen. Dort befanden sich verrostende Autos sowie ein großer, blassroter Schuppen mit einem Blechdach in der Mitte des ziemlich großen Grundstücks.

Ich ging hinunter. Das Tor im Blechzaun bestand aus in den Boden versenkten Rohren an beiden Seiten, aus Metallstangen und engmaschigem Draht. An der Oberseite verlief ein Strang Stacheldraht und ein großes Vorhängeschloss hielt eine Kette zusammen. Die Kette verschloss das Tor. Dieses war alt und verrostet, doch das Schloss wirkte funkelnagelneu. Am Tor hing ein Schild mit der Aufschrift ›Betreten verboten‹.

Ich schaute mich um und sah niemanden. Dann kletterte ich auf das Tor, ohne mit der Hose oder dem Bein im Stacheldraht hängen zu bleiben, und ließ mich auf der anderen Seite hinabfallen. Dann lief ich zwischen den Autos herum, wobei ich halb damit rechnete, dass ein großer Hund zwischen den Wracks hervorstürmen, mich zu Boden reißen und auffressen würde.

Als ich vor der Schuppentür stand, zog ich vorsichtig daran. Sie war abgeschlossen. Ich ging an eins der Fenster. Es gab keine Vorhänge, abgesehen von den auf natürliche Weise entstandenen aus Staub und Fliegendreck, die das Glas bedeckten. Ich wischte mit der Hand über eine Fensterscheibe. Das half ein wenig, aber der Großteil des Staubs und der Flecken befand sich an der Innenseite.

Als ich durch die Scheibe blickte, sah ich nichts als Leere. An einer Stelle, an der das Sonnenlicht durch einen schmalen Spalt in der Decke fiel, erkannte ich einen Stuhl und einen kleinen Tisch. Der Boden war mit Rattenscheiße und Schmutz bedeckt. Ein unheimlicher Ort.

Ich kehrte zum Tor zurück und stieg hinüber. Ich war nicht ganz sicher, was ich mit alldem erreicht hatte, doch ich hatte das Gefühl, an einem Strang zu ziehen, an dessen anderem Ende etwas Bedeutendes hing, das nur noch nicht sichtbar war.

Vom Schrottplatz aus ging ich weiter zu einem kleinen Weg, der am See entlang verlief. Er führte mich in Richtung der Brücke. Ich war noch nicht weit gekommen, als ich diesen Weg wieder aufgab und auf den sandigen zurückkehrte, der zum Schrottplatz hinaufführte. Noch einmal ging ich daran vorbei, auch am Sägewerk, und dann wusste ich, wonach ich wirklich suchte.

Als ich zurück auf dem Hügel war, schlenderte ich den Pfad hinunter und fand die Gabelung. Diesmal wählte ich die andere Abzweigung und begab mich tiefer in den Wald.

Ich war noch nicht weit gekommen, als ich auf einer Seite umgeworfene Grabsteine bemerkte. Einige waren zerstört. Als ich den Pfad verließ und in den Wald ging, stürzte sich ein hungriger Schwarm Moskitos auf mich, die auf mein Gesicht losgingen und ihre blutsaugenden Stacheln durch meine Kleider stachen. Es erwies sich als sinnlos, nach ihnen zu schlagen. Ihre Zahl war Legion.

Ich kam näher und erkannte, dass offene Gräber vor diesen Grabsteinen lagen, rechteckige Löcher, die etwa 1,80 Meter tief und deren Böden mit Laub und Dreck bedeckt waren. Manche enthielten die zerstörten Reste hölzerner Särge und kleine Stücke farblosen Stoffs. Die Gräber waren geplündert worden.

Ich hörte ein Geräusch im Wald hinter dem Friedhof. Etwas bewegte sich dort, das größer war als ein Fuchs, vielleicht ein Reh. Dann war es still. Etwas musste dort gewesen sein, aber es hatte aufgehört, sich zu bewegen, oder sich außer Hörweite entfernt.

Ich wollte mich weiter umsehen, doch die Moskitos wurden unerträglich, und dieses von irgendetwas

Schwerem verursachte Geräusch hatte mich nervös gemacht. Ziemlich schnell war ich wieder auf dem Pfad und huschte davon, vielleicht ebenso schnell wie der Fuchs. Diese verdammten Vampirmücken summten um mich herum. Der Schleier, den sie bildeten, war so dicht, ich hätte ihn zusammennähen und als Anzug tragen können.

Während ich zur Brücke zurückhastete, fühlte ich wieder, dass ich an diesem Strang zog, und diesmal schien das Ding am anderen Ende in Sicht zu kommen.

20

Im Büro des Chiefs auf dem Polizeirevier, wo ich mich zusammen mit ihm und Ronnie befand, erzählte ich ihnen von meinem Traum und wohin er mich geführt hatte.

»So, das hast du also geträumt?«, fragte Chief Dudley.

»Nein, hören Sie zu. Ich hatte einen Traum, der mich zum Friedhof, zum Schrottplatz und zum alten Sägewerk geführt hat. Hören Sie, ich weiß, wie das klingt, aber so ist das nicht. Das war nichts Prophetisches oder so. Was ich sagen will, ist nur, dass mir durch diesen Traum vieles klar wurde.«

Wir unterhielten uns eine Weile darüber, und ich bemerkte, dass Dudley sich zu fragen begann, ob ich vielleicht doch nicht alle Tassen im Schrank hatte.

Als ich meine Erzählung beendet hatte, schwieg Ronnie höflich.

Chief Dudley sagte: »Ich glaube, wir sollten zum Leichenbeschauer rübergehen.«

Als wir reinkamen, war Shirley gerade dabei, sich die Nägel zu feilen. Eine Flasche mit pinkem Nagellack stand auf dem Tisch, zusammen mit anderen Werkzeugen, die ich nicht erkannte, aber ich nahm einfach an, dass es sich um irgendwelche Kosmetikprodukte für Frauen handelte. Es hätte sich ebenso gut um einen Satz Dietriche zum Schlösserknacken handeln können.

Jay fanden wir draußen an der Rückseite des Gebäudes. Er stand an einem Anhänger, neben dem sich ein großer, summender Metallkasten befand. Ich begriff, dass es sich um eine Kühlanlage handelte.

Jay drehte sich um, als er uns hörte.

»Ah, die Hüter des Gesetzes, plus ein Gast.«

Chief Dudley erkundigte sich: »Ich nehme an, das da ist für die zusätzlichen Leichen?«

»Japp. Die Temperatur muss kontrolliert werden, damit die Knochen nicht auseinanderfallen. Die sind nämlich zerbrechlich. War die Hölle, dafür eine Genehmigung vom Stadtrat zu bekommen.«

»Warum stehen Sie hier draußen?«, wollte Ronnie wissen.

»Ich dachte, dass ich ein bisschen Sonne gebrauchen kann, aber dann habe ich gemerkt, wie unangenehm das ist. Wenn die Klimaanlage zu lange auf Hochtouren läuft, wird mir unbehaglich, aber wenn ich zu lange in dieser Hitze bleibe, kippe ich um.«

»Danny hier hat was, das vielleicht von Interesse ist, aber wir wollten erst mal, dass Sie es sich anhören«, schaltete Ronnie sich ein.

»Er hatte einen prophetischen Traum«, ergänzte Dudley. »Oder so was in der Art. Einen Traum über diese vielen Knochen.«

»Eine Vision«, sagte Jay. »Im Ernst, Danny? Sie haben Besuch von ’nem verdammten Geist gekriegt?«

»So war das nicht«, widersprach ich.

»Gehen wir zurück ins Büro«, schlug Jay vor. »Ich ersticke noch an der Hitze hier. Und ich möchte sitzen, wenn ich mir das anhöre.«

Im Büro nahmen wir auf den Stühlen in der Nähe der Kaffeekanne Platz. Niemand von uns hatte Kaffee, und diesmal bot Shirley nicht an, welchen zu kochen. Sie schien gerade an einem kritischen Punkt ihrer Nagelbehandlung zu stehen.

Ich begann: »Vor langer Zeit, als die Flut kam, die den Moon Lake erst erzeugt hat, und man die Leichen aus ihm geborgen hat, war das einzige Bestattungsinstitut, das sich um die Leichen von Schwarzen kümmerte, in der Hand schwarzer Besitzer und Betreiber. Ronnies Dad hat uns erzählt, als die Toten geborgen und zum Institut in New Long Lincoln gebracht wurden, gab es dort nicht genug Kleidung für sie. Das meiste, was die Familien besessen hatten – ihre Habseligkeiten, ihr Geld –, war weggeschwemmt worden. Aber das galt nicht für jeden. Es gab auch welche, die sich Anzüge und Kleidung für ihre Toten leisten konnten, doch für diejenigen, die es nicht konnten, stellte das Bestattungsinstitut blaue Totengewänder zur Verfügung. Das gilt auch für einige der Leichen, die auf dem Friedhof auf dem Hügel über dem See bestattet wurden.«

»Da oben gibt's einen Friedhof?«, fragte Jay.

»Der Traum hat mich daran erinnert. Mir wurde klar, dass mein Unterbewusstsein versucht, mir etwas zu sagen, das irgendwo in meinem Hinterkopf steckt – so was wie ein Polsternagel. Erinnerungen an die Flut und an einen Schrottplatz in der Nähe eines Sägewerks, in dem Mr. Candles gearbeitet hat. Weißt du das alles noch, Ronnie?«

»Natürlich«, erwiderte sie. »Die blauen Gewänder müssen diese Fetzen zwischen den Knochen sein.«

»Vielleicht sind diese Stücke blau«, räumte Jay ein. »Aber das ist schwer zu erkennen.«

»Ich glaube, dass diese Knochen über die Jahre, vielleicht auch erst vor kurzer Zeit, ausgegraben und in die Autos auf dem alten Schrottplatz da oben gelegt wurden, und dann hat man sie in den See geschoben. Auf dem Friedhof sind Löcher, wo mal Gräber waren. Vielleicht ist das schon lange so. Der Schrottplatz ist abgeriegelt, aber am Tor hängt ein neues Vorhängeschloss, und ich habe mir gedacht, dass das vielleicht der Ort ist, von dem die Autos stammen. Ich weiß nicht. Irgendjemand ist dort ein und aus gegangen, vielleicht schon eine ganze Weile. Möglicherweise jemand, der diese Sache beenden wollte. Der Besitzer des Grundstücks hat ein neues Schloss besorgt.«

»Aber wieso?«, fragte Chief Dudley. »Ich meine, was hat es für einen Sinn, Knochen auszubuddeln, sie in Kofferräume zu legen und die Autos ins Wasser zu stoßen?«

»Da bin ich nicht sicher. Ich könnte mich irren, aber auf eine gewisse Weise ergibt das schon Sinn. Sonst wären es zu viele Zufälle. Der Friedhof mit den Löchern. Die Knochen und das, was ich für Teile dieser Totengewänder halte, in den Kofferräumen. Jay, können Sie die Knochen und die Stofffetzen checken und feststellen, ob die Leichen einbalsamiert wurden und ob der Stoff von den Gewändern stammt?«

»Dic Knochen sind nicht gerade frisch. Vielleicht kann ich anhand des Stoffs irgendwas feststellen. Ich weiß es nicht.«

»Aber das Auto deines Vaters war doch bereits im See«, gab Ronnie zu bedenken. »Man hätte eine Leiche zum See bringen und in einen Wagen laden müssen, obwohl der See bis vor Kurzem noch voller Wasser gewesen ist.«

»Ja«, stimmte Dudley zu. »Es ergibt mehr Sinn, dass sich die Leiche schon im Auto befunden hatte. Wer hätte sich die Mühe gemacht, Autos von einem Schrottplatz zu holen, Knochen auszugraben, sie in die Fahrzeuge zu packen, die in den See zu schieben, und dann, als er ausgetrocknet war, eine Leiche in den Kofferraum des Wagens deines Vaters zu legen? Was könnte die Absicht dahinter sein?«

»Irgendwie hört sich das ritualistisch an«, sagte Shirley.

Beim Klang ihrer Stimme drehten wir uns alle um, um sie anzusehen. Sie hatte eine Hand gehoben und feilte mit der anderen an einem Fingernagel herum.

»Ich habe in Anthropologie mal ein Kapitel über Rituale gelesen. Menschen tun dabei manchmal merkwürdige und komplizierte Dinge. Und dann gibt es noch Serienkiller. Solche, die vom Töten besessen sind und nicht damit aufhören können. Die haben auch Rituale. Ich glaube, das nennt man ihre Handschrift.«

»So, das haben Sie in einem Buch gelesen?«, fragte Chief Dudley.

»Klar. Solche Leute, die so gestört sind, verspüren regelmäßig den Drang, auf eine ganz bestimmte Weise

Morde zu begehen. Dabei lassen sie, vielleicht ohne es zu wissen, vielleicht mit Absicht, ihre Handschrift zurück, kleine Rituale, die den Mord als ihr Werk erkennbar machen.«

»Ich glaube nicht, dass es hier um Morde geht«, wandte ich ein. »Ich glaube nach wie vor, dass die Knochen aus Gräbern stammen.«

»Dann haben wir es aber trotzdem mit Ritualen zu tun«, konterte Shirley. »Es gibt eine Gruppe namens Skull and Bones, das sind bloß so ein paar Yankee-Collegestudenten, die haben damals die Knochen von Geronimo gestohlen. Der Schädel ist in ihrem Clubhaus, und die halten dort Zeremonien und Rituale ab, bei denen sie die Knochen benutzen. Zumindest erzählt man sich das.«

»Es gibt hier ein Junior College«, räumte Jay ein. »Ich glaube, es ist möglich, dass das ein paar Studenten waren. Vielleicht gehört das zu irgendeinem aufwendigen Streich?«

»Besonders lustig finde ich das nicht«, sagte Ronnie. »Meine Großmutter ist auf diesem Friedhof begraben worden, außerdem mein Großvater. Der Mentor meines Dads, der ihm Boxen beigebracht hat, liegt auch dort. Ich kannte meine Großeltern nicht so richtig, und ich sag's nur ungern, aber ich besuche ihre Gräber nie. Ich weiß noch, dass Daddy sagte, er habe das von Zeit zu Zeit getan, aber dann sei er zu dem Schluss gekommen, dass sie dort gar nicht sind. Wahrscheinlich haben das viele so empfunden. Oder ihre Nachkommen sind irgendwann gestorben, und das ist der Grund, warum der Friedhof verfallen ist. Jetzt, wo ich darüber nachdenke, fühle ich mich ein bisschen schuldig deswegen.«

»Die Toten sind in unseren Herzen besser aufgehoben als in der Erde«, sagte Chief Dudley.

Ronnie fuhr fort: »Ich habe mir gedacht, wir finden etwas über das Land heraus, auf dem der Friedhof liegt, erkundigen uns, wem es gehört, und stellen eine Liste derjenigen auf, die dort begraben wurden. Wir können auch in Erfahrung bringen, wem der Schrottplatz gehört.«

»Wenn das in Ordnung ist und Sie mich für eine Weile entbehren können, Jay, dann kann ich das machen«, bot Shirley an. Sie hatte die Nagelfeile beiseitegelegt. »Ich kann zum Stadtarchiv im Amtsgericht gehen. Besser als hier zu sitzen und mir die Nägel zu feilen. Obwohl ich die wirklich ausgezeichnet hingekriegt habe.«

»Die sehen sehr hübsch aus«, pflichtete Ronnie ihr bei.

Jay sagte: »Ich wollte sowieso die sterblichen Überreste checken. Ich werde das machen, mir den Stoff und die Knochen ansehen und schauen, ob ich dabei zu irgendwelchen Schlüssen komme.«

»Zeitverschwendung«, entgegnete Chief Dudley. »Wer weiß schon, was irgendein Verrückter denkt? Und Danny, nichts für ungut, aber dein Vater kommt für mich immer noch eher als Täter infrage als irgendeiner, der Gräber öffnet, Knochen in Kofferräume stopft und Autos in den See schiebt. Manche Rätsel kann oder soll man einfach nicht lösen.«

»Vielleicht gibt es Aufzeichnungen über die Überflutung, die über die Geschichten hinausgehen, mit denen ich aufgewachsen bin«, wandte Ronnie ein. »In der Bücherei könnte man Sachen finden, die nicht im Stadtarchiv lagern.«

»Warum gehst du nicht zur Bücherei?«, fragte Dudley mich. »Für Ronnie habe ich andere Aufgaben.«

21

Die Bücherei war ein langes, schlichtes, einstöckiges Gebäude am Stadtrand, das aus einer Aluminiumverkleidung, billigem Glas und einer ebenso billigen Glastür bestand. Beim Hineingehen sah ich, dass etwa die Hälfte der Bücherregale leer war.

Eine sehr attraktive Frau mit blonden Haaren, rosigen Wangen und vollen Lippen, ungefähr in meinem Alter, hob den Kopf, als ich eintrat. Sie saß an einem Tisch, hielt einen Bücherstempel in der Hand, hatte ein offenes Buch vor sich liegen und wollte den Stempel benutzen.

Sie trug ein schlicht wirkendes grünes Kleid, das tatsächlich gar nicht so schlicht war. Das Gestell ihrer Brille war grün. Sie nahm sie ab, legte sie vorsichtig neben das Buch, das sie gerade stempeln wollte, ging um den Tisch herum und kam auf mich zu. Das Kleid betonte noch deutlicher, dass nicht nur ihr Gesicht, sondern auch ihr Körperbau einen genetischen Lottogewinn darstellte. Sie war klein; ich schätzte sie auf 1,50 Meter oder kleiner, und dabei waren die zierlichen Absätze ihrer grünen, offenen Schuhe bereits eingerechnet. Dazu sollte ich anmerken, dass sie die Farbe ihres blonden, schulterlangen Haars möglicherweise eher einem Färbemittel als ihrer Genetik verdankte. Aber was auch immer die Ursache gewesen sein mag, es gefiel mir.

»Oh, hallo«, rief sie und wirkte erfreut, mich zu sehen. Höchstwahrscheinlich hatte sie sich gelangweilt.

»Hallo. Ich hätte ein paar Fragen und muss einige Dinge recherchieren. Können Sie mir da vielleicht weiterhelfen?«

»Sagen Sie mir, was Sie brauchen, und wenn wir es haben, führe ich Sie persönlich hin. Ich kümmere mich hier um alles, ich und ein paar Freiwillige, die manchmal aushelfen.«

Sie stand jetzt nahe bei mir und verströmte einen süßen, moschusartigen Duft. Ich war nicht sicher, ob dieser Duft einem Hauch feinen Parfüms oder einer Menge natürlicher Hormone zu verdanken war, aber so oder so war er verdammt angenehm.

Ich sagte ihr, nach welcher Art von Aufzeichnungen ich suchte. Sie hielt inne und dachte darüber nach. Dann sagte sie, dass sie wahrscheinlich habe, was ich brauchte, und dass ihr Name Estelle sei. Während sie mich in den hinteren Bereich der Bücherei führte, nannte ich ihr meinen Namen und sagte ihr, woher ich stammte. Ich teilte ihr mit, ich recherchiere über die ursprüngliche Stadt und die Entstehung des Sees.

»Warum denn das, um Himmels willen? Unsere Stadt und die alte, die sind doch wohl kaum so interessant.«

»Ich glaube, dass sie das vielleicht doch sind.«

»Worum geht es bei dieser Recherche?«

»Um ein Buch, an dem ich schreibe.«

»Ihr erstes?«

»Ich habe schon ein Buch, ein paar Artikel und eine Kurzgeschichte veröffentlicht. Bis vor Kurzem war ich Journalist.«

»Ein echter Autor. Veröffentlichen Sie im Selbstverlag?«

»Nein.«

»Bei einem echten Verlag?«

»Ganz genau.«

»Wie heißt Ihr Roman?«

Ich sagte es ihr.

»Den werde ich bestellen.«

»Oh, danke schön. Und ich hatte mich gefragt, ob ich Bücher von hier ausleihen kann.«

»Sind Sie Einwohner von New Long Lincoln?«

»Seit Kurzem, ja.«

»Und Sie schreiben ein neues Buch.«

»Das ist der Plan.«

»Über New Long Lincoln?«

»Das weiß ich noch nicht.«

Sie hielt ein paar Sekunden inne und verarbeitete diese Informationen. »Sicher. Wir können Ihnen eine Karte ausstellen.«

Als wir an den vielen leeren Regalen vorbeikamen, sagte sie: »Wir expandieren. Kriegen bald noch mehr Bücher. Viele Klassiker, aber auch neue Sachen. Wir planen, die ganzen Akten in den Computer zu übertragen.«

»Das ist schön. Mein Vater war auch eine Zeit lang Bibliothekar. Gibt es viele Leser in dieser Stadt?«

»Nein. Aber erzählen Sie's keinem. Sonst verlier ich vielleicht meinen Job.«

Hinter den leeren Regalen befanden sich volle, in denen zahlreiche große Bände standen, meist mit schwarzen Buchrücken.

Estelle führte mich herum und zog ein paar Bücher gerade weit genug heraus, dass sie auf dem Regal blieben, aber bei Bedarf von mir heruntergenommen werden konnten. Sie drückte mir eins in die Hände.

Ein anderes, auf dessen Cover der Name Natural Wilson stand, weckte meine Aufmerksamkeit. Das Buch hatte den Titel *Der Moon Lake und Long Lincoln.* Ich klappte es mit dem Daumen auf und blätterte ein paar Seiten um.

Es handelte von der Anlage des Sees, von Grundstücken, Urkunden und Ähnlichem. Im Inneren gab es ausklappbare Karten. Ursprünglich schienen sie per Hand gezeichnet worden zu sein.

»Ich fange mit dem hier an«, entschied ich und klemmte mir das Buch unter den Arm.

»Das hat keinen so guten Ruf. Angeblich hat das ein Spinner geschrieben. Ich habe sogar schon darüber nachgedacht, es auszusortieren. Da hinten am Fenster steht ein Tisch; in der Ecke ist es kühl. Vielleicht möchten Sie da Ihr Lager aufschlagen.«

»Klingt gut.«

Sie hielt inne und lächelte. Ihr war bewusst, welche Macht dieses Lächeln hatte.

»Falls Sie mal Lust haben, die Stadt zu besichtigen oder einen Kaffee trinken zu gehen – ich gebe Ihnen gern meine Nummer.«

»Und ich nehme sie gern an.«

»Das dachte ich mir.«

Die Zeit verfliegt nur so, wenn man Bücher liest. Das, was ich vor mir hatte, war zwar nicht so spannend wie ein Thriller, aber ich fand es dennoch faszinierend.

Ich zog alle Bände aus dem Regal, die Estelle ausgewählt hatte, und las Teile davon. Schließlich lieh ich mir einen Stift und einen Block von Estelle, um mir Notizen machen zu können.

Die Einwohner von Long Lincoln, die nach dem Dammbruch ertrunken waren, wurden in keinem der Bücher erwähnt, nur in dem von Natural Wilson, das dick und faktenreich, aber nicht besonders gut geschrieben war. Selbst ein Affe hätte es besser schreiben können, aber die enthaltenen Informationen waren wichtiger als der etwas problematische Aufbau, und die Karten waren gut, wenn auch handgezeichnet. Estelle hatte zwar keine hohe Meinung von diesem Werk und ich verstand ihre Bedenken, aber eine gewisse Aufrichtigkeit und Wahrhaftigkeit steckten darin. Das Buch beschrieb die Überflutung im Detail, gestützt auf Augenzeugenberichte schwarzer und weißer Überlebender. Schwarze wurden im Buch als Farbige bezeichnet. Der Friedhof wurde erwähnt, ebenso das Sägewerk, das nach dem Verschwinden des ursprünglichen Long Lincoln an Bedeutung verloren hatte. Es hieß, das Land um den See sei an jemanden namens Jack Manley Sr. verkauft worden.

Manley war ein richtiger Immobilienmogul. Offenbar gehörte er zu den großen Namen im Zuge der Gründung von New Long Lincoln und muss auch in der alten Stadt eine bedeutende Persönlichkeit gewesen sein. Er und einige der anderen hatten die

Verhandlungen geführt, aus denen New Long Lincoln hervorgegangen war.

In dem Buch von Natural Wilson begegneten mir die Namen zweier weiterer Beteiligter: Judea Parker und Kate Conroy. In den anderen Werken tauchten noch weitere prominente Namen auf, doch Manley, Parker und Conroy wurden immer wieder erwähnt. Eins der Bücher enthielt Fotos von ihnen. Ich stellte fest, dass sie die drei Personen waren, die ich zusammen mit Chief Dudley auf dem Foto in seinem Büro gesehen hatte. Auf manchen Bildern, die aus der Zeit des ursprünglichen Long Lincoln stammten, waren sie jung. Die Männer waren gut aussehend; die Frau war hübsch. Die späteren Abbildungen zeigten den natürlichen Alterungsprozess.

Jack Manley Sr. und die anderen waren Leute, über die ich mehr erfahren wollte. War Manley immer noch der Eigentümer des Landes? Chief Dudley hatte den Eindruck vermittelt, dass sie alle noch am Leben waren. Spielten sie in dieser Sache eine wichtige Rolle?

Hinten im Buch gab es einen kurzen Textabschnitt über den Autor. Das Werk war in den frühen 60er-Jahren geschrieben worden; der Autor lebte offenbar in New Long Lincoln. Doch bei genauerer Betrachtung sagte die Autorenbeschreibung eigentlich gar nichts aus. Man wusste kein bisschen mehr über Natural Wilson, wenn man sie gelesen hatte.

Schließlich erwachte ich aus meiner Trance und versuchte mir darüber klar zu werden, ob ich irgendetwas Wichtiges erfahren hatte. Von Zeit zu Zeit hörte ich Estelle am Telefon sprechen, und hin und wieder drückte sie den Stempel auf ein Buch.

Das Fenster über dem Tisch, an dem ich las, spendete kein Licht mehr. Es gab jetzt nur noch das elektrische Licht der Lampen, das vergleichsweise schwach war. Ich konnte kaum glauben, wie viel Zeit ich dort verbracht hatte.

Estelle kam zum Tisch und sagte zu mir: »Tut mir leid, wir schließen jetzt.«

»Kein Problem.«

Sie reichte mir einen Bibliotheksausweis. »Hier ist Ihre Karte. Ich muss mir nur noch Ihre Adresse und Telefonnummer aufschreiben.« Am Empfangstisch trug ich meine Adresse und Nummer in ein Formular ein, um meinen Ausweis »offiziell« zu machen, und lieh drei Bücher aus. Estelle stempelte sie.

»Natural Wilson. Der Autor dieses dicken Buches. Da steht, dass er aus New Long Lincoln stammt. Wohnt der immer noch hier?«

»Soweit ich weiß, kennt hier niemand jemanden, der Natural Wilson heißt. Der Name ist wahrscheinlich erfunden. Das Buch hat kein sehr hohes Ansehen, weil das Vermischen von Hörensagen und Legenden mit echten Ereignissen nicht gerade historisch korrekt ist. Falls der Autor wirklich aus New Long Lincoln kommt und zur Zeit der Überflutung schon erwachsen war, ist er vermutlich längst gestorben. Das Buch hat er im Selbstverlag herausgebracht.«

»Danke.«

Als ich auf dem Weg nach draußen war, erinnerte mich Estelle: »Sie haben ja meine Nummer.«

Ich hatte die Bücher unter dem Arm, aber ich tippte mir mit der freien Hand auf die Hemdtasche.

»Hier. Direkt an meinem Herzen.«

»Klar«, erwiderte sie. Ihr Lachen klang, als würde jemand einen Karton voller Teller eine Treppe hinunterwerfen.

22

Im selben Moment, in dem ich an meinem Auto eintraf, wurde das Licht in der Bücherei ausgeschaltet. Ich schaute auf meine Armbanduhr und stellte fest, dass es fast 19 Uhr war. War das die übliche Zeit oder hatte Estelle die Bibliothek nur für mich später geschlossen?

Falls sie das getan hatte, hieß das natürlich noch nicht, dass sie mich für etwas Besonderes hielt. In New Long Lincoln gab es nun einmal nicht viel Aufregendes zu erleben. Es war nicht gerade so, dass sie eine Operngala verpasst hätte. Aber eine Frau in ihrem Alter und mit diesem Aussehen hatte sicher mehr im Sinn als Bücher mit überschrittenem Abgabedatum.

Ich schloss die Wagentür, blieb für einen Moment einfach sitzen und dachte über etwas nach, das ich nicht ganz definieren konnte – ich zupfte wieder an diesem verdammten Faden. Aber was auch immer am anderen Ende war, es blieb dort. Ich fuhr los.

Ich parkte vor dem Chandler-Haus, und als ich ausstieg, um hineinzugehen, sah ich zwei Männer auf dem Bürgersteig in meine Richtung kommen.

Im Licht der Laternen und Fenster auf beiden Seiten der Straße erkannte ich, dass sie dunkle Hüte und Anzüge trugen, wie Uniformen, und sie schienen es ziemlich eilig zu haben. Einer von ihnen war klein und stämmig, der andere groß und schlaksig. Selbst aus dieser Entfernung kamen mir ihre Gesichter merkwürdig vor. Ich trat vom Bürgersteig auf den Rasen.

Durch all das Boxtraining, das ich über die Jahre absolviert hatte, erkannte ich an ihrer Körpersprache, dass ich der Grund für ihre Eile war. Ich war ihr Ziel. Sie hatten auf meine Ankunft gewartet.

Als sie in meiner Nähe waren, sah ich, dass sie sich die Gesichter angemalt hatten. Der Schlaksige hatte es sich mit Ruß dunkler gefärbt, so wie die weißen Minstrel-Darsteller es getan hatten. Seine Lippen waren mit scharlachrotem Lippenstift bemalt. Unter seinem Hut schien er eine orangefarbene Clownperücke zu tragen. Das Gesicht des kleineren Mannes war kalkweiß. Beide trugen schwarze Handschuhe.

Ich fragte mich plötzlich, ob ein Zirkus in der Stadt war. Der Kleinere mit dem weißen Gesicht fragte mich: »Du hast doch bestimmt nicht vor hierzubleiben, oder?«

»Was?«, erwiderte ich, aber sie waren ohnehin nicht an einer Antwort interessiert.

Der Kleinere näherte sich mir schnell. Ich ließ die Bücher fallen, hob die Hände und zog die Ellbogen an, als er mir einen tiefen linken Haken kurz oberhalb der Hüfte verpasste. Der Schlag traf meinen Gürtel, streifte die Unterseite meines Ellbogens sowie das, was manchmal der Musikknochen genannt wird. Aber es fühlte sich alles andere als musikalisch an.

Ich sank auf ein Knie hinab, als wollte ich ihm einen Heiratsantrag machen, und der Größere versetzte mir mit einer Art Stampfbewegung einen Abwärtstritt vor die Brust. Ich rollte durchs Gras und schaffte es, mich wieder aufzurichten, obwohl es besser für mich gewesen wäre, liegen zu bleiben.

Sie kamen rasch auf mich zu. Ich traf den kleineren Kerl mit einer Obenunten-Kombination derselben Hand, eine kurze Linke auf die Nase und eine auf die Rippen, bevor ich ihm eine Rechte ans Kinn verpasste. Diesmal war er derjenige, der umfiel.

Der Schlaksige versuchte wieder, mich zu treten, diesmal mit einem Football-Tritt, aber jetzt war ich darauf vorbereitet. Ich hakte meinen Arm unter seinen Knöchel und hob sein Bein so hoch, dass er fiel und mit dem Kopf auf den Bordstein knallte. Sein Hut rollte davon, aber die Clownperücke blieb an ihrem Platz.

Der Kleine mit dem weißen Gesicht war zäh. Er kam wieder hoch. Seltsamerweise hatte er den Hut noch auf dem Kopf, allerdings verkehrt herum. Er hob die Hände, kam näher und tänzelte ein wenig hin und her. Ich hatte ihm etwas von der weißen Farbe von der Nase gehauen und konnte erkennen, dass seine Haut darunter schwarz war.

Ich nahm die Hände hoch, aber aus dem Augenwinkel sah ich, dass der mit der Perücke ebenfalls aufstand. Jetzt würden die Clowns erst richtig loslegen, und ihre Scherze gingen sicher auf meine Kosten.

In diesem Moment wurde die Tür des Gästehauses aufgerissen und Mrs. Chandler kam zum Vorschein. Sie trug ein blaues Nachthemd und ihr Haar steckte unter einer Art blauer Schlafmütze. Für einen Moment blieb sie im Licht der Verandalampe stehen, dann marschierte sie die Stufen hinab und über den

Rasen. Sie trug eine einläufige Schrotflinte von der Größe einer Panzerfaust. Jedenfalls sah es in diesem Augenblick so aus.

»Ihr Dreckskerle verschwindet jetzt sofort von meinem Grundstück.«

Für einen Moment wirkten die Männer verängstigt wie aufgescheuchte Hühner. Der Schlaksige schnappte sich seinen Hut und setzte ihn auf. Dann rannten er und der Kleine über den Bürgersteig in die Richtung davon, aus der sie gekommen waren.

Ich atmete tief durch, setzte mich ins Gras und ließ den Kopf zwischen den Knien herabhängen.

Mrs. Chandler kam herüber, legte die Schrotflinte auf den Rasen und ging neben mir in die Hocke. »Sind Sie verletzt?«

»Nur mein Stolz. Aber ich hab mich schon mal besser gefühlt. Bevor die mir eine reingehauen haben zum Beispiel.«

»Hab gesehen, wie Sie's denen gezeigt haben. Sie haben sich gut geschlagen. Dann hab ich meine Flinte geholt. Noch besser wär's natürlich, wenn ich auch eine Patrone hätte.«

Ich sammelte die Bücher aus der Bibliothek ein, und wir gingen ins Haus, besser gesagt sie ging und ich humpelte. Mrs. Chandler überraschte mich, indem sie mich einlud, ihr Wohnzimmer zu betreten und mich aufs Sofa zu setzen. Sie musste vorsichtig sein. Sonst konnte das passieren, was geschah, wenn man einem Hund *nur dieses eine Mal* erlaubte, auf die Couch zu springen. Die Schrotflinte stellte sie neben dem Sofa auf den Boden, und ich versuchte meine

Seite zu entspannen, während Mrs. Chandler die Polizei anrief.

Sowohl Ronnie als auch Chief Dudley kamen vorbei.

Als sie eintraten, fragte ich: »Habt ihr beide denn kein Zuhause?«

»Zumindest hab ich mein Hühnchen mit Klößen bekommen«, erwiderte Chief Dudley. »War aber nicht so gut, wie ich gehofft hatte. Zu viel Salz.«

Ronnie kam herüber und legte mir die Hand auf die Schulter. »Alles okay, Danny?«

»Der Junge kann ganz schön zuschlagen«, sagte Mrs. Chandler. »Und damit kenn ich mich aus. Mein lange verstorbener Ehemann hat mir gern mal eine verpasst.«

»Ist er nicht diese Treppe da im Flur runtergefallen?«, fragte Chief Dudley.

»Ja, ist er. War betrunken. Hat sich das Genick gebrochen und noch ein paar andere Knochen, die nicht so wichtig waren. War 'ne schöne Zeit. Immer wenn ich die Treppe sehe, erinnere ich mich daran.«

»Er hätte besser aufpassen sollen«, sagte Dudley.

Mrs. Chandler ging in die Küche und hantierte scheppernd mit Töpfen oder Pfannen. Chief Dudley und Ronnie setzten sich und stellten mir Fragen über das, was geschehen war.

Es gab nicht viel zu sagen.

»Waren das Weiße oder Schwarze?«, wollte Dudley wissen.

»Die waren verkleidet. Einer hatte Ruß von verbranntem Kork im Gesicht wie bei einer Minstrel-Show und dazu so eine alberne orangefarbene Clownperücke. Er war ein Weißer, da bin ich sicher. Der andere war weiß angemalt. Aber der war schwarz. Das konnte ich sehen, weil meine Faust ihm ein bisschen Farbe von der Nase gewischt hatte.« Ich hob meine Faust. Es klebte immer noch ein Streifen weißer Schminke daran. »Die haben schwarze Anzüge und schwarze Fedoras getragen. Hatten sich richtig in Schale geworfen.«

»Du bist erst einen Tag oder so in der Stadt, und schon gehst du irgendwem auf die Nerven. Irgendeine Ahnung, wessen Gefühle du verletzt haben könntest?«, erkundigte sich Dudley.

»Ich bin eigentlich nirgendwo gewesen, wo ich jemanden verärgern konnte. Es sei denn, es gibt hier eine Bibliothekspolizei, und selbst in diesem Fall läge sie falsch, denn ich muss die Bücher erst in zwei Wochen zurückgeben.«

»Könnte es ein versuchter Raubüberfall gewesen sein?«

»Kann sein.«

»Du solltest in die Notaufnahme gehen und dich untersuchen lassen«, riet mir Ronnie.

»Ich bin beim Boxen oft genug getroffen worden, um zu wissen, dass ich nicht mehr als einen Bluterguss habe«, versicherte ich. »Das wird noch einen oder zwei Tage wehtun, ich werde ein bisschen Blut pinkeln und dann geht's mir wieder gut.«

»Du bist aber ziemlich erfahren für einen so jungen Mann.«

»Ich habe in den letzten Jahren schnell aufgeholt«, erwiderte ich.

Mrs. Chandler betrat das Zimmer mit einem Tablett voller Tassen, aus denen Dampf aufstieg. »Tee mit Honig«, verkündete sie.

Sie stellte das Tablett auf den Couchtisch, nahm die Bücher, die ich auf das Sofa gelegt hatte, und warf einen Blick auf die Titel. Dann nahm sie die Schrotflinte und sagte: »Die bringe ich lieber weg.«

»Seien Sie damit vorsichtig«, mahnte Chief Dudley.

»Die war nicht geladen«, entgegnete sie. »Ich habe hier zwar irgendwo Patronen, aber die sind nicht drin.«

»War ein guter Bluff«, fügte ich hinzu.

Als Mrs. Chandler zurückkehrte, sagte sie: »Wir sollten ihn trinken, solange er noch heiß ist.«

23

Als ich aufwachte, war mein Gesicht in Sonnenlicht getaucht. Ich hatte in dieser Nacht keinen Besuch vom Geist meines Vaters bekommen, und falls er doch aufgekreuzt war, war ich viel zu erschöpft gewesen, ihn zu beachten. Ich stieg aus dem Bett.

Dann stellte ich fest, dass meine Seite angeschwollen war wie ein überhitzter Reifen und ich einen pochenden Schmerz im Hüftknochen spürte. Mich zu bewegen war in etwa so leicht, wie ein verletztes Nashorn von der Straße zu ziehen und es in einen Schlafanzug zu stecken.

Ich ächzte und stöhnte ein wenig, während ich aus meinen Nachtkleidern schlüpfte, die aus meiner Unterwäsche bestanden. Sie auszuziehen fühlte sich an, als würde ich mir mit einer rostigen Zange die Haut entfernen.

Ich schlurfte ins Badezimmer, stellte mich unter die Dusche und ließ mich lange vom warmen Wasser berieseln. Dann trocknete ich mich ab, nahm ein paar Aspirin, die ich bei meinem Rasierzeug aufbewahrt hatte, rasierte mich, putzte mir die Zähne und zog eins meiner sauberen Hemden an. Ich kämmte mir die Haare. Es fühlte sich an, als würde ich Drähte aus meinem Kopf ziehen.

Ich humpelte zu meinem Auto, um frühstücken zu fahren, und war gerade am Bordstein angelangt, als ich sah, dass ein blauer Chevy neueren Modells ein Stück weiter die Straße hinunter parkte. Die Frau am Steuer beobachtete mich.

Sie war zu weit entfernt, als dass ich sie hätte genau erkennen können. Jedenfalls hatte sie sich keinen Ruß ins Gesicht geschmiert oder eine orangefarbene Clownperücke aufgesetzt. Sie stieg auch nicht aus, um mich zu verprügeln, was immerhin beruhigend war.

Vielleicht war es bloß ein Zufall. Möglicherweise war sie auf der Suche nach einer entlaufenen Katze, die direkt neben mir stand.

Ich sah nach. Keine Katze.

Ich dachte daran, zu ihr zu gehen und sie zu fragen, was sie vorhatte, aber ich tat es nicht. Achtlos warf sie einen Zigarettenstummel aus dem Fenster.

Ich fuhr zum Café, parkte und ging hinein. Gerade als ich mir eine Sitznische gesucht und Platz genommen hatte, betrat die Fahrerin das Café.

Sie war 15 bis 20 Jahre älter als ich und auf eine gewisse mütterlich-strenge Art ziemlich attraktiv. Ihr Haar war schwarz und reichte ihr beinahe bis zu den Schultern. Ihre Augen passten zu ihren Haaren. Sie trug ein orangefarbenes Kleid, das ihr gut stand, dazu silberne Armreife, große, runde Ohrringe und schwarze, offene Schuhe mit flachen Absätzen. Über ihrer Schulter hing ein schwarzes Handtäschchen, das nur wenig größer als eine Männerbrieftasche war. Hätte sie mit einem 100-Dollar-Schein bezahlt, hätte das Wechselgeld nicht hineingepasst.

Die Frau nahm auf der Bank gegenüber von mir Platz. Sie tat es auf eine elegante Art, wie eine Frau, die schon an einigen bedeutenden Soirees teilgenommen hatte, sich aber auch mit einem lokalen Café begnügte, solange der Service stimmte.

Ich sagte nichts. Ich hatte Zeit.

Sie offenbar ebenfalls. Und sie lächelte mich an. Für diese Zähne musste sie einiges Geld ausgegeben haben. »Darf ich Ihnen ein Frühstück spendieren?«, fragte sie.

»Darf ich fragen, weshalb?«

In diesem Augenblick kam die Kellnerin, eine junge Frau mit Sommersprossen, die eine weiße Uniform mit dem Logo des Cafés über der Hemdtasche trug. Sie wirkte freundlich und lebhaft.

Die Dame bestellte Kaffee und einen English Muffin, dazu Butter und Erdbeermarmelade. Ich wählte Pancakes mit Würstchen, aber ich kann mich beim besten Willen nicht mehr erinnern, was für einen Sirup ich bestellt habe.

»Mein Name ist Christine Humbert. Klingelt da was bei Ihnen?«

»Sie sind eine Bekannte von Saul, meinem alten Chef, stimmt's? Sie sind die Herausgeberin der Zeitung hier.«

Der Kaffee traf ein. Eine Kanne und Tassen, Zucker und Milch.

»Ganz genau.« Sie tauchte ihren Löffel in die Zuckerschale und verrührte die Ladung Zucker in ihrem Kaffee. Dann fügte sie aus einem winzigen Kännchen einen Spritzer Milch hinzu.

Ich blieb einfach sitzen und wartete ab.

»Ich habe erfahren, was gestern Abend passiert ist, Danny.«

»Von wem?«

»Mrs. Chandler hat mich noch gestern angerufen. Relativ spät. Sie sagte, Sie seien tapfer gewesen. Saul hatte mir erzählt, dass Sie kommen würden, und mir gesagt, ich soll nett zu Ihnen sein, falls Sie mich um einen Job bitten. Mrs. Chandler ist übrigens eine Freundin von mir. Ich wollte Sie heute Morgen besuchen, habe Sie anhand ihrer Beschreibung erkannt, und da Sie gerade aufgebrochen sind, bin ich Ihnen einfach gefolgt.«

»Das, was gestern passiert ist – das kommt doch nicht in die Zeitung, hoffe ich?«

»Nein. Mrs. Chandler hat es mir im Vertrauen gesagt.«

»So vertraulich scheint es ja nicht zu sein. Immerhin sprechen Sie jetzt darüber.«

»Mrs. Chandler kann normalerweise schweigen wie ein Grab. Ich glaube, sie möchte uns beide über die Zeitung zusammenbringen. Sie hat mit dieser Stadt noch ein Hühnchen zu rupfen, und mir geht's genauso. Ihr Mann war ein furchtbarer Kerl. Ihre High-School-Liebe. Er war im Footballteam, sie war Cheerleaderin. Aber das war vor langer Zeit. Damals hatten Cheerleaderinnen noch mehr Kleider am Leib. Habe ich auf Fotos gesehen.«

»Ist das der Mann, der die Treppe runtergefallen ist?«

»Sie hatte nur den einen. Bert. Und ja, er scheint wohl eine Stufe verfehlt zu haben. Jedenfalls hat sie mir erzählt, was Ihnen zugestoßen ist, und nach ein paar Fragen wurde mir dann klar, dass Sie derjenige sind, von dem Saul wollte, dass ich ihm einen Job gebe.«

»Ich habe aber nicht darum gebeten.«

»Noch nicht. Vielleicht werden Sie's auch nicht tun. Aber darf ich Ihnen einen Vorschlag machen?«

»Ich muss meinen Roman zu Ende schreiben. Und hier in der Stadt ein paar Dinge erledigen.«

»Ich habe vielleicht eine Ahnung, warum Sie gestern Abend angegriffen wurden.«

»Also gut«, sagte ich.

In diesem Augenblick trafen unsere Bestellungen ein. Die Kellnerin stellte das Essen auf den Tisch und ging wieder.

Christine verstrich ihre Butter dünn auf der Hälfte des Muffins, fügte einen Hauch Marmelade hinzu und nahm einen winzigen Bissen. Eine Maus hätte nicht weniger abbeißen können.

»Ich glaube, dass die Stadtältesten diese Sache gestern in Auftrag gegeben haben.«

»Warum?«

»Weil Sie sich einmischen.«

»Ich hatte bisher wirklich nicht den Eindruck, mich so sehr einzumischen, dass es irgendwem auffallen könnte.«

»Irgendjemand sieht das aber anders. Sie haben die Knochen entdeckt. Die Stadt braucht nicht mehr als 15 Minuten, um an eine solche Information zu kommen.«

»Eigentlich hat Ronnie sie entdeckt. Ich bin nicht mal auf die Idee gekommen, in die Kofferräume zu schauen. Sie schon.«

»Ich kenne Ronnie. Sie versucht ihren Job richtig zu machen. Ich weiß, dass Sie eine Weile bei ihren Eltern gewohnt haben.«

»Bei dem, was Sie alles wissen, glaube ich langsam, dass Sie einfach Shirley oder Jay kennen, den Leichenbeschauer. Einer von den beiden könnte das ausgeplaudert haben. Ich habe über diese Dinge nicht mit Mrs. Chandler geredet.«

»Shirley ist meine Nichte. Ein tolles Mädchen. Aber sie hat nichts ausgeplaudert. Sie hat mir manches davon erzählt, weil sie zum Stadtarchiv gegangen ist, um ein paar Recherchen für Sie und Jay anzustellen, aber nicht gefunden hat, was sie suchte. Sie hat mich gefragt, ob ich einiges von dem, was sie brauchte, aus dem Archiv der Zeitung beisteuern könnte.«

»Und? Konnten Sie?«

»Sie kam und hat sich ein paar Sachen angesehen und einige Notizen gemacht. Ich weiß nicht genau, was sie gefunden hat. Aber Sie haben doch Erfahrung als Journalist. Sie wissen, wie man Ergebnisse bekommt. Wahrscheinlich können Sie mehr finden als Shirley. Ihr ehemaliger Chef sagte mir, dass Sie ein richtiger Spürhund sind. Ich würde mich freuen, wenn Sie für mich arbeiten würden.«

»Hat Saul Ihnen erzählt, dass ich an einem Roman schreibe?«

»Er hat weniger davon gesprochen als Sie. Aber Roman hin oder her, Sie sind hierhergekommen wegen dem, was Ihr Vater getan hat. Das ist ein in dieser Stadt wohlbekanntes Ereignis. Diese Story ist hier seit Jahren im Umlauf. Die Leute finden es merkwürdig, dass Sie für ein paar Monate bei einer schwarzen Familie gelebt haben. Es gibt hier gewisse Rassisten alten Schlags, die glauben, das wäre für ein weißes Kind so, als würde es bei wilden Tieren leben, wie Tarzan, der von Affen großgezogen wurde. Vielleicht sind die sogar der Ansicht, dass Schwarzsein was Ansteckendes ist.«

»Die Drecksäcke können mich mal am Arsch lecken«, erwiderte ich. »Die Candles sind wunderbare Menschen. Bessere, als ich in meiner eigenen Familie hatte.«

»Nicht jeder hier ist ein waschechter Rassist, aber es gibt viele, die lieber gute Miene zum bösen Spiel machen. Mrs. Chandler sagte, einer Ihrer Angreifer sei weiß, der andere schwarz gewesen. Ist doch schön, dass es selbst hier in Osttexas Zusammenarbeit zwischen den Rassen gibt und dass unter Schlägern keine Vorurteile üblich sind. Ich habe mir dazu Folgendes gedacht. Die haben Angst, dass Sie Dinge herausfinden könnten, von denen die wollen, dass sie niemand entdeckt. Dinge, die vielleicht überhaupt nichts mit Ihrem Vater zu tun haben oder damit, dass er Ihre Mutter umgebracht hat.«

»Das mit meiner Mutter ist noch unbewiesen. Die Knochen, die man in seinem Buick gefunden hat, sind definitiv nicht ihre.«

»Warum sind Sie da so sicher?«

»Dazu sage ich lieber nichts. Ich habe das Gefühl, ich werde gerade für einen Artikel in der Zeitung interviewt. Sie wissen mehr über mich als ich über Sie. Ich glaube, Sie benutzen das, was Sie wissen, als Köder, um etwas Größeres an Land zu ziehen. Aber ich habe nichts Größeres für Sie.«

»Pure Gewohnheit. Ich leite vielleicht nur eine Kleinstadtzeitung, aber im Herzen bin ich eine investigative Journalistin. Ich habe mal für ein großes Blatt in Dallas gearbeitet. Aber auch dieser Ort hat seine versteckten Dämonen. Sie sind Teil eines Rätsels, das zu dieser Stadt gehört. Und dieses Rätsel ist größer als das, was Ihnen zugestoßen ist. Das weiß ich. Viele wissen es, aber keiner kennt die Antworten, und die wirklichen Eigentümer dieser Stadt, die Mitglieder des Stadtrats, verstehen sich ganz ausgezeichnet auf das Bewahren von Geheimnissen, von denen ich manche für ziemlich finster und hässlich halte. Sie schreiben über diese Stadt und das, was mit Ihrem Vater und Ihrer Mutter geschehen ist, nicht wahr?«

»Ich weiß es nicht«, antwortete ich.

Das war eine Lüge.

Die Seiten, die ich kürzlich geschrieben hatte, waren zwar fiktiv gewesen, aber sie hatten dennoch auf meinen Erlebnissen beruht. Es war durchaus möglich, dass ich sie so umschreiben würde, dass sie noch autobiografischer wurden.

»Möchten Sie für Ihr Buch recherchieren, gleichzeitig dem auf den Grund gehen, was sich hier in der Stadt abspielt, und auch noch dafür bezahlt werden? Wollen Sie für meine Zeitung Artikel über Ihre Nachforschungen schreiben? Sie können die Artikel dann auch für Ihr Buch benutzen. Auf die Art werden Sie doppelt bezahlt. Denken Sie mal drüber nach.«

Sie lächelte mich an. So ein nettes Lächeln. Sie war eine investigative Schwarze Witwe mit einem English Muffin.

Aber ein regelmäßiges Einkommen würde mich vielleicht davon abhalten, meinen Vorschuss zu verschleudern, der ohnehin nicht allzu groß war.

Ich trank meinen Kaffee und schenkte mir noch eine Tasse ein. »Ich möchte keinen *Nine-to-five*-Job.«

»Okay. Aber ich brauche irgendeine Art von Rückmeldung von Ihnen, damit ich weiß, auf welchem Stand Sie derzeit sind. Den ersten Artikel nach einer Woche und danach weiter einen pro Woche. Sonntags wird gedruckt. Der späteste Abgabetermin wäre Freitag. Wenn Sie hier und da eine Ausgabe verpassen oder Ihre Recherchen zu nichts führen, können wir was Neues aushandeln. Das ist eine Menge Freiheit, Danny.«

»Was springt dabei heraus?«

Sie nannte mir eine Summe. Es war nicht besonders gut und nicht besonders schlecht. Aber genug, um das Spiel für eine Weile mitzuspielen.

»Die Zeitung hat ein Archiv mit einer Menge Recherchematerial zum See und der alten Stadt Long Lincoln. Das werden Sie vielleicht brauchen. Ist viel besser als das, was die Bibliothek und das Stadtarchiv zu bieten haben. Wenn Sie ein Reporter von der Zeitung sind, wird Ihnen das einige Türen öffnen. Nicht so, als wenn Sie von der *New York Times* wären, aber es wird helfen, wenn Sie zur Redaktion gehören. Wenn man noch Ihr natürliches gutes Aussehen dazunimmt, das ich aus diesem Blickwinkel klar bestätigen kann, bin ich sicher, dass Ihnen niemand Steine in den Weg legen wird.«

»Sie wissen eine ganze Menge über mich. Aber was ist Ihre Geschichte?«

»Ich bin hier aufgewachsen. Bin dann weggezogen, zum College gegangen, habe einen Abschluss in Journalismus gemacht, einige Jahre lang für richtige Zeitungen gearbeitet. Dann wurden meine Eltern alt. Ich kam vor etwa fünf Jahren hierher zurück, um ihnen zu helfen. Innerhalb eines Jahres sind beide gestorben. Ich habe ein bisschen Geld geerbt. Habe für die Zeitung gearbeitet, wurde Redakteurin, dann Herausgeberin. Ich wollte immer wieder weg, zurück in die Großstadt, aber dazu kam es nicht. Ist ein seltsamer Ort hier. Die Vermissten. Die Knochen in den Kofferräumen. Der See und die Menschen, die in ihm ertrinken. Das ist, als würde dieser verdammte See aus Elend, Kleinlichkeit, aus jeder gemeinen, seelenlosen Tat bestehen, die man sich vorstellen kann, gemischt mit den feuchten Träumen von Raubtierkapitalisten. Diese Stadt steckt voller Merkwürdigkeiten, Danny.«

»So wie Sie das sagen, klingt das fast wie etwas Übernatürliches.«

»Das kann ich nicht ausschließen. Ich kann gar nichts ausschließen.«

»Was, wenn an der Sache doch nichts dran ist und Sie einfach paranoid sind?«

»Dann bin ich eben paranoid. Aber ich wette, Sie leiden unter derselben Paranoia. Und wenn es schon kein Verfolgungswahn ist, nehme ich zumindest an, dass Sie neugierig sind. Und vielleicht, nur vielleicht, denken Sie darüber nach, daraus ein Buch zu machen, das Ihnen wirklich Geld einbringt und Ihren Namen bekannt macht. Ich erkenne Ehrgeiz, wenn ich ihn sehe, denn bei einem Blick in den Spiegel sehe ich nicht nur eine ausgesprochen gut aussehende Frau mit einem guten Knochenbau, sondern ich erkenne denselben Ehrgeiz auch in meinen Augen. Also die Frage ist, wollen Sie herausfinden, was zum Teufel hier vorgeht, oder nicht?«

Ich dachte nur so lange nach, bis ich einen Schluck Kaffee getrunken und die Tasse wieder abgestellt hatte.

»Ich glaube, das will ich.«

24

Drei Tage später befand ich mich in dem kalten, gut beleuchteten Anhänger hinter der Leichenhalle, zusammen mit all den gelblichen und gräulichen Knochen aus den Kofferräumen, darunter auch denen, von denen man annahm, dass sie zu meinem Vater und meiner Mutter gehörten.

Die sterblichen Überreste waren auf zwei langen, breiten Tischen aufgereiht und man hatte die Knochen bis zu einem gewissen Grad zu Skeletten kombiniert.

Ich, Ronnie und Chief Dudley waren zusammen mit Jay und Shirley in dem Anhänger. Wir verschränkten die Arme, um uns vor der Kälte zu schützen.

Jay führte uns an den langen Tischen entlang, zeigte auf dieses und jenes und sagte schließlich: »Manches davon hat sich als, sagen wir mal, interessant herausgestellt.«

»Was heißt interessant?«, fragte Dudley.

»Ja«, schloss Ronnie sich an. »Unser forschender Verstand verlangt nach genaueren Informationen.«

Jay erläuterte: »Ich denke, dass diese Knochen aus Gräbern stammen und dass die Leichen einbalsamiert wurden, aber selbst das hält eine Leiche nicht ewig intakt. Ich glaube, dass einige der Stoffstücke von

Begräbnisgewändern stammen, wie Sie vermutet haben, Danny. Ohnehin ist vieles so, wie Sie es vermutet haben. Die einzigen Überreste, die nicht ins Bild passen, sind die von Ihrem Vater und Ihrer Mutter.«

»Scheiße, lasst uns doch ins Büro gehen. Hier drin friert man sich ja den Arsch ab«, sagte Chief Dudley.

Wir gingen zum Büro hinüber, und selbst auf dieser kurzen Strecke litten wir unter der erdrückenden Hitze. In dem Gebäude war es kühl, aber nicht so eiskalt wie im Anhänger. Mich überkam das Gefühl, dass ich am liebsten dort wohnen, unter dem Schreibtisch schlafen und jeden Morgen meinen Kaffee am Kaffeetisch trinken wollte.

Als wir alle Platz genommen hatten, sagte ich zu Shirley: »Ich bin Ihrer Tante begegnet.«

Ihre rosigen Wangen wurden purpurrot. »Tut mir leid. Ich wollte es ihr nicht verraten.«

»Nicht so schlimm, wenn man die Umstände bedenkt. Ich arbeite jetzt für sie. Haben Sie im Zeitungsarchiv irgendwas gefunden, das uns interessieren könnte?«

»Ich glaube, ja. Ich habe nach Verbindungen zu rituellen Handlungen gesucht. Und wenn ich mal anfange zu recherchieren, höre ich nicht mehr auf.«

Chief Dudley sagte: »Das mit den Ritualen verstehe ich immer noch nicht. Ich begreife einfach nicht, welchen Sinn das haben soll.«

»Rituale sind wichtig«, erwiderte Shirley. »Die Shriners mit ihren Hüten und kleinen Autos, die Freimaurer mit ihren Schürzen, Schwertern und Blutschwüren, die Pfadfinder mit ihrem speziellen

Händedruck und ihrem Salut, die Pfadfinderinnen genauso, das Vereidigen von Präsidenten, das Aufstehen, wenn der Richter den Saal betritt. Das Abendessen an Thanksgiving. Weihnachtsgeschenke und besondere Gottesdienste. Vom Essen von Augenbohnen und Kohl für Glück und Geld am Neujahrstag bis hin zum Verschießen von Feuerwerk am 4. Juli. Das Trinken von Traubensaft und Essen von ungesalzenen Crackern in der Baptistenkirche, Wein und Hostien bei den Katholiken. Es soll das Fleisch und Blut Jesu Christi darstellen. Manche glauben, dass es sich buchstäblich dazu verwandelt, wenn man es im Zuge einer religiösen Zeremonie zu sich nimmt. Das alles sind Rituale. Man kann es drehen und wenden, wie man will, man kann andere Gründe hinzuziehen, aber das Ritual selbst ist der eigentliche Grund. Wir mögen Rituale. Sie gefallen uns. Man bekreuzigt sich gegen das Böse. Wirft sich Salz über die Schulter. Beim Schulabschluss tragen wir unsere Gewänder und gehen im Gänsemarsch nach vorn, um uns unsere Zeugnisse abzuholen. Das gehört alles zusammen. Und Mörder entwickeln ihre eigenen Rituale. Nicht bewusst, sondern aus irgendeinem inneren Bedürfnis oder einer vergangenen Erfahrung heraus.«

Ich sagte: »Shirley, Sie sollten hinter diesem Schreibtisch hervorkommen und lieber bei der Polizei arbeiten.«

»Hab auch schon drüber nachgedacht«, erwiderte sie. »Aber selbst wenn jemand keine Morde begeht, sondern Leichen stiehlt, kann das was Rituelles haben. Er macht sich all diese Mühe, um Tote auszugraben und sie in Kofferräume zu stecken. Warum in Kofferräume? Was sind seine persönlichen Gründe dafür? Was will er damit ausdrücken?«

»Könnte bloß ein einfacher Weg sein, die Leichen loszuwerden, nachdem er sie zu welchem Zweck auch immer ausgebuddelt hat«, gab Chief Dudley zu bedenken. »Der Grund des Sees ist ein gutes Versteck, wenn nicht gerade Dürre herrscht.«

»Aber ist das denn wirklich so einfach?«, hakte Shirley nach. »Die Autos finden, die Leichen hineinlegen, sie ins Wasser schieben. Das ist riskant, und deshalb glaube ich, dass es was Ritualistisches ist. Und ich bin auch auf eine Reihe verdächtiger Todesfälle gestoßen … Hier ist die Liste.«

Sie nahm ein Blatt von ihrem Tisch und gab es dem Chief. Er betrachtete es kurz und legte es auf den Tisch zurück. »Okay. Klären Sie uns auf.«

»Einige dieser Leute sind Überlebende der Überflutung oder, in manchen Fällen, die Nachkommen von Überlebenden. Andere nicht. Manche sind schwarz, manche weiß. Aber es gibt mehr Gemeinsamkeiten als Unterschiede.«

»Über wie viele Jahre erstrecken sich diese Todesfälle?«, fragte Ronnie.

»Von der Entstehung des Sees bis heute«, antwortete Shirley.

»Du lieber Himmel, Mädchen«, schaltete Jay sich ein. »Von Ihrer Arbeit hier sollten Sie doch wissen, dass Menschen sterben, manche auch auf mysteriöse Art, aber das bedeutet nicht, dass diese Fälle alle miteinander in Verbindung stehen. Wenn das ein einzelner

Mörder war, müsste er das schon seit seiner Jugend getan haben und jetzt so alt wie die Berge sein, und doppelt so staubig.«

»Dieses County ist so groß wie manche Bundesstaaten«, fügte Chief Dudley hinzu. »Ich glaube, Sie geben sich zu große Mühe, es passend zu machen, Shirley. Was haben diese Todesfälle, die woanders im County stattgefunden haben, mit Long Lincoln zu tun, dem alten oder dem neuen?«

»Ich kenne auch nicht alle Antworten. Aber es gibt eine Menge Ähnlichkeiten. Die meisten sind stranguliert worden, aber einige der Leichen waren schon zu verwest, um genau feststellen zu können, woran sie gestorben sind.

Die Person, die ich für die erste halte, die gestorben ist, heißt Julie George. Eine ältere Dame, die offiziell an Altersschwäche starb. Aber der Leichenbeschauer, der Ihr Vorgänger war, hielt die Sache für verdächtig, Jay. Er sagte, sie habe petechiale Blutungen in den Augen gehabt und ihr Zungenbein sei gebrochen gewesen. Das deutet auf Erwürgen oder Erhängen hin. Außerdem wurde sie als vermisst gemeldet und ihr Altenheim ist gründlich nach ihr abgesucht worden.

Am nächsten Tag fand man sie tot in ihrem Bett. Wohin war sie gegangen? Dem Leichenbeschauer kam das verdächtig vor, weil er der Ansicht war, dass sie aus irgendeinem Grund durch das Fenster des Altenheims entführt, umgebracht und wieder zurückgebracht worden sein musste.«

»Das ist doch verrückt«, entgegnete Jay.

»Falls jemand sie ermordet hat, ist es beinahe so, als hätte man sie respektiert und aus Respekt wieder zurückgebracht.

Was bei ihr anders ist als in den anderen Fällen, ist die Tatsache, dass sie in direkter Verbindung mit dem Stadtrat stand. Sie war zwar keine der tragenden Säulen, aber sie war in Kontakt mit den lokalen Mächtigen und kannte die anderen Mitglieder. Mit Sicherheit war sie auf ihrer Seite. Erst wurde sie krank, dann war sie tot.

Sie hinterließ den Mitgliedern des Stadtrats in ihrem Testament eine beträchtliche Geldsumme. Andere, die dem Stadtrat nahestanden, haben dasselbe getan. Daran ist noch nichts Verdächtiges – sie haben das schon Jahre vor ihrem Tod in ihr Testament geschrieben, als wäre das so eine Art Tribut.«

»Jetzt interpretieren Sie aber wirklich viel hinein«, sagte Dudley. »Vielleicht ist sie einfach abgehauen, zurückgekommen, ohne dass es jemand gemerkt hat, und dann im Bett gestorben.«

»Sie konnte sich nur mit ihrem Rollstuhl bewegen, und damals gab es noch keine motorisierten. Das wäre eine ganz schöne Arbeit gewesen, meinen Sie nicht? Der Leichenbeschauer war damals jedenfalls dieser Ansicht, aber der Stadtrat hatte das letzte Wort, und so ist es ja heute immer noch in dieser Stadt.«

»Wurden noch andere Leichen im See gefunden?«, fragte ich.

»Eine oder zwei. Vielleicht gibt es eine Verbindung, vielleicht auch nicht. Aber bei beiden wurde vermutet, dass sie stranguliert wurden. Der Leichenbeschauer wurde durch einen anderen ersetzt, nachdem er bei mehreren Todesfällen immer wieder diesen Verdacht geäußert hatte. Der nächste war handverlesen, und danach kamen Sie, Jay.«

»Wollen Sie damit sagen, dass der Stadtrat diese Dinge gesteuert hat?«

»Oder ausgewählte Leute, von denen sie glaubten, dass sie sie ausreichend stark beeinflussen konnten.«

»Ich wurde jedenfalls nicht von ihnen ausgesucht«, gab Jay zu bedenken.

»Sie können sie nicht alle in der Tasche haben«, erwiderte Shirley. »Aber Sie hatten doch auch ein paar Todesfälle, die Ihnen verdächtig vorkamen, oder nicht? Sie waren der Meinung, dass die Personen vielleicht stranguliert wurden.«

»Das heißt aber nicht, dass es sich dabei um Ritualmorde handelte.«

»Stimmt«, räumte Shirley ein. »Allerdings auch nicht, dass es keine waren.«

»Dafür gibt es keine Beweise«, sagte Chief Dudley. »Auf Beweise kommt es an.«

»Nichts für ungut«, gab Shirley zurück, »aber einige dieser Morde geschahen während Ihrer Amtszeit, Chief. Die Namen stehen auf dieser Liste.«

»Ist mir nicht entgangen.«

»Solange Sie nicht nach Anzeichen für einen Mord suchen, könnte ein Leichenfund im Wald auch einfach jemand sein, der spazieren gegangen ist und einen Unfall hatte, also ein Missgeschick. Vielleicht muss man aktiv nach Anzeichen suchen, wenn man wissen will, ob ein Mord stattgefunden hat.«

»Darf ich auf etwas hinweisen?«, mischte ich mich ein. »Wenn es sich unbedingt um Rituale handeln soll, warum lagen sie dann in den Kofferräumen?«

»Das ist es ja gerade«, sagte Shirley. »Die Knochen in den Kofferräumen stammen nicht von Mordopfern. Die anderen vielleicht schon. Gibt es da eine Verbindung? Ich weiß es nicht, aber das sind schon sehr seltsame Umstände. Ich glaube, es muss da jemanden geben, der Leichen ausgräbt, und noch einen anderen, der Leute ermordet. Vielleicht gibt es auch mehr als einen Mörder, und sie kennen sich und begehen auf die gleiche ritualistische Art Morde.«

»Das sind viele Vielleichts und wenige Fakten«, entgegnete Dudley.

»Noch einmal: Ich denke, wenn man sich genug Mühe gibt, kann man alles Mögliche miteinander in Verbindung bringen. Vielleicht sind manche der gefundenen Leichen Mordopfer gewesen, aber das heißt nicht, dass es zwischen allen einen Zusammenhang gibt. Nichts für ungut, aber das hört sich nach einer verrückten Verschwörungstheorie an.«

»Ich weiß nicht, ob alle diese Todesfälle etwas miteinander zu tun haben«, erwiderte Shirley. »Aber bei vielen bin ich schon dieser Meinung.«

»Wäre es okay, wenn ich diese Namensliste mitnehme?«, fragte ich.

»Ich habe noch Kopien davon«, antwortete sie.

»Glaubst du das etwa auch?«, wollte Chief Dudley von mir wissen. »Dass all diese zufälligen Ereignisse zusammenhängen?«

»Ich bin bloß neugierig.«

Shirley sagte: »Nur fürs Protokoll. Ich möchte betonen, dass die Knochen in den Autos und die Morde vielleicht nicht direkt zusammenhängen, aber in beiden Fällen ritualistisches Verhalten zugrunde liegt. Das ist kein Zufall. Es ist ein Muster.«

25

Ich war oben in meinem Zimmer und schälte meinen geschmolzenen Baby-Ruth-Riegel aus der Verpackung. Ich hatte vergessen, ihn von der Fensterbank zu nehmen, wo er in der Sonne gelegen hatte. Jetzt verdarb mir sein brauner, wurstförmiger Anblick den Appetit. Ich beschloss, ihn wieder einzupacken und auf den Rand meines Tischs zu legen, wo es kühler war. Vielleicht würde er so wieder etwas fester werden. Das kam mir in diesem Moment ausgesprochen wichtig vor, doch dann hörte ich, wie das Telefon klingelte und Mrs. Chandler die Treppe heraufstapfte. Sie trat auf das knarrende Brett am oberen Ende. Ich hörte sie schwer atmend vor der Tür stehen; dann klopfte sie.

Als ich reagiert hatte, sagte sie: »Ich werde nicht den Anrufbeantworter für Sie spielen. Sie können sich ein eigenes Telefon besorgen, wenn das so weitergeht. Ich glaube, es ist dieses farbige Mädchen, die Polizistin.«

»Ich glaube, der Ausdruck ›Farbige‹ ist schon lange aus der Mode gekommen.«

»Das sehe ich anders.«

Ich ging nach unten und nahm den Hörer. »Ronnie?«

»Hey, wollen wir heute zu meinen Eltern gehen? Zum Abendessen?«

»Gern.«

»Ich hol dich um sechs Uhr ab. Sie essen immer ziemlich früh.«

»Mir ist das auch lieber.«

»Bis dann.«

Ronnie fuhr mich in ihrem Streifenwagen zum Haus der Candles. Das Haus sah noch genauso aus wie früher, nur kleiner. Das ist der Fluch des Erwachsenwerdens: Alles, woran man sich aus seiner Kindheit erinnert, wirkt viel kleiner, wenn man es wiedersieht.

Im Haus stellte ich fest, dass die Candles sich kaum verändert hatten. Mr. Candles hatte einige Pfund zugelegt, sah aber immer noch aus, als könnte er einen Lastwagen umwerfen. Millie, wie ich vor so vielen Jahren aufgefordert worden war, sie zu nennen, hatte ihr Aussehen nicht verändert, nur graue Haare bekommen. Im Haus roch es nach frisch gebackenem Brot und Speck. Ich fand es wunderbar.

Nachdem wir uns die Hände geschüttelt und uns umarmt hatten, forderte Millie uns auf, uns an den Tisch zu setzen. Sie sprach ein Gebet, und als sie fertig war, sagte Mr. Candles: »Gutes Essen. Gutes Fleisch. Guten Hunger! Noch ist's heiß.«

Ich hatte ihn das schon oft sagen gehört.

Das ernste Gebet von Millie und das scherzhafte von Mr. Candles ließen mich an das denken, was Shirley über Rituale gesagt hatte. Sie waren ein Teil unseres Lebens, und wir hatten uns so an sie gewöhnt, dass wir vergaßen, wie viele es gab, große und kleine, wichtige und unwichtige.

Wir aßen, und das Essen war so gut wie immer. Als die Mahlzeit beendet war, setzte Millie den Kaffee auf. Wir blieben sitzen und unterhielten uns, sprachen über die Zeit, die ich hier verbracht hatte, und sie brachten mich auf den neuesten Stand. Sie arbeiteten beide noch. Mr. Candles freute sich auf die Rente. Millie sagte, dass sie nie in Rente gehen wollte. Sie backte immer noch, verkaufte ihr Gebäck von zu Hause aus und so weiter. Ich wurde dafür gelobt, dass ich schon so jung Schriftsteller geworden war und so gut damit fuhr, auch wenn es am Anfang nicht danach ausgesehen hatte.

Ronnie saß da, lächelte und hörte zu. Als der Kaffee fertig war, stand sie auf und füllte die Tassen für uns. Milch und Zucker standen auf dem Tisch. Sie mischten es sich in ihren Kaffee, während ich meinen schwarz trank.

Für einen Moment war das Gespräch unterbrochen, man hörte nur das Klirren der Löffel in den Tassen beim Umrühren.

Millie sagte: »Ich weiß gar nicht, warum wir aufgehört haben, uns zu schreiben. Irgendwie tut mir das leid.«

»So ist das Leben eben manchmal«, erwiderte ich. »Das kommt vor. Aber ich habe nie aufgehört, an euch zu denken.«

»Er ist ein hübscher junger Mann geworden, nicht, Ronnie?«, fragte Millie.

»Jaja, hässlich ist er nicht«, gab Ronnie zu.

»Du siehst nicht glatt gebügelt aus«, fügte Mr. Candles hinzu. »Das finde ich gut. Ein Mann sollte nicht glatt gebügelt aussehen.«

Ich war nicht ganz sicher, was er damit meinte, aber da es offenbar etwas Gutes war, machte ich mir darüber keine weiteren Gedanken.

Wir begannen unseren Kaffee zu trinken, als Millie rief: »Oh, wartet mal einen Moment.«

Sie stand auf und holte einen Kuchen aus dem Ofen. Dieser war ausgeschaltet, doch als sie die Klappe öffnete, strömte Wärme in den bereits warmen Raum. Für einen Augenblick war es unangenehm heiß, bis der Kuchen auf dem Tisch stand und sie die Ofenklappe wieder geschlossen hatte.

Es war ein Apfelkuchen. Jeder bekam ein Stück.

Wir unterhielten uns weiter. Ich sagte ihnen, dass ich geplant hatte, für eine Weile in New Long Lincoln zu bleiben, vielleicht sogar für längere Zeit.

»Du wirst uns doch regelmäßig besuchen, oder?«, fragte Millie.

»Das ist der Plan«, bestätigte ich. »Vor allem zum Abendessen.«

»Du bist immer willkommen«, versicherte mir Mr. Candles. »Vielleicht können wir uns noch mal den Boxsack vorknöpfen, wenn du wieder vorbeikommst. Du, ich und Ronnie, wie in alten Zeiten.«

»Das wär schön.«

»Das war eine wilde Nacht, als wir zum Angeln rausgefahren sind und dann dieser heftige Regen kam«, sagte Mr. Candles. »Weißt du noch, Danny?«

»Na klar. Ich erinnere mich gut.« Wie hätte ich das vergessen können? Diese ganze Nacht war eine der schönsten in meinem Leben.

»Ich mich auch«, stimmte Ronnie mit ein.

»Neulich musste ich wieder an den Jungen denken, den wir auf der Brücke gesehen haben«, berichtete ich. »Wisst ihr das noch?«

»Ja«, erwiderte Mr. Candles. »Winston. Man nennt ihn Flashlight Boy. Der arme Kerl. Er irrt seit Jahren dort im Wald herum, seit sein Vater ihn verlassen hat, ihn ausgesetzt hat wie eine Katze. In gewisser Weise ist das vielleicht das Beste, was ihm passieren konnte. Sein Vater hat ihn immer mit einem Gürtel geschlagen und ist auf die verschiedensten Arten gemein zu ihm gewesen. Ich sehe Winston oft, wenn ich beim Angeln bin. Er kennt mich. Er weiß, dass ich ihn in Ruhe lasse. Irgendwo findet oder klaut er Taschenlampen und Batterien, streift nachts durch die Wälder und leuchtet damit herum. Keiner weiß, wonach er sucht, ob er überhaupt was sucht. Niemand kennt sein Zuhause. Ein paar gemeine Kerle haben schon versucht ihn zu fangen, aber Winston ist schnell gewachsen, und er ist groß geworden. Ich glaube, nach den Sachen mit seinem Vater hat er beschlossen, sich nicht mehr herumschubsen zu lassen. Hab gehört, ein paar breitschultrige Footballspieler haben versucht, ihn sich zu schnappen. Winston hat ihnen eine ordentliche Abreibung verpasst, hat ihnen gezeigt, wo der Hammer hängt. Das Einzige, was bei ihm selbst kaputtging, war die Taschenlampe, mit der er ihnen eins auf die Nase gegeben hat. Aber ich hatte dir ja schon von ihm erzählt.«

»Das macht nichts, ich finde das interessant.«

»Der arme Junge«, bemerkte Millie.

»Er redet nie«, fuhr Mr. Candles fort. »Vielleicht kann er es nicht, vielleicht will er es auch nicht. Wenn ich an ihn und seine Lampe denke, kommt mir immer Diogenes in den Sinn.«

»Wer ist das?«, fragte ich.

»Ein Grieche aus der Antike, der mit einer Laterne herumlief, damit die Leute angeleuchtet hat und sagte, er suche einen wahren, guten Menschen.«

»Und hat er einen gefunden?«

»Ich glaube, nicht«, antwortete Mr. Candles.

Die Zeit unseres Besuchs schien sehr schnell zu vergehen, obwohl wir tatsächlich drei Stunden dort waren, von denen die Verabschiedung allein mindestens 15 Minuten in Anspruch nahm. Dabei bewegten wir uns nach und nach von der Küche zur Veranda, bis wir alle zusammen im Dunkeln zum Wagen hinaustraten. Schließlich saßen Ronnie und ich im Polizeiauto, sie winkten und wir winkten zurück.

Ronnie fuhr langsam davon, das Licht der Scheinwerfer bohrte sich in die Finsternis. »Das war schön«, sagte sie.

»Wie in alten Zeiten.«

Wir fuhren eine Weile, bis wir schließlich in ein schickes Stadtviertel kamen. Ich fragte: »Haben wir ein besonderes Ziel?«

»Ich dachte, du möchtest vielleicht mein Haus sehen.«

»Klar.«

Ronnies Haus befand sich in einem Viertel voller ähnlich aussehender Gebäude, die allesamt schön waren.

»Als ich aufgewachsen bin, konnten Schwarze noch nicht hier wohnen. Ich glaube, es gefällt denen auch jetzt nicht, dass ich hier bin, die anderen sind nämlich alle weiß. Aber ich wohne hier und es gefällt mir.«

»Weil die was dagegen haben?«

»Auch. Ich wohnte hier, bevor die überhaupt wussten, ob ich schwarz, braun oder aus Weizenstroh bin. Die Nachbarn besuchen mich nie.«

Das Innere des Hauses war schön gestrichen und das passende Licht sorgte dafür, dass alles noch besser aussah. Ronnie fragte mich, ob ich etwas trinken wollte.

»Was gibt's denn?«

»Wasser, Milch und Kaffee. Ein paar Bier habe ich auch.«

»Nicht noch mehr Kaffee. Was trinkst du?«

»Ein Glas Milch, ob du's glaubst oder nicht.«

»Für mich dasselbe.«

Wir setzten uns auf die Couch und tranken unsere Milch aus kleinen Gläsern.

Ich fragte: »Gekauft oder gemietet?«

»Gekauft.«

»Ist wirklich schön.«

»Findest du?«

»Klar. Das Haus, das ich von meiner Tante bekommen habe, will ich verkaufen. Das sollte mir genug einbringen, damit ich eine Weile davon leben kann. Und der Roman hat auch ein bisschen was gebracht, also investiere ich vielleicht sogar etwas Geld, um mir hier ein Haus zu kaufen. Ich weiß noch nicht.«

»Du hast ja noch Zeit, darüber nachzudenken.«

Ich stand auf, ging umher und betrachtete die Fotos an den Wänden. Da hingen Bilder von ihren Eltern, eines von ihr bei ihrem High-School-Abschluss, ein anderes, auf dem sie ihre Uniform trug und sich gerade für den Polizeidienst qualifiziert hatte. Außer ihr waren noch vier weitere Personen auf dem Foto zu sehen. Chief Dudley stand grinsend neben ihr. Auf der anderen Seite befand sich ein alter Mann mit einem Gesicht, das nur ein Hund lieben konnte, und selbst dieser auch nur dann, wenn man es mit Schweinekotelett eingerieben hätte. Dann war da noch eine Frau, die irgendwann einmal schön gewesen sein musste, nicht allzu lange nach dem Urknall. Der dritte Mann war ein Fettwanst, dessen Augen wirkten, als würden sie mithilfe von Klebstoff und Streichhölzern offen gehalten. Er machte einen rauen Eindruck. Alle außer Ronnie und Chief Dudley sahen wie Dämonen aus der Hölle aus, die gerade Mittagspause hatten. Natürlich erkannte ich die anderen drei. Es waren die von den Fotos in Chief Dudleys Büro und den Büchern, die ich in der Bibliothek ausgeliehen hatte. Jack Manley Sr., Kate Conroy und Judea Parker.

Einen Augenblick später stand Ronnie neben mir. Sie hielt ihr Glas Milch in einer Hand und deutete mit der anderen auf das Foto mit den anderen Personen.

»Siehst du die Leute da, abgesehen von Chief Dudley?«

»Ja. Der Stadtrat, oder?«

»Die tun so, als würden sie sich freuen, dass ich Polizistin werde, aber das war nur ihre Methode, mit der Veränderung klarzukommen und die Gelegenheit für ein Foto zu nutzen. Die wollten nicht, dass eine schwarze Frau bei der Polizei arbeitet, aber da war ich nun. Nur fünf Jahre vorher hätten sie mich nicht mal dafür in Betracht gezogen. Sie wollten mit mir eine Quote erfüllen, aber ich bilde mir ein, dass ich mehr bin als das.«

»Natürlich bist du das.«

»Ich glaube dir, dass du das glaubst, Danny, aber aufgrund meiner Hautfarbe werde ich wahrscheinlich nie über den Dienstgrad einer normalen Polizeibeamtin hinauskommen. Chief Dudley hatte kein Problem damit, mich in der Polizei unterzubringen, er hat mir den Job verschafft, aber er hat nicht zu laut darüber gesprochen. Er hat Angst vor dem Stadtrat. Jeder hat das. Denen gehört hier so gut wie alles, und was ihnen noch nicht gehört, das werden sie auch bald haben. Wenn sie sterben, stehen schon ihre Nachfolger bereit, zumindest bei Jack Manley Sr. Sein Sohn, Jack Jr., ist genau wie er. Ein richtig übler Typ. Groß, gut aussehend, erinnert an Herkules und ist wahrscheinlich genauso stark. Kalt wie ein toter Pinguin auf einem Eisberg. Die anderen haben keine Kinder, und ich tippe darauf, dass sie keine wollten. Parker hat einen Neffen. Vielleicht wird der auch sein Nachfolger. Er ist ein Cop. Allerdings ist er dumm wie ein Stück Handseife, also wird vielleicht doch nichts daraus.«

»Wohin ich auch schaue, überall tauchen diese Leute auf Fotos auf oder werden in Gesprächen erwähnt«, bemerkte ich.

»Das leuchtet ein. Wenn es je eine Geheimregierung gab, sind sie es. Komm, ich zeig dir den Rest von meinem kleinen Häuschen.«

Wir stellten die Milchgläser in die Spüle. Sie führte mich durch einen Durchgang, der in einen kurzen

Flur führte. Die Tür zum Badezimmer stand offen. Sie schaltete das Licht darin ein. Das Porzellan strahlte hell wie die Sonne. Es war eine Menge Platz dadrinnen, anders als in meiner Unterkunft.

»Du kannst dir nicht vorstellen, wie lange ich hier geputzt habe, damit es gut aussieht, wenn du zu Besuch kommst. Ich wollte, dass du siehst, dass ich es zu was gebracht habe und einen richtig schönen Ort zum Pinkeln habe.«

»Du hast es zu was gebracht. Und das ist wirklich ein wunderschöner Ort zum Pinkeln.«

Während wir dort standen, musste ich an diesen Moment zurückdenken, als wir im Flur im Haus ihrer Eltern gestanden hatten, wo sie mich auf den Mund geküsst und dafür gesorgt hatte, dass ich Schmetterlinge im Bauch bekam. Ich spürte es noch stärker, als wir wieder in den Flur hinausgingen.

Sie zeigte mir eins der Schlafzimmer. Es war schlicht und enthielt kaum mehr als ein großes Bett und ein angrenzendes Bad. Es gab einen offenen Wandschrank, in dem ich zwei Uniformen und einige andere Kleidung hängen sah. Da stand auch eine Kommode.

»Gemütlich«, kommentierte ich.

»Es reicht.«

»Zeig mir das andere Schlafzimmer.«

»Das sieht genauso aus wie dieses, nur ohne das zusätzliche Bad. Die Bettlaken haben eine andere Farbe und ich habe dadrin einen Schreibtisch. Ich benutze es hauptsächlich als eine Art Büro, wenn ich eins brauche. Weißt du, woran ich vorhin gedacht habe, Danny?«

»Ich glaube, nicht.«

»An dieses eine Mal.«

»Dieses eine Mal?«

»Ich wüsste gern, ob du vorhin da im Flur an etwas gedacht hast, an das ich mich ziemlich gut erinnere.«

»Jetzt krieg ich ein bisschen Angst. Denn wenn ich dir sage, woran ich mich erinnere, sagst du vielleicht, dass du einen Song meintest, der damals im Radio lief, oder so was.«

»Ich versichere dir, das ist es nicht.«

»Geht es um einen Kuss?«

»Freut mich, dass du's noch weißt.«

»Wie könnte ich das vergessen?«

Sie stand nahe bei mir. Ich hatte das Gefühl, dass es im Zimmer wärmer wurde.

»Willst du rausfinden, ob sich Küssen immer noch gut anfühlt?«, fragte ich. »Du weißt schon, als Experiment?«

»Ich dachte, du würdest nie fragen.«

Es ist unmöglich, angemessen zu beschreiben, wie weich ihre Lippen waren. Das wäre wie der Versuch zu beschreiben, wie es ist, von Schmetterlingsflügeln berührt zu werden oder frischen Honig zu schmecken. Wir standen lange vor dem Bett, küssten und umarmten uns. Zwischen unseren Küssen schaltete sie irgendwann das Licht aus, und dann landeten wir im Bett, wo wir hastig unsere Kleidung auszogen. Dann fanden wir zueinander, und alles war weich, feucht, warm und beweglich.

Als wir schließlich erlöst waren, hielten wir uns fest und gaben Geräusche von uns wie schnurrende Kätzchen. Dann erwachte unser Verlangen noch einmal, und wir machten weiter. Als es vorbei war, blieben wir in Löffelchenstellung liegen. Die Krümmung ihres schweißüberströmten Rückens lag an meiner schweißüberströmten Brust. Sie war wie ein Puzzlestück, von dem ich nicht gewusst hatte, dass es fehlte. Sie fragte: »Das war gut, oder?«

Ich erwiderte: »Und ob.« Es kam mir zwar wie eine verdammt unzureichende Beschreibung dessen vor, was gerade geschehen war, aber mir fehlte die Energie, mehr zu sagen.

Schließlich hörte ich Ronnies langsamen, gleichmäßigen Atem. Ich hatte immer noch ihren süßen Duft in der Nase. Ich hörte ihrem Atem lange zu, genoss ihre Nähe. Dann küsste ich sie sanft am Haaransatz im Nacken und driftete friedlich in den Schlaf ab.

Der Geist meines Vaters kam nicht, wofür ich sehr dankbar war.

26

Bei Tagesanbruch folgte ein weiterer schöner Augenblick. Dann duschten wir zusammen und lachten, während wir uns gegenseitig einseiften. Ronnie hatte ihr Haar unter einer Duschhaube. Sie schäumte mir die Haare ein. Ich hätte nie gedacht, dass das Haarewaschen etwas so Erotisches sein konnte. Wir liebten uns noch einmal, während das warme Wasser auf uns niederprasselte. Dann trockneten wir uns ab, zogen uns an und machten uns auf den Weg.

Wir küssten uns nicht, als sie mich hinausließ, obwohl wir es wollten. Wir waren zu der Einschätzung gekommen, dass es nicht sehr klug wäre, wenn ich eine Polizistin morgens um 7:30 Uhr in ihrem Streifenwagen küsste. In diesem Moment kam mir nicht in den Sinn, dass Ronnie vielleicht noch andere Gründe hatte, die mit der Rassenthematik zusammenhingen, aber hinterher wurde es mir nach und nach bewusst. Ronnie war immer wachsamer als ich, und diese Wachsamkeit machte sie zu einer guten Boxerin. Aber die Sache störte mich. Das Thema sollte eigentlich keine Rolle spielen, doch ich wusste, dass es für manche Menschen in einer Kleinstadt wie New Long Lincoln durchaus noch eine spielte. Sie musste an ihren Job denken. Viele waren immer noch der Ansicht, dass Schwarz und Weiß

Farben waren, die man nicht mischen konnte, nicht mischen sollte.

Wir hatten nicht gefrühstückt, daher ging ich nicht in mein Zimmer, sondern stieg in meinen Wagen, fuhr zum Café und aß dort etwas. Danach fuhr ich zum Werkzeugladen und kaufte mir zwei schöne Axtstiele. Einen ließ ich im Wagen, und als ich zu Hause war, stellte ich den anderen neben mein Bett. Es war nicht gerade Hightech, aber nach der Begegnung vor dem Haus neulich Abend hatte ich das Gefühl, dass es nötig war, und sei es nur als psychologische Stütze. Dann begann ich an meinem Artikel zu arbeiten. Ich sah mir die Bücher aus der Bibliothek an und machte Notizen. Ich entfaltete die Karte im Buch von Natural Wilson und studierte sie genau. Erst suchte ich die Stelle, an der sich in der Zeit vor der Entstehung des Sees die alte Stadt befunden hatte, dann den Hügel mit dem Sägewerk, dem Schrottplatz und dem Friedhof. Auf der anderen Seite des Hügels hing eine Beschriftung an einem Gebäude, das wie eine Burg aussah. Dort stand ein Name: ›Long Lincoln Country Club‹. Natürlich hatte ich das alles bereits gesehen, den Club allerdings nur aus der Ferne. Aber es war hilfreich zu sehen, dass jemand anderes darauf Bezug genommen hatte. Es tat gut, innezuhalten und alles einmal aus einem anderen Blickwinkel zu betrachten. Mithilfe meiner Notizen begann ich, meinen Artikel für die Sonntagsausgabe der Zeitung zu schreiben.

Die Herausgeberin Christine Humbert wies mir einen Stuhl in ihrem Büro zu, nahm meinen Artikel, setzte sich an ihren Schreibtisch und las ihn, während ich

Däumchen drehte. Ein paarmal sah ich, wie sie das Gesicht in Falten legte, den Mund verzog, und ich fragte mich, ob ich den richtigen Ton getroffen hatte oder ihr irgendwie auf die Herausgeberzehen getreten war. Schließlich war sie fertig. Sie legte den Artikel so sachte auf den Tisch zurück, als handelte es sich um ein Fabergé-Ei.

»Das ist gut, Danny, aber Anekdoten werden nicht ausreichen. Sie brauchen ein paar echte Personen, die sagen, dass diese Dinge wahr sind, dass sie sie bezeugen können. Das meiste davon ist mir nicht neu. Es kam im Laufe der Jahre immer wieder an die Oberfläche. Aber die Art, wie Sie es präsentieren, ist wirklich gut. Trotzdem, diese Geschichten über den Damm, dass Menschen durch die Flutung ermordet wurden, dass Leute aus dem Stadtrat davon wussten, es gebilligt, vielleicht sogar veranlasst haben – das muss irgendwie gerechtfertigt werden.«

»Es ist eher noch allgemein gehalten. Im weiteren Verlauf werde ich Woche für Woche konkret enthüllen, was ich herausgefunden habe. Ich zähle hier nur die Geschichten auf, die im Umlauf sind, um den Rahmen abzustecken, die Legenden, ohne dabei direkt mit dem Finger auf irgendjemanden zu zeigen. Im zweiten Artikel werde ich anfangen, es mehr wie ein Rätsel anzugehen, und der Plan ist, zu Schlussfolgerungen zu kommen, wenn der letzte Text ansteht. Ich denke, insgesamt werde ich sechs Artikel brauchen.«

»Und was ist die Rätselfrage? Ob die Stadt mit dem Wissen geflutet wurde, dass noch Menschen dort waren, und ob die einflussreichen Leute aus der Stadt dahintersteckten? Oder ob es ein Unfall war?«

Ich hatte die Leichen in den Kofferräumen erwähnt, davon wusste bereits jeder, aber von den Morden, von denen mir Shirley erzählt hatte, hatte ich kein Wort gesagt, denn sie hatte die Informationen darüber genau in diesem Gebäude gefunden, in dem wir jetzt saßen. Ich wollte mir über die Bedeutung dieses Umstands etwas klarer werden, bevor ich dieses Fass aufmachte.

»Ich glaube, dass der Stadtrat wusste, dass sich noch Leute in der alten Stadt befanden, als die Arbeiter das Wasser hineinlaufen ließen«, sagte Christine. »Zu viele ältere Leute haben mir über die Jahre erzählt, dass man noch Lichter in der Stadt sah und noch einige Menschen dort herumliefen, und sie haben das Wasser trotzdem reingelassen. Ich glaube, dem Stadtrat war es egal, ob Menschen starben. Das ist eine skrupellose, gewissenlose Bande. Die tun nicht mal so, als gingen sie demokratisch vor. Sogar ihre Treffen finden privat statt, da draußen in diesem Club oder wie sie das nennen.«

»Long Lincoln Country Club.«

»Wenn der Artikel herauskommt, könnten wir diesen Leuten damit etwas zu nahe treten, selbst wenn Sie klar schreiben, dass es sich an diesem Punkt nur um Legenden handelt, nicht um beweisbare Tatsachen. Ich habe Sie zwar gebeten, die Artikel zu schreiben, aber jetzt, wo ich es schwarz auf weiß vor mir sehe, wirkt es doch heftiger, als ich gedacht hatte. Und das hier ist ja nur die erste Folge. Legenden hin oder her, der Text lässt es mehr als wahrscheinlich wirken, dass unsere Stadt von Mördern gegründet wurde. Das sind zwar keine neuen Informationen, Danny. Aber so wie Sie es darlegen, wie Sie deren dreckige Unterwäsche hervorkramen, das ist schon starker Tobak. Trotzdem, ich werde es bringen. Aber wenn wir noch mehr Artikel machen, brauchen wir auch mehr Fakten.«

»Die werde ich haben.«

»Selbstbewusst sind Sie immerhin. Aber sind Sie auch ganz sicher, dass Sie zu diesen Schlüssen gelangen können, ohne sich auf bloßes Hörensagen zu stützen?«

»Relativ sicher. Aber jetzt machen Sie mich nervös.«

»Wir haben nur Worte, die haben Geld.«

»Worte haben viel Macht.«

»Genug um uns in die Bredouille zu bringen. Dieser Jack Jr. ist Immobilienhändler, er ist einer der Leiter der einzigen Versicherungsfirma in der Stadt, und noch dazu ist er Anwalt, und zwar ein guter, wie sein Vater. Er hat im Laufe der Jahre schon viele Verfahren gewonnen, von denen mehrere durch die Angehörigen von Flutopfern ins Rollen gebracht wurden, die geltend machen wollten, dass ihnen Vergleichszahlungen zustehen. Aber er hat diese Vergleiche null und nichtig gemacht oder sie zumindest auf Eis gelegt.«

»Ihre Nichte glaubt, dass da sogar noch üblere Dinge im Gange sein könnten.«

»Sie ist von Natur aus neugierig. Zu neugierig, fürchte ich manchmal. Bitte halten Sie sie aus alldem heraus. Wenn der Stadtrat das hier liest, überlegt sich Jack Jr. vielleicht, was er mit uns anstellen soll, ob wir nun Pressefreiheit haben oder nicht. Falls der Stadtrat wirklich Menschen ertränkt hat, haben die vielleicht mehr im Sinn als uns anzuzeigen. Die beiden verkleideten Typen, die Ihnen einen Besuch abgestattet haben – Sie glauben doch nicht, dass das bloß irgendwelche Straßenräuber waren, oder?«

»Ich habe keine Ahnung, was ich glauben soll«, antwortete ich. »Aber das, worüber ich schreibe, ist nichts Neues. Dieser Kerl namens Natural Wilson hat diese Verschwörung in seinem Buch bereits erwähnt. Ich gebe zu, es ist nur ein Gerücht, aber manchmal stellen sich Gerüchte als die Wahrheit heraus.«

»Natural Wilson war das Pseudonym einer Person in dieser Stadt, die wegen der ganzen Sache mit dem See noch ein Hühnchen mit jemandem zu rupfen hatte. Das Buch kam im Selbstverlag heraus. Bei wem es gedruckt wurde, ist unbekannt. Es wurde in Lebensmittelläden, Tierfutterläden, Souvenirläden und in unserem einzigen Buchladen verkauft. Es hat deswegen ein Verfahren gegeben, und obwohl die Mitglieder des Stadtrats nicht herausfinden konnten, wen sie für das Schreiben des Buchs verklagen konnten, haben sie die Leute verklagt, die es verkauften. Und das hat funktioniert. Die Läden weigerten sich, es anzubieten. Aber ein paar Ausgaben kamen doch in Umlauf. Hier und dort hat es für Unruhe gesorgt, aber die hat sich schließlich gelegt.«

»Wie konnte der Autor versteckt bleiben? Natural musste doch irgendwie dafür sorgen, dass die Bücher in die Läden kamen.«

»Der Autor hat Leute von außerhalb für den Vertrieb angeheuert. Leute, mit denen er über Dritte zusammenarbeitete. Keiner von denen wusste irgendwas, abgesehen davon, dass sie bezahlt wurden, um Bücher auszuliefern, und dass die Läden sie nehmen konnten oder auch nicht, ohne dass sie Natural auch nur einen Cent schuldig waren. Natural Wilson, wer auch immer das ist, wollte einfach nur für diese Unruhe sorgen, die ich erwähnt habe. Vielleicht ist das ein persönlicher Rachefeldzug gewesen. So viele von den Büchern gab es nicht, und es scheint, als hätte der Stadtrat die meisten davon aufgekauft.«

»Das hört sich an, als hätten Sie diesen Artikel selbst schreiben sollen«, bemerkte ich.

»Dazu fehlt mir die Fähigkeit. Ich kann redigieren, aber was das Schreiben angeht, da reicht es gerade für die Einkaufsliste. Und hier war niemand sonst bereit dazu.«

»Dann haben Sie mich also ausgewählt, Ihr Bauernopfer zu sein?«

»Sie haben sich selbst gewählt.«

»Also wird es gedruckt?«

»Wird es. Für Ihren nächsten Artikel sollten Sie vielleicht näher an die Mitglieder des Stadtrats herankommen. Stellen Sie Recherchen über Jack Manley Sr. an. Noch ist er am Leben.«

»Ich habe ihn im Text schon erwähnt«, erwiderte ich.

»Ich sagte, Sie sollen Recherchen über ihn anstellen. Er ist nicht nur im Stadtrat, er ist der Bürgermeister. Und er ist kein gewählter Vertreter. Der Rat hat ihn ausgesucht. Dann gibt es da noch Judea Parker. Der ist auch nicht gerade ein Chorknabe. Und Kate Conroy. Sie ist die Sprecherin des Rats. Sie gemein und boshaft zu nennen wäre noch untertrieben. Denken Sie dran: Wenn Sie die dreckige Unterwäsche des Stadtrats hervorkramen, kann das dazu führen, dass wir mit der Nase reingedrückt werden.«

Es war noch Tag, als ich zum Chandler-Haus zurückkehrte, und obwohl ich keine bedrohlich wirkenden Personen sah, wollte ich vorbereitet sein, falls die Clowns wiederkamen. Ich nahm den Axtstiel, den ich mitgenommen hatte, vom Rücksitz, trug ihn mit hinauf in mein Zimmer und stellte ihn neben den anderen, der bereits dort war.

Ich dachte daran, Ronnie anzurufen, aber nach dem, was Christine mir erzählt hatte, war ich gerade für niemanden eine gute Gesellschaft. Außerdem wollte ich nicht, dass sie das Gefühl hatte, dass ich mich nur mit ihr treffen wollte, um Sex zu haben. Auch wenn mir der Gedanke an Sex durchaus gekommen war, um ehrlich zu sein.

Oben in meinem Zimmer aß ich die Süßigkeiten und Früchte, die ich noch übrig hatte. Es war das schlechteste Abendessen, das man sich vorstellen kann. Ich glaube, das war auch der Grund, weshalb ich so schlecht schlief. Manchmal hatte ich das Gefühl, in den Schlaf abzudriften, aber dann war ich plötzlich wieder hellwach. Ich machte mehrere Ausflüge ins Badezimmer, was ein wenig half.

Schließlich schlief ich ein, aber ich hatte dunkle, schwere Träume. Im Traum sah ich einen Körper am Boden liegen. Er war von Schatten bedeckt und befand sich in einem Raum mit einem kleinen offenen Fenster. Sternenlicht drang durch das Fenster herein, fiel auf den Körper und verlieh ihm Gestalt, aber das Gesicht konnte ich nicht erkennen. Ich hatte das unangenehme Gefühl, dass ich vielleicht wusste, um wen es sich handelte.

Dann erhob sich die Gestalt am Boden und ein Summen ertönte, das so laut wie ein Brüllen war – das Brüllen der Fliegen, von dem der Polizist mir erzählt hatte.

Die Schattenfigur schwankte und bewegte sich direkt auf das offene Fenster zu. Sie huschte hindurch und war verschwunden. Ich erhaschte einen kurzen Blick auf ihr Gesicht – es war mein eigenes. Das Licht verblasste. Der Raum wurde ganz dunkel, und all meine Träume fielen tot zu Boden.

DRITTER TEIL

Moonshine Castle

An versteckten Orten gibt es Träume,
und es gibt Geheimnisse, gute wie schlechte.

Anonymus

27

Ronnie und ich trafen uns im Laufe der nächsten Tage ein paarmal und machten Ausflüge zu dem ausgetrockneten See, um uns umzusehen, so als würde sich uns dort irgendwann etwas Neues offenbaren. Aber dazu kam es nicht.

Wir liebten uns bei ihr. Mit jedem Mal wurde es besser, aber durch ihre Arbeit sahen wir uns nicht oft. Ihre Arbeitszeit verlängerte sich, weil sie sich mit häuslichen Streitereien, Betrunkenen, Raubüberfällen und zu viel Papierkram herumschlagen musste. Aber ich fühlte mich gut mit ihr, und sie sich mit mir. Ich hatte den Eindruck, dass unsere Liebe am Erblühen war. Bei mir selbst war sie bereits per Düsenjet gelandet, mit den ausgewachsenen Blüten an Bord.

Die Polizei fand nicht mehr über die Knochen in den Kofferräumen heraus als das, was wir auch schon festgestellt hatten. Die sterblichen Überreste lagen kalt und stumm in der Leichenhalle und ihre tieferen Geheimnisse blieben nach wie vor unaufgeklärt. Chief Dudley schien zu diesem Thema keine Worte oder Weisheiten mehr auf Lager zu haben.

In manchen Nächten besuchte mich mein Vater, und sein Geist war gleichermaßen real und irreal, wenn er nach meinem Knöchel griff. Gelegentlich hätte ich schwören können, dass er mit seiner feuchten Stimme zu mir sprach. Seine Worte kamen mir so kryptisch vor, wie Sanskrit einem Eichhörnchen erscheinen musste. Immer war ich aufgewühlt und etwas verängstigt, wenn ich aufwachte, aber wenn ich dann das Licht einschaltete oder im Licht der aufgehenden Sonne badete, fielen diese gespenstischen Empfindungen so schnell und leicht von mir ab, wie Zuckerwatte im Mund zergeht.

Dann, am Sonntag, erschien mein erster Artikel in der Zeitung.

Es wurden schnell jede Menge Ausgaben verkauft, und das nicht nur in New Long Lincoln, sondern auch in Satellitenstädten und Kleinstädten in der Umgebung.

In meinem Artikel hatte ich nicht erwähnt, dass sich vielleicht ein Killer in Osttexas herumtrieb, denn darauf ließen bereits die entdeckten Knochen schließen. Ich hatte auch nicht erwähnt, dass mein Vater zu den Tatverdächtigen gehörte, doch ich hatte vor, das irgendwann in dieser Artikelreihe zu tun. Ich versuchte auch nicht, das zu suggerieren, was Shirley gedacht hatte – dass die Knochen in den Kofferräumen von ausgegrabenen Leichen und nicht von Mordopfern stammten. Mir fehlten noch Informationen, um zu wissen, ob ich dieser These zustimmte oder nicht.

Am Dienstagmorgen hatte ich gerade erst geduscht und mich angezogen, als Mrs. Chandler, die nicht jedes Mal, wenn das Telefon klingelte, die Treppe hinaufsteigen wollte, mir von unten zurief, dass ich einen Anruf hatte. Es war Christine.

Sie sagte, dass ich sofort zur Zeitungsredaktion kommen solle, weil etwas Wichtiges passiert sei. Was es war, sagte sie mir nicht, aber ich zweifelte nicht daran, dass es etwas mit dem von mir geschriebenen Artikel zu tun hatte. Mit einem gewissen Maß an Nachwirkungen war durchaus zu rechnen gewesen. Das störte mich nicht. Ich hatte gehofft, sowohl den interessierten Leser anzusprechen als auch die Fliegen aufzuscheuchen.

Als ich dort eintraf, saßen drei Personen in Christines Büro, die ich nicht kannte. Der eine war ein kühl wirkender, gepflegter Mann, etwa so groß und wuchtig wie ein gepanzerter Truppentransporter. Er war etwa Mitte 40 und trug einen dunkelblauen Anzug, der aus keinem Geschäft in Osttexas stammen mochte. Dazu trug er eine pinke Krawatte, die gerade über einem blauen Hemd lag, das mehrere Schattierungen heller war als der Anzug, und mit einer Krawattennadel am Hemd befestigt, die so silbrig weiß wie ein Stern war. Der Mann saß dort, wo ich am Vortag gesessen hatte. Christine, die heute Grau und Blau trug, hatte sich hinter ihrem Schreibtisch verschanzt und wirkte, als könnte sie sich nicht entscheiden, ob sie sich zu einer Pfütze auflösen oder sich lieber über den Tisch stürzen sollte, um den Mann an der Kehle zu packen.

Die anderen zwei Personen im Raum waren attraktive Frauen, die in ihrem Erscheinungsbild und ihrer Bekleidung etwas austauschbar wirkten. Sie trugen dunkle Anzüge eher männlichen Stils mit ebenfalls dunklen, am Hals offenen Hemden und ohne Krawatten. Ihre schulterlangen Haare passten zu ihren Anzügen. Sie hatten lange Beine und wirkten so erwartungsvoll wie wachsame Aasvögel, die darauf warteten, das zu fressen, was der sitzende Mann für sie übrig lassen würde, nachdem er seine Beute gerissen hatte.

Als ich die Tür hinter mir schloss, sah mich der Mann an. Es war, als würde man eine Eule sehen, die den Kopf drehte. Es wirkte beunruhigend, aber seine Augen hatten nichts Eulenartiges. In seinem Blick lag etwas Wildes, als wäre er kurz davor, eine hilflose Feldmaus zu verschlingen. Sein schwarzes Haar war leicht geölt und glänzte im Licht wie ein eingefetteter Wischmopp. Seine Füße standen flach auf dem Boden. Seine Wirbelsäule war steif und seine Schultern hochgezogen. Auf einem Gemälde oder Foto hätte er vielleicht gut ausgesehen, aber wenn man wirklich vor ihm stand, hatte man irgendwie den Eindruck, dass er nicht ganz richtig zusammengesetzt war.

»Danny«, sagte Christine. »Das ist Jack Manley Jr.«

»Der Anwalt«, sagte ich.

»Genau«, bestätigte sie. »Er beschäftigt sich auch mit Versicherungen und Immobilien. Meine Damen, ich glaube, wir wurden einander noch nicht vorgestellt.«

»Nicht nötig«, meldete sich Jack Jr. zu Wort. »Sie müssen sie nicht kennen. Sie gehören nicht zu den großen Playern.« Seine Stimme war so flach wie Kansas und so säuerlich wie alte Milch.

Bei Christines Angebot, sich vorzustellen, hatten sich die Frauen nach vorn gelehnt, aber nun schnellten sie zurück wie Kegel, die nur kurz ins Wackeln gekommen waren. Sie wirkten weder beleidigt noch enttäuscht.

Tatsächlich hatten sie kaum etwas Reales an sich. Ich glaube, er jagte ihnen noch mehr Angst ein als uns.

»Ich bin der Einzige, den Sie kennen müssen. Mr. Russell, Sie und Miss Humbert haben einige recht widerwärtige Dinge über meinen Vater und andere Mitglieder des Stadtrats geschrieben, was diese sehr erschütternd fanden. So erschütternd, dass sie juristische Schritte in Betracht ziehen.«

»Ich kann mich nicht erinnern, geschrieben zu haben, dass sie irgendetwas getan hätten«, entgegnete ich.

»Das konnte man mühelos zwischen den Zeilen lesen.«

»Man kann vieles zwischen den Zeilen lesen – Gutes und Schlechtes, ganz nach Geschmack. Aber letztlich kommt es doch auf die Zeilen selbst an. Ich habe lediglich das aufgeschrieben, was man sich seit Jahren über den Stadtrat erzählt im Zusammenhang mit dieser Nacht, in der sich der See mit Wasser füllte. Dabei sind Menschen ertrunken, das ist eine Tatsache. Was den Stadtrat oder das Stadtregime angeht: Ich habe nicht gesagt, dass diese Behauptungen über den Rat wahr sind. Nur dass es behauptet wurde. Ich habe aus einem Buch zitiert.«

Der Blick, den mir Jack Jr. jetzt zuwarf, gab mir weniger das Gefühl, eine Maus zu sein, die kurz davorstand, verschlungen zu werden. Nun war es eher so, als wäre ich bereits im Ganzen verschluckt worden und würde mich in seinem Bauch in seinen Verdauungssäften auflösen.

»Dieser Mist von Natural Wilson?«, gab er zurück. »Ich habe große Zweifel, ob Natural wirklich sein

Name ist, und er hat bisher keinerlei Erklärungen zu sich oder zu diesem Buch abgegeben. Außerdem ist es schon Jahre alt. Es waren damals Lügen, es sind heute noch Lügen.«

»Mag sein, dass es Mist ist, aber es gehört zu den Legenden Ihrer Stadt, und im Artikel steht ganz klar, dass es Legenden sind, keine Fakten. Den Fakten wird nachgegangen, und sie kommen vielleicht noch ans Licht, und vielleicht passen sie ja gar nicht zu den Legenden. Oder sie tun es. Ich sehe das so: Es ist nun so viele Jahre her, dass die neue Stadt erbaut wurde, dass es höchste Zeit für einen Rückblick wurde, der auch Elemente der Folklore enthielt. Und wie gesagt, so steht es ganz klar in meinem Artikel.«

»Sie spielen mit dem Feuer, was?«

»Nein. Ich glaube, nicht.«

»Also, mir gefällt das nicht. Und dem Stadtrat gefällt es auch nicht.«

»Hört sich nach einem persönlichen Problem an«, sagte Christine. »Aber nicht nach einem juristischen. Hören Sie, Jackie, warum packen Sie nicht Ihre Damen wieder ein, passen auf, dass Sie keine Falten in der Hose bekommen, und stolzieren mit Ihren italienischen Schuhen aus diesem Büro? Wenn Sie wirklich etwas von juristischer Bedeutung haben, können Sie gern wiederkommen. Ihre Damen können dann auch gern wieder mitkommen, aber ziehen Sie denen mal den Stock aus dem Arsch und denken Sie dran, auch ihre Namen mitzubringen.«

»Miss Humbert«, entgegnete er, »Sie wollen sich gewiss nicht mit mir anlegen.«

»Jetzt habe ich aber Angst«, erwiderte sie. »Dieses kleine Zähnefletschen am Schluss, das hat es wirklich gut abgerundet. Vielleicht werde ich mich sogar in fünf Minuten noch dran erinnern. Aber damit das klar ist: Sie und ich, wir waren schon auf verschiedenen Seiten, bevor wir uns begegnet sind. Ich denke, wenn es Sie schon so sehr stört, dass aus einem Buch zitiert wird, das regionale Folklore enthält, machen Sie sich vielleicht über noch viel mehr Sorgen als nur über Legenden. Und ich sage Ihnen Folgendes: Sie werden sich erst so richtig in die Hose scheißen, wenn die ganze Geschichte herauskommt. Vielleicht erwähnen wir darin ja, wie Sie hier hereingekommen sind und uns bedroht haben, weil Sie Angst hatten vor irgendetwas, das wir schreiben könnten. Damit lassen sich bestimmt verdammt viele Zeitungen verkaufen, was meinen Sie, Sie fein angezogenes Stück Hundescheiße? Oh, Verzeihung, ist mir so rausgerutscht.«

»Sie sind sehr ungehobelt, Miss Humbert.«

»Was soll ich sagen? Wenn jemand Hundescheiße in mein Büro schleppt, habe ich kein Problem damit zu sagen, dass es stinkt.«

»Wir reden hier über die Anspielungen in einem Artikel.« Jack Jr. richtete seine wilden Augen wieder auf mich. »Und Ihre Erwähnung dieser Leichen in den Kofferräumen der Autos. Ich vermute, damit wollen Sie von dem ablenken, worum es hier wirklich geht. Ihr Vater war schließlich ein Serienkiller.«

»Ach, meinen Sie?«

Es überraschte mich nicht, dass er davon sprach. In New Long Lincoln verbreiteten sich Gerüchte blitzschnell. Es hatte nicht in meinem Artikel gestanden. In der Zeitung vom Vortag war ein kurzer Text dazu erschienen, aber darin stand kein Wort davon, dass mein Vater vor zehn Jahren irgendetwas anderes getan hatte als mit seinem Sohn im Wagen von einer Brücke zu fahren.

»Ja, das meine ich«, antwortete er.

»Wir können stundenlang darüber diskutieren, was man sagen kann oder was wahr ist«, schaltete sich Christine ein, »aber nichts in diesem Artikel gibt Ihnen das Recht, hier mit Ihren beiden Spielzeugen hereinzumarschieren und mir bei der Arbeit auf die Nerven zu gehen. Oder dazu, mich einen meiner Reporter herbeizitieren zu lassen, der jetzt zu Hause sein und den Artikel für die nächste Sonntagsausgabe schreiben könnte. Selbst wenn er nur an sich herumspielen würde, wäre das noch eine bessere Nutzung seiner Arbeitszeit als dies hier.«

»Tatsächlich war ich gerade dabei«, warf ich ein.

»Satteln Sie Ihre Schlampen und hauen Sie ab, Jackie«, schloss Christine.

»Nennen Sie mich nicht so.«

»Das ist aber besser als der Name, den ich Ihnen eigentlich geben will.«

»Mich würde noch interessieren, ob Sie ein paar Jungs kennen, die sich gern verkleiden«, sagte ich. »Einer mit weißer Theaterschminke im Gesicht, der andere mit Rußbemalung und orangefarbener Clownperücke. Und mit rotem Lippenstift. Die Farbe steht ihm gar nicht. Einer von den Kerlen hat einen ziemlich kräftigen linken Haken. Beide tragen gern Hüte und dunkle

Anzüge, und sie stolzieren wie zugedröhnte Gangster herum. Klingelt da was?«

»Was zum Teufel reden Sie denn?«, erwiderte Jack Jr. Er wirkte beinahe überzeugend.

»Nur so eine Frage, die ich jedem stelle. Die Damen?«

Sie sagten nichts. Sie sahen mich nicht einmal an.

»Ihr großes Mundwerk könnte Ihnen noch zum Verhängnis werden, Mr. Russell. Und Sie, Miss Humbert, nennen Sie sich etwa eine Dame?«

»Das würde ich nie wagen.«

Ich sagte: »Wissen Sie, Mr. Manley, Sie kommen mir vor wie jemand, der alles um sich herum als etwas betrachtet, das er sich einverleiben will. Ich habe den Eindruck, dass ziemlich viel für Sie noch nicht genug ist. Und ich habe das Gefühl, dass mein Artikel etwas zum Vorschein bringt, das voller Blut und Dunkelheit sein könnte.«

»Soll ich mich deswegen etwa schlecht fühlen, schuldig? Ich bin ein Kapitalist, Mr. Russell. Wenn es etwas zu verschlingen gibt, verschlinge ich es, und wenn ich damit fertig bin, lecke ich mir die Lippen. Ich fresse und fresse, bis ich so satt bin, dass ich platzen könnte, und dann fresse ich trotzdem weiter. Es gibt die, die das können, und es gibt die, die das nicht können. Solche, die es tun, und solche, die es nicht tun.«

»Ich bin auch ein Kapitalist«, entgegnete ich, »aber mit einem kleinen k. Wenn ich habe, was ich brauche, bin ich zufrieden.«

»Das Leben ist ein Bankett. Nur so wird man groß und stark, Mr. Russell. An der Art, wie Sie stehen, an der

Art, wie Sie Ihre Kleidung tragen, kann ich erkennen, dass Sie immer klein bleiben werden. Ein kleiner Mann, dicht am Boden, der die Leute über sich anschreit und sich fragt, warum er nicht selbst groß sein kann.«

Er grinste mich an, ein Anblick, der mich an einen eingesperrten Tiger zur Fütterungszeit denken ließ.

»Ich schlage vor, dass Sie beide sich gut überlegen, was Sie als Nächstes veröffentlichen. Wenn es jedenfalls in dem Tonfall dieses ersten Artikels weitergeht, werden Sie von mir hören.«

»Stoßen Sie sich nicht den Hintern beim Rausgehen«, gab Christine zurück. »Sie auch nicht, meine Damen. Übrigens, hübsche Anzüge. Wer sagt, dass Verbrechen sich nicht lohnt?«

Jack Jr. stand so langsam auf, dass in diesem Zeitraum eine ganz neue Spezies Mensch hätte entstehen, Feuer und Werkzeuge entdecken und wieder aussterben können. Er hatte nach dem Aufstehen nicht das geringste Fältchen in der Hose. Dann nahm er sich noch einen Moment Zeit, um mir zu zeigen, wie eindringlich er mich anstarren konnte. Schließlich ging er zur Tür.

Ich trat beiseite und öffnete sie. Alle drei gingen hintereinander hinaus, ohne ein Wort zu sagen. Er roch nach Brut Cologne, die Frauen nach verschiedenen Parfüms. Diese Wolke gemischter Düfte brachte meine Nasenhaare zum Zucken. Sachte schloss ich die Tür hinter ihnen, atmete aus, ging zum Besucherstuhl hinüber und ließ mich darauf niederfallen.

»Das ist, als hätte gerade der Teufel mit seinen zwei Oberdämonen den Raum verlassen.«

»Herrgott, Danny.« Nun war Christine diejenige, die tief durchatmete und sich tiefer in ihren Stuhl sinken ließ. »Ich hätte mich fast eingenässt. Sie haben in einem Wespennest herumgestochert, und jetzt sind die Biester ganz wild darauf zu stechen.«

»Sie haben gar nicht so ängstlich gewirkt.«

»Ich gehe manchmal in eine Laienschauspielgruppe. Sie wären überrascht, wenn Sie wüssten, wie ich mich wirklich gefühlt habe. Mir haben unter dem Tisch die Beine gezittert.«

»Falls die mich verklagen – bei mir gibt es nichts zu holen, bis auf den Rest eines nicht besonders hohen Vorschusses für ein Buch, eine Schreibmaschine und zwei Axtstiele.«

»Ich mache mir Sorgen um mich, nicht um Sie. Hören Sie, gehen Sie verdammt noch mal ganz sicher, dass das, was Sie als Nächstes schreiben, nicht unser beider Todesurteil ist.«

28

Spät an diesem Nachmittag, nachdem ich mir einige Kleidungsstücke und Schuhe in einem JCPenney sowie noch ein paar Bananen und Schokoriegel gekauft hatte, traf ich zu Hause ein. Ich hielt meinen guten Freund, den Axtstiel, in der rechten Hand, die Tüte mit meinen neuen Sachen, den Schuhen, Bananen und Riegeln in der anderen und stieg zu meinem Zimmer hinauf.

Dort stellte ich den Axtstiel neben den anderen, damit die beiden sich Gesellschaft leisten konnten, obwohl ich nicht sicher war, worüber Axtstiele sich wohl unterhielten, wenn sie unter sich waren. Ich räumte die neuen Sachen weg und ging zu meinem Schreibtisch. Ich war noch nicht sicher, was ich schreiben würde, weil ich eigentlich nichts Neues erfahren hatte, das man in der Zeitung abdrucken konnte. Aber ich hatte ja noch ein paar Tage übrig, um meine Gedanken zu ordnen und einen Artikel zusammenzustellen.

Die Wahrheit war, dass mich die Begegnung mit diesem unheimlichen Jack Jr. aufgewühlt hatte. Hinter seiner Androhung rechtlicher Schritte schien noch eine ganz andere Drohung versteckt zu sein. Ich rechnete beinahe mit einem zweiten Besuch der Zirkusclowns.

Und ich fragte mich, wie das Leben wohl auf Bora Bora sein mochte, vorausgesetzt, dass ich genug Geld hätte, um dorthin zu kommen. Aber selbst wenn ich annahm, dass es mir gelingen könnte und ich dort einen Baum finden würde, unter dem ich leben könnte, war ich nicht in der Lage, mir viel mehr darunter vorzustellen als ein vergnügtes Wochenende, eine Ananas und einen Sonnenbrand.

Ich hatte das Haus meiner Tante – mein Haus – noch nicht verkauft. Vielleicht wurde es Zeit, meine wenigen Habseligkeiten zusammenzupacken und dorthin zurückzukehren. Es war zwar nicht Bora Bora, aber zumindest wäre ich dann nicht mehr hier. Aber Ronnie war hier, und die Vorstellung, zwei oder gar drei Stunden von ihr entfernt zu wohnen, beunruhigte mich fast ebenso wie Jack Jr. mit seinen Drohungen.

Während ich darüber nachdachte, sah ich den gefalteten Zettel auf meinem Tisch liegen, den die Bibliothekarin mir gegeben hatte und auf dem ihre Telefonnummer stand. Ich hatte ihn aus meiner Tasche genommen und dorthin gelegt, bevor ich mein Hemd zur Schmutzwäsche gesteckt hatte.

Ich hatte zwar nicht vor, mich mit ihr zu verabreden, nicht bei dem, was zwischen mir und Ronnie lief, aber ich faltete das Blatt auseinander und sah es mir an.

Es stand dasselbe darauf wie vorher. ›Estelle Parker‹, und unter ihrem Namen war ihre Nummer zu lesen.

Manchmal braucht man eine Ohrfeige, um zu sehen, was man direkt vor der Nase hat. Und in diesem Moment bekam ich eine.

Ich hatte ein Formular ausgefüllt und meine Daten angegeben. Estelle hatte mir mit einem Lächeln ihre

Nummer überreicht, und dieses Lächeln hatte meinem Ego geschmeichelt und dafür gesorgt, dass ich einen Ständer bekam und meine Wachsamkeit nachließ. So berechenbar war meine Biologie.

Estelles Nachname lautete Parker. Der gleiche Nachname wie bei einem der Stadtgründer. Sie wusste, dass ich Schriftsteller war, und sie wusste, dass ich Recherchen anstellte. Nicht lange nachdem ich die Bücherei verlassen hatte, waren die Schläger aufgekreuzt. Sie hatten gerade genug Zeit gehabt, sich mit ihrem verbrannten Korken und ihrer weißen Schminke zurechtzumachen und zu der Adresse zu fahren, die sie ihnen gegeben hatte.

Wie Shirley bereits gesagt hatte: Da zeichnete sich ein Muster ab.

Ich nahm meinen Axtstiel mit zum Auto. Ich glaubte zwar nicht, dass ich ihn brauchen würde, um mit einer knapp 1,50 Meter großen Bibliothekarin mit gepflegten Nägeln fertigzuwerden, aber er kam trotzdem mit auf die Reise. Als ich an der Bibliothek eintraf, kostete es mich viel Überwindung, ihn auf dem Rücksitz liegen zu lassen, bevor ich hineinging.

Heute arbeitete eine der freiwilligen Helferinnen. Sie war jung und lebhaft und teilte mir mit, dass Estelle die ganze Woche und am Wochenende nicht kommen werde. Sie habe sich etwas Urlaub genommen.

Ich ging, suchte mir eine Telefonzelle und wählte die Nummer, die sie mir gegeben hatte. Sie ging nicht ans Telefon. Ich nahm das Telefonbuch und suchte ihren Namen. Ihre Adresse war aufgelistet.

Ich fuhr einen Häuserblock weiter zum Drugstore und bat um eine Wegbeschreibung zu der Straße, in der sie wohnte.

Es war eine kurze Fahrt. Als ich dort eintraf, schien die Sonne so hell, dass die Vorstellung, irgendeine Art von Dunkelheit könnte sich mitten durch diese typisch amerikanische Kleinstadt bewegen, mir so unwahrscheinlich vorkam wie eine Begegnung mit einer sprechenden Taube, die mir ein Maisbrot-Rezept verriet.

Immer noch hatte ich das Gefühl, dass ich beobachtet und verfolgt wurde. Aber falls sie das taten, waren sie offenbar in der Lage, sich unsichtbar zu machen. Mittlerweile vermutete ich hinter jedem Baum, jedem Busch und in jeder Gasse einen Spion. Interessant, wie vorsichtig man wird, wenn man weiß, dass es Leute gibt, die einen verprügeln wollen.

Die Straße, in der Estelle wohnte, machte einen zuckersüßen Eindruck. Sie erinnerte mich an die, in der Ronnie wohnte. Alles sah wie ein Filmset für eine Kleinstadt in einem dieser alten Hollywoodfilme aus, die ich so liebte. Ein Ort, an dem am frühen Morgen die Milch in Flaschen geliefert wurde, die man auf der Veranda abstellte, während ein Junge auf einem Fahrrad Zeitungen vor die Haustüren warf. An den Wochenenden mähten die Ehemänner den Rasen, und die Ehefrauen machten für ihre Familien Schmorbraten zum Abendessen. Es wirkte nicht wie ein Ort, an dem gut aussehende Bibliothekarinnen Schläger bestellten, die einen neuen Stadtbewohner zusammenschlugen, weil dieser Recherchen anstellte. Außerdem wirkte es nicht wie ein Haus, ein Garten und eine Lage, die sich eine Bibliothekarin leisten konnte.

Ich ging den Gehweg zum Haus entlang und klopfte an die Tür. Für einen Augenblick kam mir der Gedanke, dass sie vielleicht nicht zu Hause war, da sie nicht ans Telefon gegangen war, aber ich hatte nicht vor zu gehen, ohne es versucht zu haben. Ich betrachtete die Blumenbeete vor dem Haus, die so präzise und sauber angelegt waren wie in einem botanischen Garten. Dann wurde die Tür geöffnet.

Und da war sie. Sie trug ein blau-weißes Sommerkleid und war barfuß. Ihr blondes Haar war ein wenig zerzaust, was sie nur noch anziehender machte. In ihrer Hand hielt sie ein Magazin. Es war zusammengerollt, als wollte sie damit einem unartigen Hund einen Klaps geben.

»Daniel«, sagte sie.

»Japp. Ich habe Ihre Adresse im Telefonbuch gefunden. Wenn Sie einen Moment Zeit haben, würde ich gern mit Ihnen reden.«

Sie versuchte sich ihren Unmut nicht anmerken zu lassen, doch ich sah ihre hübschen Mundwinkel unfreiwillig zucken. Schließlich entschied sie sich für ein Lächeln, das so strahlend war, dass man mitten in der Nacht genug Licht zum Lesen gehabt hätte.

»Kommen Sie rein. Ich habe gerade auf der Terrasse gesessen.«

Sie führte mich durch das Haus und achtete darauf, immer ein paar Schritte Vorsprung zu haben, damit ich sehen konnte, wie gut sie sich bewegte. Lufterfrischer verbreiteten Zimtduft.

Wir gingen durch eine gläserne Schiebetür in den Garten hinaus. Ein Sprinkler verteilte stotternd Wasser über die smaragdgrünen Halme des kurz gemähten Rasens. Die Sonne, die auf die Tropfen fiel, ließ sie wie Perlen schimmern.

Das alles sah ich, während ich unter einer gestreiften Markise saß, die die hübsche kleine Terrasse in angenehmen Schatten hüllte. Dort befand sich ein Metalltisch, auf dem ein gelb gestreifter Krug stand. Der war mit Eis und einer milchig-trüben Flüssigkeit gefüllt, die ich für Limonade hielt.

Das tröpfelnde Wasser, der perfekt gemähte, schimmernde Rasen, der kühle Wind, der seufzend über den Holzzaun wehte, der ihren Garten umgab, der Gesang eines Vogels in einer üppigen grünen Ulme – dies alles war, als hätte ich einen kleinen Teil des Himmels betreten, in dem ein Engel wohnte, der ein Sommerkleid einem hauchdünnen Engelsgewand mit Flügeln vorzog.

Estelle legte das Magazin auf den Tisch, setzte sich und forderte mich mit einer Geste auf, dasselbe zu tun. Die Kissen auf den Metallstühlen waren nicht so bequem, wie sie aussahen.

»Ich dachte schon, ich hätte meinen Charme verloren. Ich hatte eigentlich längst damit gerechnet, dass Sie anrufen würden. Aber vorbeikommen? Das kommt unerwartet. Trotzdem, ich bin froh, dass Sie da sind. Möchten Sie was zur Erfrischung? Ich habe Limonade. Ich könnte noch ein Glas holen.«

»Nein danke. Ich wollte Sie nur etwas fragen. Sind Sie mit dem Parker aus dem Stadtrat verwandt?«

»Ja, das bin ich. Judea ist mein Onkel.«

»Ich glaube, es ist am besten, wenn ich direkt zur Sache komme. Ich habe Ihnen für den Bibliotheksausweis meine Informationen gegeben, und als ich sagte, dass ich über den alten See schreibe und über das, was dort passiert ist, sind Sie nervös geworden und haben Ihren Onkel angerufen oder irgendjemanden, der mit ihm in Verbindung steht. Dieser Jemand hat ein paar Schläger gerufen, und diese Schläger haben mir einen Besuch abgestattet.«

»Ich habe keine Ahnung, wovon Sie reden, Daniel.«

»Ich vermute, Sie haben einen Anruf gemacht und jemanden davon in Kenntnis gesetzt, dass ich herumschnüffle. Und der hat dann zwei Kasper in bescheuerten Verkleidungen zu mir geschickt, die mir die Eingeweide neu sortieren sollten.«

»Wurden Sie verletzt?«

»Ich konnte sie ein bisschen zurückverletzen, außerdem bekam ich Unterstützung von meiner schlecht gelaunten Vermieterin, die ihre Schrotflinte geholt hat.«

Ihre Mundwinkel zuckten wieder und sie senkte die Kinnlade, um einen dramatischen Effekt zu erzielen.

»Ich habe nicht damit gerechnet, dass das passiert. Dass die Ihnen was antun.«

»Aber den Anruf haben Sie gemacht, stimmt's?«

Eine Fliege näherte sich und flog summend um den Rand ihres gestreiften Limonadenglases. Sie beobachtete sie eine Sekunde lang und wischte sie dann mit dem Handrücken weg. »Ich muss mich wohl bei Ihnen entschuldigen.«

»Das wäre das Mindeste.«

»Ich wollte nicht, dass Sie auf irgendeine Weise verletzt werden. Wirklich nicht.«

Ihre Worte klangen aufrichtig, und sie sah in ihrem kleinen Sommerkleidchen so hinreißend aus, dass ich sie am liebsten umarmt hätte. So ist es auch bei Bären. Sie sehen niedlich aus, aber wenn man ihnen zu nahe kommt, beißen sie einem den Hals durch.

»Das war einfach ein Reflex. All diese Bücher über Long Lincoln und den See. Mir wurde beigebracht, dass ich auf die Familie aufpassen muss. Ich habe meinem Onkel mitgeteilt, dass Sie vielleicht ein bisschen in der Vergangenheit herumwühlen, vielleicht ein Buch darüber schreiben, und dass ich nicht will, dass er davon überrumpelt wird.«

»Überrumpelt wovon?«

Diese Frage ließ sie unbeantwortet. Sie sagte nur: »Ich habe alles nur noch schlimmer gemacht.«

»Was mich angeht, haben Sie das. Warum haben Sie diese Bücher denn in der Bibliothek vorrätig, wenn Sie nicht wollen, dass sie für Recherchen benutzt werden?«

»Es geht nicht ums Recherchieren an sich, sondern um die Absicht, die dahintersteht. Die Leute kennen die Geschichte der Flut und der Menschen, die dort wohnten und ertrunken sind. Das war einer dieser tragischen Unfälle.«

»Verdammt tragisch war es für die Leute, die überflutet wurden, da bin ich ganz sicher.«

»Aber Hausarbeiten für die Schule sind die eine Sache, und die Bücher stellen schon eine Art Altlast für die Stadt dar …«

»Der Unterschied ist, dass ich vielleicht tiefer gegraben hätte und dabei noch über die Bücher hinausgegangen wäre.«

»Ich wollte nur nicht, dass der Stadtrat damit überrascht wird. Mein Onkel und der Rat, die hatten immer ein Problem damit, vor allem mit dem Buch von Natural Wilson. Wegen der Lügen. Über die angebliche Beteiligung des Stadtrats an dieser Sache, meine ich. Aber das ist eine dieser alten Geschichten, die einfach nie von der Bildfläche verschwinden. Ich wollte meinen Onkel nur wissen lassen, dass vielleicht ein Buch darüber geschrieben wird, und ich dachte mir, dass er eventuell mit Ihnen darüber reden möchte, versuchen möchte, Sie davon zu überzeugen, es doch nicht zu schreiben, oder zumindest dafür zu sorgen, dass auch seine Sichtweise wiedergegeben wird. Aber an so eine Art von Überzeugungsarbeit hatte ich dabei nicht gedacht. Ich hatte angenommen, dass er Jack Manley Jr. zu Ihnen schicken würde, um Ihnen rechtliche Schritte anzudrohen. Etwas in der Richtung.«

In diesem Moment hätte ich es ihr selbst dann beinahe geglaubt, wenn sie ihren Fuß auf meinen Hals gesetzt und mir die Luftröhre zusammengedrückt hätte. Sie wirkte, als könnte sie kein Wässerchen trüben.

»Jack Jr. hat mich tatsächlich besucht. Er hat sich einen schicken Anzug angezogen und kam für einen Moment unter seinem Stein hervor, um mir ein Gerichtsverfahren anzudrohen. Er hatte auch zwei weibliche Dekorationsfiguren dabei. Ich glaube, unterschwellig hat er mir auch eine Gehirnerschütterung angedroht.«

»Ich denke, das liegt an Ihrem Artikel in der Zeitung. Die Art, wie Sie so viele dieser Geschichten dort ausgebreitet haben. Den Artikel haben mehr Leute zu Gesicht bekommen, als das Buch von Natural Wilson gelesen haben. Niemand interessiert sich sonst für dieses Zeug. Jack Jr. ist ein bisschen arrogant, sicher. Und er ist so ein aalglatter Typ. Ich hatte mal Angst, dass er mit mir ausgehen will. Dachte schon, ich müsste Lepra vortäuschen, um ihn loszuwerden, aber dann kam es doch nicht dazu. Gott sei Dank.«

»Sie geben sich zu viel Mühe«, sagte ich.

»Was meinen Sie damit?«

»Um mich zu überzeugen. Das ist jetzt der Punkt, an dem Sie wütend werden, nicht wahr? An dem Sie versuchen, es so aussehen zu lassen, als wäre es meine Schuld, dass ich angegriffen wurde. Sie wussten verdammt genau, dass Sie mich in Gefahr bringen, als Sie diesen Anruf gemacht haben.«

»Manche Dinge müssen nicht bekannt werden, Daniel. Wirklich nicht. Vor allem dann, wenn ihre Richtigkeit fragwürdig ist. Kann ich Sie um einen Gefallen bitten, Daniel? Darf ich Sie höflich bitten, diese ganze Sache fallen zu lassen und niemandem davon zu erzählen, dass Sie mich besucht haben? Können Sie damit aufhören, ein so tiefes Loch zu graben, dass Sie da nicht mehr herauskommen?«

»Darum bitten können Sie«, erwiderte ich.

»Ich hasse verwegene Leute. Ich könnte nie so sein. Ich hasse es, in dieser Stadt zu wohnen, und ich sollte lieber wegziehen, aber ich tue es nicht. Es gibt eine Menge Dinge, die ich hasse, aber dazu zählt nicht die

Erbschaft, die ich erhalten habe, und die ist an eine wichtige Bedingung geknüpft. Ich muss hierbleiben und über gewisse Angelegenheiten den Mund halten. Indem ich Ihnen das erzähle, gehe ich eigentlich schon zu weit. Ich werde über dieses Thema nichts mehr sagen, also können Sie auch einfach gehen.«

Sie drehte sich auf ihrem Stuhl um, sodass sie den Garten mit den Wasser verspritzenden Rasensprengern im Blick hatte und nicht mich.

»So verwegen müssen Sie gar nicht sein, Estelle. Aber ich habe das Gefühl, dass es noch mehr gibt, das Sie sich gern von der Seele reden würden. Ihr geerbtes Geld, dieses schicke Haus und Ihr Bullshitjob in der Bücherei, das alles wird Ihnen nicht dabei helfen, das für den Rest Ihres Lebens mit sich herumzuschleppen. Wenn Sie diese Last abwerfen wollen, rufen Sie mich im Gästehaus an. Die Nummer haben Sie ja.« Ich schob die Hintertür auf, schloss sie hinter mir wieder und ging durch das Haus zu meinem Auto hinaus. Ohne die Rasensprenger, den kühlen Wind und die Markise brannte die Sonne um einiges heißer, aber trotz der Hitze hatte ich das Gefühl, dass meine Wirbelsäule von Eis umhüllt war.

29

Ronnie traf sich mit mir zu einem späten Mittagessen in einem Burgerladen. Sie hatte nur etwa 30 Minuten Zeit, bevor sie wieder an die Arbeit gehen musste. Wir suchten uns einen Tisch im hinteren Bereich, wo wir etwas Privatsphäre hatten, und sprachen leise. Ich erzählte ihr von dem Vorfall mit Jack Jr. und von meiner Unterhaltung mit Estelle Parker.

»Du glaubst, es geht um mehr als das, was in deinem Artikel stand?«

»Ich denke, dass es irgendeinen Zusammenhang gibt zwischen meinem Eintreffen hier in der Stadt und dem Fund der Knochen durch die Dürre. Es würde mich nicht überraschen, wenn wir hier nur einige wenige Teile des Puzzles vor Augen hätten. Und vielleicht ist die Sache weniger wie ein Puzzle und eher wie eine dieser russischen Puppen. Wenn man sie öffnet, ist noch eine andere drin, in der dann wieder eine ist und so weiter.«

»Ja. Ich glaube, Shirley hat recht. Das sind nicht alles nur Zufälle. Die Dürre. Das Auto deines Vaters mit den Knochen im Kofferraum, und wie wir dann die anderen gefunden haben, oder dein Artikel. Das hat die Ratten aufgescheucht, so viel ist mal sicher.«

Es schienen mir eher die Fliegen zu sein, von denen der Polizist mir erzählt hatte, als Ratten. Ich konnte beinahe ihren Flügelschlag hören, laut und hallend.

»Jack Jr. spielt bei dem Ganzen eine Schlüsselrolle, weil er ihr Mann fürs Grobe ist«, sagte ich. »Ich weiß nicht, ob er es selbst erledigt, aber er sorgt jedenfalls dafür, dass es erledigt wird, und ich habe das Gefühl, dass er ohne Weiteres dazu in der Lage wäre, falls nötig. So, wie er mich heute in Christines Büro angesehen hat, schien er mir mehr androhen zu wollen als nur einen Gerichtsstreit.«

»Er ist gut in dem, was er tut«, erwiderte Ronnie. »Aber beliebt ist er nicht. Sehr soziopathisch und narzisstisch, aber völlig ohne den Charme, den man solchen Leuten nachsagt. Wenn du mich fragst, ist er die Art Kerl, die einen Welpen aus einem fahrenden Auto werfen könnte. Ich glaube, das macht ihn auch zu so einem guten Anwalt und Versicherungskaufmann.«

»Warum sollte ihm irgendjemand eine Versicherung abkaufen?«

»Viele Leute in dieser Stadt wenden sich an ihn, wenn es darum geht. Wenn neue Leute in die Stadt kommen und versuchen, mit Versicherungen zu handeln, geht bei ihnen oft irgendwas schief, und dann geben sie ziemlich schnell auf und verlassen die Stadt wieder. Bis jetzt habe ich dahinter nie irgendwelche üblen Machenschaften vermutet. Ich dachte einfach, es wäre schwer, gegen Jack Jr. anzukommen, weil er schon so etabliert ist.«

»In dieser Stadt ist es schon so lange so«, sagte ich. »Ich glaube, die Leute hier wissen gar nicht, dass es nicht überall so läuft, mit einem Stadtrat, der nicht gewählt wird, und einem ernannten Bürgermeister, von denen niemand gern Fragen gestellt bekommt.«

»Seh ich genauso.«

»Weißt du, Ronnie, die Leute haben sich nach uns umgedreht, als wir hier reinkamen. Ein Paar, schwarz und weiß. Diese Stadt riecht nach der Konföderation, mehr als irgendeine andere Stadt im Süden, in der ich gewesen bin. Und ich bin in den Südstaaten aufgewachsen.«

»Ich gebe zu, wenn ich an der Jefferson-Davis-Statue vorbeikomme, kriege ich nicht gerade gute Laune. Aber das Ding und die Flagge sind schon so lange da, dass sie einfach zur Stadtlandschaft gehören. Ist erstaunlich, an was man sich alles gewöhnen kann.«

»Die sind nicht nur Teil der Landschaft. Diese Stadt hat eine hübsche Fassade, darunter aber rieche ich Verwesung. Ich habe so das Gefühl, dass man ein paar der Antworten, was diese Verwesung angeht, im Long Lincoln Country Club finden könnte.«

»Nicht mal die Polizei darf ohne Genehmigung dorthin. Und die Genehmigung bekommt sie nicht.«

»Wenn der Rat über dem Gesetz steht oder das zumindest glaubt, ist das noch mal ein ganz anderes Wespennest, in das wir da stechen.«

Ronnie streckte den Arm aus und berührte meine Hand.

»Ich muss wieder los. Sei vorsichtig. Ich mache mir Sorgen um dich. Ich glaube, dass das, womit du es zu tun hast, eher eine Schlangengrube ist als ein Wespennest.«

Ich fuhr zur Zeitungsredaktion, sah eine Weile ihr Archiv durch und stieß vor allem auf die Dinge, auf die Shirley auch schon gestoßen war. Ich suchte nach mehr, fand aber nur weitere Artikel, in denen es um Morde, mögliche Morde und mysteriöse Todesfälle ging. Nachdem ich die Namen aufgeschrieben hatte, glich ich sie mit der Liste ab, die ich von Shirley bekommen hatte.

Die meisten Namen, die ich gefunden hatte, standen bereits auf ihrer Liste. Es gab ein paar, die ich aufgeschrieben hatte, die dort nicht vorkamen. Ich konnte nicht sicher sein, ob es zwischen den anderen eine Verbindung gab, aber ich hielt es für möglich. Bei einigen, darunter einem auf ihrer ursprünglichen Liste, war ich sicher, dass sie nicht ins Muster passten, aber die restlichen taten es. Es fühlte sich wie eine Bestätigung an. Vielleicht hatte mir Shirley mit ihrem Gerede über Rituale den Kopf verdreht.

Als ich das Gebäude verließ, hatte der Himmel die Farbe einer Kakifrucht angenommen und der Mond begann in einer Ecke, seine Reise über das Firmament anzutreten. Als ich losfuhr, färbte sich der Himmel gerade blauschwarz.

Auf dem Weg nach Hause beschlich mich das Gefühl, dass mir ein kupferfarbener Ford, der in meinem Rückspiegel im Licht der Straßenlaternen auftauchte, folgte. Ich war so nervös, dass ich nicht direkt nach Hause fuhr. Zuerst steuerte ich das Polizeirevier an und parkte dort, wo die Nachtbeleuchtung strahlte und ich den Vordereingang sehen konnte. Hinter der Glasscheibe stellte ich Bewegung fest. Dort war ein Polizist, und das beruhigte mich beinahe. Aber eigentlich konnte mich nichts wirklich beruhigen. Nicht in dieser Stadt.

Der Ford war in einer Nebenstraße verschwunden. Ich hakte meine Angst als ein Hirngespinst ab. Allmählich wurde ich wohl paranoid, aber ich tröstete mich mit der alten Einsicht, dass Paranoia nicht zwingend bedeuten musste, dass niemand hinter einem her ist.

Anstatt aus dem Wagen zu steigen, blieb ich noch etwa 15 Minuten auf dem Parkplatz vor dem Polizeirevier sitzen. Dann fuhr ich nach Hause, ohne den kupferfarbenen Ford noch einmal zu sehen.

30

Als ich gerade mit meinem getreuen Axtstiel in der Hand die Treppe hinaufsteigen wollte, kam Mrs. Chandler aus der Küche und durchquerte das Wohnzimmer.

Sie sagte: »Setzen Sie sich doch eine Weile zu mir.«

»Ich dachte, ich darf nicht ins Wohnzimmer?«

»Sie waren ja schon mal drin.«

Ich musste wieder an meinen Vergleich mit dem Hund denken, den man aufs Sofa ließ.

Wuff, wuff.

»Sie dürfen hereinkommen, wenn ich Sie einlade. Und jetzt sind Sie eingeladen. Den Axtstiel werden Sie nicht brauchen. Ich tue Ihnen nichts.«

Sie hatte mittlerweile auf der Couch Platz genommen und klopfte mit der Hand auf eine Stelle neben ihr. Ich sah, dass vor ihr auf dem Couchtisch ein großes Buch lag. Ich erkannte es. Natural Wilsons Werk über Long Lincoln.

Ich stellte den Stiel auf den Boden und setzte mich neben sie. »Wollen Sie mich gar nicht fragen, was ich damit vorhabe?«

»Ich weiß, wozu der ist«, entgegnete sie und berührte das Buch auf dem Tisch. »Hab Ihren Artikel gelesen. Der war gut, aber das war nur ein Teil der Wahrheit.«

»Es war auch nur ein Artikel. Daraus soll eine Serie werden.«

»Ich weiß. Das stand ja auch drunter. Ich habe alles durchgelesen und sogar verstanden, was ich gelesen habe. Dieses Buch, das Sie erwähnen. Ich kenne es gut.«

»Okay.«

Sie klopfte noch einmal darauf, um ihre Worte zu unterstreichen. »Ich weiß, was nicht hier drinsteht, weil der Autor es zwar gern geschrieben hätte, aber zu viel Angst hatte, um das zu tun. Ich weiß, dass es nicht besonders gut geschrieben ist, und ich weiß, dass die meisten Ausgaben aufgekauft wurden, als es erschienen ist. Das in der Bibliothek war eine Spende von mir.«

»Das ist jenes, das ich oben im Zimmer habe.«

»Ja, und es hat lange in der Bücherei herumgestanden und Staub angesammelt. Aber ich vermute, dass es dort nie wieder ins Regal gestellt wird, nachdem Sie es zurückgegeben haben. Es wird aufhören zu existieren. Die waren dumm, es dort zu lassen.«

»Die?«

»Sie wissen, wen ich meine.« Sie schürzte die Lippen. »Jetzt, wo ich alt bin und Krebs habe …«

»Gott, das tut mir leid. Ich wusste nicht …«

»Normalerweise rede ich nicht darüber. Es ist, wie es ist. Und es ist eine schlimme Art von Krebs. Frisst mich von innen auf. Ich wünschte, er würde verschwinden, aber wie man so sagt: Mach die eine Hand auf und wünsch dir was, dann scheiß dir in die andere und schau, welche zuerst voll wird. Mir wurde auch schon vorgeschlagen, dass ich beten soll, aber da gilt dasselbe: Mach die eine Hand auf und bete, scheiß dir in die andere und schau, welche zuerst voll wird. Ist ein und dasselbe.«

»Gibt es denn keine Behandlung, die hilft?«

»Das Thema ist erledigt. Ich habe noch etwas Zeit, glaubt der Doktor, und ich fühle mich so weit okay. Er hat gesagt, dass es schnell und plötzlich sein wird, daher habe ich überhaupt keine Lust, irgendwas dagegen zu tun. Er sagt, dass ich dann so vollgepumpt sein werde mit Morphium oder so was, dass ich nicht mehr weiß, ob ich gerade zum Mond fliege oder versuche, ihn in Scheiben zu schneiden wie ein Stück Käse. Ich habe mich damit abgefunden und bin zu dem Schluss gekommen, dass sich der Krebs ruhig an mir satt fressen soll. Ich will nicht mal über ihn reden. Ich möchte Ihnen mitteilen, was ich weiß, bevor ich es nicht mehr kann. Ich möchte Ihnen ein paar Dinge geben. Da kommen eine Menge Leichen an die Oberfläche, wie wenn jemand im See ertrinkt. Sie gehen unter, aber mit der Zeit kommen sie doch wieder nach oben. In letzter Zeit in Kofferräumen.«

Genau genommen waren diese Leichen nicht nach oben gekommen, aber ich verzichtete darauf, sie auf diesen Fehler hinzuweisen. Ich verstand, was sie damit sagen wollte. »Jetzt bin ich gespannt.«

»Klar sind Sie das. Hören Sie zu. Ich möchte Ihnen Informationen geben, und vielleicht werden sie Ihnen helfen, vielleicht führen sie aber auch dazu, dass Sie nach oben gehen, Ihre Sachen packen und abreisen. Und ich würde es Ihnen nicht verübeln. Fangen wir folgendermaßen an. Ich hatte einmal einen Mann, und ich fand zu spät heraus, dass er ein bösartiges, prinzipienloses Arschloch war, einer von der Sorte, die alles vögelt, was bei drei nicht auf den Bäumen ist. Ich habe jung geheiratet, weil das damals alle Mädchen taten.

Mein Plan war, eine Familie zu gründen und mit meinem Mann und meinen Kindern zu Footballspielen und Eiscremepartys zu gehen. Ich wollte die Ehefrau spielen, die normale Bürgerin, die vielleicht einen Kuchen für irgendeinen Jahrmarkt backt, ich wollte alt und glücklich im Kreis meiner Kinder sterben, 110 Jahre alt, aber immer noch gut aussehend. Leider ist dieser Teil meines Plans nicht aufgegangen.

Bert war so widerwärtig wie der Schlamm in einem alten Tümpel. Seine Unfähigkeit, mit einem Football in der Hand zu rennen, hatte sich wie ein Stachel in sein Gedächtnis gebohrt. Er war klug und gut gebaut, irgendwie hübsch anzusehen, aber körperlich war er langsam. Er lief wie Sirup an einem kalten Wintermorgen und konnte anderen so gut den Weg abschneiden wie leichter Nebel auf der Straße. Daher blieben seine Football-Ambitionen genau das: Ambitionen.

Unser Schlafzimmer war das Zimmer oben am Ende der Treppe, in dem Sie jetzt wohnen. Mein Mann, er hieß Bert Chandler, war ein Schläger, und er zeigte mir gern, wo mein Platz war, wie er es nannte. Das bedeutet, dass ich ihm nicht widersprechen durfte, selbst wenn er behauptete, dass Jauche das Getränk der Götter sei. Vor einigen Jahren stand er da auf der Treppe. Er hatte mir gerade gezeigt, wo mein Platz war, und mich dann vergewaltigt, was er ›Spaß haben‹ nannte. Nun erwartete er, dass ich nach unten gehen und ihm Frühstück machen würde wie ein braves kleines Mädchen. Nachdem ich mich halbwegs wieder zurechtgemacht, meine Tränen getrocknet und meine Haare gekämmt hatte, sah ich ihn da oben an der Treppe stehen, geduscht und fertig angezogen. Er rückte seine Krawatte gerade. Eine blaue mit grauen Streifen. Ich erinnere mich noch genau an sie. Er sah gut aus, als er dort stand, obwohl ich bemerkte, dass er beim Rasieren eine Stelle vergessen hatte und ein paar Haare aus seinem Kinn ragten wie kleine Stacheln. Komisch, dass ich mich ausgerechnet daran erinnere, hm?

Für ihn war das, was er mit mir gemacht hatte, nichts Wichtiges. Alles war so, wie es in seinen Augen sein sollte, hier mal ein Schlag, da mal ein bisschen Rammeln, wie es ihm gerade gefiel. Er hatte vor, das Frühstück zu essen, das ich ihm machen würde, und dann zu seinem Job als Anwalt zu gehen. Er arbeitete für Jack Manley Sr. Zu der Zeit hat Manleys Sohn Jack Jr. noch nicht dort gearbeitet, weder als Anwalt noch als Versicherungskaufmann. Das kam erst später.

Ganz leise schlich ich mich hinter Bert und stieß ihn mit beiden Händen die Treppe hinunter. Ich kann nicht behaupten, dass ich das geplant hatte, und ich kann mich kaum daran erinnern, wie ich es tat, an den Stoß selbst, meine ich. Auf einer der mittleren Stufen landete er mit dem Kopf und es entstand so ein knackendes Geräusch, als würde jemand einen harten Käfer zertreten. Dann fiel sein riesengroßer

Körper den Rest der Treppe hinunter und blieb am unteren Ende liegen. Er hatte einen Schuh verloren. Seine Frisur war durcheinander, eine Locke hing ihm auf so eine altmodische Art in die Stirn. Sein Kopf saß komisch auf seinem Hals, und er blickte zu mir herauf. Hätte er noch etwas sehen können, hätte er mich oben einen fröhlichen, kleinen Tanz aufführen sehen. Ich konnte in dem Moment gar nicht anders, ich musste tanzen. Es war, als würde ich auf glühenden Kohlen herumspringen, aber ich war in Ekstase.

Fast alle in der Stadt hatten den Verdacht, dass ich den Arsch die Treppe hinuntergestoßen hatte, aber niemand konnte es beweisen, und die einzige Person, der ich es je gestanden habe, sind jetzt Sie. Dafür habe ich eine ordentliche Summe Geld geerbt. Er hatte eine Menge beiseitegeschafft. Und da Jack Manley Sr. auch Versicherungen verkaufte, hatte Bert bei ihm eine Lebensversicherung für uns beide abgeschlossen. Ich hatte schon immer den Verdacht gehabt, bloß so ein Gefühl, dass Bert das tun würde, damit niemand Verdacht schöpfte, falls er irgendwann beschließen sollte, dass ich einen Unfall haben soll. Eine Lebensversicherung nur für mich abzuschließen wäre zu auffällig gewesen. Aber ich hab den Dreckskerl überrascht. Bin ihm zuvorgekommen.

Ich bekam das Geld von der Versicherung und auch jenes, das er an verschiedenen Stellen im Haus versteckt hatte, an Stellen, von denen er glaubte, dass ich sie nicht kannte. Dazu dieses Haus und ein Auto. Jackpot.

Kurz nachdem Bert in der Erde gelandet war, kam Jack Manley Sr. bei mir vorbei. Bert war in einem billigen Spanplattensarg begraben worden, in dem Anzug, in dem er auch gestorben war, dieselbe Krawatte, dieselbe Krawattennadel. Er ist nicht einbalsamiert worden, weil ich wollte, dass die Würmer ihn so schnell wie möglich fressen.

Jack Sr. war verdammt angespannt. Er hat mir einen monatlichen Scheck angeboten, einen ziemlich großzügigen, angeblich um das Andenken meines Mannes zu ehren, wie er sich ausdrückte.

Aber bei diesen Schecks ging es weder um Berts Andenken noch um mein Auskommen als Witwe. Die waren für den Fall, dass ich vielleicht irgendwas weiß, das Bert mir erzählt hatte und das Jack Sr. schaden konnte, oder auch dem Stadtrat, der hier in der Stadt so was wie die Gestapo ist.

Bert hatte lange für Jack gearbeitet, war mit ihm aufgewachsen, mit Parker, mit Kate, mit allen, er kannte ihre Kinder und so weiter. Als sie alle noch klein gewesen waren, hatten sie eine Geheimgesellschaft gegründet. Und die gibt es immer noch. Damals hatten sie ihren eigenen kleinen Gott erfunden, eine Holzstatue von ihm gebaut und alles. Die haben sie aus einem Stück von einem alten Kreosotbusch geschnitzt. Sie nannten sie Creosote Johnny. Kinderkram war das, aber wissen Sie, was Bert mir erzählt hat, was sie getan haben? Sie haben sich jeden Monat irgendwo im Wald getroffen und eine Zeremonie abgehalten, bei der sie jedes Mal ein kleines Tier geopfert haben – für ihren zukünftigen Erfolg. Eichhörnchen. Katzen. Hunde. Haben sie mit einer Garrotte erwürgt. Und wissen Sie was? Sie wurden tatsächlich erfolgreich. Geld. Macht.

Sex. Die wissen über jeden in der Stadt Bescheid und haben überall die Hände im Spiel. Ihnen gehört New Long Lincoln, mit Leib und Seele. Schon die alte Stadt hatte ihnen zum größten Teil gehört. Dann haben sie die Überflutung in die Wege geleitet, um einen neuen, besseren Ort zu haben, den sie als Stadtrat kontrollieren können. Als dann einige Leute nicht wegziehen wollten, haben sie dieses Problem selbst aus der Welt geschafft.«

»Sie wollen doch nicht andeuten, dass diese Zeremonien etwas bewirkt haben? Dass es so eine Art schwarze Magie war?«

»Nein, aber vielleicht glaubten sie das, und vielleicht spielt das jetzt keine Rolle mehr. Sie sind das, wozu sie geworden sind. Einsatz. Harte Arbeit. Rücksichtslosigkeit. Das hat sie in diese Position gebracht. Jedenfalls die wichtigsten drei. Die anderen waren eigentlich nur Assistenten. Jetzt sind es Judea Parker, Jack Sr. und Kate Conroy. Andere, wie Jack Jr., mögen zwar wichtig sein, aber der ist auch nur eine Arbeitsbiene, die darauf wartet, dass Jack Sr. den Geist aufgibt, damit er seinen Platz einnehmen kann. Ich glaube, sie sind im Grunde noch mehr oder weniger so, wie sie als Kinder waren, aber jetzt haben sie mehr Macht und mehr Geld.

Selbst Leute, von denen Sie es nie vermuten würden, sind ihnen zu Treue verpflichtet. Deshalb würde ich bei Dudley vorsichtig sein. Er ist zwar ganz in Ordnung, nehme ich an, aber die haben was gegen ihn in der Hand.«

»Was denn zum Beispiel?«

»Ach, kommen Sie. Denken Sie mal nach. Er wohnt mit einem Mann zusammen, der ihm sein Mittagessen bringt, mit ihm in Restaurants und auf Reisen geht. Er und Duncan sind nicht bloß gute Freunde. Sie sind warme Brüder. Mir ist das scheißegal, aber einigen Bewohnern dieser Stadt wäre es nicht egal, wenn es bekannt würde. Man kann diese Stadt nicht gerade als besonders offen und tolerant bezeichnen.«

Jetzt begriff ich es.

»Es ist tückisch«, fuhr Mrs. Chandler fort. »Jemand, der über Geld oder Macht verfügt, hat vielleicht ein Kind, das Probleme mit der Polizei bekommt, besoffen jemanden überfährt oder im Junior College ein Mädchen vergewaltigt.

Nun, wenn dieser Jemand dem Rat immer treu war und genug gespendet hat, könnte dieses Problem in der Versenkung verschwinden. Vielleicht gibt es eine kleine Verwarnung, vielleicht aber auch gar nichts. Oder angenommen, jemand, der in der Stadt angesehen ist, braucht bei irgendwas Hilfe. Er könnte zum Beispiel der Ansicht sein, dass es den Wert seiner Grundstücke senkt, wenn Farbige in ein gewisses Viertel ziehen.

Wenn der Rat es will, kann er dafür sorgen, dass ein Wunder geschieht und diese Leute, die nicht ins Bild passen, ihre Habseligkeiten in einen Pick-up-Truck laden und die Stadt verlassen. Möglicherweise hat der Stadtrat auch gewisse Fotos, zum Beispiel von einem dicken Polizeichef, der gerade seinen Freund von hinten nimmt. Auch diese Fotos könnten von der Bildfläche verschwinden. Natürlich nur im Austausch für gewisse Zugeständnisse. Für Gefälligkeiten, um die bei Bedarf irgendwann in der Zukunft gebeten wird.

Überall in der Stadt gibt es Personen und Geschäfte, die dem Rat auf die eine oder andere Weise etwas schuldig sind, viel oder wenig. Etwa die Versicherungsfirma, für die Bert gearbeitet hat und die immer noch von Jack Sr. und Jack Jr. geführt wird. Sie ist die einzige in der Stadt, sie wird von der Bank hier finanziert, und falls der Stadtrat, der möglicherweise der eigentliche Eigentümer sowohl der Firma als auch der Bank ist, nicht willig sein sollte zu zahlen, dann tut er es nicht, und diese Leute wissen auch, wie sie damit durchkommen.«

»Eine Hand wäscht die andere.«

»Genau. Weil ich mit Bert verheiratet war, hatte der Stadtrat den Verdacht, dass ich über das alles Bescheid weiß. Wissen Sie, Bert hatte viele Schwächen, aber er war auch ein Plauderer. Und ein guter noch dazu. Er konnte wirklich unterhaltsam sein, aber manchmal konnte er die Klappe einfach nicht halten. Die wussten das, und als es zu seinem unglücklichen Treppensturz kam, wollten sie sichergehen, dass ich mich ihnen verpflichtet fühle. Ich glaube, dass Bert ihnen irgendwann zu seinem eigenen Schutz mitgeteilt hat, dass er über Aufzeichnungen verfügte, und sie hatten Angst, dass diese Sachen ans Licht kommen. Nicht lange nachdem Bert unter der Erde war, überkam mich mehr als einmal das Gefühl, dass jemand im Haus gewesen war und irgendwas gesucht hat, versucht hat, irgendwelche Dokumente zu finden.«

»Wenn diese Leute so gefährlich sind, wie Sie sagen«, warf ich ein, »hätten die Sie dann nicht einfach … nun ja, aus dem Weg räumen können?«

»Glauben Sie mir, der Gedanke kam mir auch schon. Aber die konnten ja nicht wissen, ob diese Aufzeichnungen vielleicht irgendwo außerhalb versteckt waren, wo Leute jenseits des Zuständigkeitsbereichs der Behörden dieser Stadt auf sie zugreifen könnten, vielleicht im Fall meines Todes. Vor New Long Lincoln haben sie keine Angst, aber Leute von außerhalb könnten sie wirklich in Schwierigkeiten bringen, wenn sie tief genug graben.«

»Damit bin wohl ich gemeint.«

»So ist es. Die Sache ist die, Danny, es gibt tatsächlich Aufzeichnungen, und die haben sie nie gefunden. Ich weiß das, denn wenn sie sie gefunden hätten, wären sie nicht mehr da. Sie sind umfassend, und sie sind gut versteckt. Dieses Haus hat einmal einem Mann gehört, der mit schwarzgebranntem Whiskey handelte und etwas besaß, das man eine Flüsterkneipe nennen konnte. Manche nannten sie auch Moonshine Castle. Als Bert das Haus gekauft hat, ließ er es so umbauen, dass die versteckte Kneipe zu einer Lagerstätte für all die brisanten Dokumente und die – stellen Sie sich das vor! – Tonbänder wurde, die er über den Stadtrat besaß. Er hat im Geheimen vieles aufgezeichnet, was da gelaufen ist. Selbst Bert wusste, dass er auf dünnem Eis unterwegs war, also muss er ihnen irgendwann gesagt haben, was er hatte, um sich abzusichern. Und die müssen angenommen haben, dass er es irgendwo sicher aufbewahrte, was er in gewisser Weise auch getan hatte, aber nicht so, wie sie sich das vorstellten. Und diese Aufzeichnungen, über die er verfügte, werde ich nun Ihnen geben.«

31

»Kommen Sie mit«, sagte Mrs. Chandler.

Sie stand auf. Ich folgte ihr durch die Küche und schließlich durch eine dicke Tür, die etwa die Größe einer Zugbrücke hatte. Mrs. Chandler drehte den großen, metallenen Türknauf mit beiden Händen, lehnte sich mit der Schulter an die Tür und stieß sie auf.

Als sie das schwache Deckenlicht einschaltete, sah ich herumwirbelnden Staub, und die Luft schmeckte wie ein mit Dreck belegtes Sandwich. Der Raum war klein und wirkte durch einen hineingestopften klobigen Schreibtisch, der aussah, als wäre er noch zu Calvin Coolidges Amtszeit hergestellt worden, noch kleiner. Stapel von Büchern und Blättern lagen auf ihm. Ein Bürostuhl mit einem löchrigen Ledersitz war in die Lücke für die Beine geschoben worden. Weitere Bücher und Ordner standen unsicher auf Regalbrettern, die in 1,50 Meter Höhe ringsum an den roten Ziegelwänden angebracht waren. Auf einem kleineren Tisch stand ein Tonbandgerät, das wirkte, als wäre es kurz davor umzufallen und in tausend Stücke zu zerspringen. Der kleine Tisch und der Rekorder waren mit einer Staubschicht bedeckt, die aussah, als wäre es eine alte Wolldecke.

Sie begann: »Ich wusste, dass ich das Geld nicht umsonst bekam, es musste also einen Grund geben, weshalb die mich auf ihrer Seite haben wollten. Bert hatte viel Zeit in seinem Büro in der Stadt verbracht. Wenn er zu Hause und nicht gerade damit beschäftigt war, mich zu verprügeln oder zu vergewaltigen, war er hier drin und hat die Tür abgeschlossen. Hin und wieder hörte ich, wie er ein Tonband abspielte, aber die Tür war so dick, dass ich draußen nichts verstehen konnte.

Ich habe mir gedacht, wenn er etwas zu verbergen hatte – und er brachte ständig neue Papiere hierher –, dann musste es hier drin sein. Andererseits, wenn die gekommen wären, um danach zu suchen, und wie gesagt, ich hatte den Verdacht, dass sie das getan hatten, dann hätten sie diesen Ort sicher gefunden und hätten alles, was hier war, mit Leichtigkeit mitnehmen können. Sie bezahlten mich weiterhin, also kam ich zu dem Schluss, dass es etwas geben musste, das sie noch nicht gefunden hatten.

Dann erinnerte ich mich an Moonshine Castle. Es sollte sich in diesem Haus befunden haben. Ich suchte überall danach, vor allem in diesem Raum; das kam mir am sinnvollsten vor. Eines Tages sitze ich hier an diesem Tisch, trinke Kaffee und denke darüber nach, wo das Zeug wohl sein mochte, vielleicht irgendwo in einem Lagerraum, oder vielleicht hatte Bert auch nur geblufft. Dann höre ich ein Quieken, schaue nach unten und sehe bei meinen Füßen eine Maus. Ich habe ein Problem mit Mäusen und Ratten. Schon eine einzige davon kann mich dazu bringen, meilenweit zu rennen, sogar über Hürden zu springen. Ich hebe also schnell meine Füße hoch, der Stuhl rollt unter mir weg, kippt um und ich lande auf dem Boden. Die Maus ist an mir vorbeigelaufen und war weg.

Also denke ich mir, ich vergifte dieses kleine, Krankheiten übertragende Mistvieh. Ich lege Gift in diesem Raum aus, und ungefähr eine Woche später fängt es hier an zu stinken, als würde ein toter Elefant unter dem Haus liegen. Der Geruch ist überall, aber hier drin stinkt es am meisten.

Ich kam zu dem Schluss, dass es aus der Wand dringen musste. Ich benutze einen Hammer und finde Ziegel hinter den Gipskartonplatten. Deshalb sind es jetzt nur noch Ziegelwände. Nach und nach habe ich die ganzen Platten abgekriegt, Stück für Stück. Aber während ich dabei war, diese tote Maus zu suchen, dort hinter dem Tisch, nahe am Boden – sehen Sie diesen kleinen Eisenring? Sie müssen unter den Tisch schauen.«

Ich sah hin.

Dort ragte ein Ring aus der Mauer, in der Nähe des Bodens und eines etwa 1,20 Meter langen Stückes Wandvertäfelung.

»Helfen Sie mir, den Tisch zur Seite zu schieben«, bat sie.

Wir verschoben ihn.

»Jetzt ziehen Sie erst am Ring und dann heben Sie ihn nach oben.«

Ich zog. Ich hörte ein Klicken, das klang, als riebe eine große Grille ihre Beine aneinander. Dann hob ich den Ring an. Die Vertäfelung löste sich ein paar Zentimeter aus der Wand, und nun hob sich der Boden, genau entlang der Risse in den Dielenbrettern. Es war eine Falltür. Ich öffnete sie. Das Loch hatte einen Durchmesser von etwa 90 Zentimetern.

»Es passt genau dahin, nicht?«, fragte sie.

Ich blickte in das dunkle Loch hinunter, erkannte ein paar Holzstufen, aber sonst nicht viel.

»Wir werden eine Taschenlampe brauchen«, sagte Mrs. Chandler. Sie holte eine aus einer Schreibtischschublade. Sie leuchtete voraus, stieg die Stufen hinunter und ich folgte ihr.

Im Schein der Lampe erkannte ich bald, dass dieser Raum viel größer war als der obere. Er erstreckte sich fast über die ganze Breite und Länge des Hauses. Die Luft war stickig, weil sie nicht von der Klimaanlage des Hauses gekühlt wurde.

In dem Raum befand sich ein langer Tresen und auf diesem standen durchsichtige Behälter aus Plastik und Metall, in denen Ordner und Tonbänder lagen. Auch auf den Regalen hinter dem Tresen stapelten sich Ordner und lose Blätter. Es gab einen langen Tisch und ein paar Stühle. Abgesehen davon war hier aber nur sehr wenig zu sehen.

»An der Wand dort ist eine Lampe. Von der geht ein Draht aus, und der ist ein bisschen fadenscheinig, also würde ich ihn lieber nicht berühren. Geben Sie dem Schalter einfach einen kurzen Schnips. Als ich sie zum ersten Mal angeknipst habe, habe ich es geschafft, den Draht zu berühren und nicht den Schalter. Ich habe so einen gewischt gekriegt, dass ich fast meine Unterhose durch den Arsch eingesaugt hätte. Ich konnte sie schon im Mund schmecken. Verzeihen Sie meine Wortwahl, aber ich sterbe an Krebs, also wird das wohl okay sein.«

Sie wich vor dem Schalter zurück, auf den sie den Lichtstrahl richtete, was nicht gerade ermutigend war.

Mit einer schnellen, geschickten Bewegung betätigte ich den Schalter. Der Raum wurde hell, und er ging nicht in Flammen auf, wie ich befürchtet hatte, sondern füllte sich mit einem goldenen Licht, das von Reihen nackter Glühbirnen in Renovierfassungen an der Decke stammte.

»Ich musste neue Glühbirnen kaufen, um die Sache richtig in Augenschein nehmen zu können. Aber dieser Raum oder etwas Ähnliches muss das sein, wonach die gesucht haben. Ich weiß es. Ich habe mir die Sachen angesehen.«

»Wann haben Sie das hier gefunden?«

»Schon vor Jahren. Ich glaube, dass das der Grund ist, weshalb die noch nicht versucht haben, mich durch einen ›Unfall‹ loszuwerden. Die denken, dass Bert etwas in der Hand hatte, was stimmt, und die haben Angst, dass die Aufzeichnungen veröffentlicht werden, falls mir was zustößt. Alles, was er für wichtig hielt, hat er kopiert, auf das Wesentliche reduziert – darin war er gut – und es hier aufbewahrt. Mit der Zeit habe ich eine Menge von dem Zeug gelesen und mir einige dieser Bänder angehört. Heimliche Aufnahmen von Gesprächen, die Bert in seinem Büro geführt hat. Er hatte ohne Zweifel genug, um sie an den Eiern packen zu können. Weil ich die monatlichen Schecks mochte, habe ich nichts unternommen. Ganz genau, wie die gehofft haben. Nun ja, jedenfalls nicht direkt unternommen. Dazu hat mir der Mut gefehlt. Aber ein Mal habe ich so eine Art Flaschenpost verschickt, in der einiges davon steht, in der Hoffnung, dass jemand anderes auf den Plan tritt, der etwas weiß, damit ich nicht selbst meinen Arsch riskieren muss. Aber das hat keiner getan. Ich wollte mich mutig fühlen, ohne meine Bezahlung und meine Sicherheit zu verlieren. Aber meine Botschaft hat nicht viel bewirkt. Hin und wieder taucht diese Flaschenpost wieder auf und jemand liest die Nachricht, aber Sie wären der Erste, der was daraus macht. Sie und Christine.«

Ich grinste. »Sie sind Natural Wilson.«

»Ja, die bin ich.«

32

Mrs. Chandler brachte einen kleinen Ventilator nach unten und stellte ihn ans Ende der Theke, wo er ein wenig Staub und trockene Luft in meine Richtung blies. Dann brachte sie mir Kaffee, Sandwiches und sogar einen Keks, während ich die Ordner durchging.

Die Akten waren zahlreich und staubig, aber wohlgeordnet. Ich fand Listen, die mich an andere Listen erinnerten, die ich gesehen hatte: diejenige von Shirley über die Morde. Diejenige, die ich bei der Zeitung erstellt hatte und die weitgehend mit ihrer übereinstimmte. Auf diesen Listen standen Leute, die während der Zeit des alten Long Lincoln Versicherungen abgeschlossen hatten. Es gab auch einige spätere. Mrs. Chandler zufolge waren die meisten Menschen auf dieser Liste schwarze Familien oder arme Weiße, wenn auch nicht ausschließlich.

»Die Versicherungspolicen sehen vor, dass Begünstigte ausbezahlt werden, die während der Überflutung Angehörige verloren haben, entweder durch Fahrlässigkeit oder durch absichtliches, niederträchtiges Handeln. Aber sie sind so abgeändert worden, dass diese Zahlungen, von denen ein großer Teil von verschiedenen Versicherungsfirmen geleistet werden soll, die alle zu Jack Manleys Unternehmen gehören, die Familien überhaupt nicht erreichen. Die anderen Firmen zahlen direkt an Jack Manley. Es ist versteckt und geschickt hineingemogelt, aber er ist derjenige, bei dem am Ende das Geld landet. Er und der Stadtrat. Viele dieser Punkte sind in die Verträge aufgenommen worden, ohne dass die Vertragsnehmer überhaupt davon wussten.«

»Mann.«

»Ja. Der Rat hat diese Stadt in der Hand. Auf den Tonbändern sind Gespräche über ihre Vorgehensweisen aufgezeichnet. Es gab verschiedene Versicherungsfirmen unter Manleys Schirmherrschaft.«

»Sie haben sich Vorteile verschafft.«

»Das Geld hat zwar ein paar Umwege genommen, bevor es wieder beim Rat ankam, aber letztlich wurden sie für die Leute, die sie ertränkt haben, noch bezahlt. Für Versicherungen, die sie für tote Personen abgeschlossen haben, oder für Personen, die bald tot sein würden. Durch ihr Werk.«

»Und Sie haben überhaupt keinen Zweifel daran, dass der Rat für ihren Tod verantwortlich ist?«

»Es geht nicht darum, was ich denke. Das alles finden Sie in den Akten und auf den Tonbändern.«

»Du lieber Himmel.«

»Ich hätte es öffentlich machen sollen, aber ich habe immer gedacht, dass sie in diesem Fall einen neuen Vertrag fälschen und auch von meinem Tod profitieren würden. Ich weiß, wie sich das anhört. Aber lesen Sie die Akten, hören Sie sich die Bänder an und schreiben Sie dann Ihre Artikel.«

Sie ließ mich dort allein, abgesehen davon, dass sie mir von Zeit zu Zeit frischen Kaffee brachte. Ich verbrachte ein paar Stunden damit, zu lesen und mir Tonbänder anzuhören, aber schließlich brachten mich die Hitze, der Staub und die überwältigende Menge an Informationen dazu, wieder aus diesem Raum zu fliehen.

Ich verschloss den Zugang hinter mir und genoss es für einen Moment, auf der Couch im Wohnzimmer zu sitzen und die gekühlte Luft zu atmen.

»Und was denken Sie?«, fragte Mrs. Chandler.

»Ich denke, dass das ein wahr gewordener Schauerroman ist.«

Oben nahm ich eine lange, heiße Dusche, zog mich an, setzte mich an die Schreibmaschine und begann einiges von dem aufzuschreiben, was ich nun wusste. Einen Grundentwurf für meinen Artikel. Dabei überkam mich ein Gefühl der Unwirklichkeit. Wie konnte das alles wahr sein?

Dann kam mir ein düsterer Gedanke. Ich hatte zwar keine Versicherungen gesehen, auf denen der Name von Mr. Candles oder von Millie stand, aber was, wenn diese gefälschten Verträge existierten? Was, wenn sie schon bereitlagen?

Vielleicht gab es auch einen für Ronnie.

Vielleicht auch einen für mich.

Ich ging nach unten und rief Ronnie an. Ich sagte, ich hätte ihr etwas Wichtiges mitzuteilen. Sie zögerte ein wenig, beinahe so, als befürchtete sie, ich wollte ihr einen Heiratsantrag machen.

»Es hat was mit den Todesfällen zu tun, von denen Shirley gesprochen hat. Und mit diesem Wespennest, in dem ich herumstochere, von dem du Angst hattest, dass es eine Schlangengrube sein könnte.«

»Ach ja?«

»Es ist wirklich eine Schlangengrube.«

33

Als ich an diesem Abend zu Ronnie fuhr, sah ich, sobald ich mich von den Lichtern der Stadt entfernt hatte, zerklüftete Wolken wie Gespenster über die Mondsichel und die verstreuten Sterne hinwegziehen.

Mit dem dringenden Wunsch, Ronnie zu besuchen, hatte ich das Haus fast eine Stunde zu früh verlassen. Was mir Mrs. Chandler mitgeteilt hatte, hatte mir einen Adrenalinschub versetzt. Die Enthüllung, dass sie Natural Wilson war. Die Information, dass sie tödlich an Krebs erkrankt war. Die Dokumentenstapel, die Tonbänder, die hinter dieser wuchtigen Tür und unter dem Boden im Moonshine Castle verborgen lagen, hatten mich noch nervöser gemacht.

Bevor ich mich auf den Weg zu Ronnie machte, vergewisserte ich mich, dass die wichtigsten Akten in Sicherheit waren. Ich ging ins Moonshine Castle und packte sie und die Bänder in ein paar große Plastikbehälter aus dem Keller. Dann machte ich mich in die schattige Gasse zwischen dem Haus der Chandlers und dem Haus der Judsons auf. Durch ein Fenster spähte ich in das Judson-Haus. Ich konnte nicht viel erkennen. Ich versuchte, das Fenster zu öffnen. Es war verriegelt.

Ich ging zu meinem Wagen, holte eine Taschenlampe aus dem Handschuhfach, steckte sie in meine hintere

Hosentasche, holte dann den Reifenmontierhebel aus dem Kofferraum, ging zurück und steckte das Ende des Montierhebels unter das Fenster. Ich hebelte es auf und zerstörte das Schloss. Dann schob ich das Fenster nach oben und legte den Hebel in den Kofferraum zurück.

Im Moonshine Castle schnappte ich mir eine der Kisten mit den Akten und schleppte sie nach draußen. Sie war ziemlich schwer. Ich schob sie durch das offene Fenster und versuchte dann, möglichst unauffällig zum Haus zurückzugehen, wo ich den anderen Behälter holte und mit ihm dasselbe tat. Nachdem ich in beide Richtungen geschaut hatte und zu dem Schluss gekommen war, dass ich nicht beobachtet wurde, stieg ich durch das Fenster.

Sobald ich etwas Staub ausgehustet hatte, zog ich die Taschenlampe aus meiner Gesäßtasche und benutzte sie, um mich umzusehen. Ich fand einen Wandschrank im Flur und öffnete ihn. Ich fragte mich, ob dies der Wandschrank war, in dem Judson sich erschossen hatte. Er sah wie ein ganz normaler Schrank aus. Kein Blut. Kein an der Wand klebendes Gehirn. Die Wandfarbe schien alt zu sein. Ich stellte die beiden Kisten hinein. Dann schlüpfte ich wieder durch das Fenster hinaus und zog es hinter mir herunter.

Ich kam mir ziemlich clever vor. Zwar hatte ich nicht alle Akten mitgenommen, aber ich hatte genug, die besten. Das war eine Absicherung für den Fall, dass doch noch jemand das Moonshine Castle fand.

Über all das dachte ich immer noch nach, als ich die gut beleuchtete Häuserreihe erreichte, in der Ronnie wohnte, und am Bordstein parkte. Erst überlegte ich, dort sitzen zu bleiben, bis es Zeit war, doch dann kam ich mir wie ein Idiot vor. Ich beschloss, zurück in die Stadt zu fahren, mir einen Softdrink zu kaufen und wieder hierher zurückzukehren. Zu dieser Zeit würde sie mit mir rechnen.

Als ich losfahren wollte, bemerkte ich im Licht ihrer Verandalampe, dass eine Notiz an ihre Tür gepinnt war. Ich stieg aus, ging mit leisen Schritten den Weg entlang und las, was auf dem Zettel stand:

›Danny. Ich habe bei Mrs. Chandler angerufen, aber sie sagte, du seist schon losgefahren. Es hat einen großen Unfall auf dem Highway 59 gegeben. Ich bin zum Einsatz gerufen worden. Tut mir so leid. Ich muss für heute Abend absagen. So ist das, wenn man bei der Polizei ist. Ich weiß, du hast gesagt, dass es wichtig ist. Verzeih mir. Ruf mich morgen auf dem Revier an. Ronnie‹

Ich müsste lügen, wenn ich behaupten wollte, dass ich nicht enttäuscht war. Aber in gewisser Hinsicht machte es mir auch nichts aus. Vielleicht war ich ohnehin zu aufgewühlt, um gute Gesellschaft zu sein, und möglicherweise lag das an Mrs. Chandlers Enthüllungen. Aber je mehr ich über meine Funde nachdachte, über das, was Shirley entdeckt hatte, und das, was wir über die Knochen wussten, desto mehr glaubte ich, dass ich tatsächlich in eine Schlangengrube getappt war.

Ich nahm die Notiz mit, und kurz darauf war ich auf dem Weg zum See. Ich war nicht sicher, warum ich dorthin fuhr, aber manchmal führte ein wenig

Autofahren dazu, dass ich einen klareren Kopf bekam oder sich ein Artikel in meinem Unterbewusstsein formte, der dann wie ein Wasserfall aus mir herausströmte, sobald ich an der Schreibmaschine saß. Die Landhäuser, an denen ich vorbeikam, waren Umrisse, in deren Fenstern ein gelbes Leuchten war, das sie nicht warm und hell, sondern noch isolierter erscheinen ließ, wie Leuchtfische in einem großen, tiefen Ozean.

Schließlich gab es nur noch Bäume und keine Häuser mehr, lediglich eine Lehmstraße, die schon bald aus nicht mehr als ein paar Spurrillen bestand. Diese endeten an dem gewaltigen Loch im Boden, das man Moon Lake nannte. Dort draußen gab es kein Licht, abgesehen von meinen Scheinwerfern. Diese schaltete ich aus und blieb mit laufendem Motor sitzen. Die Klimaanlage summte, ich hatte den Fuß auf der Bremse, und um mich herum wurde es immer dunkler, während die Wolken den Mond und die Sterne erstickten. Es war, als befände ich mich im Bauch einer Anakonda.

In meinem Kopf schwirrten so viele Gedankentrümmer herum, dass ich ganz vergessen hatte, mir Sorgen über dieses kupferfarbene Auto zu machen, das ich zuvor gesehen hatte. Aber jetzt sah ich Scheinwerfer hinter mir. Sie leuchteten das Innere meines Wagens aus wie bei einer Licht-Performance in einer billigen Bar.

Ich hatte immer noch den Fuß auf der Bremse. Im Spiegel sah ich, wie die Scheinwerfer des anderen Wagens ausgingen, und in diesem Augenblick, als es in das sanfte, rote Licht meiner Bremsleuchten gehüllt war, erkannte ich das kupferfarbene Fahrzeug ganz deutlich.

Ich hatte keinen Platz, um zu wenden, ohne vom Weg abzukommen und in gefährliche Bereiche voller Schlamm und Gebüsch zu geraten, also schaltete ich den Motor ab, nahm meinen Axtstiel vom Rücksitz und stieg aus.

Zusammen mit meinem Stiel beschloss ich, dass es das Beste wäre, wenn wir schnell davongingen. Ich lief direkt auf den See zu, dann einen Hang hinunter, dann am Ufer entlang. Im Dunkeln schritt ich schnell und nicht besonders vorsichtig über den mit Ästen übersäten Pfad.

Ich hörte, wie Wagentüren zugeschlagen wurden, und dann hörte ich hinter mir das leise Rutschen von Schuhsohlen über Lehm. Zuerst waren die Schritte langsam, dann wurden sie schneller, also tat ich dasselbe, wobei ich Mühe hatte, den Pfad vor mir zu erkennen. Ich begann schneller zu laufen. Ich hörte sie hinter mir laut atmen. Ihre Schritte waren jetzt alles andere als leise.

Die Wolken teilten sich und gaben ein Stück des Himmels frei, und in diesem kurzen, matten Lichtschein sah ich, dass eine Abzweigung vom Pfad nach rechts einen dicht bewachsenen Hügel hinaufführte. Diesen Weg nahm ich. Ich erreichte ihn, gerade als die Wolken sich wieder zusammenschoben und das Licht löschten. Die Luft war dick wie Wollsocken.

Ich kam auf dem Weg bergauf verdammt gut voran und glaubte schon, sie abgehängt zu haben, als ich ihren Atem praktisch im Nacken spürte. Ich drehte mich um, schwang meinen Axtstiel und traf nur die leere Dunkelheit. Im nächsten Moment war sie nicht mehr leer.

Ich sah zwei Umrisse, die den Hang herauf auf mich zugestiegen kamen, einer klein und stämmig, der andere groß und schlank. Der Kleine hatte wieder dieses weiße Zeug im Gesicht, das sogar bei schwachem Licht fettig-feucht glänzte. Der andere Kerl war wie ein Golem aus Teer mit orangefarbenen Clownshaaren, die auf eine Seite seines Kopfes gerutscht waren. Sie hatten ihre Hüte zu Hause gelassen, trugen aber wieder dunkle Anzüge.

Ich schlug in die andere Richtung. Der Axtstiel pfiff durch die Luft und erwischte den Kleinen am Kinn, als dieser auf mich zukam. Ich traf ihn so hart, dass ich das Kleingeld in seinen Hosentaschen klimpern hörte. Er machte eine Art Froschhüpfer nach hinten und stürzte in einer Wolke aus Lehmstaub den Hang hinunter.

In diesem Moment machte der Große einen Satz auf mich zu. Ich schlug noch einmal zu. Ich traf ihn seitlich am Hals. Der Treffer erzeugte ein fleischiges Geräusch und Vibrationen drangen durch den Axtstiel in meine Arme und Schultern. Wie ein losgelassenes Brett fiel er auf die Seite.

Der Stämmige mit dem weißen Gesicht war wieder auf den Beinen und benutzte die Hände, um sich schneller den Hang hinaufzuziehen. Ich rannte davon, aber sie hatten sich beide bereits so weit erholt, dass sie mich verfolgen konnten, und es dauerte nicht lange, bis sie mich wieder eingeholt hatten.

Jemand riss mich von hinten um, und ich fiel mit dem Gesicht voran. Der Axtstiel flog mir aus der Hand und Fäuste wurden mir in die Nieren gedroschen. Es gelang mir, ein Stück weit unter meinem Angreifer wegzurollen, weit genug, um zu sehen, dass es Weißgesicht war. Ich schwang die Faust und erwischte ihn unter dem Ohr.

Er grunzte. Ich spürte, wie die Kraft ihn verließ. Ich bäumte mich auf, er fiel von mir herunter und rollte wie ein Baumstamm den Hügel hinab. Der Große war noch im Spiel und trat im Football-Stil nach meinem Kopf. Ich versuchte mich mit den Armen zu schützen. Dann schien der Große rückwärts in die Luft zu springen und ich hörte ihn schreien. Über mir stand eine schattenhafte Gestalt, die nur wenig kleiner war als ein Rhinozeros mit Plateauschuhen. Abgesehen von der Größe konnte ich nicht viel erkennen, aber offenbar hatte er meinen Angreifer im Nacken gepackt und ihn nach hinten in die Nacht geworfen, als ob er federleicht wäre. Seine Perücke war dem Schläger vom Kopf geflogen und im Dunkeln verschwunden wie eine außerirdische Spinnenart.

Das Ding, das wie ein Mann lief, packte mich und schwang mich über seinen Kopf auf seinen Rücken, wo ich mich wie ein Affenbaby festklammerte. Ich schlang die Arme um seinen säulendicken Hals, meine Beine um seinen fassartigen Körper. Dann rannte er mit mir auf dem Rücken los, schneller als ich es für möglich gehalten hatte. Mein Rhinozeros lief weiter bergauf, brach durch das Gebüsch, das mir und ihm Kratzer zufügte, aber falls es ihm etwas ausmachte, ließ es sich das nicht anmerken. Als wir die Hügelkuppe erreichten, war mir von all dem Geschaukel schlecht geworden, und außerdem aufgrund der

Tatsache, dass mein Retter roch wie Eselscheiße unter einer Wärmelampe.

Wie um die generelle Stimmung dieser Nacht zu unterstreichen, begann es mit äußerster Heftigkeit zu regnen.

Das Nashorn trug eine zu kleine Anzugjacke. Es zog eine Taschenlampe aus einer seiner Taschen und schaltete sie ein. Die Lampe war ein schweres, mit Gummi umhülltes Ding. In seinem Lichtstrahl schien es Bindfäden zu regnen. Der Strahl war auf eine Lücke zwischen zwei großen Bäumen gerichtet. Dort war ein mit Ranken bewachsener Hügel aus rotem Lehm, an dem ein flechtenbedecktes Stück Beton zu sehen war. Aber man musste genau hinsehen, um es zu erkennen.

Der große Mann packte einen meiner Arme und nahm mich von seinem Rücken. Dann schob er mich durch die Lücke zwischen den Bäumen gegen die Betonplatte. Die große Platte bewegte sich, wodurch ein Bereich zum Vorschein kam, der noch dunkler war als die Nacht.

Dort stieß er die Taschenlampe hinein. Ich sah ein wenig Staub umherschweben. Ein fauliger Geruch drang aus dem Loch hervor. Mir kam eine Menge sehr unbehaglicher Gedanken. Der Große packte mich am Hemd und hievte mich hinein. Er zog die Türplatte zu, hielt die Lampe in der einen Hand und schob mit der anderen einen großen Riegel aus Metall vor. Mit einem schweren ›Klack‹ rastete das Bolzenschloss ein und hielt die Tür an ihrem Platz.

Das Rhinozeros grunzte und richtete den Lichtstrahl in die Finsternis. Dort war eine kurze, schleimige

Betontreppe, die in einen Bach aus schaumigem Wasser hinunterführte, der in etwa so einladend war wie der Fluss Styx. Der Gestank war nun so schlimm, dass der persönliche Duft dieses Kerls dagegen wie ein französisches Parfüm wirkte.

Er stieß die Lampe ein paarmal in Richtung der Stufen und gab ein Geräusch von sich, als würde er mit Glasscherben gurgeln.

Ich verstand die Aufforderung und stieg vorsichtig hinunter.

34

Der große Mann bewegte sich schnell durch den Gestank da unten. Ich folgte dem auf und ab hüpfenden Licht seiner Taschenlampe, nun in der Annahme, dass die Person, die mich gerettet hatte und mich führte, kein anderer als Flashlight Boy war. Aber er hatte gar nichts Jungenhaftes an sich. Er war nicht mehr der merkwürdige junge Mann, der sich über den Rand der alten Brücke gelehnt und auf mich, Ronnie und Mr. Candles herabgeblickt hatte. Er war jetzt ein Teil des Waldes, des Sees und der ertrunkenen Welt.

Der Tunnel war lang. Wir platschten durch ein Rinnsal aus Wasser, dann einige Stufen hinauf und in einen breiteren Gang, der nach links führte. Hin und wieder sah ich noch andere Tunnel. Viele waren zugemauert und aus manchen sickerte Wasser, aber der Lichtstrahl berührte sie nur kurz und bewegte sich dann weiter, sodass ich sie nicht genau in Augenschein nehmen konnte. Er schwenkte die Taschenlampe hin und her, aber es war offensichtlich, dass er seinen Weg hier unten auch ohne das Licht gefunden hätte.

Wir gelangten in einen weiteren Tunnel, der so breit war, dass ein Zug hätte hindurchfahren können. Flashlight Boy begann sich rascher zu bewegen, und plötzlich wurde es hell. Das Licht kam von Taschenlampen, die an Metallstacheln an der Wand oder an zusammengesackten Metallgestellen hingen. Manche waren an Schnüren befestigt, die von freiliegenden Bewehrungsstäben in der Decke baumelten. Er ging von Lampe zu Lampe, und schon bald war der Raum hell genug, dass man in ihm eine Herzoperation hätte durchführen können.

In der Mitte des großen Raums stand ein alter Kastenwagen. Die Bretter, die den Laderaum bildeten, waren eingefallen. Das wenige, das noch von ihnen übrig war, schien von nichts als dem Gestank des Tunnels zusammengehalten zu werden. Der Wagen bestand hauptsächlich aus Rost und hatte keine Reifen mehr. Er hockte auf rostigen Felgen.

Über die erhöhte Mitte dieses Abschnitts floss das Wasser zwar nicht, aber es war trotzdem feucht und die Wände waren mit samtgrünem Moos überzogen. Ratten liefen fiepend an uns vorbei, während Flashlight Boy hin und her ging. In einigen der alten Gestelle lagerten die Überreste großer Fässer. Was von ihnen geblieben war, waren verrottende Dauben und die rostigen Metallreifen, die sie zusammengehalten hatten.

Im Licht konnte ich Flashlight Boy nun klar erkennen. Sein Gesicht war schmutzig weiß; seine Nase schien einmal gebrochen worden und schief zusammengewachsen zu sein. Wangen, Kinn und Stirn waren voller Narben und wiesen ein paar frische Schrammen von seinem Weg durch das Unterholz auf. Ich selbst war auch ziemlich zerkratzt.

Unter der schwarzen Anzugjacke trug er ein blusenartiges blaues Hemd, das in eine zu kurze schwarze

Hose gestopft war, deren Stoff über den Knien so dünn war, dass man seine Haut darunter sehen konnte. Der Reißverschluss der Hose war kaputt, und ich sah das blaue Hemd durch die Öffnung. Er trug große Schuhe, die mit Stoff und Papier ausgestopft waren, die an den Seiten herausragten. Seine Zähne waren nicht im besten Zustand und schienen vom gleichen Moos bedeckt zu sein wie die Wände. Er war gebaut wie ein Zementblock auf Beinen und sein Kopf ruhte beinahe halslos auf Schultern, die breit wie ein Bierlaster waren. Seine Hände hatten die Größe einer Lunchbox mit Fingern. Als er mich ansah, zeigte er mir sein grünliches Lächeln. Das Licht der Taschenlampen gab seinen Augen einen unheimlichen Glanz, als wäre er ein geborener Bewohner des Untergrunds.

Nun versammelten sich die Ratten und bewegten sich auf ihn zu. Sie kletterten auf ihn und bildeten von den Schultern bis zu den Fußknöcheln einen Mantel. Sie krallten sich fest und quiekten; einige krochen in seine Jackentaschen oder unter die Jacke, Gott weiß, wohin. Er nahm eine in die Hand und streichelte sie. Es war ein ebenso beunruhigender wie schöner Anblick.

Ich durchwühlte mein Gedächtnis nach dem Namen, mit dem Mr. Candles ihn in dieser Nacht bezeichnet hatte, und ich fand ihn.

»Winston«, sagte ich.

Er beugte sich vor und sah mich an. Es war, als würde er das Wort verarbeiten, es aus dem Englischen in irgendeine unbekannte Sprache und wieder zurückübersetzen. Ein Geräusch kam aus seinem Mund, aber es war kein Wort. Es war laut. Sein Rattenmantel löste sich mit lautem Gequieke schlagartig auf. Sobald die Tiere am Boden waren, rannten sie in die Dunkelheit jenseits unseres gut ausgeleuchteten Bereichs davon. Winston war vielleicht nicht fähig zu sprechen, vielleicht auch nur aus der Übung, aber immerhin nickte er. Dass ich seinen Namen sagte, schien ihm neue Kraft zu geben.

Aus den Wänden zwischen den Metallgestellen ragten Betonplatten hervor. Auf diesen befanden sich Hunderte Dosen, die Dinge wie Früchtekuchen oder Nüsse enthielten. Ich nahm an, dass er diese im Laufe der Jahre irgendwo gefunden hatte. Er nahm eine und öffnete sie. Was sich darin befand, waren ein fauliger Geruch und ein brauner Brocken. Er fischte diesen heraus, stopfte ihn sich in den Mund und kaute darauf herum. Es war Nahrung, die er ergattert hatte, und ich war froh, dass ich nicht wusste, um was es sich handelte. Er hielt mir die Dose hin. Ich sah hinein. Mehr braunes Zeug. Er grunzte, und ich schüttelte den Kopf.

Nachdem er den Deckel wieder auf die Dose gedrückt hatte, musterte er mich misstrauisch, dann lehnte er sich nahe zu mir heran, als hielte er in meinem Gesicht nach irgendeiner Art von Botschaft Ausschau. Er war mir so nahe, dass ich seinen Atem riechen, ihn beinahe *sehen* konnte. Er roch nach saurer Milch, modrigem Leder und feuchtem Zeitungspapier, dazu kam noch eine Prise totes Tier. Aber das war in Ordnung; der Rest von ihm schien nach wie vor so etwas wie Eselscheiße auszudünsten.

Er stellte die Dose weg, öffnete andere und zeigte mir seine Schätze, darunter noch mehr Nahrungsmittel, viele Taschenlampenbatterien, Reißzwecken, Gummibänder, Schrauben, Murmeln und alle möglichen anderen Kleinigkeiten, sogar ein zerkratztes ›I like Ike‹-Ansteckschildchen und ein paar Baseballkarten, darunter ein Mickey-Mantle-Exemplar, das aussah, als hätte es einmal jemand an Fahrradspeichen befestigt, damit die rollenden Räder ein Motorengeräusch erzeugten.

Wieder einmal packte er mich, zog mich mit sich und schaltete noch mehr Taschenlampen ein, die den Tunnel noch heller machten. Er zeigte mir Schätze, die an Stöcken und Schnüren hingen, aus denen er etwas wie Kleiderbügel gebastelt hatte. Es waren schmutzige, von Ratten zernagte Anzüge, Schuhe, weiße, mittlerweile gelb gewordene Hemden, schwarze Krawatten. An einem an der Wand befestigten Drahtgestell hing ein blaues Gewand. Ich erkannte es sofort, und ein Schauer überlief mich, kalt wie Trockeneis. Es war ein Begräbnisgewand, und es musste schon seit langer Zeit hier herumliegen. Nun wurde mir auch klar, woher die Anzüge, Hemden, Schuhe und Krawatten stammen mussten.

Noch während ich mir einen Reim auf das alles zu machen versuchte, packte Winston mich wieder und schleifte mich durch eine dunkle Lücke in der Wand. Er schob sich vor mir hinein und schaltete die Taschenlampe ein. Dieser Raum war kleiner als derjenige, in dem wir vorher gewesen waren. Dort lagerten viele Überreste von Fässern, säuberlich gestapelte

Knochen sowie manche Skelette, die noch von ledrigen Fäden aus Eingeweiden und Streifen dunklen Fleisches zusammengehalten wurden, die wie uraltes Beef Jerky aussahen. Eines der Skelette trug einen rattenzerfressenen Fedora und ein Hemd, das mit seiner Haut verschmolzen war. An diesem Hemd war eine schwarze Krawatte mit einer silbernen Nadel befestigt.

All diese Knochen, die wir gefunden hatten, die Stücke von Begräbnisgewändern, das, was er selbst am Leib trug – mir war jetzt klar, wer diese vielen Sachen ausgegraben und mitgenommen hatte, um sie aufzubewahren und eines Tages benutzen zu können. Und er tat es schon seit langer Zeit. Höchstwahrscheinlich stammten all diese Dinge von verschiedenen Friedhöfen, denen er sich zugewandt hatte, nachdem er denjenigen auf dem Hügel leer geräumt hatte.

Damit war zumindest ein Teil des Rätsels aufgeklärt.

35

Da unten war es kühl. Meine Nase hatte sich mittlerweile an den Geruch gewöhnt, und obwohl ich noch Schmerzen hatte, hatte das Pochen aufgehört.

Ich machte mir Sorgen darüber, dass Flashlight Boy sich selbst als eine Art Batman und mich als seinen neuen Handlanger betrachten könnte, Ass-Beaten Boy, und dass wir für immer hier in seiner Rat Cave oder Bat Cave hausen würden, oder wie man seine Höhle eben nennen wollte.

Wir saßen uns auf Betonblöcken gegenüber, die aus der Wand ragten. Sein Mund hing offen und war mit diesem hässlichen Grünzeug gefüllt, während er mich beäugte wie ein Stück Fleisch in der Auslage des Schlachters. Ich musterte ihn ebenfalls, wobei ich versuchte, freundlich zu lächeln. Schließlich hatte er mir das Leben gerettet. Ich erinnerte mich an die Geschichten darüber, wie man ihn drangsaliert hatte, an diese Footballspieler, die Mr. Candles erwähnt hatte. Vielleicht war er aufgrund dieser Erfahrungen zu dem Schluss gekommen, dass auch ich von diesen zwei Clowns drangsaliert wurde, und er war deshalb aus der Dunkelheit hervorgekommen, um mich zu retten. Zweifellos war er stolz auf sich. Auch ich war stolz auf ihn. Ohne ihn hätte ich jetzt möglicherweise in einem flachen Grab mitten im ausgetrockneten Moon Lake gelegen und darauf gewartet, dass das Wasser zurückkehrte, mich überflutete und für immer dort unten hielt.

Obwohl dies unser erstes Treffen von Angesicht zu Angesicht war, war Winston mir schon oft begegnet; vielleicht erkannte er mich sogar. Dieses Licht, das ich in der Nacht gesehen hatte, als wir ins Wasser gestürzt waren. Er auf der Brücke. Dann der Schein der Taschenlampe, der sich durch den schattigen Wald bewegt hatte an dem Tag, als Ronnie die anderen Knochen gefunden hatte.

Während wir dort saßen und uns ansahen, versuchte ich zu verstehen, warum manche Teile seiner Knochensammlung in den Kofferräumen gelandet waren. Ich kam zu keinem Ergebnis. Aber es war offensichtlich, dass dieser Tunnel zu denen gehörte, die man während der Prohibitionszeit gebaut hatte, die, von denen Mr. Candles gesprochen hatte. Es hatte sich um ein wirklich ambitioniertes Projekt gehandelt, aber damals war das Geschäft mit Alkohol einträglich genug gewesen, um den Aufwand zu rechtfertigen. In diesem Raum hatte man Fässer gelagert und sogar Autos bereitgehalten, um den Schnaps überallhin in die Südstaaten und vielleicht noch an andere Orte zu liefern. Autos wie den verfallenen Kastenwagen im anderen Raum.

Ich nahm die Gelegenheit wahr und zeigte auf einen großen Korridor, der von dem Ort wegführte, an dem wir uns befanden. Winston beugte sich vor, als ich fragte: »Wohin geht's da?«

Er packte die Taschenlampe, die neben ihm auf dem Betonblock lag, sprang plötzlich auf, wodurch er ein paar Ratten verscheuchte, die versucht hatten, wieder an ihm emporzuklettern, durchquerte schnell den Raum, der zwischen uns lag, ergriff mich und begann mich zu der dunklen Öffnung zu ziehen, auf die ich gezeigt hatte.

Wir waren die besten Freunde.

Im Korridor war es dunkel, und sein Licht war wie ein riesiges Glühwürmchen. Flashlight Boy bewegte sich so eilig, dass ich Mühe hatte, mit ihm Schritt zu halten. Er war schnell wie die Ratten, die ihn liebten, und diese rannten quiekend mit uns durch die Finsternis. Der Boden des Tunnels und die Wände waren schwarz von Kakerlaken, manche davon groß genug, um Motorrad zu fahren.

Wir trafen wieder auf Wasser, als wir ein paar Stufen hinuntersprangen und über einen feuchten, moosigen Weg liefen, der Gott weiß wohin führte. Ich war nicht sicher, ob ich froh darüber war, gefragt zu haben, wohin dieser dunkle Tunnel führte.

Hier und dort stießen wir auf Trümmer, hauptsächlich Fassdauben, wo man die Ware gelagert oder vielleicht irgendwann einfach zurückgelassen hatte. Dann gingen wir wieder aufwärts und erreichten schließlich eine Mauer, vor der wir anhielten.

Winston, Flashlight Boy, drehte sich um und richtete die Lampe auf mein Gesicht, sodass ich nichts als blendend helles Licht sehen konnte. Dann knipste er sie aus und drückte seine Schulter an die Mauer.

Mit einem leisen Kreischen gab die Wand nach. Als sie sich bewegte, kam ein schwaches Leuchten zum Vorschein, das in die Dunkelheit hinaussickerte. Dann standen wir in einem riesigen Keller, in dem sich reihenweise Regale befanden, die mit Flaschen und Fässern gefüllt waren. Die Güter waren voller Staub und Spinnweben. Ein paar Ratten kamen aus dem Tunnel gelaufen und huschten zwischen unseren Füßen und den Fässern hindurch.

Winston zog seine klammen, schlammigen Schuhe aus, und ich tat es ihm nach. Wir ließen unsere Schuhe im Dunkeln des Tunnels zurück. Sicher wäre Winston nicht in der Lage gewesen, einen Buchstabierwettbewerb zu gewinnen oder einen Job als Mathelehrer zu bekommen, aber auf seine eigene Art war er durchaus scharfsinnig. Mit Dingen wie diesen hatte er Erfahrung, und offenbar war er schon oft hier gewesen.

Als wir in der Mitte des Kellers standen, sah ich, dass das Licht von einem Fenster aus Glasblöcken stammte, das sich hoch oben befand – ich tippte darauf, dass es knapp über dem Erdboden lag. Aber die Lichtquelle war künstlich. Es war noch nicht so früh, dass es sich um Sonnenlicht handeln konnte. Auf der anderen Seite befand sich eine große Doppeltür aus Holz mit großen Zugringen. Ich ging dorthin und zog aus Neugier an einem der Ringe. Die Scharniere schienen gut geölt zu sein, und die Tür öffnete sich. Dahinter lag ein großer Raum voller Lastwagen und Pkws, Schubkarren, Gartengeräte und Autoteile. Offenbar war es eine Garage und Lagerhalle, und zwar eine gut ausgestattete.

Die Fahrzeuge wirkten neu und glänzten wie Weihnachtsgeschenke.

Ich schloss die Tür wieder. Dann drehte ich mich um und sah nach oben.

Ein paar stabil wirkende Treppenstufen führten zu einer Plattform hinauf, hinter der eine weitere große Tür lag. Winston packte mich an der Schulter, fest wie ein Schraubstock, und schob mich zum Fuß der Treppe, wo er stehen blieb und sich einen Finger an die Lippen hielt.

Dann stieg er hinauf und ich folgte ihm. Er legte ein Ohr an die Tür und lauschte. Von der Plattform aus konnte ich durch das kleine, quadratische Fenster sehen. Ich erkannte eine Lampe, die an einer Stange befestigt war. Es war die Quelle dieses Streifens staubigen, schmalen Lichts, das in den Keller fiel.

Vorsichtig öffnete Winston die Tür. Als er das tat, wurde die Luft frisch, kühl und klar. Dort drinnen gab es eine schwache Beleuchtung. Die Lampen schienen in einem langen, weiß gekachelten Flur, der auf Hochglanz poliert war. Es hingen viele Fotos an den Wänden, und am anderen Ende des Gangs befand sich eine breite und hohe Mahagonitür mit einem großen schwarzen Türgriff.

Ich musste nicht viel nachdenken, um darauf zu kommen, wo wir uns befanden.

Wir waren im Long Lincoln Country Club.

36

Während der Jahre, in denen ich bei meiner Tante gelebt hatte, waren ich und ein paar andere Jungen, mit denen ich mich besser nicht abgegeben hätte, weil sie sich zielstrebig auf eine kriminelle Laufbahn vorbereiteten, einmal in einen großen Waschsalon in der Innenstadt von Tyler, Texas, eingebrochen.

Es war Nacht gewesen, niemand hatte sich in der Nähe befunden, es war leicht gewesen. Wir schoben ein Fenster an der Rückseite auf und stiegen hindurch. Der Boden bestand aus glatten Fliesen, wie die im Flur des Country Clubs. Die Waschmaschinen und Trockner waren wie große, bullige, glatt polierte Kanonen.

In diesem Augenblick kam es mir plötzlich merkwürdig vor, dass all diese Leute mit schmutziger Wäsche und den Taschen voller Vierteldollarmünzen hier hereinkamen, um Dreck, Blut und in manchen Fällen auch soziale Sünden abzuwaschen, die sich an ihre Kleidung geheftet hatten. Das Kleid einer Ehefrau, an dem Samenflüssigkeit klebte, die nicht von ihrem Mann stammte. Blut auf dem Hemd eines Mannes, das von einem Kampf, vielleicht sogar von einem Mord herrührte, vielleicht von dem Mord an einer Frau, die den Samen eines anderen Mannes auf dem Kleid hatte. Scheiße in Unterhosen, ausgelöst durch zu viel rohes

Gemüse oder eine Spur Leichengift. Der Schweiß hart arbeitender Menschen, Spucke und Urin, die Kleidung von Wohlhabenden, von schuftenden Arbeitern, von Würdevollen und Verrückten.

Ich bildete mir ein, all diese Menschen spüren zu können, die diese Kleidung getragen hatten. Ihre Geister erfüllten die Luft oder vielmehr meinen Kopf, und es machte mich ganz krank, mir vor Augen zu führen, wie zerbrechlich wir menschlichen Wesen sind. Damals verstand ich dieses Gefühl nicht ganz; es war nur ein Unbehagen, das ich in diesem Augenblick verspürte. Ich drehte mich um und stieg wieder aus dem Fenster, und das war das Ende meiner Kontakte zu meinen Ganovenfreunden. Ich rannte durch die Nacht, bis ich zu Hause war. Dort duschte ich lange, heiß und mit viel Seife, bis ich mich beinahe wieder sauber fühlte.

Ich bin sicher, dass es auch gute Flecken und gute Träume in dieser Kleidung gegeben hatte, Liebe und Zuneigung, Erdnussbutter von mit Genuss verspeisten Sandwiches, Stoff mit Flecken, die aus Glück und den besten Absichten stammten. Aber mit der Zeit gewann ich die Überzeugung, in diesem Moment des Ganoventums begriffen zu haben, dass die Menschen ein erbärmlicher und vom großen Ganzen aus betrachtet unbedeutender Haufen waren.

Diese Einsicht erschreckte mich, erschütterte meine Seele. Das Gefühl verging schließlich, aber manchmal, in dunklen Nächten, wenn ich an meinen Vater dachte, kehrte es zurück. Sein Geist war ihr Geist, und wir alle waren erbärmlich. Selbst diese mächtigen

Arschlöcher auf den Fotos im Country Club waren nicht frei davon.

Es gab Fotos aus verschiedenen Zeiten in ihrem Leben. Auf manchen waren sie jung, auf anderen im mittleren Alter, und einige der Bilder waren in jüngster Zeit aufgenommen worden. Egal wie alt sie sein mochten, in gewisser Weise sahen sie immer gleich aus. Selbstgefällig und arrogant, Augen wie Glaskugeln, mürrische Manipulatoren, Kleinstadtkönige mit Golfwagen und Dauermitgliedschaften im Country Club.

Winston öffnete die Tür am Ende des Flurs und wir betraten einen Ballsaal von enormer Höhe und Weite. Er war hell gestrichen, mit vielen Lampen und Tischen ausgestattet, von denen letztere übereinandergestapelt an der Wand standen. Nur einige der Lampen waren eingeschaltet, die anderen warteten noch auf die Berührung des Fingers, der sie zum Strahlen brachte. In der Mitte der Decke hing ausgerechnet eine Discokugel. Angesichts ihres derzeitigen Alters konnte ich mir kaum vorstellen, dass die Mitglieder des Stadtrats zu Donna Summer oder den Bee Gees tanzten.

Winston schien sich über seine Rolle als Fremdenführer zu freuen. Er stieß mich durch eine weitere Tür in einen Raum, der nicht ganz so groß wie der Ballsaal, aber dennoch beeindruckend war. In der Mitte stand ein dreieckiger Tisch, schwarz wie Obsidian. Auf zwei Seiten waren je drei Stühle zu sehen, einer am breiten Ende, keiner an der Spitze des Dreiecks. Auf einem erhöhten Podium befand sich ein großer Stuhl mit einer aufwendig gestalteten Rückenlehne und jeweils einem großen Loch an beiden Seiten der Kopfstütze.

Ich ging um den Tisch herum, betrachtete ihn und strich mit der Hand darüber. Es war ein großer Holzklotz, so glatt wie Babyhaut. Auch die Stühle waren aus Holz und hatten weiche Polster auf den Sitzflächen und Kissen, die an den Rückenlehnen hingen.

An den Wänden standen Bücherregale, die hufeisenförmig rings um den Raum verliefen. Es gab eine Leiter für die Bücher, die oben unter der hohen Decke sonst kaum erreichbar gewesen wären. Die Regalbretter waren mit dicken Bänden gefüllt. Keine leichte Lektüre. An der Seite, an der keine Bücherregale standen, gab es eine Reihe hoher Fenster mit Vorhängen.

Noch interessanter waren die Gemälde an der Wand, die nackte Männer und Frauen zeigten. Ich brauchte einen Moment, bis ich erkannte, dass es sich um die großen drei des Stadtrats im jungen Alter handelte. Auf eine karnevaleske Art waren die Bilder geschmackvoll. Kate Conroy musste in ihrer Frühzeit hübsch anzusehen gewesen sein, wenn das Gemälde die Wahrheit zeigte. Allerdings hatte sie auch dort ihre kalten Knopfaugen.

Hinter dem Stuhl auf dem Podium befand sich ein geschlossener Schrank. Ich öffnete ihn und wich vor dem zurück, was ich sah. Es war primitiv und bestand aus ascheschwarzem Holz. Es war wie ein 60 Zentimeter hohes, grob geschnitztes Totem, ein Stück von einem Kreosotbusch, das man zur Statue einer hockenden Gestalt gehauen hatte. Sie hatte breite, flache Füße, gespreizte Knie, zwischen die Beine geklemmte Arme, und ihre Hände hielten einen erigierten, übergroßen Penis. Das Gesicht war zu einem breiten Grinsen mit schwarzen, spitzen Zähnen geformt. Die Augen waren beinahe wie leere Höhlen, aber tief in ihnen lagen kleine rote Pupillen, die wie Holunderbeeren aussahen, tatsächlich aber rote Farbkleckse waren. Die Ohren waren groß und wie bei einem Esel geformt. Es hatte eine lange Nase mit plump hineingebohrten Nasenlöchern. Das war also Creosote Johnny. Es erschien gleichzeitig albern und verstörend. Ich nahm es in die Hand. Das Ding war schwer, man roch, wo das Holz verbrannt worden war, und konnte auch den Kreosotbusch noch riechen. Ich hatte das Gefühl, ein giftiges Reptil zu halten.

Ich drehte es um. Auf der Rückseite waren viele kleine Markierungen in mehreren Reihen zu sehen, als hätte jemand eine Strichliste über irgendetwas geführt.

Winston tauchte hinter mir auf, versetzte dem Penis der Statue einen Schlag und stieß dieses Gurgeln aus, das seine Version eines Lachens war. Er erschreckte mich. Vorsichtig stellte ich die Statue zurück und schloss die Schranktür. Ich wischte meine leicht schwarz verschmierten Hände an der Hose ab und nahm einen tiefen Zug von der gekühlten Luft.

Winston führte mich zu einer abgeschlossenen Tür und tat etwas mit einem Schlüssel, den er von irgendwoher haben musste. Höchstwahrscheinlich hatte er ihn einmal von hier gestohlen. Er rüttelte am Schloss, öffnete die Tür und schaltete ein Licht ein. Überall in diesem Raum standen Stühle, es gab ein paar

Samtsofas, die aussahen, als stammten sie aus einem Jane-Austen-Roman, einen langen Tisch zwischen den Sofas sowie einige große Kissen auf dem Boden. Staub tanzte umher und in den Ecken hingen Spinnweben. Das Zimmer schien ewig nicht mehr benutzt worden zu sein.

Hinter den Stühlen, von denen viele mit der Sitzfläche zur Wand gerichtet waren, standen Aktenschränke aus Metall. Sie waren groß, in die Wand gebaut, und an den Hängeregistern für die Akten waren kleine Markierungen auf Papier. Auf jedem Papierstreifen war ein Jahr vermerkt. Die Dokumente reichten viele Jahre zurück, in eine Zeit, lange bevor irgendeines der heutigen Ratsmitglieder geboren worden war. Ich zog an ein paar Registern, aber sie waren fest verriegelt.

Ich hatte den Eindruck, dass es sich bei diesem Ort eher um ein Geheimversteck als um einen Country Club handelte.

Ich war der Ansicht, dass es noch mehr zu sehen geben müsste, aber die Begeisterung hatte meinen Führer verlassen, und um ganz ehrlich zu sein, mir war auch unbehaglich zumute.

Winston schaltete das Licht aus, packte mich am Ärmel und zog mich in die Richtung, aus der wir gekommen waren. Verdammt schnell landeten wir wieder im Bier- und Weinkeller.

Er hatte die Tür offen gelassen. Wir schlüpften hinein und er zog sie zu, wobei er darauf achtete, sich nicht die Finger zu verletzen. Der Eingang in der Wand fügte sich so nahtlos ein, dass man ihn kaum bemerkte, wenn man ihn nicht kannte.

Mit der Taschenlampe in der Hand ging Winston voran, bis wir wieder sein Heiligtum mit den gestohlenen Begräbnisgewändern, den verfaulenden Nahrungsmitteln, Rattenhorden und verfallenden Lastwagen erreichten.

Irgendwie war es hier angenehmer als im Country Club. Ich hatte das Gefühl, der Hölle entronnen zu sein.

37

Ich blieb noch eine Weile, weil ich nicht sicher war, ob ich einfach gehen konnte, ohne dass Winston mir den Kopf abschraubte. Vorsichtig versuchte ich, seine Stimmung zu deuten, um keinen fatalen Fehler zu machen.

Wie zuvor saß mir Winston gegenüber. Sein Mund hing offen, und im Licht all der Taschenlampen sah ich, dass die Hälfte seiner Zunge fehlte. Für mich sah es so aus, als wäre sie herausgeschnitten worden, aber vielleicht war es auch nur ein Geburtsfehler. Seine Ratten krochen auf ihm herum und bildeten einen quiekenden Teppich aus grauem Fell. Einige von ihnen versammelten sich um meine Füße. Ich stieß sie sanft mit den Zehen beiseite.

Winston war nicht sehr gesprächig und ich war auch nicht in der Stimmung zum Reden, selbst wenn er es gewesen wäre. Mit der Zeit beschloss ich herauszufinden, ob er vielleicht mehr verstand, als es den Anschein hatte. Ich sprach ihn an: »Winston. Du hast diese Kleidung aus Gräbern, oder?«

Er grübelte über meine Worte nach wie ein Hund, den man gebeten hatte, ein Kunststück aufzuführen, das er schon lange nicht mehr gemacht hatte.

Dann nickte er.

Ich begann, mehr und mehr von dem, was ich hier unten gesehen hatte, zu einem Ganzen zusammenzusetzen. Die aus den Gräbern gestohlenen Knochen mussten etwas mit den Kofferräumen zu tun haben. Und die hatten etwas mit dem Schloss zu tun, das am Tor hing. Ich machte einen Versuch. »Hast du schon mal Leichen oder Knochen in Kofferräume gelegt?«

Über diese Frage dachte er nicht so lange nach. Er nickte.

Ich wusste nicht, wie ich einen Mann, der nicht sprechen konnte, fragen sollte, warum er das getan hatte oder wie es dazu gekommen war, dass die Autos im See liegen geblieben waren. Für ihn wäre es unmöglich gewesen, mir das zu erklären, aber das hielt mich nicht davon ab, es zu versuchen.

»Ich habe mich gefragt, warum«, sagte ich.

Er sah nach unten und schüttelte den Kopf. Dann rollte er sich auf die Seite und zog die Knie an die Brust. Er schien die Haltung zu demonstrieren, in der die Skelette in den Kofferräumen gelegen hatten.

Ich blieb noch eine Weile sitzen; aber schließlich stand ich auf. »Ich muss gehen, Winston. Danke, dass du mich beschützt und mir deine Welt gezeigt hast. Aber ich muss wieder los.«

Seine Stimmung veränderte sich. Seine Augen wurden schmal, als wäre er gerade in helles Sonnenlicht hinausgetreten. Er strich sich mit einem Finger über die Kehle und hob den Finger dann vor den Mund.

»Nein. Wenn du willst, dass man dich in Ruhe lässt, erzähle ich niemandem, wo du bist.«

Er nickte und grunzte. Ich hoffte, dass das sein Einverständnis bedeutete.

Er nahm seine Taschenlampe und erhob sich so schnell, dass ein paar Ratten von ihm abfielen. Dann lief er auf den Tunnel zu, durch den wir sein Heiligtum betreten hatten. Ich folgte ihm, was so anstrengend war wie zuvor. Er war flink und kannte sich in seiner kleinen Welt gut aus.

Als wir den Ausgang erreichten, spürte ich, dass mein Blutzuckerspiegel gefallen war wie ein Amboss, der vom Empire State Building gestoßen worden war. Er entriegelte die Tür, stieß sie auf und ließ die feuchte Nachtluft herein. Dann packte er mich an der Schulter und stellte mich in den Regen hinaus, was für ihn so leicht zu sein schien wie das Entfernen einer Staubflocke von einer Fensterbank.

Ich hielt eine Hand hoch, um *Stopp!* zu signalisieren. Dann griff ich in meine Tasche und holte das Messer hervor, das Mr. Candles mir geschenkt hatte, das Messer, das mit sämtlichen Utensilien außer einem Maschinengewehr und einem Betonbohrer ausgestattet war. Ich gab es ihm. Das war immerhin eine kleine Gegenleistung dafür, dass er mich gerettet und mir das Innere des Long Lincoln Country Club gezeigt hatte.

Er betrachtete das Messer im Licht seiner Lampe. Er sah mich an und lächelte. Dann schloss er die Tür und ließ mich stehen, ohne auch nur ein Grunzen oder einen Furz zum Abschied. Offenbar kam es ihm gelegen, dass sein Gast nicht ewig bleiben wollte.

Es war immer noch Nacht. Und es regnete immer noch.

Typisch.

Es war so dunkel, dass ich nicht erkennen konnte, wohin ich gehen musste, also lehnte ich mich an die mit Flechten bedeckte Betontür und wartete, bis meine Augen sich etwas an die Lichtverhältnisse gewöhnt hatten. Schließlich erkannte ich wenigstens den verregneten, von Büschen gesäumten Pfad, den wir benutzt hatten, um zu dieser Tür zu gelangen.

Vorsichtig ging ich den Pfad entlang und erreichte nach einer Weile die Stelle, an der Winston den großen Mann durch die Luft geworfen hatte. Der war jetzt verschwunden. Seine Clownperücke ebenso. Auch der stämmige Mann war nicht mehr da. Ich sah mich um und fand meinen Axtstiel.

Ich benutzte ihn als Gehstock, fand den Weg zurück zu meinem Auto und stellte fest, dass die Reifen zerstochen waren.

Immerhin klemmten keine unfreundlichen Nachrichten unter den Scheibenwischern. Tatsächlich hatten sie die Scheibenwischer abgebrochen. Sie waren schlechte Verlierer, die es mir heimzahlen wollten.

Ihr Auto war nicht mehr da.

Ich schloss meinen Wagen auf und setzte mich für einen Moment hinter das Lenkrad. Als ich mich mental auf den langen Marsch vorbereitet hatte, stieg ich aus und ging in der stockdunklen Nacht und dem prasselnden Regen nach New Long Lincoln.

38

Es war ein langer, harter und nasser Marsch für einen hungrigen Mann, dessen Blutzuckerspiegel im Keller war, aber ich hielt durch. Der Regen wurde noch heftiger und machte die Nacht immer dunkler, bis die Taschenlampe mir kaum noch etwas nützte. Ich war froh, dass ich den Axtstiel bei mir hatte, der mich tröstete und dazu führte, dass ich mich etwas sicherer fühlte.

Aber so wie ich mich fühlte, würden diese beiden wahrscheinlich im Handumdrehen mit mir fertigwerden, falls sie zurückkamen. Sie würden mir den Axtstiel wegnehmen, ihn mir in den Arsch schieben und mich für die Ameisen und Fliegen im Gebüsch liegen lassen.

Wachsam hielt ich nach Autoscheinwerfern Ausschau und achtete auf Geräusche, die von Schlägern stammen konnten, die aus den Büschen kamen oder von Bäumen sprangen. Mein Verfolgungswahn hatte mittlerweile sein Maximum erreicht.

Der Regen ließ etwas nach, aber erst als ich schon bis auf die Knochen nass war und das Wasser seit einigen Meilen in meinen Schuhen quietschte – wie Winstons Ratten.

Dann war es, als hätte jemand eine lautlose Erdbeerbombe gezündet. Streifen roten Lichts hoben sich vor dem dunklen Himmel ab. Das Licht breitete sich weiter aus, die Dunkelheit wich und plötzlich war der Morgen angebrochen. Schon nach kurzer Zeit verwandelte sich das Erdbeerrot in ein Zitronengelb. Vögel begannen zu zwitschern. Ich fühlte mich wie in einem Disney-Film.

Der Regen ließ weiter nach. Die Luft wurde langsam heiß und kleine Dampfwolken stiegen vom Boden auf. Als ich den Stadtrand erreichte, kam Buck Rogers mit seinem Abschleppwagen vorbei, blieb stehen und wartete auf mich. Als ich ihn einholte, kurbelte er das Fenster auf der Beifahrerseite herab und beugte sich zu mir.

»Sie sehen aus, als wären Sie von einem Laster überfahren und hinterher noch von Tieren angegriffen worden.«

»So fühl ich mich auch. Übrigens, ich glaube, ich habe einen Auftrag für Sie.«

»Los, springen Sie rein.«

»Ich bin klitschnass.«

»Die Sitzbezüge sind aus Plastik. Also kein Problem. Ist das ein Axtstiel, den Sie da haben?«

»Gut beobachtet. Kann der auch mitfahren?«

»Ich hab nichts gegen Axtstiele.«

»Sie sind ja ganz schön früh unterwegs.«

»Hab heute Morgen einen Wagen abgeschleppt. Jemand ist gestern Abend gegen einen Baum gefahren. Bin auf dem Weg ins Farbigenviertel, um zu frühstücken.«

Ich sagte ihm, wo ich hinwollte, und fragte, ob es ihm etwas ausmachen würde, mich dort abzuliefern. Er verneinte. Ich nannte ihm den Standort meines Autos. Konnte er ihn abschleppen? Er bejahte. Ich fragte ihn nach Reifen. Er sagte, dass er wahrscheinlich passende in seiner Werkstatt habe.

»Ich bezahle Sie, wenn es erledigt ist«, sagte ich.

»Keine Eile. Übrigens, ich hatte mich etwas gefragt. Ich meine, wegen der Schwarz-Weiß-Thematik wird wahrscheinlich sowieso nichts draus, Stigmatisierung und so, Sie wissen schon. Aber ich hatte neulich da draußen den Eindruck, dass Sie und Ronnie einen ziemlich vertrauten Umgang miteinander hatten.«

»Sie hat mir erzählt, dass Sie mal mit ihr ausgegangen sind.«

»Ja, und das würde ich gern wieder tun.«

»Sie sagte, dass Sie Frauen sehr mögen.«

»Sie etwa nicht?«

»Aber nicht mehr als eine zurzeit, und damit meine ich: nicht mehr als eine Beziehung gleichzeitig.«

»Sie sind ja ziemlich zivilisiert.«

»Sie hören sich an, als hätten Sie mehr Schulen besucht als nur die High School.«

»War für eine Weile an einem College im Norden. Da oben bezeichnen sie uns als Neger, wenn sie wissen, dass wir nicht zuhören. Hier unten weiß ich zumindest, woran ich bin.«

»So schlimm, ja?«

»Jim Crow sitzt heute auf der Rückbank, aber er lässt sich immer noch kreuz und quer durch die Stadt kutschieren und stützt sich gern mal mit den Armen an der Rücklehne des Fahrersitzes ab. Ich kann sein sehr weißes Gesicht im Rückspiegel sehen.«

»Diese Auto-Bildersprache scheint Ihnen zu liegen.«

»Wenn Sie jeden Tag mit Autos zu tun haben, fällt Ihnen das leicht. Man nennt das eine Metapher, Danny.«

»Ach, wirklich?«

»Wenn ich's Ihnen sage.«

»Was wissen Sie über den Stadtrat von New Long Lincoln?«

»Komische Frage.«

»Ich bin eben ein komischer Kerl.«

Aus dem Augenwinkel sah er zu mir herüber. »Falls Sie vorhaben, Bürgermeister zu werden oder sonst irgendeinen Spitzenposten in der Stadt zu ergattern, können Sie das vergessen. Die wählen, indem sie nicht wählen. Es sei denn, man betrachtet deren eigene drei Stimmen als Wählerstimmen, und die wählen sich nur gegenseitig, das heißt, sie wählen sich selbst.«

»Das weiß ich schon. Ich wollte nur ganz sichergehen.«

»Das sind selbst ernannte Arschlöcher, so alt, dass sie längst tot sein müssten. Aber die sind wie der verfluchte Boris Karloff in *Die Mumie.* Robust. So unverwüstlich wie Küchenschaben. Aber zurück zu den Dingen, die mich mehr interessieren als der Stadtrat. Was ist mit Ronnie?«

»Ich mag sie.«

»Wie sehr?«

»Sehr.«

»Und was empfindet sie für Sie?«

»Mein Eindruck ist, dass sie mich auch mag. Und die Schwarz-Weiß-Sache interessiert mich einen Scheiß.«

»Ich hatte gehofft, das würde sie.«
»Darauf wette ich. Nichts für ungut.«
»Ach Quatsch«, erwiderte er und grinste.

39

Es regnete noch, als wir das Chandler-Haus erreichten und Buck mich aussteigen ließ.

»Dann retten Sie mal die Galaxis«, sagte ich, bevor ich die Tür schloss.

»Ich warte auf den Tag, an dem mal keiner einen Buck-Rogers-Witz macht.«

»Der ist nicht heute.«

»Sieht so aus.«

Als er davonfuhr, stieg ich mit dem Axtstiel in der Hand die Stufen hinauf. Inzwischen hatte ich eine enge, liebevolle Beziehung zu diesem Ding aufgebaut. Es war, als hätten wir die Verliebtheitsphase schon hinter uns und ich müsste mir langsam Gedanken um einen Ring machen.

Ich zog meine Schuhe und Socken aus und ließ sie auf der Veranda zurück. Als ich eintrat, saß Mrs. Chandler auf der Couch. Vor ihr auf dem Couchtisch stand ein schönes silbernes Kaffeegeschirr. Sie hatte ihren Finger durch den kleinen Henkel einer Kaffeetasse geschoben und war gerade dabei, diese zum Mund zu heben. Aber dann senkte sie sie wieder und betrachtete mich mit einem Gesichtsausdruck, der mir bestätigte, dass ich tatsächlich so schlimm aussah, wie ich glaubte.

Du lieber Gott. Ihr Zustand schien sich verschlechtert zu haben, seit ich sie zuletzt gesehen hatte. Sie sah aus, als würde ihr Geist sich langsam auflösen und als könnten ihre Knochen bald zerfallen. Vor ein paar Stunden hatte sie noch einen wesentlich gesünderen Eindruck gemacht.

»Ich habe mich heute Morgen gefragt, wo Sie sind«, sagte sie. »Aber so, wie Sie aussehen, würde ich sagen, Sie waren unterwegs.«

»Milde ausgedrückt, ja. Lassen Sie mich frische Sachen anziehen, dann erzähle ich's Ihnen.«

»Bitte, und wenn Sie damit fertig sind, habe ich einen Mopp für Sie, mit dem Sie den Flur wischen können.«

»Geht klar.«

Ich ging nach oben. Dort nahm ich ein paar Aspirin aus dem Beutel mit meinem Rasierzeug, warf sie mir in den Mund und spülte mit etwas Wasser nach, das ich mir in die hohle Hand laufen ließ.

Ich betrachtete mein Spiegelbild. Mein Kopf war angeschwollen und eins meiner Ohren war am unteren Ende dick wie ein Ballon. Ich hatte Augen wie ein Waschbär. Mein Gesichtsausdruck war der eines Mannes, der beschlossen hatte, in 300 Metern Höhe ohne Fallschirm aus einem Flugzeug zu springen – und der einfach hofft, dass es gut ausgeht.

Ich duschte so heiß, dass ich mir fast die Haut verbrühte. Dann kämmte ich mir die Haare, kürzte ein paar Nasenhaare, zog mich an und ging in Socken nach unten.

Dort warteten der Mopp und ein Eimer Seifenwasser auf mich. Ich nickte Mrs. Chandler zu und wischte den Dreck auf, den ich hinterlassen hatte, wobei mir alles wehtat. Ich schüttete das Wasser draußen auf den Rasen und ließ Mopp und Eimer auf dem Betonboden der Veranda stehen. Dann brachte ich meine Socken und Schuhe ins Haus und stellte sie auf der untersten Treppenstufe ab.

Ich schlenderte ins Wohnzimmer, als würde ich mich nicht annähernd so mies fühlen, wie ich es tat, und setzte mich auf die Couch. Das musste ich sehr vorsichtig tun, damit meine Innereien nicht herausfielen.

Mrs. Chandler goss mir eine Tasse Kaffee ein.

»Die gleichen Freunde wie neulich?«, erkundigte sie sich.

»Ja. Aber sie schienen ganz schön gewachsen zu sein. Ich habe noch einen neuen Freund kennengelernt. Er ist gut 1,90 Meter groß und breiter als ein Scheunentor. Er kann nicht sprechen, weil ein Teil seiner Zunge fehlt. Er lebt da draußen in den Wäldern um den See und haust zusammen mit Ratten und verrottenden Bierfässern unter der Erde, und er klaut eine Menge Taschenlampen.«

Damit hatte ich zwar mein Versprechen gegenüber Winston gebrochen, niemandem von meinem Besuch bei ihm zu erzählen, aber nach dieser Nacht brauchte ich einfach jemanden, mit dem ich reden konnte, und Mrs. Chandler war die naheliegendste Wahl.

»Sie meinen den armen Winston?«, fragte sie.

»Er hat sich auf meine Seite geschlagen, als meine anderen beiden Freunde versucht haben, mir den Schädel einzutreten.«

»Ich war nicht einmal sicher, ob er noch lebt. Er ist zwar noch jung genug, aber so, wie er lebt, habe ich schon damit gerechnet, dass man ihn irgendwann tot auf dem alten Schrottplatz findet.«

»Warum auf dem alten Schrottplatz?«

»Sein Vater hatte dort für den ursprünglichen Besitzer gearbeitet. Als Kind hat er sich ständig dort aufgehalten. Er war nicht besonders helle im Kopf, der arme Junge. Bert hat mir erzählt, dass Winston gern da oben in den Autos spielte. Er hat tatsächlich ein Talent für mechanische Dinge, zumindest hatte er das als Kind. Jetzt ist wohl das einzig Mechanische, das er tut, neue Batterien in eine Taschenlampe einzulegen.«

»Von denen hat er ziemlich viele.«

»Er stiehlt sie, und die Batterien auch, und Nahrungsmittel aus Häusern, wenn er kann. Ein paar kleine, bunte Gegenstände, die ihm gefallen. Er ist gut im Schleichen, wird selten gesehen. Inzwischen ist er zu einer Art Legende geworden. Manche glauben, dass er nur erfunden ist, so wie Bigfoot. Aber er ist keine Legende. Er kommt überall rein und raus, wie eine Ratte, und niemand kriegt es mit.«

Mit Ratten war Winston zweifellos gut bekannt. Vielleicht hatten sie ihm ein paar Einbrechertipps gegeben. »Reichen seine mechanischen Fähigkeiten aus, um alte Autos zu reparieren, Knochen in die Kofferräume zu laden und sie in den See zu fahren?«

»Interessante Frage.«

»Und?«

»Die Autos, die jetzt noch da oben sind, könnte man nicht ohne Geld und die erforderlichen Teile reparieren. Die meisten wahrscheinlich nicht einmal mit Geld, weil sie schon so lange dort stehen. Aber damals ja. Sein Vater hätte nicht zugelassen, dass er Fahren lernt. Hatte Angst, dass er zu beschränkt dafür wäre, aber das war er eigentlich nicht. Nur irgendwie merkwürdig und asozial, und er hatte Stimmungsschwankungen.«

»Was ist mit seiner Zunge passiert?«

»Ich weiß nicht, wann das passiert ist, aber ich weiß, dass es passiert ist. Manche sagen, sein Vater habe das getan, als er noch jung war, damit er nicht mehr schreien konnte, aber das könnte auch eine erfundene Geschichte sein.

Winston hat oft alte Autos vom Schrottplatz repariert und sie geklaut. Er hat Ausflüge mit ihnen gemacht. Und wenn sie nicht mehr anspringen wollten, hat er sie den Hang hinuntergeschoben oder gegen einen Baum, einfach so, aus Spaß.

Der arme Junge war nicht ganz richtig im Kopf. Bert hat mir erzählt, dass Winston Prügel einstecken musste wie ein erwachsener Mann, wenn sein Vater ihn in die Finger bekam. Er sagte, einmal sei er wegen irgendeiner Angelegenheit des Stadtrats dort gewesen, um Teile für einen Lastwagen oder so was Ähnliches zu besorgen, und da habe der Junge Schläge bekommen. Ich glaube, Bert fand es lustig mitanzusehen, wie der Kleine am Kragen gepackt und mit einem Gürtel geschlagen wurde. Bert war jemand, der sich sogar über die Autopsie seiner eigenen Mutter kaputtgelacht hätte. Winston musste die Prügel über sich ergehen lassen, und dann hat sein Vater ihn zur Strafe in einen Kofferraum gesperrt. Er ließ ihn über Nacht dadrin. Im Sommer war das wie ein Ofen, im Winter wie ein Kühlschrank. Bert sagte, der Junge habe es irgendwann sogar gemocht, dadrin zu sein. Wie in einer Gebärmutter aus Metall.«

Plötzlich ergab es einen Sinn, dass Winston Kleidung aus Gräbern gestohlen, die Überreste der Toten in Kofferräume gelegt und die Autos ins Wasser gefahren oder gestoßen hatte. Ich verstand den Ursprung seines Rituals. Außerdem verstand ich, weshalb Mrs. Chandler Bert die Treppe hinuntergestoßen hatte.

»Wie konnte die Polizei das zulassen?«

»Die haben es nicht zugelassen. Es ist einfach passiert. Winstons alter Herr hat sich nicht um das Gesetz gekümmert. Er war mit dem Stadtrat befreundet, weil er ihre Autos kostenlos repariert hat. Im Gegenzug halfen sie ihm auf verschiedene Weise. In der Prohibitionszeit war er der Mechaniker, der sich um ihre Laster gekümmert hat. Die Polizei hat ihm dafür alles durchgehen lassen. Die Polizei ist käuflich. So war es damals, so ist es heute.«

»Wusste Chief Dudley auch über das alles Bescheid?«

»Ich glaube, er versucht, das Richtige zu tun. Aber wenn sie das wollen, können sie ihn davon abhalten, gewisse Dinge zu tun. Die haben ihre Tentakel überall drin. Ich nehme an, er muss gute Miene zum bösen Spiel machen. Und dann gibt es da noch die Sache mit der Erpressung. Armer Dudley. Er und Duncan versuchen doch nur, glücklich zu sein. Aber in dieser Stadt scheint man es für schlimmer als eine Vergewaltigung zu halten, wenn jemand auf diese Art anders ist.«

In diesem Moment fielen mir die Morde ein, die Shirley entdeckt hatte. Ich konnte mir nicht vorstellen, dass Winston so etwas tat, und ich hatte auch nicht das Gefühl, dass diese Taten irgendetwas mit ihm zu tun hatten. Winston versuchte nur zu überleben. Er war sogar ein Beschützer. Meinen Hintern hatte er jedenfalls gerettet.

»Sie sehen ziemlich fertig aus«, bemerkte Mrs. Chandler. »Ich werd Ihnen frischen Kaffee und etwas Toast machen, weil ich nicht vorhabe, was Richtiges zu kochen. Und sobald Sie gegessen haben, muss ich Ihnen was erzählen.«

Mir war mittlerweile regelrecht übel vor Hunger und Erschöpfung, noch dazu hatte ich die ganze Nacht nicht geschlafen und war weich geklopft worden wie ein Steak. Ich trank den Kaffee, den sie mir gab, und aß vier Scheiben Toast mit Butter und Erdbeermarmelade. Mein Blutzuckerspiegel normalisierte sich, aber der Kaffee ließ mich kein bisschen wach werden. Normalerweise wäre ich nach so vielen Tassen so aufgedreht gewesen, dass ich jeden Zitterwettbewerb gewonnen hätte.

»Sie wirken schon ein bisschen lebendiger«, sagte sie. »Vielleicht sollten Sie zum Arzt gehen.«

»Meine Knochen bewegen sich alle noch in die richtige Richtung, daher glaube ich, dass ich mich davon erholen werde. Was ich brauche, ist Ruhe. Und dann werde ich diesen Sonntagsartikel schreiben. Aber Sie sagten, Sie hätten mir was zu erzählen.«

»Estelle, die hübsche Bibliothekarin. Sie hat angerufen und gesagt, dass die Sie sehen wollen. Sie wollen, dass Sie sich um halb vier in der Bibliothek mit ihnen treffen.«

»Ich bin nicht sicher, ob ich das will.«

»Auf die eine oder andere Art werden Sie auf die reagieren müssen. Darf ich Ihnen noch einmal nahelegen, die Stadt zu verlassen?«

»Estelle hat doch nicht so was gesagt wie ›Er soll allein kommen‹, oder?«

»Sie sagte nur, Sie sollen kommen. Als wäre das ein Befehl, den Sie befolgen müssten. Ich kann Ihnen beim Packen helfen.«

»Ich werde mich mit denen treffen, und ich werde mal schauen, ob ich Ronnie dazu bewegen kann mitzukommen.«

»Die haben in dieser Stadt keinen Respekt vor dem Gesetz. Die kommen mit so gut wie allem durch.«

»Ja, aber Ronnie hat eine Waffe.«

»Einen Moment.«

Mrs. Chandler stand auf, ging zu einem Wandschrank zwischen Wohnzimmer und Küche, öffnete ihn, zog eine Pappschachtel heraus und brachte sie herüber. Sie stellte sie auf den Couchtisch.

Sie öffnete die Schachtel. Darin befand sich etwas, das in ein Tuch eingewickelt war. Als sie das Tuch auseinanderschlug, sah ich einen glänzenden kurzläufigen Revolver und eine Handvoll Patronen. »Vielleicht brauchen Sie den.«

»Ich mag keine Waffen.«

»Und der Stadtrat mag Sie nicht. Ich bezweifle, dass Sie ihn benutzen müssen, aber wenn die Gesetze nicht mehr gelten, wird das vielleicht nötig.«

»Ich glaube nicht, dass es zu einer Schießerei in der Bibliothek kommen wird, aber ich hätte Ronnie gern dabei. Sie ist zumindest eine Repräsentantin des Gesetzes.«

»Ich hab's Ihnen doch schon gesagt, Danny. Es gibt hier kein Gesetz.«

Ich rief im Revier an, fragte nach Ronnie und sagte, es sei ein Notfall. Sie antworteten, sie würden sie suchen. Ich hatte gerade erst aufgelegt und war auf halbem Weg die Treppe hinauf, als es klingelte.

Ich sprang nach unten und nahm den Hörer ab. Sie war es.

»Ich weiß, dass du im Dienst bist, aber falls du eine Möglichkeit siehst, um halb vier vorbeizukommen und mich zur Bücherei zu bringen, wäre ich sehr erleichtert. Ich habe im Moment kein Auto. Ich erzähle dir auf dem Weg davon.«

»Du rufst mich an und sagst, dass es ein Notfall ist, damit du dir ein Buch ausleihen kannst?«

»Ich wurde – höflich ausgedrückt – gebeten, mich dort mit dem Stadtrat zu treffen.«

»Die kommen nur selten zum Vorschein, so wie Murmeltiere. Das will was heißen, und zwar vielleicht nichts Gutes.«

»Deshalb möchte ich, dass du dabei bist. Du vertrittst das Gesetz.«

Ein kurzes Schweigen entstand. Dann sagte Ronnie: »Bin um Viertel nach drei bei dir.«

Oben schloss ich meine Tür ab und schob einen Stuhl unter den Türknauf, nur zur Sicherheit, für den

Fall, dass der Stadtradt meine beiden Kumpel mit frisch geschminkten Gesichtern vorbeischickte, damit sie beenden konnten, was sie am See angefangen hatten.

Ich ging ins Badezimmer, suchte mein Aspirin, schaufelte mir mit der Hand etwas Leitungswasser in den Mund und schluckte ein paar davon. Als ich diesmal in den Spiegel schaute, sah ich nicht mehr ganz so sehr wie ein Mann aus, der ohne Fallschirm aus einem Flugzeug springen wollte. Eher wie einer, der schon gesprungen war.

Ich stellte meinen Wecker, den ich bis jetzt noch nicht mal aus dem Koffer genommen hatte, auf zwei Uhr, schloss die Jalousien und kroch nackt unter die Bettdecke.

Ich fühlte mich ein wenig fiebrig, als würde meine Haut zu eng sitzen und als wäre etwas in den Beulen an meinem Kopf, das sich mit Hammer und Meißel einen Weg nach draußen zu bahnen versuchte.

Trotz der Schmerzen schlief ich ein. Aber ich träumte.

Von Winston und seinem Tunnel voller Ratten. Von diesen kalten, plastikartigen Gesichtern auf den Fotos, die an den Wänden des Country Clubs hingen. Von den Gemälden mit den Nackten.

Die Mitglieder des Stadtrats beugten sich aus den Bilderrahmen und sahen mich an. Sie stiegen aus den Fotos und Gemälden hervor und plumpsten auf den Boden meines kleinen Zimmers. Es gab viele von ihnen. Sie krochen auf den Bäuchen auf mich zu wie Schlangen und hinterließen schleimige Schneckenspuren. Ihre Münder standen offen. Sie hatten triefende Fangzähne.

Ich war zu müde, um beunruhigt zu sein.

Selbst als mein Vater an der Bettkante erschien und sie ansah, woraufhin sie davonkrochen, war ich nicht sonderlich beeindruckt. Sogar im Tod war er noch eine verwirrende Gestalt für mich.

Ich war bisher niemandem in dieser Stadt begegnet, der im richtigen Alter war, um ihn, meine Mutter oder meine Tante gekannt zu haben. Es schien, als wären meine Verwandten schon lange vor ihrem Ableben Geister gewesen.

VIERTER TEIL

Wie sie hungrig wurden

Im Schein …
Im Schein …
Im silbernen Mondenschein.

Edward Lear,
»Der Kauz und die Katze«

Die wahrsten Dinge
sind oft vollkommen albern.

Anonymus

40

Ich wachte auf, als der Wecker klingelte, und nachdem ich ihn abgestellt hatte, war mein Denken etwas klarer geworden.

Obwohl ich sie eigentlich nicht brauchte, nahm ich eine weitere heiße Dusche, um meinen Körper gut geschmiert zu halten und mein Hirn aufzuwärmen. Je wärmer ihm wurde, desto mehr hielt es mein Hirn für die richtige Lösung, mein Auto aus der Werkstatt zu holen und nach Hause zu fahren. Und wenn es noch nicht fertig war, sollte ich vielleicht den Bus nehmen.

Dieser Gedanke verschwand nicht, aber ich drängte ihn in den Hintergrund, zog mich an und vollführte noch einmal den Aspirin-Trick. Um 15:15 Uhr suchte ich mir den attraktiveren der beiden Axtstiele aus und ging nach unten.

Ich sah Mrs. Chandler nicht und beschloss, ihr nicht auf die Nerven zu gehen. Bei den Sorgen, die sie hatte, und so, wie sie sich fühlen musste, machte sie vielleicht gerade ein Nickerchen.

Ich dachte an die Waffe im Schrank, blieb aber bei meiner Entscheidung, sie nicht mitzunehmen. Tatsächlich hatte ich in meinem Leben erst ein paarmal eine Waffe abgefeuert und würde mir wahrscheinlich eher selbst die Eier wegschießen als irgendjemanden zu verletzen. Abgesehen davon – wie gefährlich konnten drei über 80-Jährige schon sein?

So gefährlich wie die Helfer, die sie beschäftigten. Wer sagte, dass nur sie dort sein würden? Trotzdem nahm ich den Revolver nicht mit.

Als ich das Haus verließ, war der Regen vorbei, aber die Wolken drohten noch mehr von ihm an, ich sah Netze zuckender Blitze hinter ihnen und hörte Donnergrollen in der Ferne.

Ronnie parkte bereits mit ihrem Streifenwagen am Bordstein. Ich stieg ein und sie sagte: »Lass mich dir gleich zu Anfang sagen, dass du mir gefehlt hast.«

»Du mir auch.«

»Mein Gott, was ist denn mit deinem Kopf passiert?«

»Die Geschichte wird dir gefallen.«

»Bevor ich sie höre …« Sie beugte sich zu mir herüber und wir küssten uns schnell. Es war nichts Besonderes, aber es fühlte sich gut an. Während der Fahrt fasste ich meine Abenteuer knapp zusammen. Wieder brach ich mein Versprechen an Winston und verriet ihr, wo sich sein Versteck befand. Ich erzählte ihr von dem Material von Mrs. Chandler und sagte ihr außerdem, dass ich das Wichtigste davon im Kofferraum meines Autos aufbewahrte. Ich verschwieg Ronnie, dass ich mir Sorgen um ihre Eltern machte. Das sparte ich mir für eine Gelegenheit auf, bei der ich mehr Zeit für Erklärungen hatte.

Sie hörte mir beim Fahren zu und warf mir hin und wieder Seitenblicke zu, als wäre ich jemand, der bei einem vornehmen Hochzeitsfest in einem Hasenkostüm mit einem Loch über dem Hintern aufkreuzte.

»Du wurdest also von zwei verkleideten Männern in einem kupferfarbenen Ford bis zum See verfolgt und Flashlight Boy hat dich gerettet. Er lebt unter der Erde, zusammen mit Ratten und Kleidungsstücken aus Gräbern, und du hast dich zusammen mit ihm durch einen geheimen Eingang in den Country Club geschlichen?«

»So kann man es zusammenfassen. Und habe ich schon erwähnt, dass er derjenige ist, der die Knochen in die Autos gelegt hat, und dass Shirley recht hatte, als sie sagte, dass Rituale etwas mit dem zu tun haben, was jemand erlebt hat?«

»Den Teil hast du ausgelassen.«

»Dieses kleine Ritual hat nichts mit den Knochen im Buick meines Vaters zu tun. Was das angeht, bin ich mir nicht so sicher. Die Morde sind auch ein anderes Thema.«

»Hört sich wie ein gruseliges Durcheinander an.«

»Japp. Oh, und ein Kreosotbuschgott namens Johnny ist auch noch mit im Spiel.«

»Was zum Teufel heißt das, Danny?«

»Ich weiß, wie sich das anhört, aber ich glaube, ich weiß jetzt, was im Clubhaus los ist und was das mit den Morden zu tun hat. Aber bevor ich dir das alles erklären kann, muss ich noch was checken. Vielleicht geht da auch nur meine Fantasie mit mir durch.«

»Ich hoffe es.«

»Ich auch.«

Wir waren bereits bei der Bücherei angekommen. Vor dem Gebäude parkte ein großer schwarzer Wagen, aber kein kupferfarbener Ford.

Als wir die Glastür erreichten, hing ein ›Geschlossen‹-Schild daran. Ein Schatten bewegte sich hinter der Tür. Dann klickte etwas im Schloss, und Estelle ließ uns herein. Sie trug ein entchengelbes Kleid, dazu passende High Heels, und ihre Haare hatten beinahe dieselbe Farbe wie ihr Kleid. Sie hatte sie sich wieder einmal gefärbt.

Sie musterte Ronnie einen Moment lang, sagte jedoch nichts. Dann führte sie uns in ein Hinterzimmer. Sie öffnete die Tür wie eine Platzanweiserin im Kino. Wir gingen hinein und sie folgte uns.

Es war ein Konferenzraum, nicht allzu groß, aber es gab eine Bühne für Kindertheater und Bürgerveranstaltungen. Auf der Bühne stand ein langer Tisch, hinter dem drei Gestalten saßen. Hinter den Wänden dröhnte die Klimaanlage und die Luft im Raum war etwas kühl, vor allem angesichts der Tatsache, dass es draußen so warm war wie zwischen den Hinterbacken eines dicken Mannes.

Estelle nahm auf einem der Stühle im hinteren Bereich Platz. Eine Frauenstimme hinter dem Tisch forderte uns auf, näher zu kommen. Sie klang wie ein Nebelhorn. Wir gingen zur Bühne. Ich stellte fest, dass ich keine Lust hatte, zu ihnen aufblicken zu müssen, und ging die Stufen hinauf. Ronnie folgte mir.

Wir blieben vor dem Tisch stehen. Die drei verschrumpelten Wesen, die ihre kleine Welt mit eisernen Fäusten und Magnolienfürzen regierten, wirkten ungefähr so bedrohlich wie Gartenzwerge.

Die Frau, die Kate Conroy sein musste, saß in einem motorisierten Rollstuhl zwischen den anderen beiden.

Sie sah wie ein großer Vogel mit gebrochenen Flügeln aus. Ihre Arme in ihrem schwarzen Anzugjackett waren dünn wie Stöcke. Die Ärmel hingen lose um sie herab. Im Inneren ihres elfenbeinweißen Hemds wäre noch genug Platz für zwei mittelgroße Kinder und ein Pony gewesen.

Ihr Gesicht bestand aus nichts als Knochen und pergamentartiger weißer Haut, aber ich konnte mir vorstellen, was für eine Frau sie einmal gewesen war. Mit ihren hohen Wangenknochen und vollen Lippen konnte sie durchaus diejenige gewesen sein, die für das Gemälde Modell gestanden hatte, das ich im Country Club gesehen hatte. Eine Frau, die sowohl Macht im Kopf als auch Macht im Körper und dazu einen Eisklotz anstelle des Herzens hatte.

Der Mann rechts von ihr war ein dicker, schlaffer Kerl, der aussah wie ein Sitzsack, den man auf dem Stuhl platziert hatte. Der Großteil des Sackinhalts schien sich in seinem Bauch zu befinden. Sein Kopf war groß und seine Schultern breit, obwohl er sie hängen ließ. Sein Gesicht wirkte, als hätte er es zu oft der Sonne ausgesetzt. Es hatte mehr Flecken als ein Pinto-Pony.

Ich erkannte ihn sofort wieder. Er war die weißhaarige, ausgereifte Version seines Sohns Jack Jr. Beide hatten diese wilden Augen und strahlten die Wärme und Lebendigkeit überfahrener Tiere im Winter aus. Er hatte beide Hände um den Knauf eines Gehstocks gelegt, auf den er sich lehnte. Hätte jemand den Stock weggerissen, wäre er möglicherweise auf seine glänzenden schwarzen Schuhe hinabgesackt und hätte sich in eine Pfütze in den Farben seines blauen Anzugs und seiner feuerroten Krawatte verwandelt.

Der Mann links von Kate Conroy wirkte wie ein Kleiderberg, auf dem ein Kopf thronte. Eine Sauerstoffmaske aus Plastik bedeckte sein Gesicht und verzerrte seine uralten Gesichtszüge. Ein Schlauch verlief von der Maske zu einem kleinen Sauerstofftank, auf dessen Seite das Logo der Dallas Cowboys prangte. Der Tank steckte in einem silbernen Gestell mit Rollen und summte wie ein Betrunkener in einer Kirche.

Bei diesem Mann musste es sich um Judea Parker handeln, Estelles Onkel. Er hatte die Augen geschlossen und sabberte. Entweder schlief er tief und fest oder war schon gestorben.

Es war eine seltsame Vorstellung, dass diese Personen hier in der Stadt das Sagen hatten. Sie waren diejenigen, die sich hier durch Geld, Beziehungen und Einschüchterung ihr eigenes Reich geschaffen hatten, in dem die meisten ihrer Untergebenen lebten, ohne ganz zu begreifen, wie sehr sie ein Teil davon waren.

»Mr. Russell«, sagte Kate Conroy. Ihre Stimme klang überraschend kräftig, sogar ein wenig lüstern.

»Kate Conroy, nehme ich an.«

»Da liegen Sie richtig. Und wie ich sehe, haben Sie Ihre kleine Freundin mitgebracht, die Quotenschwarze.«

Ich spürte, wie sich Ronnie neben mir verkrampfte, aber sie erwiderte nichts auf diese Bemerkung.

»Lassen wir den Blödsinn«, sagte ich. »Sagen Sie mir, was Sie wollen.«

»Sehr löblich. Ich kann Blödsinn auch nicht leiden. Wir sind hier, um Ihnen mitzuteilen, dass Sie nach Hause fahren müssen, wo auch immer das ist.«

»Ich bin wohl kaum die erste Person, die etwas daran auszusetzen hat, wie Sie Ihre Angelegenheiten regeln. Und die darüber hinaus den einen oder anderen Verdacht hat.«

»Nein, aber die erste Person, die in der Lage ist, das interessanter klingen zu lassen, als es ist. Sie scheinen aus unserer Nutzung ganz simpler Geschäftsgelegenheiten ein Verbrechen machen zu wollen. Wie bei diesem Unsinn über das, was vor vielen Jahren mit dem Damm passiert ist.«

Ich hatte eigentlich vorgehabt, clever vorzugehen, aber heute fühlte ich mich weit weniger clever als sonst. In der letzten Nacht hatten diese Leute versucht, mich umzubringen, da war ich mir sicher, obwohl es nur ihre Handlanger gewesen waren.

»Dann komme ich auch gleich zur Sache. Ich finde Ihre Rituale interessant.«

»Was?«

»Ich finde Creosote Johnny zum Totlachen albern, und wenn ich es recht bedenke, kommen Sie drei mir wie uralte Kinder mit dicken Portemonnaies und einem großen Knüppel vor. Kleine Tyrannen. Arschlöcher, die nie erwachsen geworden sind.«

Es war, als würde das Licht im Raum nachlassen und die Temperatur um ein paar Grad sinken.

»Sie scheinen Ihre Nase in Sachen gesteckt zu haben, die Sie nichts angehen«, meldete sich Jack Manley Sr. zu Wort. Seine Stimme war nicht so kräftig wie die von Conroy. »Manchmal kann man sich so tief in eine Sache hineinwühlen, dass man da nicht mehr herauskommt. Und Sie missverstehen vieles von dem, was Sie gefunden haben. Die Rituale. Die Sache mit Creosote Johnny. Das sind Geschichten aus unserer Jugend.«

Ich beschloss, ihnen zu verschweigen, dass ich in ihrem Versteck gewesen war, aber ich sagte: »Ich habe es aus sicherer Quelle. Ich gebe zu, dass es da noch ein paar Lücken gibt, die ich stopfen muss, aber so langsam habe ich das Gefühl, dass das fehlende Material da draußen ist und ich nur die Hand danach ausstrecken muss.«

»Wenn Sie sie zu weit ausstrecken, wird Ihnen vielleicht nicht gefallen, was Sie in die Finger kriegen«, entgegnete Manley Sr.

»Ich brauche so oder so einen langen Arm. Sie sind ja schon seit einer ganzen Weile aktiv.«

»Wir haben die Dinosaurier noch gekannt«, sagte Kate Conroy und zeigte mir einige ihrer Zahnprothesen. »Und trotzdem sind wir immer noch hier. Wie Sie sicher wissen, haben hin und wieder andere versucht, uns von unserem Thron zu stoßen, aber das haben wir uns nicht gefallen lassen. Für diese Möchtegern-Thronräuber hat es kein gutes Ende genommen. Aber eins müssen wir Ihnen lassen: Sie sind entschlossen und, was noch schlimmer ist, Sie werden anscheinend von irgendeiner Art Selbstgerechtigkeit angetrieben. Sie haben noch nicht begriffen, dass die Welt bereits Privatbesitz ist, ganz sicher jedenfalls dieses kleine Stück von ihr, und dass die Besitzer nichts mit Ihnen gemein haben. Diese vorsichtigen, rücksichtsvollen, auf Fairplay bedachten Spaßvögel sind nicht die, die am Ende gewinnen. Sie scheinen nicht zu verstehen, dass man, um irgendetwas zustande zu bringen, um etwas Großes zu schaffen, das Getriebe gut ölen muss. Und das Öl ist schmutzig. Es geht nicht anders.«

»Und Sie sind wohl das Öl?«, fragte Ronnie.

»Sieh an, es kann sprechen. Ja. Genau das sind wir. Und lassen Sie mich Ihnen sagen, was Sie beide sind. Sie sind unbedeutend. Sie sind verstrickt in Moral, Ethik und Plattitüden. Aber das alles ist nur die Schaufensterdekoration des Lebens. Lassen Sie mich Ihnen sagen, was das Leben ist. Es ist nicht mehr als Überleben. Darwin hat nicht entdeckt, dass uns die Empathie beim Überleben hilft; er hat entdeckt, dass die Stärksten und Entschlossensten überleben. So stark sind wir zwar nicht mehr, aber wir sind durch unsere Stärke und unseren Mangel an Sentimentalität an diesen Punkt gelangt. Es gibt Leute, die Sie glauben machen wollen, dass diejenigen, die es nicht zur Spitze der Nahrungskette geschafft haben, zu Macht und Geld, gescheitert sind, weil ihnen die Chancen, die Gelegenheiten fehlten. Aber das ist Blödsinn. Wir sind hier und waren hier und haben die Dinge gelenkt und kontrolliert, weil wir die Besten der Besten sind. Manche Menschen sind einfach von Geburt an besser. Andere sind von niederer Abstammung. Ihr Mitleid, Ihr Sozialsystem, Ihre Gesundheitsversorgung und Ihre Sozialhilfe können Sie sich in den Arsch stecken. Lassen Sie diejenigen regieren, die es können, und überlassen Sie die, die dazu nicht in der Lage sind, sich selbst. Ich habe nichts dagegen, ihnen ab und zu einen Knochen hinzuwerfen, aber sie leben von Knochen und Almosen, während wir uns vom Fleisch ernähren, von den Herzen und Lungen des Universums. Es spielt keine Rolle, ob Sie das verstehen oder nicht; das ist der Weg Darwins, der Weg des Universums, und Sie beide sitzen unten im Abfall, wie die meisten anderen auch.«

»Es gibt Leute, die reicher und mächtiger sind als Sie«, wandte Ronnie ein. »Sind Sie denen gegenüber dann nicht auch minderwertig?«

Jack Manley Sr. gab einen quakenden Laut von sich, wie ein Frosch, der versucht hatte, zu weit zu springen. Parker rührte sich immer noch nicht. Kate Conroy zog einen Mundwinkel hoch und zeigte uns ein paar Zähne.

»Mädchen«, sprach Jack Manley Sr. sie an, »Ihre Frechheit brauchen wir hier nicht. Sie stehen ganz unten in der Rangordnung. Die können Ihnen alle möglichen Uniformen anziehen, Ihnen eine Banane geben, einen Hut aufsetzen, Ihnen ein Banjo in die Hand drücken, genau wie bei einem Affen, und Sie werden doch immer bleiben, was Sie und die Ihren schon immer gewesen sind. Die unterste Stufe.«

Für einen Augenblick glaubte ich, Ronnie würde ihre Waffe ziehen und ausprobieren, wie schnell und präzise sie alle drei erschießen konnte. Stattdessen verstummte sie.

»Wenn Sie ganz oben stehen«, sagte ich, »sind Sie wohl so was wie die Kirsche auf der Scheißetorte.« Ich nickte in Richtung Parker. »Und was ist mit dem? Versucht der, sich tot zu stellen?«

»Ich hatte auch nicht damit gerechnet, dass Sie es einsehen würden«, erwiderte Conroy. »Ich glaube, ich hatte nichts weiter im Sinn als Sie zu warnen.«

»Das zeigt doch etwas Mitgefühl, oder?«, gab ich zurück.

»Es zeigt, dass wir in dieser Sache den leichten Weg dem schweren vorziehen. Was immer Sie finden, was immer Sie tun, wir werden es erklären können ...«

»Oder es mit Geld aus der Welt schaffen«, fügte Jack Manley hinzu.

»Es ist einfach viel leichter für uns, wenn wir uns nicht mit solchen Scherereien herumschlagen müssen«, bemerkte Conroy.

»Schön kühl war es hier drin bei Ihnen«, sagte ich. »Aber das ist auch das Einzige. Wir finden allein raus.«

»Dann lassen Sie die Sache also sein?«, fragte Conroy. »Wir könnten Ihnen auch einen bescheidenen finanziellen Anreiz geben. Sie und Ihr kleines Spielzeug können irgendwo nach Norden gehen, vögeln und die Dinge so lassen, wie sie sind. Wie sie sein sollen.«

»Sehr unwahrscheinlich«, entgegnete Ronnie.

»Selbst wenn ich Geld annehmen und mich einverstanden erklären würde zu tun, was Sie wollen, würde ich Ihnen nicht vertrauen, dass Sie es auf sich beruhen lassen«, sagte ich.

»Vielleicht hätte ich eines Tages doch eine Schlinge um den Hals.«

Ich hatte nicht geglaubt, dass Kate Conroy noch weißer werden könnte, aber auch die letzten Blutstropfen schienen aus ihrem Körper zu entweichen.

Ich deutete auf Parker und fügte hinzu: »Und bei dem würde ich mal lieber den Puls fühlen, wenn ich Sie wäre.«

»Auf Wiedersehen«, sagte Conroy. »Sie wurden gewarnt.«

Als wir aufbrachen, um den Konferenzraum zu verlassen, stand Estelle auf und begleitete uns zum Ausgang. Als wir alle drei vor der Tür standen, wirkte ihre Miene kalt, traurig und gespenstisch. »Um Himmels willen, Danny, Sie beide. Fliehen Sie. Sie haben ja keine Ahnung.«

41

Während wir unter Wolken dahinfuhren, die so dick und zäh wie geronnene Milch waren, und meine Gefühle rau und ungefiltert in mir tobten und mehr schmerzten als mein malträtierter Brustkorb und mein verbeulter Kopf, sagte Ronnie: »Ich weiß nicht, wie's dir geht. Aber wenn ich die drei da sehe, denke ich einerseits, dass die in etwa so hart wirken wie meine tote Tante. Andererseits sind sie mir schon unheimlich. Ich finde, wir sollten zum FBI gehen.«

»Gute Idee. Ich habe auch das perfekte Beweismaterial für die im Kofferraum. Und ich weiß, wo es vielleicht noch mehr gibt. Im Country Club. Wir brauchen alles, was wir kriegen können, denn wie die gesagt haben, sie können das alles durch ihr Geld und ihren Status zum Verschwinden bringen. Allerdings wissen sie nicht, über was ich schon verfüge und was noch dazukommen könnte.«

»Ich denke, die haben vor, dich verschwinden zu lassen, Danny. Und mich auch.«

»Scheint, als wären sie dazu in der Lage. Und auf ihre Weise könnten sie sogar finanziell von unserem Tod profitieren.«

»Bist du sicher, dass es im Country Club mehr gibt?«

»Nein. Aber ich würde es gern herausfinden.«

Ich erklärte ihr die Sache mit den Lebensversicherungen und brachte meine Sorge um ihre Eltern und uns zum Ausdruck. Ich schilderte ihr, wie wir alle ins Visier ihres Versicherungsbetrugs geraten und zu Menschenopfern für Creosote Johnny werden konnten.

»Meinst du, die glauben, dass diese Statue eine Art Gott oder Dämon ist, dass der Gruselige Johnny …«

»Creosote Johnny.«

»Denkst du, die sind der Meinung, dass er Macht hat, dass er ihnen irgendwelche Kräfte verleiht?«

»Ich glaube, er ist ihr Totem. Er repräsentiert für sie alles, was sie immer sein wollten. Ich habe meine Zweifel, dass die dabei an was Übernatürliches glauben. Das ist eher so was wie eine alte Taschenuhr von einem geschätzten Verwandten. Oder wie eine Hasenpfote. Etwas Rituelles, wie Shirley gesagt hat. Und es ist ziemlich schaurig. Als ich es in die Hand genommen habe, hatte ich das Gefühl, dass es eine Art dunkle Kraft hat. Das kommt wahrscheinlich daher, dass ich in Bert Chandlers Aufzeichnungen was darüber gelesen hatte, obwohl ich wusste, dass das Blödsinn war. Ich musste an diese Geschichte denken, die ich mal gelesen hab. In der geht es darum, dass das, was eine Person fühlt, dazu beiträgt, was sie erschafft, und dass es auf einer gewissen Ebene real wird. Die haben Creosote Johnny auf der Grundlage ihrer eigenen Ansichten und Veranlagungen geschaffen. Auf gewisse Weise ist dieses Ding sie selbst. Wenn sie je Seelen hatten, hat das verdammte Ding sie absorbiert. Natürlich nur metaphorisch. Hoffe ich jedenfalls.«

»Jetzt jagst du mir Angst ein«, klagte Ronnie.

»Ich werde das, was ich schon habe, in mein Auto packen, sobald ich es von Buck wiederkriege, und dann verlasse ich die Stadt und fahre zu meinem Haus. Ich gebe dir die Adresse. Hier ist der Schlüssel für deine Eltern. Sag ihnen Eltern, dass sie dorthin kommen sollen. Fleh sie an, dorthin zu kommen. Ganz egal wie verrückt sich das für sie anhört, überzeug sie.«

»Ich glaube, es Chief Dudley zu erzählen wäre keine gute Idee.«

»Das würde ich lieber sein lassen. Ich weiß nicht, ob er so einen Schuss hat wie die, aber die hätten nicht so viel Macht, wenn sie keinen Einfluss hätten. Wenn ich es richtig verstehe, gelten für den Country Club nicht einmal die normalen Gesetze. Und ich weiß es zwar nicht genau, aber ich vermute, dass sie auch das Sheriff's Department mit ihren Leuten unterwandert haben. Vielleicht haben die nicht vor, dem Stadtrat direkt zu helfen, aber sie könnten bereit sein, es indirekt zu tun.«

»Indem sie sich raushalten.«

»Indem sie ihm freie Hand lassen, damit alles glatt läuft.«

»Na ja, dem Sheriff's Department trau ich auch nicht. Treffen wir uns dann später in deinem Haus? Dann planen wir, wie wir an die Akten kommen, von denen du geredet hast, und schauen uns an, was drinsteht.«

Als wir vor dem Chandler-Haus hielten, schrieb ich meine Adresse in ihren Notizblock und sagte ihr, wo der Zweitschlüssel lag, für den Fall, dass sie vor mir dort eintraf.

Ronnie drückte sich an mich, ich hielt sie fest, und diesmal war es kein schneller Kuss. Ich hasste es, sie wieder loslassen zu müssen.

42

Bucks Autowerkstatt suchte ich in den Gelben Seiten heraus. Obwohl er behauptete, dass er es nicht mochte, auf den anderen Buck Rogers angesprochen zu werden, war seine Werbeanzeige für Abschleppdienst, mechanische Arbeiten und Karosseriearbeiten mit Raketen verziert, die einen Teil seines Namens bildeten.

Ich stellte fest, dass die Adresse westlich der Stadt lag, nicht weit von der Stelle, wo Buck mich aufgegabelt hatte. Ich beschloss, zu Fuß hinzugehen und auf einen Anruf zu verzichten. Unter der schweren Wolkendecke, die weiteren Regen ankündigte, hatte sich die Luft aufgeheizt. Ein leichter, warmer Wind seufzte und trug den befriedigenden Duft feuchter Erde mit sich.

Obwohl es später Nachmittag war und ein Mann, der mit seinem Axtstiel spazieren ging, vielleicht einen seltsamen Anblick bot, kann ich nicht behaupten, dass ich mir deswegen große Sorgen machte. Ich trug ohnehin bereits eine Zielscheibe auf dem Rücken. Und seit ich die Bibliothek verlassen hatte, in der die verschrumpelten Herrscher dieser kleinen Welt saßen, kam mir all das ein wenig traumartig und lächerlich vor.

Ich ging und sah weder einen kupferfarbenen Ford noch weiß oder schwarz geschminkte Schläger. Allerdings hatte ich den Verdacht, dass sie ihre Aktivitäten in farbenfroher Verkleidung ohnehin nur nachts ausübten.

Als ich Bucks Werkstatt erreichte, war mir heiß, aber ich fühlte mich trotzdem schon viel besser als zuvor. Nur in den Beulen an meinem Kopf pochte es noch. Der warme Spaziergang hatte den Rest von mir aufgelockert.

Bucks Werkstatt war großzügig bemessen. Mein Auto stand draußen an der Seite geparkt. Es war mit neuen Reifen bestückt, und obwohl ich vergessen hatte, es zu erwähnen, hatte er auch die abgebrochenen Scheibenwischer ersetzt.

Drinnen hingen Werkzeuge an der Wand, außerdem einige aufgepumpte Reifenschläuche an Haken sowie ein Kalender mit einem langbeinigen schwarzen Model ohne jegliche Bekleidung. Der Kalender weckte sofort meine Aufmerksamkeit; ich müsste lügen, wenn ich etwas anderes behaupten wollte. Ich sah nicht so lange hin, dass es peinlich geworden wäre, aber was mich davon abbrachte, war nicht mein Anstand. Tatsächlich hatte mich der Kalender davon abgehalten, etwas zu bemerken, das mir sofort hätte auffallen müssen.

In einer der Boxen stand ein Auto, bei dessen Anblick ich ein Kribbeln verspürte, aber nicht so eines, wie es der Kalender verursachte. Ich fand Bucks Büro sofort. Es befand sich im hinteren Bereich und die Tür stand einen Spalt offen. Ich hörte dadrinnen einen kleinen Ventilator rauschen und ging hinein.

Buck saß an seinem Schreibtisch. Er blickte mit seinem freundlichen Gesicht und einem Lächeln zu mir auf.

»Ich habe gesehen, dass Sie mir neue Reifen und neue Scheibenwischer montiert haben«, sagte ich.

»Ich schreib Ihnen gerade die Rechnung. Oh, und Sie haben Ihren Axtstiel ja auch noch.«

»Ohne den gehe ich nicht aus dem Haus.«

Ich nahm auf dem Holzstuhl vor seinem Tisch Platz. Der kleine Ventilator stand auf einer Fensterbank und kämpfte gegen die Hitze an wie ein Kind gegen einen Profiwrestler. Trotzdem machte er den Aufenthalt dort nach meinem Spaziergang etwas angenehmer.

Ich legte den Axtstiel auf den Boden. Buck gab mir die Rechnung. Ich zog einen Scheck aus meiner Brieftasche, füllte ihn aus und gab ihn ihm.

Als ich den Scheck über den Tisch schob, sagte ich: »Ich habe gesehen, dass Sie dadrin ein Auto auf der Hebebühne haben.«

»Gut beobachtet.«

»Es ist kupferfarben. Ein Ford.«

»So ist es.«

»Ist der in der Nähe des Sees liegen geblieben?«

»Das stimmt.«

»Darf ich fragen, wem er gehört?«

Er hob eine Augenbraue, öffnete die mittlere Schublade seines Schreibtischs, legte meinen Scheck hinein und schob sie wieder zu.

»Jefferson Davis«, antwortete er.

»Dem Präsidenten der Konföderierten. Der lebt noch?«

»Sehr witzig, Danny. Das muss dieser Schriftsteller-humor sein. Wenn es dieser Jeff Davis wäre, hätte ich ihn umgebracht, schon aus Prinzip. Nein, ein Schwarzer namens Jefferson Davis. Warum fragen Sie?«

»War dieser Jefferson Davis in Begleitung eines großen Weißen, als er hier reinkam?«

»Ja, war er.«

»Die kamen zu Fuß, stimmt's? Hatten ein paar Blessuren, so wie ich? Als hätte ihnen jemand ein paar Schläge mit der Faust und einem Axtstiel verpasst?«

»Eine ganz schöne Fragenliste haben Sie da.«

»Stimmt.«

»Reden Sie von dem Axtstiel, den Sie mit sich herumschleppen?«

»Einem von zweien. Ich weiß nicht mehr genau, welcher welcher ist.«

»Ja, die hatten was abgekriegt. Hatten Flecken von irgendwas im Gesicht. Man konnte erkennen, dass sie versucht hatten, sich was abzuwischen.«

»Verbrannter Kork und Theaterschminke.«

Ich zögerte, bevor ich weitersprach, aber dann dachte ich: *Was soll's, jetzt bin ich sowieso schon ohne Fallschirm aus dem Flugzeug gesprungen.*

»Lassen Sie mich Ihnen eine kleine Geschichte erzählen«, begann ich.

»Kommen Bären drin vor? Ich mag Geschichten über Bären.«

»Jedenfalls ein Bär, der eine Taschenlampe hat.«

Ich erzählte ihm, was mir in der letzten Nacht widerfahren war. Ich teilte ihm mit, dass ich der Ansicht war, dass der Stadtrat hinter vielen üblen Dingen steckte.

Von einigen davon erzählte ich ihm, erwähnte aber nicht die Beweise, die ich hatte. Das meiste ließ ich weg. Dafür fügte ich hinzu, dass Ronnie vielleicht in Gefahr sei. Ich beobachtete seine Reaktion.

Er wurde aufmerksamer. »Glauben Sie wirklich?«

»Vielleicht habe ich schon zu viel gesagt, aber ich wollte es Ihnen nicht vorenthalten, weil ich alle Informationen gebrauchen kann, die ich über Jeff Davis und diesen anderen Mann bekommen kann. Und Ronnie scheint Ihnen zu vertrauen.«

Möglicherweise ging ich zu weit, indem ich Ronnies Namen benutzte, um Buck an Bord zu bekommen. Aber wenn Buck an Jefferson Davis' Wagen arbeitete … Hieß das schon, dass er sein Freund war? Oder war er nur ein Geschäftsmann, der einen Auftrag ausführte? Ich hatte begonnen, so gut wie jeden zu verdächtigen, über Verbindungen zum Stadtrat zu verfügen, selbst einen Abschleppwagenfahrer und Automechaniker. Erst wollte ich es meinem Verfolgungswahn zuschreiben, aber ich war zu paranoid, um ganz daran glauben zu können.

Buck lehnte sich zurück, schürzte die Lippen und fragte: »Und Sie glauben, das ist dasselbe Auto, das Ihnen gefolgt ist?«

»Es ist kupferfarben. Sie haben es von dort abgeschleppt, wo ich in der letzten Nacht gewesen bin, nicht? War eine regnerische Nacht. Die sind von der Straße abgekommen. Kamen zu Fuß hierher. Ja. Das ist dasselbe Auto.«

»Jeff war schon immer ein Onkel Tom. Aber ich weiß nicht. Dieses Zeug mit den Tunneln. Sie hören sich wie so einer an, der sich einen Hut aus Alufolie aufsetzt, damit die Außerirdischen seine Hirnwellen nicht anzapfen können. Aber Jeff ist schon ein zwielichtiger Typ. Der Sklavenhalter seines Großvaters war ein Konföderierter. Eins der Sklavenkinder haben sie aus Spaß Jefferson Davis genannt. Damals kam es oft vor, dass Weiße den schwarzen Kindersklaven Namen gaben, wenn sie Lust dazu hatten. Gott, vielleicht war einer von den Weißen sogar sein Vater. Wie würden Sie das finden? Wenn Sie ein Kind haben und jemand anderes gibt ihm seinen Namen? Muss echt beschissen sein. Aber der Name hat sich weitervererbt. Hört sich unwahrscheinlich an, jedenfalls nach dem Ende der Sklaverei. Aber Jeffs Familie hat immer für die Parkers gearbeitet und ist vor ihnen gekrochen. Das ist eine Familientradition, wie Augenbohnen am Neujahrstag.«

»Tatsächlich?«

»Jeff würde die Konföderiertenflagge schwenken und ›Dixie‹ singen, wenn ihn der Stadtrat drum bittet. Er würde sogar Scheiße fressen und hoffen, dass sie ihm ein bisschen Soße dazu geben. Wenn man genug davon frisst, gewöhnt man sich dran. Mit oder ohne Soße. Ihm schmeckt's jedenfalls. Natürlich kann es vorkommen, dass man so viel davon frisst, dass man nichts mehr runterkriegt.«

»Wie Sie?«

»Ich bin doch hierher zurückgekommen, oder nicht? Bin weggegangen, habe studiert und bin wieder zurückgekommen, wie eine verdammte Brieftaube. Was sagt man dazu, hm? Ich bin wieder hier und fresse Scheiße. Zwar weniger und seltener, aber ich habe immer noch den Geschmack im Mund, und ich bekomm auch keine Soße dazu. Ich hab ’ne Heidenangst davor, dass ich mich so dran gewöhnen könnte wie Jeff.«

»Wer ist der Weiße, der bei Jefferson Davis war?«

»Coolie Parker. Aus Judea Parkers Familie. Ein Cousin. Weit unten in der Rangordnung, aber er gehört dazu.«

»Ist er auch mit Estelle Parker verwandt?«

»Ist das die Hübsche aus der Bücherei?«

»Genau.«

»Japp. Sind verwandt. Und jetzt kommt’s: Coolie ist ein Cop.«

»Ach du liebes bisschen.«

»Genau. Jetzt wissen Sie, wie wir Schwarzen uns fühlen, wenn wir mit den Cops zu tun haben. Jetzt ist der Spieß mal umgedreht.«

»Nicht alle von uns Weißen wurden mit einem Silberlöffel im Mund geboren. Und Chief Dudley? Was ist mit dem?«

»Der ist zwar freundlich zu uns, aber er ist schon zu lange im Dienst, als dass die ihn nicht zumindest manchmal fernsteuern würden. Hören Sie, wir können Jeff anrufen, ihm sagen, dass er vorbeikommen soll, und höflich mit ihm reden. Wenn Ronnie in Gefahr ist, würde ich das tun. Nur eine Unterhaltung.«

»Sie müssen sich nicht in die eigene Suppe spucken. Ich habe Ihnen schon mehr erzählt, als ich sollte.«

»Dann lassen Sie mich noch einmal fragen: Warum haben Sie das getan?«

»Vielleicht suche ich Verbündete. Ich hatte bei Ihnen so ein Gefühl und hoffe, dass es sich bestätigt.«

»Das ist ein Teil der Wahrheit. Aber ich glaube, es hat mehr damit zu tun, dass ich Jeffs Wagen hier habe und Sie sich gedacht haben, dass ich vielleicht was über ihn weiß, oder? Sie haben mir einiges erzählt, aber nicht mehr als nötig, nicht alles. Bei manchen Dingen wollten Sie einfach erfahren, ob ich es schon weiß. Sie versuchen, mehr Informationen über verschiedene Leute herauszukitzeln.«

»Mag sein.«

»Ich schleppe Autos ab und repariere sie. Mehr nicht. Ich gehöre keiner bösen Geheimorganisation an. Ich bin nicht mal sicher, ob es hier überhaupt so eine Organisation gibt. Ich denke zwar, dass da draußen eine Menge Arschlöcher rumlaufen. Die Stadt ist voll davon. Aber wenn ich mich auf diese Sache hier einlasse, muss ich am Ende vielleicht den Schwanz einziehen und aus der Stadt abhauen.«

»Sie haben schon genug getan. Haben mir gesagt, was ich wissen musste.«

»Sie führen mich immer noch an der Nase herum, was, Danny? Ich werde das bestimmt noch bereuen, aber ja, Sie haben den Richtigen erwischt. Wenn alles schiefgeht, können Sie und ich ja zusammen abhauen. Dann mache ich irgendwo anders eine Werkstatt auf. Sie kriegen eine Box, in der Sie schreiben können, bringen mir Kaffee und kochen für mich, um die Miete abzuarbeiten.«

»Würden wir nachts auch kuscheln?«

»Warum nicht?«

»Hätte ich einen eigenen Schreibtisch?«

»Warum nicht? Und Ihren eigenen Ventilator. Ich rufe Jeff an.«

43

Während Buck den Anruf machte, ging ich nach draußen, fuhr mein Auto in eine Box in der Werkstatt und zog das Rolltor herab. Wenn Jefferson Davis keinen Röntgenblick hatte, würde er es nicht sehen können.

Ich ging wieder ins Büro, wo der Ventilator stand.

Buck hatte die Beine ausgestreckt und die Füße auf den Tisch gelegt, während ihm das Gerät kühle Luft in den Nacken blies.

»Der Drecksack kommt in ein paar Minuten. Hat gesagt, jemand bringt ihn vorbei. Wenn dieser Jemand dabei bleibt, schauen wir einfach, wie es läuft. Mir wäre es lieber, wenn Sie erst mal hier hinten im Büro bleiben, wo Sie keiner sieht.«

»Ich möchte nicht, dass Sie das allein machen.«

»Sie haben eine blauschwarze Beule am Kopf und bewegen sich wie eine Spinne, der vier Beine fehlen. Ich lass die Tür ein Stück offen. Sie können zuhören. Bis der Zeitpunkt kommt, wo Sie herauskommen sollten.«

»Also gut«, sagte ich.

»Ich werde vielleicht ein paar Sachen erwähnen, die sich für Sie schlecht anhören könnten, aber geraten Sie nicht in Panik. Manche davon sind vielleicht wirklich so schlecht, wie sie sich anhören, aber die meisten nicht. Glaube ich jedenfalls«.

»Soll das eine Motivationsrede sein?«

»Schon möglich.«

»So funktioniert das nicht.«

Ich stand im Büro und sah durch einen Spalt zwischen den Vorhängen auf den Vorplatz hinaus. Da, wo ich stand, nützte mir der Ventilator nichts.

Neben dem Fenster hing eine Reihe eingerahmter Fotos. Auf allen war Buck in Army-Sachen zu sehen. Bei ihm standen noch andere Soldaten, außerdem ein Deutscher Schäferhund, ungefähr so groß wie ein Elch.

Ein blauer Chevy Impala mit einem Kratzer an der Tür fuhr vor und Jeff stieg aus. Sein Hemd hing aus der Hose und flatterte, und er ging, als wäre eins seiner Beine aus Holz. Gut. Das Humpeln hatte er entweder von mir oder von dem Autounfall.

Ich ließ den Vorhang los und schlich in Richtung Tür. Sie war nur angelehnt, sodass ich mich hinter ihr verstecken und durch den Spalt in die Werkstatt blicken konnte.

Jeff kam herein. Buck lächelte und sprach ein paar freundliche Worte. Ich wartete darauf, dass er anfing, diese schlechten Dinge zu sagen.

Buck sagte: »Er ist im Büro.«

Er hatte mich reingelegt. Ich lief zum Axtstiel, der am Boden lag, aber dann waren sie auch schon durch die Tür. Jeff richtete einen kleinen Revolver auf mich, den er unter seinem Hemd versteckt hatte, wahrscheinlich im Hosenbund über dem Steißbein.

»Leg den Axtstiel weg«, sagte Buck. »Oder besser: Gib ihn mir.«

Ich zögerte. Dann gab ich ihn ihm. Mit einem Axtstiel konnte man nichts gegen einen Revolver ausrichten.

»Warum setzt du dich nicht?«, fragte Jeff.

»Erschieß ihn nicht in meinem Büro, wenn es sich vermeiden lässt«, bat Buck.

»Wir bringen ihn wieder raus zum See, weil's ihm da so gut gefällt. Und dann gibt's keine Spielchen mehr. Dann schieß ich dir ein paar neue Löcher, du Schnüffler. Wo bist du gestern Nacht mit diesem Schwachsinnigen hingegangen? Habt ihr euch in irgendeinem Graben in den Arsch gefickt?«

»Einen Graben brauchten wir nicht«, erwiderte ich. »Ich hab einfach die Hose runtergelassen und mich auf den Axtstiel gestützt. Ich hätte gern deinen Namen gerufen, als er's mir gemacht hat, aber den kannte ich da noch nicht.«

Er spannte den Hahn des Revolvers.

»Am See wär's nicht so eine Sauerei«, erinnerte ihn Buck.

»Du elender Bastard«, sagte ich zu Buck. »Was du mir alles für Quatsch erzählt hast.«

»Ich hab doch gesagt, dass man sich ans Scheißefressen gewöhnt. Hab gerade welche gefressen. Mann, für einen Reporter quatschst du viel zu viel.«

»Kann sein.«

»Hast du noch irgendwen angerufen, irgendwem gesagt, dass du herkommst, Jeff?«, erkundigte sich Buck.

»Ich hab meine Schwester angerufen, damit sie mich hier absetzt. Sie weiß aber nichts.«

»Das Auto ist noch nicht ganz fertig«, sagte Buck.

Jeff verzog das Gesicht. »Das hast du am Telefon aber gesagt.«

»Ich hab gelogen.«

Buck schlug mit dem Axtstiel so heftig auf Jeffs Arm, dass ich für möglich hielt, dabei könnte ein Knochen gebrochen sein. Jeff heulte auf und ließ die Waffe fallen. Nach dem nächsten Schlag lag er auf den Knien und blutete aus dem Mund.

»Was soll die Scheiße?«, rief Jeff. Ein Zahn fiel zwischen seinen Lippen hervor, prallte einmal vom Boden ab und blieb liegen wie ein Kaugummi.

»Ich wollte sichergehen, dass Danny mir die Wahrheit darüber erzählt hat, wie du versucht hast, ihn umzubringen.«

»Das vergesse ich dir nie«, sagte Jeff.

»Solltest du aber lieber, wenn du den Rest deiner Zähne behalten willst.« Buck sah mich an, grinste ein wenig und sagte: »Denk doch mal nach. Ich sitze hier in meinem Büro, und irgendein Bleichgesicht, dem ich erst ein Mal begegnet bin, kommt rein und erzählt mir diesen ganzen Scheiß. Ich musste doch sichergehen, bevor ich meinen Hals in die Schlinge stecke.«

»Und? Bist du jetzt sicher?«

»Absolut.«

Auf Bucks Anweisung ging ich in die Werkstatt, zog die Rolltore vor allen Boxen herunter und schloss den Hintereingang ab.

Als ich wieder ins Büro kam, ließ ich alle Rollläden runter, wie er gesagt hatte. Dann ließ Buck mich den Revolver auf Jeff richten, während er ein Seil nahm und ihn an den Stuhl fesselte, auf dem er saß. Als er fertig war, gab ich ihm die Waffe wieder. Er steckte sie sich in den Hosenbund. Dann hoben wir Jeff und den Stuhl gemeinsam hoch und trugen ihn in eine der leer stehenden Boxen.

»Was habt ihr vor?«, fragte Jeff.

»Wir verpassen dir 'ne Autowäsche, Jeff«, erwiderte Buck.

Ich hatte keine Ahnung, wovon er redete. Ich spielte einfach mit.

Buck holte einen Eimer vom anderen Ende der Box und füllte ihn mit Wasser aus einem dort befindlichen Wasserhahn. Dann nahm er ein großes, zerlumpt wirkendes Handtuch, das voller Schmierflecken war, warf es sich über die Schulter und kam mit dem Eimer zurück.

Er stellte den Eimer neben dem Stuhl ab. Dann nahm er das Tuch von der Schulter, tauchte es hinein, ließ es ein paarmal im Wasser verschwinden und zog es wieder heraus, wobei er es mit einer Hand festhielt. Etwas von dem Wasser tropfte auf den Boden. Buck nahm das Handtuch und wrang es mit seinen großen Händen über dem Eimer aus.

Ohne auch nur »Achtung« zu sagen, holte er mit dem nassen Tuch aus und schlug Jeff damit auf ein Ohr. Das Wasser bespritzte uns alle. Ein Geräusch wie von einem in einen Fluss platschenden Biberschwanz ertönte und Jeff kippte mitsamt dem Stuhl um. Er gab einen Laut von sich, von dem mir fast übel wurde.

»Verdammt noch mal, Buck«, rief ich.

»Bleib cool und sei still«, wies er mich an. Er sah auf Jeff auf dem umgekippten Stuhl hinab und sagte: »Hör zu, Jeffy. Das hab ich gemacht, damit du bereit bist, mir ein, zwei Fragen zu beantworten, die ich habe. Du gibst mir besser die richtigen Antworten. Ich habe einen eingebauten Bullshitdetektor, und ich habe dieses Tuch. Stell ihn auf, Danny.«

Ich nahm den Stuhl und stellte ihn wieder aufrecht. Aus Jeffs Ohr rann ein wenig Blut.

»Ich geh jetzt auf die andere Seite, damit ich in dein gesundes Ohr sprechen kann«, sagte Buck.

»Gott, Buck«, gab Jeff zurück. »Ich hab dir doch nie was getan.«

»Du hast meine Gefühle verletzt, indem du den Mächtigen so in den Arsch gekrochen bist. Den Parkers. Dem Stadtrat.«

»Ich versuche bloß, über die Runden zu kommen, Buck. Das weißt du doch. Müssen wir das nicht alle irgendwie?«

»Aber dir scheint das mehr zu gefallen als uns anderen.«

»Die Dinge sind, wie sie sind, Mann.«

»Die Dinge sind folgendermaßen, Jeff. Ich werde dich was fragen. Und jedes Mal wenn du nicht antwortest oder mich an der Nase herumführst, zieh ich dir eins mit diesem Scheißhandtuch über. Man könnte meinen, ein nasses Handtuch bringt nicht viel, aber das hat eine Menge Wumms. Das habe ich von ein paar Cops in Tyler gelernt. Davor war ich ’ne Tunnelratte in Vietnam. Hast du das gewusst, Jeff? Da hab ich ein paar üble Sachen erlebt. Bin zu den Ratten gegangen, damit sie nicht mehr die Hunde da runterschicken. So haben sie’s zuerst gemacht. Aber die Hunde hatten das nicht verdient, was da unten mit ihnen passiert ist. Das Ganze hat mich ein bisschen gemein gemacht. Ich kann verdammt gemein werden, wenn’s nötig ist, Jeff.«

»Hab ich gemerkt«, erwiderte Jeff.

»Ja, das hast du. Ich hatte gedacht, das, was ich in Vietnam getan habe, wäre nicht ohne. Aber diesen Trick mit dem nassen Tuch, den haben mir die Cops in Tyler gezeigt. Die haben mich in einer Zelle mit schwachem Licht für ein paar Tage ins Kreuzverhör genommen, bevor sie gemerkt haben, dass ich der Falsche war.«

»Das ist echt scheiße, Buck.« Jeff versuchte, so zu tun, als wäre er auf Bucks Seite. »Wie die dich behandelt haben.«

»Den Mann, den sie eigentlich wollten, haben sie nur erwischt, weil er reinkam und gestanden hat. Hatte ein schlechtes Gewissen oder so’n Scheiß, hatte das Gefühl, er müsste es sich von der Seele reden. Der sah mir nicht mal ähnlich. War kleiner, hatte hängende Schultern und einen Arsch wie ein Sofakissen. Und weißt du, was richtig interessant war, nachdem sie mir zwei Tage lang das nasse Ding um die Ohren gehauen hatten? Er war weiß. Die haben mich genommen, mich in eine Zelle gebracht, mich an einem Stuhl festgebunden. Ich hab dagesessen so wie du jetzt. Da hatten sie einen Eimer

Wasser, ein Handtuch und so einen großen weißen Typen, der hätte einen Baseball so weit werfen können, dass er aus dem Stadion geflogen wär. Und der hat mich in die Mangel genommen. Nachdem ich 15 Minuten dadrin gewesen war, hab ich mich eingeschissen und zwei Raubüberfälle, Sex mit Tieren und einen Autodiebstahl gestanden, und nichts davon hatte ich gemacht. Mann, ich hab denen die Story erzählt, dass ich ein Huhn oder 'ne Ente oder so was gefickt habe. Ich glaube, ein Schaf hab ich auch noch erwähnt. Hab überlegt, ob ich gleich von 'ner Herde Kühe reden sollte. Weißt du, das hat ganz schön wehgetan, wenn die mich mit diesem verdammten nassen Handtuch geschlagen haben, also hab ich sie angeschwindelt. Aber ich kenne dich, Jeff. Ich weiß, wie du bist. Wenn du mich anschwindelst, merke ich das. Haben wir uns verstanden, Jefferson Davis?«

»Tu mir das nicht an, Bruder.«

Er riss das Tuch hoch und ließ es hart von oben auf Jeffs Kopf hinuntersausen, Wassertropfen flogen, leuchtende kleine Kugeln im Licht. Der Schlag ließ Jeffs Kinn auf die Brust hinuntersacken und wieder hochschnellen, wie bei einem Akkordeon, das man zusammengedrückt hatte.

Als sich Jeff wieder gefangen hatte, rief er: »Fuck, Mann. Gott, Buck. Meine Fresse.«

»Gott kannst du bald Guten Tag sagen.«

»Du hast mir noch nicht mal 'ne Frage gestellt.«

»Stimmt … jetzt, wo du's sagst. Ich dachte, ich hätte.«

»Ich weiß nicht, ob das hier eine gute Idee ist, Buck«, mischte ich mich ein.

»Tja dann … Wenn's dich so stört, geh doch ins Büro, stell dich vor den Ventilator und warte, bis ich müde werde oder fertig bin. Nimm dir den Kalender da an der Wand mit. Auf dem Tisch sind Taschentücher.«

»Das hier ist noch nicht mal dein Problem«, gab ich zu bedenken.

»Du hast es dazu gemacht. Nachdem du mir das alles erzählt hast, hab ich die Schnauze einfach voll. Mir ist klar geworden, dass ich noch mehr Scheiße fresse, als ich dachte.«

Jeff war erst zweimal geschlagen worden, aber er sah aus, als wäre er nur noch zwei weitere Schläge von einer billigen Beerdigung entfernt.

Buck sagte: »Bevor ich weitermache, Jeff, bevor ich dir die erste Frage stelle: Für den Fall, dass hier was schiefgeht … Ist die Schwester, die dich hierhergebracht hat, deine nächste Verwandte? Ich überlege schon, was für einen Unfall du gehabt haben könntest. Vielleicht hast du dich in der Waschanlage verfangen.«

»Was willst du wissen?«, gab Jeff zurück. »Komm schon, Mann. Frag.«

Buck war zum Eimer zurückgekehrt und tauchte wieder das Handtuch hinein. Er wrang es sorgfältig zwischen den Fäusten aus und ließ es zusammengerollt. Dann stellte er sich breitbeinig vor Jeff auf und schwang das Tuch hinter sich.

»Frag mich, Mann. Frag mich einfach alles, was du willst.«

»Na schön. Aber überleg dir deine Antwort gut. Ich will eine Glühbirne über deinem Kopf aufleuchten sehen, weil du so scharf nachdenkst. Danny hat heute eine Unterhaltung mit dem Stadtrat gehabt. Die hatten letzte Nacht was mit ihm geplant, nicht wahr? Denk nicht mal dran, mir ein X für ein U vorzumachen. Rede.«

»Ich und Coolie sollten ihn ein bisschen aufmischen, ihn vielleicht auch einfach von der Bildfläche verschwinden lassen. Dann ist plötzlich dieser große Typ aufgetaucht und hat ihn uns weggeschnappt. Leg das Tuch weg, Buck. Ich rede ja.«

Buck schaute zu mir. »Hast du noch 'ne Frage an ihn?«

»Du weißt, was da draußen vorgeht, oder?«, fragte ich Jeff.

»Nee, die ganzen Einzelheiten kenne ich nicht.«

Buck ließ das Tuch durch die Luft sausen, ließ es wie eine Peitsche knallen und traf Jeff unter dem Kinn. Wieder fiel der Stuhl um.

»Fuck«, rief Jeff.

»Sei so freundlich und stell ihn wieder hin«, bat mich Buck. »Noch mal. Ich möchte sehen, ob ich's schaffe, dass er 'nen Salto macht.«

Ich stellte den Stuhl hin.

Jeff hustete, wobei ein feiner Nebel aus Blut aus seinem Mund kam und die Luft rot färbte. Einen Moment später fielen winzige Tropfen davon auf den Boden.

»Was du zuletzt gesagt hast, war Bullshit, frisch aus dem Bullenarsch.« Buck beugte sich zu Jeff hinunter und brachte sein Gesicht nahe an seines.

»Ich kenne dich.«

»Mann, wir waren doch zusammen angeln.«

»Ja, aber ich hatte keinen Spaß dran. Ich kenn dich schon mein ganzes Leben, Jeff, und ich muss dir sagen, ich hab dich noch nie leiden können.«

Jeff beugte sich nach vorn und spuckte Blut auf den Boden.

»Das verletzt meine Gefühle, Buck. Du hast doch mit meiner Cousine gefickt. Erinnerst du dich an sie? Jill … Jenny.«

»Jessica.«

»Ich hab nichts mehr zu sagen. Los, mach ein Ende mit mir, aber hör mit diesem beschissenen Handtuch auf.«

»Ich mag das Handtuch. Meinst du nicht auch, dass ich das Handtuch mag, Danny?«

»Scheint so.«

Buck lehnte sich zurück, schwang das Tuch hinter sich und biss die Zähne zusammen.

Jeff rief: »Also gut, weißer Mann. Stell mir die Frage noch mal. Die, die ich falsch beantwortet habe.«

»Er meint dich«, sagte Buck.

»Gibt ja keinen anderen Weißen hier«, erwiderte ich. »Versicherungspolicen, Jeff. Erzähl mir was darüber.«

»Ich hab mit ihren Geschäften nichts zu tun. Ich tu nur, was die von mir wollen, wenn sie's wollen. Die bezahlen mich gut dafür.«

»Ich hab nichts über Versicherungen gehört«, sagte Buck. »Er hat dich nach Versicherungen gefragt.«

Jeffs Gesicht war voller Schweiß, Wassertropfen vom Tuch und Blutstropfen. »Ich bin kurz davor, 'nen Abgang zu machen. Wenn ich noch mal falle, komm ich nicht wieder hoch.«

Buck setzte sich in Bewegung. Das Tuch zischte los, peitschte durch die Luft und ein Sprühregen traf uns alle. Der plötzliche Knall ließ mich beinahe aufschreien.

»Du bist noch nicht so nah am Exitus, wie du gleich sein wirst«, drohte Buck.

»Schon gut, schon gut … Scheiße, wenn ich euch dieses Zeug erzähle, muss ich danach die Stadt verlassen und am besten immer weiterfahren.«

»Damit habe ich kein Problem«, sagte Buck.

»Die haben so eine Zeremonie. Die holen da so ein beschissenes Stück Kreosotbuschholz raus, in das ein Gesicht reingeschnitzt ist. Wenn sie das aufstellen, heißt das, es ist Zeit für Versicherungsgeld. Die haben einen Stuhl mit Löchern hinten drin, und dann wird ein Gast unter Drogen gesetzt und hingeschleppt, den sie da draufsetzen.

Sie schieben ein Seil durch die Löcher und um seinen Hals, und dann drehen sie diesen Stock um, ganz langsam, während diese alten Typen an einem Tisch sitzen und zuschauen. Dabei machen sie Fotos und filmen das Ganze mit einer Amateurkamera. Da fangen ihre alten Augen an zu strahlen.

Einmal fiel ihnen gerade niemand ein, also haben sie einen streunenden Hund versichert und ihn erwürgt, und ihr könnt drauf wetten, dass sie dafür Geld eingestrichen haben. An die kommt keiner ran. Die sind hinter einem Schutzwall. Die meinen, wer A sagt, muss auch B sagen. Ist ja nicht so, dass die Polizei versucht, irgendwas rauszufinden. Die haben das Gesetz selbst in der Hand.«

»Und dein Kumpel Coolie hilft ihnen dabei«, warf ich ein.

»Wir arbeiten zusammen, hängen aber sonst nicht zusammen rum. Wenn er zu einer Versammlung in den Club kommt, serviere ich einfach Drinks und versuche so zu tun, als wäre das, was die da machen, gar nicht so irre. Das gehört einfach alles zum Job. Ich muss meine Rechnungen bezahlen, und der Rat sorgt für verlässliche Kohle. Besser als Kartoffeln ernten, im Altenheim Ärsche abwischen oder Rasenmähen. An das Geld gewöhnt man sich, das ist gar nicht schwer. Man gewöhnt sich an Zufriedenheit. Ich sollte so zufrieden und so nützlich bleiben, wie ich kann, denn ich denke mir, dass die irgendwo auch eine Versicherung mit meinem Namen drauf haben. Ich will einfach noch nicht, dass die das Geld für mich einstreichen.«

»Die drei könnten noch nicht mal zusammen einen Türknauf drehen«, entgegnete ich. »Wer erwürgt diese Leute?«

»Heutzutage macht das Mr. Jack Jr. Der wäre imstande, ein Baby mit einer Rassel totzuschlagen, nur so aus Spaß. Die sind alle so, jeder Einzelne, aber Jack Jr. ist heute der Einzige, der jung genug ist, um diesen Stock zu drehen und die Schlinge zuzuziehen. Er ist wie ein großer Bär. Ich hab ihn immer nur dann lächeln sehen, wenn er diesen Stock gedreht hat. Eins sag ich dir, weißer Junge: Die haben auch eine Versicherung mit deinem Namen drauf, und du hast sie schon unterschrieben und weißt es nicht mal.«

»Ich habe keine Fragen mehr«, sagte ich.

Buck ließ das Handtuch in den Eimer fallen, und Wasser spritzte hoch.

»Was ist jetzt mit mir?«, fragte Jeff. »Wollt ihr mich an diesen Stuhl gefesselt lassen?«

»Vielleicht wird das dein neues Zuhause«, gab Buck zurück.

44

»Er könnte gelogen haben«, sagte Buck. Wir saßen in seinem Büro, er hinter dem Schreibtisch, ich auf einem Hocker, den er aus dem Schrank geholt hatte. Jeff war immer noch in der Werkstatt, immer noch an den Stuhl gebunden, hatte aber jetzt einen Lappen im Mund. Einen ölverschmierten.

»Ein Stück Kreosotbuschholz mit Gesicht. Ein verdammtes Geheimversteck. Dazu noch die Geschichte über deinen Kumpel Flashlight Boy, der mit Ratten zusammen in einem Tunnel wohnt, Kleidung aus Gräbern stiehlt und Knochen in Autos legt. Und dann noch die ganze Sache mit den Leuten, die auf einem Stuhl sitzen und erwürgt werden. Ich habe zwar behauptet, ich wüsste, wann Jeff lügt, aber ich bin mir da gar nicht mehr so sicher. Glaubst du irgendwas von dem Scheiß?«

»Nicht nur irgendwas, sondern alles. Ich habe Creosote Johnny gesehen. Von der Sache mit dem Stück Holz habe ich dir nichts erzählt, auch nicht von diesem rituellen Erwürgen, weil ich das erst von jemandem hören wollte, der davon weiß.

Ich warte immer noch darauf, dass ich aus diesem Traum aufwache, aber es wird einfach immer abgefahrener.«

»Ich wusste ja, dass die vom Stadtrat gierige Säcke sind und auf dem absteigenden Ast, aber … Scheiße, Mann.«

»Man gewöhnt sich dran zu tun, worauf man Lust hat. Wenn man immer wieder damit durchkommt, macht man einfach weiter, egal wie haarsträubend es ist. Was ist mit Jeff? Was passiert jetzt mit ihm?«

»Nichts Schlimmes.«

»Was genau?«

»Das entscheide ich. Stell mir keine Fragen mehr dazu, Danny. Ich werde ihn in seine abgewrackte Mistkarre setzen, ein Stück fahren, ihn aus der Stadt bringen und ihm zum Abschied drohen. Vielleicht verpass ich ihm sogar noch 'ne Abreibung, bevor ich ihn gehen lasse, aber ich kümmere mich schon um ihn.«

»Glaubst du, dass er abhauen und wegbleiben wird?«

»Er wird wissen, was die Alternative dazu ist. Mach dich deswegen nicht verrückt. Er und Coolie, die hätten dich umgebracht oder dich da abgeliefert, wo man dich auf diesen Würgestuhl gesetzt hätte. Unnötig, dass du dir Sorgen um Jeff machst.«

»Die werden ihn suchen.«

»Ich glaub nicht, dass sie sich große Mühe geben werden.«

Buck verschränkte die Hände hinter dem Kopf und bekam einen Blick, als hätte er irgendetwas Wichtiges auf einer öffentlichen Toilette vergessen.

»Du hast mich in diese Sache reingezogen, Danny. Jetzt versuch nicht, mir ein schlechtes Gewissen zu machen.«

»Du hast schon mehr getan, als ich erwartet hatte. Aber … das stimmt. Es ist meine Schuld.«

»Das einzige Mal, dass mir je was leidgetan hat, war, als wir einen großen, schönen, alten Schäferhund namens Bobo in so ein Loch in Vietnam kriechen ließen, in einen Tunnel. Er hat zwei Vietcong erwischt, hat ihnen die Scheißkehlen durchgebissen, aber sie haben Bobo dabei umgebracht. Dann hab ich sie gefunden. Danach war nicht mehr viel von ihnen übrig. Und seitdem, Danny, und das sage ich, ohne mich dafür entschuldigen zu wollen, habe ich kein bisschen Reue mehr in mir. Wenn ich jemandem auf die Füße trete oder mich vordränge, ›Tut mir leid, Verzeihung‹. Wenn mir jemand mit üblen Absichten in die Quere kommt, zahl ich's ihm mit üblen Absichten heim. Hunde sind zehnmal besser als Menschen. Und beim Fressen nicht so wählerisch. Natürlich gibt es noch Ronnie. Ich könnte sie sehr mögen, aber bis jetzt konnte ich sie noch nicht mürbe machen. Kann sein, dass sie eine bessere Art Mensch sucht. Geh nach Hause und lass mich das hier zu Ende bringen.«

Ich nahm meinen Axtstiel, verließ das Büro und sah den an den Stuhl gefesselten Jeff an, der einen Lappen im Mund hatte. In seinem Blick lag Hoffnung.

Ich ignorierte ihn, holte mein Auto aus der Box, fuhr bis zum Bordstein und blieb dort am Steuer sitzen, wobei ich das Lenkrad so fest umklammerte, wie Jack Jr. diese Garrotte gepackt haben musste.

In diesem Moment war ich nicht gerade stolz auf mich. Ich war nur der gute alte Danny Russell, der Assistent eines Experten für nasse Handtücher. Ich hatte nur ein paar kleine Fragen gestellt und einen Mann an einen Stuhl gefesselt zurückgelassen, mit einem Lappen im Mund.

Jetzt brauchte ich bloß noch ein paar Fliegen die Flügel auszureißen, ein Kätzchen eine Treppe hinunterzutreten und an Heiligabend ein Waisenhaus in Brand zu stecken, in dem die Kinder in ihren Betten schliefen und die Geschenke unter dem Baum lagen. An Jeff würde ich nicht mehr denken. Er war wie der Wellensittich, von dem die Mutter behauptete, er sei aus dem Fenster in die Freiheit geflogen, obwohl in Wahrheit die Katze das meiste von ihm gefressen hatte und der Rest unter einem Rosenbusch vergraben war.

Mir war sterbenselend zumute. Ich fühlte mich überwältigt. Als wäre ich Nebendarsteller in einem Melodram. Als wäre ich durch das Brückengeländer gebrochen und auf dem Weg ins Wasser. Ich hatte alle möglichen Empfindungen, aber gut fühlte ich mich ganz sicher nicht.

45

Als ich beim Chandler-Haus eintraf, ließ ich in meiner Zerstreutheit den Axtstiel im Wagen zurück, was ich sonst nie tat.

Drinnen saßen Mrs. Chandler und Christine Humbert auf dem Sofa. Mrs. Chandler sah mittlerweile aus, als hätte sie ihre Haut ausgezogen und zu lange auf Kleiderbügeln hängen lassen.

Christine wirkte weniger selbstsicher als sonst. Sie trug Jeans, ein weites Hemd und Tennisschuhe. Ihr Haar war zurückgebunden, offenbar etwas hastig, denn hier und da ragten einige Strähnen hervor.

Beide sahen mich an.

Ich betrat das Zimmer ohne Einladung. So langsam verhielt ich mich wirklich wie ein frecher Hund. Ich legte die Akten auf den Couchtisch. Christine blickte zu mir auf. Ihre Augen waren feucht. Ihre Hände ruhten auf ihren Knien. Ihre Daumen und Zeigefinger waren geschient und mit weißem Klebeband umwickelt.

»Ich hatte gehofft, Sie zu sehen«, sagte Christine. »Ich habe Mrs. Chandler eine Abschiedsnachricht übergeben. Ich verkaufe die Zeitung und ziehe um. Habe ein gutes Angebot bekommen.«

»Was?«

»Ich glaube, es ist das Beste.«

Ich sah auf ihre Hände hinab. »Wer war das?«

»Ich hatte einen Unfall.«

»Was für einen Unfall?«

»Einen dummen. Danny, manchmal reicht es nicht aus, im Recht zu sein. Ich wollte Sie noch einmal sehen, bevor ich abreise.«

»Ach, verdammt«, sagte ich.

»Keine Artikel mehr. Schreiben Sie Ihr Buch. Tun Sie es woanders, aber schreiben Sie es.«

»Erst haben die mit mir geredet, jetzt haben sie mit Ihnen geredet. Hat Jack Jr. das getan?«

»Ich ziehe es vor, von einem Unfall zu sprechen.«

»Und wenn man Ihre Vorlieben mal beiseitelässt: War es dann Jack Jr.?«

»Fahren Sie nach Hause, Danny. Ich dachte, manche Dinge könnten sich ändern. Ich hielt mich für eine tapfere Kämpferin. Es schien mir so einfach zu sein, und die kamen mir so berechenbar vor. Aber das Böse gewinnt öfter, als wir uns eingestehen wollen. Es hat eine stärkere Agenda als wir anderen. Auf Wiedersehen, Danny.«

Christine stand auf, kam herüber und küsste mich auf die Wange. Dann ging sie vorsichtig an mir vorbei zur Tür. Ich dachte daran, eine motivierende Rede zu halten und ihr zu erklären, wie wir gewinnen könnten, aber ich hatte nicht mehr die Kraft dazu. Ich hörte, wie sie ging und die Haustür hinter sich zuzog.

Mrs. Chandler sagte: »Lassen Sie es auf sich beruhen, Danny. Sie hat Angst, und jedes Recht dazu. Sie weiß, was Sie haben. Ich habe ihr von Berts Akten erzählt.«

»Wir wären keine besonders gute Geheimorganisation.«

»Geheimnisse gab es schon genug. Es wird Zeit, dass man ein Licht auf diese Kakerlaken richtet. Aber Christine muss hier weg. Das ist das Beste. Vielleicht hat sie recht, und auch Sie sollten gehen. Schreiben Sie das Buch so, wie sie gesagt hat. Weit weg von hier.«

»Ich muss zugeben, das ist mir auch schon in den Sinn gekommen. Aber ich glaube, dass die das langfristig doch verhindern würden. Die haben mir einen Ausweg angeboten, aber ich tippe darauf, dass das nur ein Versuch war, mich glauben zu lassen, ich hätte einen. Ich soll mich ein bisschen beruhigen, und dann können sie besser dafür sorgen, dass ich verschwinde oder irgendwo in einem Straßengraben gefunden werde. Aufgrund irgendeines Missgeschicks.«

»Setzen Sie sich zu mir, Danny.«

Ich tat es.

»Hören Sie zu. Sie wollte mir nicht sagen, wer es gewesen ist, aber jemand hat ihre Hände in eine Schreibtischschublade gesteckt und sie zugeknallt. Er hat ihr deutlich gemacht, dass es kein gutes Ende für sie nehmen wird, wenn sie weiter Ihre Artikel veröffentlicht. Alle Mitarbeiter der Zeitung haben sich für eine andere berufliche Laufbahn entschieden. Christine ist zäh, aber so zäh nun auch wieder nicht. Das muss auch niemand sein. Ich habe das Gefühl, dass ich das alles ausgelöst habe, indem ich vor langer Zeit dieses Buch geschrieben habe. Vielleicht hätte ich das nicht tun sollen.«

»Ich würde am liebsten in mein altes Zuhause zurückkehren, neue, stabile Schlösser an allen Türen anbringen, die Fenster vergittern, ins Bett steigen und drinbleiben. Das wäre mir am liebsten.«

»Aber?«

»Wenn ich das tue, ist das genauso, als würde ich selbst Leute misshandeln und ermorden. Wenn ich schweige, wird es nämlich dazu kommen.«

»Das stimmt ... glaube ich«, erwiderte Mrs. Chandler.

»Was ist mit Ihnen? Sie sind auch in Gefahr.«

»Ich schätze, bis die sich entschieden haben, sich an mir zu rächen, bleibt ihnen schon nichts anderes mehr übrig als auf mein Grab zu pinkeln.«

Ich hob die Akten hoch. »Ich vermute, Sie schaffen es, den Krebs irgendwie auszutricksen.«

Sie lächelte mich an. Es war ein Lächeln, das mir sagte, dass sie meine Worte nicht sonderlich überzeugend fand.

Oben setzte ich mich hin und schrieb den nächsten Artikel genau so, als wüsste ich, dass er veröffentlicht würde. Als ich fertig war, war es spät am Abend.

Das Wetter war nicht besonders einladend, aber ich kam zu dem Schluss, dass ich verschwinden musste. Es war verrückt, aber ich nahm meinen Artikel, steckte ihn mit meinem restlichen Zeug in den Koffer, packte meine Schreibmaschine und meine ganze Ausrüstung ein und trug alles zum Auto hinaus. Es dauerte zwei Stunden, durch den dichten Regen zu dem Haus zurückzufahren, das ich von meiner Tante geerbt hatte.

Weder Ronnies Wagen noch der ihrer Eltern war zu sehen. Entweder waren sie noch nicht angekommen oder sie hatten gar nicht vor zu kommen. Es fiel Ronnie wahrscheinlich nicht leicht, ihre Mutter und ihren Vater aufgrund von etwas, das sie für bloße Gerüchte halten mussten, von einer Flucht zu überzeugen. Und ich glaubte auch nicht, dass die beiden dazu neigten, vor Schwierigkeiten davonzulaufen.

Ich benutzte den Zweitschlüssel, der unter einem Stein im Beet mit verwelkten Blumen versteckt war. Es fühlte sich merkwürdig an, in diesem Haus zu sein. Als hätte der letzte Rest Hoffnung diesen Ort verlassen. Ich nahm einen schalen Geruch wahr, aber vielleicht bildete ich ihn mir auch nur ein.

Ich schaltete die Klimaanlage ein und schloss die Türen ab. Wie sicher ich war, wusste ich nicht, aber ich fühlte mich sicherer als in den Tagen zuvor. So weit entfernt von New Long Lincoln und allem, was ich wusste. Hier schienen diese Welt und das, was in ihr vorging, so fern zu sein wie ein anderes Universum.

Ich ging ins Bett, aber ich schlief nicht gut. Der Geist meines Vaters besuchte mich nicht, aber meine Erinnerungen daran, wie Buck Rogers den armen Jeff Davis bearbeitete, führten dazu, dass ich mich unruhig hin und her wälzte. Ich konnte das Geräusch hören, mit dem dieses nasse Handtuch auf menschliche Haut klatschte.

Am nächsten Morgen las ich mir meinen Artikel noch einmal durch. Als ich über die Beweise nachdachte, über die Menschen, die für Versicherungsgelder ermordet worden waren, änderte sich mein Empfinden ein wenig, was Jefferson Davis anging. Zwar wäre ich nicht bereit gewesen, ihn selbst mit einem nassen Tuch zu schlagen, aber ich war ein wenig dankbarer dafür, dass jemand anderes es getan hatte.

46

Ich wachte auf, weil Regen auf das Haus prasselte. Obwohl der Morgen bereits angebrochen war, war das Licht, das durch den Spalt zwischen den Vorhängen fiel, kaum erkennbar und schien eine blauschwarze Farbe zu haben. Draußen wurde mein Vorgarten überschwemmt. Der Wind hatte Äste von den Bäumen gerissen, die nun wie die Skelette toter Riesen aussahen.

Mein Telefon war nicht mehr angeschlossen. Nachdem ich ein paar abgelaufene Cornflakes mit Wasser anstelle von Milch gegessen hatte, konnte ich mich aufraffen, durch den Regen in die Stadt zu fahren und mir eine Telefonzelle zu suchen. Auf dem Weg vom Auto zum Telefon wurde ich so nass, man hätte mich auswringen und Jeff Davis mit mir totschlagen können.

Ich kramte etwas Kleingeld aus der Tasche, rief Ronnie an und fragte sie, ob sie kommen würde.

»Das war merkwürdig. Ich habe den ganzen Abend versucht, sie zu überzeugen, und erst heute Morgen waren sie einverstanden zu gehen. Aber ich bin nicht sicher, wie lange sie bleiben werden. Ich habe Mom den Schlüssel gegeben. Sie wollen vor dem Mittag losfahren. Vielleicht auch etwas später. Sie warten darauf, dass der Regen nachlässt, obwohl es laut Wetterbericht noch für die nächsten Tage schlecht aussieht. Der Regen ist wahrscheinlich für alle ein Hindernis, auch für den Stadtrat.«

»Verlass dich nicht drauf. Der Stadtrat hat jetzt auch dich im Visier, und ich halte die für eine gehässige Bande, die sogar deine Eltern in Gefahr bringen würde, nur um es dir heimzuzahlen. Nicht dass sie nicht imstande wären, dir direkt Schaden zuzufügen, aber ich glaube, dass sie so denken. Sadismus ist das, was sie vereint. Was ist mit dir? Kommst du auch?«

»Ich kann nicht weglaufen, Danny. Ich bin Polizistin.«

»Hab schon damit gerechnet, dass du das sagen würdest.«

»Irgendjemand muss hier in der Stadt das Gesetz vertreten, und ich glaube, im Moment gibt es da niemanden außer mir und Chief Dudley.«

»Du hast ihm doch nichts erzählt, oder?«

»Wie viel davon würde er denn glauben, wenn ich es ihm erzählen würde?«

»Die haben Sachen, mit denen sie ihn erpressen können.«

»Das bedeutet nicht, dass er in alle ihre Machenschaften eingeweiht ist oder überhaupt weiß, was vorgeht.«

»Das ist eine ihrer Stärken, dass wir nicht wissen, wer mit ihnen unter einer Decke steckt und wer nicht. Die sind wie Vampire, nur dass sie kein Blut saugen, sondern Geld und Macht an sich reißen. Wer soll das glauben? Manchmal wissen nicht mal die Opfer, dass sie ausgesaugt werden.«

»Coolie Parker kam heute zur Arbeit und sah aus, als hätte er mit gefesselten Händen gegen einen Dachs gekämpft.«

»Ich hoffe, er hat Schmerzen.«

»Er sagte, er habe einen Autounfall gehabt.«

»War zu erwarten. Die Kampfspuren hat er von mir und Flashlight Boy.«

»Wenn du mich von zu Hause aus anrufst …«

»Telefonzelle.«

»Ich nehme an, du hast die Nase voll.«

»Gestern Abend hatte ich das, für eine Weile. Christine verlässt gerade im Raketentempo die Stadt. Sie hat mir gesagt, ich soll das Buch zu Hause schreiben. Irgendjemand, ich tippe auf Jack Jr., hat ihr beide Daumen und Zeigefinger gebrochen, und davor hat er sie einen Verkaufsvertrag für ihre Firma unterschreiben lassen. Das hätte sie niemals getan, wenn sie eine Wahl gehabt hätte.«

»Mein Gott.« Beinahe hätte ich ihr von der Sache mit Jefferson Davis erzählt und von dem, was er uns gesagt hatte, aber das hätte weder mich noch Buck in einem guten Licht dastehen lassen, also hielt ich es für das Beste, diese Information fürs Erste zurückzuhalten.

»Ich wollte hierbleiben und das Buch schreiben, aber ich bin zu dem Schluss gekommen, dass ich mehr Beweise brauche. Im Country Club gibt es Akten, Ronnie. Ich glaube, das sind Andenken, Trophäen von denen, die sie für Versicherungsgeld und ihren perversen Spaß erledigt haben. Wenn ich diese Akten in die Finger kriege, habe ich einwandfreie Beweise. Wie Shirley gesagt hat, dreht sich alles um Rituale, und ich schätze, dass das Sammeln von Trophäen oder von den Aufzeichnungen ihrer Taten dazugehört. Das könnten handfeste Belege sein.«

»Hört sich nebulös an.«

»Alles hört sich nebulös an. Ich denke immer noch manchmal, dass ich bald aufwachen werde und das alles vorbei ist. Hör zu, ich hab die Klimaanlage im Haus eingeschaltet, also hätten deine Mom und dein Dad es hier kühl. Hier ist nichts zu essen, wenn man von einer halben Schachtel Cornflakes ohne Milch absieht. Ich werde noch ein paar Sachen besorgen, das Auto volltanken und zu dir fahren. Ich lege ein bisschen Geld auf den Küchentisch, damit deine Eltern sich Essen kaufen können. Sie sollen es hier nicht schwer haben. Und sei vorsichtig auf dem Revier. Ich glaube, da gibt es mehr Spitzel als Bullen.«

»Ich bin vorsichtig, verlass dich drauf. Ich habe ein bisschen Angst.«

»Das ist gut. Ich habe eine Menge Angst. Ich werde versuchen, jemanden zu finden, dem ich die Sache erzählen kann, einen Gesetzeshüter von außerhalb der Stadt. Wahrscheinlich hätte ich genug in der Hand, aber der Fall wäre noch klarer, wenn in diesen Akten im Country Club das drinsteht, was ich glaube. Wenn man noch die Akten von Mrs. Chandlers totem Mann Bert dazunimmt, hätten sogar ihre Kontaktleute große Schwierigkeiten, sie noch zu unterstützen und aus Scherereien herauszuhalten. Können wir uns am späten Nachmittag bei Mrs. Chandler treffen?«

»Ich habe vorher noch ein paar Sachen zu erledigen, und das will ich auch, um keinen Verdacht zu erregen. Aber ich sollte vor Sonnenuntergang da sein können.«

»Das reicht. Wäre vielleicht besser, wenn du nicht deine Uniform trägst und wenn du in deinem eigenen Wagen kommst, nicht im Polizeiauto. Nichts ist so auffällig wie ein Streifenwagen vor dem Haus.«

»In Ordnung.«

»Aber denk an deine Pistole.«

47

Blitze tanzten über den Himmel, knisterten zwischen den Bäumen, zuckten wie Stroboskoplicht durch Zweige und Blätter und brachten hallende Donnerschläge mit sich, bei denen man unwillkürlich die Hinterbacken anspannte.

Viele der Lichter, die in den Häusern am späten Morgen noch brannten, gingen aus und ließen die Dunkelheit ein, während ich vorbeifuhr. Transformatoren auf Masten fauchten und zischten, Straßenlaternen erloschen.

Meine neuen Scheibenwischer kämpften gegen den Regen an und meine Scheinwerfer waren kaum heller als zwei Leuchtkäfer in einem Sack. Das Wasser floss über die Straße und der Wind schüttelte mein Auto wie einen Würfel in einem Knobelbecher.

Das Benzin ging mir langsam aus, aber ich war voller Energie, als ich etwa zur Mittagszeit beinahe schwimmend in New Long Lincoln eintraf. Auf den Straßen stand das Wasser knöcheltief und selbst die alte Jefferson-Davis-Statue wirkte, als wünschte sie sich einen Schirm, denn sie war nur ein Umriss in dem dunklen Regen.

Überall in Mrs. Chandlers Straße standen Autos am Bordstein, also musste ich ein Stück entfernt parken und rannte über den Bürgersteig zur Veranda. Ich hatte meine Axtstiele dabei. Die Tür war abgeschlossen. Ich benutzte meinen Schlüssel. Durchnässt, wie ich war, empfand ich die Luft im Haus als unangenehm kühl.

Ich rief nach Mrs. Chandler. Ich spürte eine leichte Erschütterung der Dielenbretter, und einen Augenblick später erschien sie in der Küchentür. Sie wirkte noch schwächer und gebrechlicher als bei unserer letzten Begegnung.

»Sie hätten nicht zurückkommen sollen.«

»Glauben Sie mir, das weiß ich.«

»Einen Moment.«

Sie ging und kehrte mit einem Handtuch zurück. Ich trocknete mich ab. Sie forderte mich auf: »Kommen Sie in die Küche und essen Sie einen Happen.«

Ich gab ihr das Tuch und ging hinein. Sie sagte: »Schauen Sie in den Kühlschrank. Machen Sie sich selbst was. Ich habe weder Appetit noch die Kraft, viel zu tun.«

»Klar.«

Mrs. Chandler legte das Handtuch über die Rückenlehne eines Stuhls und setzte sich auf einen anderen. Ich fand etwas Sandwich-Fleisch, das ich nicht identifizieren konnte, das jedoch frisch aussah, nahm dazu eine Scheibe Käse, Brot und Mayonnaise, um mir ein einfaches Sandwich zuzubereiten. Es gab etwas aufgebrühten Kaffee, der schon ein wenig abgestanden war und schmeckte, als hätte er Wut im Bauch. Ich aß und nippte langsam. So schlecht der Kaffee auch sein mochte, er schmeckte mir.

»Ich fühle mich nicht gut, Danny.«

»Das tut mir so leid.«

»Mir auch. Hören Sie, es gefällt mir kein bisschen, dass Sie zurückgekommen sind, gleichzeitig freue ich mich aber auch darüber. Ich habe den ganzen Morgen hier gesessen und über die Dinge nachgedacht, die ich nicht getan habe.«

»Aber mit dem Buch haben Sie doch versucht, etwas zu bewirken.«

»Das ist, als würde man in den Ozean pinkeln und sagen, jedes bisschen hilft.«

»Ich habe da die eine oder andere Idee.« Ich erzählte ihr von den Akten im Club und von meinen Erwartungen, was sie enthalten könnten.

»Das könnte tatsächlich die Lösung sein«, erwiderte sie. »Hören Sie, ich muss mich hinlegen. Gestern habe ich mich noch relativ in Ordnung gefühlt, aber heute … Vielleicht liegt es am Regen. Heute fühle ich mich wie Scheiße auf Rädern.«

»Das trifft eher auf Kate Conroy zu.«

Damit brachte ich sie ein wenig zum Lachen. »Ich nehme an, das stimmt. Und wissen Sie, was mich traurig macht? Dass mich dieses Miststück wahrscheinlich überleben wird.«

Es war spät am Nachmittag, und es wirkte, als wäre die Sonne bereits untergegangen, obwohl sie während der Sommermonate für gewöhnlich erst spät am Horizont versank.

Ich beschloss, all mein Zeug zusammenzupacken. Egal wie das hier alles ausging, und selbst wenn ich die Akten im Club in die Finger bekam – nach dieser

Nacht würde ich New Long Lincoln den Rücken kehren.

Ich dachte an die Schlösser an den Hängeregistraturen. Damit mussten wir fertigwerden. Ich konnte ein Schloss knacken, wenn ich genug Zeit und das richtige Werkzeug hatte. Aber vielleicht würde es schneller gehen, wenn ich einfach eine Brechstange oder das scharfkantige Ende eines Montierhebels für Reifen benutzte, auch wenn das eine weniger elegante Lösung war.

Als ich den leeren Koffer auf das Bett legte, ging das Licht aus. Okay. Das war nicht verwunderlich. Ich hatte überall entlang der Straße Lampen erlöschen sehen. Aber irgendetwas machte ›Klick!‹ in meinem Kopf, und der Grund dafür war, dass ich weder einen Blitz gesehen noch Donner gehört hatte.

Okay. Muss nicht sein.

Das Licht kann auch ausgehen, ohne dass du irgendwas hörst.

Draußen war es immer noch regnerisch und dunkel. Vielleicht war irgendwo an der Straße etwas durchgebrannt. Eine Stromleitung. Ein Transformator.

Dann aber hörte ich etwas, das nicht ins Bild passte. Es war ein Klicken, als würde die Haustür vorsichtig geöffnet. Aber die Haustür war abgeschlossen, und nur Mrs. Chandler und ich hatten einen Schlüssel.

War sie auf den Beinen?

Vielleicht.

Dachte sie jetzt, an einem beinahe stockfinsteren Nachmittag, darüber nach, einen Spaziergang zu machen?

Ich spähte zwischen den Vorhängen hindurch. Auf der gegenüberliegenden Straßenseite vor der Bank leuchteten ein paar Lampen. Ich brachte mein Gesicht näher an die Fensterscheibe und sah in beide Richtungen. Dort erkannte ich viele Lichter hintereinander, verschwommen durch den starken Regen. Okay. Es war also kein Trafo durchgebrannt.

Jemand hatte den Hauptschalter im Sicherungskasten des Hauses umgelegt.

Ich schlich zur Tür und drückte mein Ohr daran. Ich glaubte zu hören, wie die Haustür geschlossen wurde, und dann spürte ich Luftdruck an meiner Tür, als diejenige im Flur zugezogen wurde.

Ich schloss meine Zimmertür ab und lauschte weiter.

War jemand auf der Treppe? Ich glaubte Schritte zu hören.

Konnte es Mrs. Chandler sein?

Ich hatte sie schon oft die Stufen heraufsteigen hören, aber diese Schritte klangen anders. Sie klangen schwer. Ich durchquerte im Dunkeln das Zimmer, schnappte mir einen Stuhl und schob ihn unter den Türknauf.

Ich hörte, wie die kaputte Stufe nahe am oberen Ende knarrte und die Schritte kurz aufhörten.

Es verging genug Zeit, um mir alles Mögliche auszumalen. Dann knarrte die Stufe erneut, als das Gewicht sich von ihr hob.

Okay. Es war nicht nur meine Fantasie, die mit mir durchging, und es war nicht Mrs. Chandler, es sei denn, sie hatte 20 Kilogramm zugenommen und bewegte sich wie ein Elefant.

Ich nahm einen der Axtstiele aus der Zimmerecke. Meine Nackenhaare richteten sich auf, dicht und widerspenstig wie die Borsten einer Zahnbürste. Ich stützte den Stiel auf meiner Schulter ab und bereitete mich auf einen kräftigen Schlag vor.

Ich zog die Vorhänge weit auf, damit mehr Licht von draußen auf den Eindringling fallen würde. Dann hörte ich, wie der Türknauf vorsichtig gedreht wurde. Das Schloss hielt stand.

In Ordnung, Danny. Bleib cool. Konzentrier dich. Noch ist niemand im Zimmer. Die Tür ist abgeschlossen. Ein Stuhl steht …

Der Stuhl kratzte über den Boden und bewegte sich ein kleines Stück zurück, als die Tür mit einem heftigen Stoß ins Schloss gedrückt wurde. Ich schlich hinüber und schob ihn wieder an die richtige Stelle zurück. Die Drehung des Türknaufs war nicht zu leugnen. Dann wurde es still. Ich hatte kalten Schweiß auf der Haut und bekam weiche Knie. Ich setzte dazu an, eine Art Drohung auszustoßen, etwas wie »Ich bin bewaffnet«, aber ich konnte mich noch zurückhalten. Es war das Beste, wenn sie glaubten, dass die Tür abgeschlossen und ich verschwunden war.

Nein. Sie mussten mein Auto draußen gesehen haben. Das konnte ich also vergessen. Aber Moment mal – ich hatte nicht vor dem Haus geparkt. Immerhin etwas.

Wahrscheinlich hatten sie Schusswaffen. Es war vielleicht mehr als einer. Ich wollte nicht, dass sie mich sofort sahen, wenn sie durch die Tür kamen, vor allem wenn sie Waffen hatten …

Dann sah ich am unteren Ende der Tür ein wenig Licht, das sich über den Boden bewegte.

Mrs. Chandler konnte eine Taschenlampe haben. Sie brauchte sicher eine. Aber warum sollte sie dort am oberen Ende der Treppe stehen … und warum hatte sie weder angeklopft noch etwas gesagt?

Nein. Sie war es nicht, sosehr ich auch versuchte, mir das einzureden.

Wieder schlich jemand vor der Tür herum. Wieder wurde der Türknauf gedreht, diesmal weniger vorsichtig. Der Stuhl rutschte ein Stück zurück. Ich stützte ihn mit dem Bein ab.

Zitternd hielt ich meinen Axtstiel bereit. Dann hörte ich eine Art Bellen oder eher einen Schrei am Fuß der Treppe. Es war ganz sicher kein fröhlicher Laut. Vor meiner Tür setzte sich etwas in Bewegung und entfernte sich. Ich hörte wieder die Stufen knarren, und jetzt gab sich da draußen niemand mehr Mühe, sich leise zu verhalten. Der Einbrecher lief die Treppe ungefähr so heimlich hinunter wie ein Rhinozeros, das ein paar Tanzschritte ausprobierte.

Ich wartete. Ich hielt die Ohren offen.

Meine Tür vibrierte, als die Tür unten geöffnet wurde. Ein weiterer Schrei ertönte, und diesmal erkannte ich die Stimme.

Mrs. Chandler.

Ich nahm all meinen Mut zusammen – auch meinen Leichtsinn, was am Ende wohl auf dasselbe hinauslief –, nahm den Stuhl und stellte ihn zur Seite.

Mit dem Axtstiel über der Schulter benutzte ich die andere Hand, um das Schloss zu entriegeln.

Niemand schoss auf mich, als ich die Tür aufstieß.

Ich schlich mich auf den Treppenabsatz und sah nach unten. Die Haustür stand weit offen. Der Regen wurde auf die Veranda und in den Flur geweht, beinahe bis zu der Stelle, an der die Treppe begann.

Blitze zuckten vor dem Fenster im Erdgeschoss.

Ich atmete tief durch und stieg hinab. Mein Fuß traf die knarrende Stufe. Ich erstarrte.

Nichts.

Ich ging hinunter und schaute ins Wohnzimmer. Auch dort war niemand. Ich ging weiter bis zum Wandschrank im Flur. Ich öffnete ihn und nahm die Schachtel mit der Pistole.

In der Küche stellte ich die Schachtel auf den Tisch und legte den Axtstiel daneben. Dann lud ich die Pistole mit allen sechs Patronen. Meine Hände zitterten. Ich musste mich sehr konzentrieren, um die Patronen in die Kammern zu bekommen.

Ich ließ den Stiel liegen, nahm die Pistole mit und kehrte zum Schrank zurück. Dort legte ich den Revolver auf ein Regalbrett und holte die einschüssige Schrotflinte heraus, mit der Mrs. Chandler Jefferson Davis und Coolie Parker Angst eingejagt hatte.

Es gelang mir, all das in der Dunkelheit zu tun, aber es war hier unten nicht so dunkel wie oben, weil das Licht von der anderen Straßenseite hier stärker und direkter ins Haus schien. Es kam durch die Wohnzimmerfenster herein und drang bis zur Schranktür vor, und auch durch die Küchenfenster fiel Licht. Es hätte nicht für Reparaturen ausgereicht, aber abgesehen davon genügte es.

Ich wühlte im Schrank herum und fand eine Taschenlampe, aber es waren keine Batterien darin. Ich suchte nach Schrotpatronen und fand eine Schachtel. Mit den Fingerspitzen tastete ich darin herum. Drei Patronen.

Ich kippte den Lauf, schob eine hinein und steckte mir die anderen zwei in die Hosentasche. Mit einer Schrotflinte wäre ich vielleicht tatsächlich in der Lage gewesen, etwas zu treffen, aber auf jemanden zu schießen stand nicht sehr weit oben auf meiner Prioritätenliste. Jedenfalls war es bisher so gewesen. Doch als ich dort in diesem kleinen Flur vor dem Wandschrank stand, ordnete ich diese Liste neu, und jemandem den Kopf wegzupusten rückte weiter nach oben.

Ich hatte Angst, aber ich war auch wütend.

Ich durchquerte das Wohnzimmer bis zu der Tür gegenüber der Couch. Sie stand einen Spalt offen. Ich ging in die Hocke und hielt die Schrotflinte schussbereit, während ich die Tür mit dem Fuß aufschob. Das Zimmer war leer.

Um sicherzugehen, dass sich Mrs. Chandler nicht unter dem Bett versteckte oder im Wandschrank war, sah ich mich kurz im Raum um. Das erleichterte mir eine Taschenlampe, die ich zusammen mit verschiedenen Pillenfläschchen auf einem Beistelltisch fand.

Trotz ihrer Tapferkeit wünschte sich Mrs. Chandler jetzt vermutlich, dass sie mir nie irgendetwas gezeigt hätte. Dann hätte sie in ihrem Haus oder in irgendeinem Krankenhaus sterben können, vollgepumpt mit Morphium, anstatt mit einer Garrotte um den Hals auf einem Stuhl zu sitzen, während ein fröhlicher, teuflisch grinsender Jack Jr. unter den Augen des Stadtrats langsam die Schlinge zuzog.

48

Ich wusste, dass Ronnie später vorbeikommen würde, aber ich hatte keine Zeit, darauf zu warten. Ich musste sie anrufen.

Ich ging zur Haustür. Das Holz des Türrahmens wies Risse auf. Ich stieß die Tür zu. Sie hing schief, bot aber zumindest einen gewissen Schutz vor dem heulenden Wind und dem strömenden Regen. Als ich beim Polizeirevier anrief, um mit Ronnie zu reden, versuchte ich, freundlich und nicht verängstigt zu wirken. Ich musste darauf achten, mit wem und wie ich sprach. Eine nette Dame, vielleicht die junge Frau, die ich bei meinem ersten Besuch dort angetroffen hatte, sagte mir, dass Ronnie nicht da sei und gerade irgendetwas zu tun habe. Sie werde benachrichtigt, sobald sie wieder in ihrem Auto am Funkgerät saß. Als ich aufgelegt hatte, brauchte ich nicht lange nachzudenken. Ich konnte nicht warten, weil Mrs. Chandler nicht mehr viel Zeit blieb. Vielleicht hatten sie sich gar nicht erst die Mühe gemacht, sie in den Country Club zu bringen. Möglicherweise hatte sie ihnen bereits verraten, dass ich vorhatte, Akten zu stehlen. Sie hatte ihnen vielleicht auch verraten, wo Berts Moonshine Castle war, oder behauptet, ich hätte die Akten bereits, noch dazu die wichtigsten.

Ich hätte ihr keinen Vorwurf machen können.

Mit den Axtstielen auf dem Rücksitz, dem Revolver am Rückgrat unter meinem Hemd und der Schrotflinte neben der Taschenlampe auf dem Beifahrersitz fuhr ich durch ein Sperrfeuer aus Regentropfen zu Bucks Werkstatt.

Hinter dem Bürofenster an der Seite des Gebäudes war Licht zu sehen.

Ich parkte, stieg aus und versuchte die Tür zu öffnen. Abgeschlossen.

Nachdem ich durch den sintflutartigen Regen zum Bürofenster gewatet war, war ich völlig durchnässt und praktisch blind.

Ich klopfte ans Fenster.

Keine Reaktion. Ich klopfte noch einmal.

Nichts.

Na gut. Wer war bei so einem Wetter auch an seinem Arbeitsplatz?

Da stand ich nun mit meinen Waffen und dem immer stärker werdenden Gefühl im Bauch, dass sie morgen diese Versicherungspolice herausholen würden, die irgendwo abgeheftet war. In ein paar Tagen würde man mich aufgedunsen und von Fliegen umschwärmt irgendwo finden, und sie würden ihre Schecks einlösen. Kate und Jack Sr. würden mit Champagner anstoßen, Judea würde mit seiner Sauerstoffmaske in der Nähe sitzen und schlafen, und Jack Jr. würde kichernd vor seiner Garrotte hocken.

Als ich zum Auto zurückkehrte, sah ich einen Umriss neben dem Wagen. Ich konnte nicht erkennen, wer es war, bis Buck rief: »Wer ist da? Keine falsche Bewegung. Ich bin bewaffnet.«

»Buck, ich bin's.«

Er schaltete eine Taschenlampe ein. Ich sah nichts als eine Kugel aus nassem Licht.

»Verdammt, Danny. Was machst du hier?«

»Ich suche dich.«

»Setzen wir uns in dein Auto«, schlug er vor.

Beim Einsteigen sah er die Schrotflinte und legte sie zu den Axtstielen auf den Rücksitz.

»Du hast entweder einen Plan oder bist fürchterlich paranoid.« Er schob sich triefend nass auf den Sitz und legte den Revolver, den ich als den von Jefferson Davis erkannte, auf seinem Knie ab.

»Warum läufst du im Regen draußen herum?«, wollte ich wissen.

»Du hast ans Fenster geklopft. Ich wusste ja nicht, wer es ist. Und nach dem, was ich von dir und Jeff gehört hatte, war ich vorsichtig. Hab mich hinten rausgeschlichen und bin nach vorn gekommen.«

»Hör zu, Buck. Ich habe kein Recht, dich darum zu bitten, aber ich brauche deine Hilfe. Wenn du nicht kannst, dann kannst du nicht, aber ich sehe keinen anderen Weg. Und ich habe Angst.«

»Hilfe bei was?«

Ich erzählte ihm von Mrs. Chandler. Und ich sagte ihm auch, dass ich mir einige dieser Akten holen müsse.

49

Beim Fahren musste ich mich nach vorn beugen, um besser sehen zu können. Im prasselnden Regen und heulenden Wind hatte man das Gefühl, in einem kleinen U-Boot mit einer Windschutzscheibe und Scheibenwischern unterwegs zu sein. Die Scheinwerfer waren so gut wie nutzlos, weil sich über die bewölkte, verregnete Dunkelheit schließlich auch noch die Nacht gesenkt hatte.

Tat es mir leid, dass ich Buck gebeten hatte mitzukommen?

Ja. Er riskierte sehr viel.

War ich froh, dass ich es getan hatte?

Ja.

Seine Antwort auf meine nicht besonders verlockende Einladung war schlicht gewesen: »Ich bin bewaffnet, nass und bereit.«

Er wirkte weder besorgt noch nervös noch ängstlich. Ich dagegen spürte einen Knoten im Magen, der so groß wie eine Grapefruit war, und konnte den sauren Gestank meiner eigenen Furcht riechen.

»Was ist mit Jefferson Davis?«, fragte ich. »Was ist aus ihm geworden?«

»Man könnte sagen, er und sein Auto haben die Stadt verlassen.«

»Buchstäblich oder metaphorisch?«

»Lass es mich so formulieren. Er wird nicht wiederkommen. Da bin ich ganz sicher. Red nicht mehr davon.«

Der Knoten in meinem Bauch schien sich zu vergrößern und zu verhärten. Ich musste plötzlich an diesen Krater voller Öl und Schlamm denken, von dem er und Chief Dudley gesprochen hatten. Das Loch, das den Jeep verschluckt hatte. Aber ich hatte keine andere Wahl als diesen Gedanken schnell wieder loszulassen.

Ich sagte: »Meine Vermutung ist, dass sie Mrs. Chandler bestrafen werden, indem sie sie auf den Stuhl setzen. Ich weiß nicht, wie viel Zeit uns noch bleibt, aber wir können nicht einfach an der Vordertür halten. Wir müssen diese alten Tunnel aus der Prohibitionszeit benutzen.«

»Die Tunnel von Flashlight Boy. Hast du nicht gesagt, dass er so ein großer, gemeiner Kerl ist?«

»Groß und gefährlich schon, aber nicht gemein.«

»Klaatu barada nikto.«

»Damit kannst du's versuchen.«

»Scheiße. Pass auf!«

Im dichten Regen zeichnete sich eine Silhouette vor den Scheinwerfern ab. Eine Gestalt taumelte auf die Straße. Sie schien vor uns zu einer Wasserlache zu schmelzen. Ich trat auf die Bremse, der Wagen kam ins Schlingern, wirbelte im Kreis herum und geriet von der Straße in einen tiefen Graben, wo er mit einem markerschütternden dumpfen Knall und dem Geräusch reißenden Metalls aufprallte.

»Verfluchter Mist«, rief Buck.

Wenigstens waren wir auf den Rädern gelandet. Dampf quoll zischend unter der Motorhaube hervor.

Ich streckte mich nach der Taschenlampe, die vor meinen Füßen auf den Boden gefallen war, und versuchte, meine Tür zu öffnen. Ich stieg in knietiefes Wasser hinaus. Dann krallte ich mich in den Hang des Straßengrabens und kletterte hoch. Buck rutschte über den Sitz und blieb dicht neben mir.

Als wir die Straße erreichten, zog ich den Revolver unter meinem Hemd hervor. Ich sah keine Umrisse in der Nacht. Tatsächlich sah ich fast nichts. Dann konnte ich mit Mühe Mrs. Chandler erkennen, ein regloses Bündel auf der Straße.

Ich hatte die Lampe noch nicht eingeschaltet, weil ich befürchtete, mich damit zur Zielscheibe zu machen, aber schließlich wagte ich es und hastete zu ihr.

Sie bewegte sich ein wenig. Buck hielt für mich Wache, für den Fall, dass jemand aus dem Wald oder den Regenschleiern hervorkam. Ich steckte die Pistole wieder weg. Ich spürte die Kälte an meiner bereits tropfnassen Haut.

Ich beugte mich über Mrs. Chandler und richtete das Licht auf ihre Augen. Aus ihrem Mund rann Blut, das der Regen davonspülte. Ihre Augen öffneten sich mit flatternden Lidern und schlossen sich wieder. Ich wandte den Lichtstrahl von ihrem Gesicht ab.

»Die haben gedacht, ich wäre tot«, sagte sie.

»Bringen wir sie zum Auto«, schlug ich vor.

»In einer oder zwei Stunden wird das Wasser das Auto verschluckt haben«, entgegnete Buck. »Es steckt schon ziemlich tief im Graben.«

»Im Moment bleibt uns nichts anderes übrig.«

Ich fasste sie unter den Achseln, um sie aufheben und gleichzeitig die Lampe halten zu können. Buck nahm ihre Beine. Es gelang uns, den Graben hinabzurutschen, ohne sie fallen zu lassen, aber wir tauchten sie dabei ein wenig ins Grabenwasser.

Es war mühsam, doch nachdem wir die Axtstiele und die Schrotflinte auf den Boden gelegt hatten, konnten wir sie aufrecht auf die Rückbank setzen und vor Sturm und Regen in Sicherheit bringen. Das Auto wackelte durch die Windstöße, während Buck und ich vorn einstiegen.

Mrs. Chandler lehnte sich an die Wagentür, hustete und atmete laut.

Ich hielt das Licht in ihre Richtung, leuchtete ihr aber nicht ins Gesicht. Ich fragte sie: »Was ist passiert?«

»Die dachten, ich wäre tot. Ich hab angefangen, Blut zu husten. Hatte meine Pillen nicht. Durch die Schmerzen wurde ich ohnmächtig. Ich glaube, die dachten dann, dass sie mir sowieso nichts mehr antun könnten. Dann haben sie mich in den Regen rausgeworfen wie einen Müllsack und sind weitergefahren. Ich bin aufgewacht, aufgestanden und auf der Straße wieder zusammengebrochen. Ich glaube, die versuchen jetzt aufzuräumen. Die wollten sich auch Sie schnappen. Die dachten, Sie wären nicht mehr in Ihrem Zimmer, hätten es abgeschlossen und wären gegangen. Ich habe denen gesagt, dass Sie dahin zurückgegangen seien, wo Sie hergekommen waren.«

Weil mein Auto nicht an der Vorderseite des Hauses gestanden hatte, war durchaus denkbar, dass sie es ihr geglaubt hatten. Vielleicht hatte mir Mrs. Chandler so das Leben gerettet.

»Und wer ist das?«, fragte sie.

»Buck Rogers.«

»Der Astronaut?« Sie lachte, wobei Blut zum Vorschein kam.

»Von der dunklen Seite des Mondes«, sagte Buck.

Ich ließ mir von ihm eine kleine Packung Taschentücher aus dem Handschuhfach geben. Eines nahm ich heraus und tupfte ihr den Mund ab. Die restlichen gab ich ihr. Sie umklammerte die kleine Packung mit der Faust.

»Sie müssen sie endgültig erledigen, Danny«, sagte sie. »Schreiben Sie das Buch. Versprechen Sie's mir.«

»Bevor ich das tue, brauche ich die Akten. Ich tippe darauf, dass die randvoll mit Beweismaterial sind. Die glauben, dass sie sicher sind da oben auf ihrem Berg, dass sich ihnen niemand entgegenstellen wird, dass sich niemand ansehen wird, was sie da haben. Aber das werde ich tun. Zuerst müssen wir allerdings das Auto aus dem Graben bekommen und Sie zu einem Arzt bringen.«

»Ich bleibe hier.«

»Das können Sie nicht.«

»Mir kann jetzt keiner mehr helfen. In der Zeit, die Sie brauchen, um den Wagen aus dem Graben zu holen, falls das überhaupt geht, bringen die vielleicht jemanden um. Die haben heute Nacht eine Versammlung. Ich hab sie darüber reden hören. Jemand wird sterben. Eigentlich sollte ich es sein, aber ich hatte den Eindruck, die haben noch jemand anderen gefunden.«

»Wer sind ›die‹?«, fragte Buck.

»Der Rat. Dieser dünne Polizist, der ihnen geholfen hat, mich zu entführen.«

»Coolie«, sagte Buck.

»Ja, genau der. Und wissen Sie, wer den Wagen gefahren hat? Chief Dudley. Die beiden haben mich geholt, und der, der die Treppe hinaufgegangen ist zu Ihrem Zimmer, das war Dudley. Er hat es dann aufgegeben, weil die mir geglaubt haben und Ihr Auto nicht gesehen hatten.«

»Oh, Scheiße«, fluchte ich.

»Ja. Scheiße. Komischerweise schien er sich richtig zu schämen. Es war fast, als wäre er froh gewesen, dass sie Sie nicht gefunden haben, und als ob er sich gewünscht hätte, dass sie auch mich nicht gefunden hätten. Aber mitgemacht hat er trotzdem.«

»Ich hab doch gesagt, dass man der Polizei nicht trauen kann«, warf Buck ein.

»Ich weiß, was Sie zu tun haben«, sagte Mrs. Chandler. »Und dafür müssen Sie jetzt los. Was das Wasser angeht: Ich hoffe, es steigt und das Auto läuft voll.«

»Sagen Sie das nicht«, bat ich.

»Das Leben kommt einem so lange wichtig vor, bis es einem nicht mehr wie Leben vorkommt. Ich würde nicht mehr zu Hause ankommen, selbst wenn das Auto auf der Straße wäre und fahren würde. Ich habe keine Kraft mehr. Hören Sie sich diesen heulenden Wind an. Ich liebe Regen.«

Sie streckte sich auf dem Sitz aus und lehnte den Kopf leicht an die Tür. »Gehen Sie schon«, sagte sie.

Sie schloss die Augen. Ihre Atemzüge wurden flacher, und bald hörte ich sie gar nicht mehr.

Ich wandte den Lichtstrahl von ihr ab.

50

Seit wir das letzte Mal aus dem Wagen geklettert waren, war das Wasser um einige Zentimeter gestiegen. Es war so tief und die Strömung so stark, dass die Türen sich schwerer öffnen ließen, aber mit etwas Mühe gelang es uns.

Ich holte meinen improvisierten Schlüssel für die Hängeregistraturen aus dem Kofferraum, einen geraden Montierhebel für Reifen mit abgeschrägtem Ende.

Meine treuen Axtstiele ließ ich zurück. Buck hatte die Flinte. Ich gab ihm die Schrotpatronen. Wir hatten beide unsere Pistolen unter den Hemden versteckt.

»Welche Krankheit war es?«, fragte Buck.

»Krebs.«

»Schien eine zähe alte Lady zu sein.«

»Ja. Komm. Gehen wir ein Stück die Straße lang, ich kenne eine Abkürzung.«

Ich sah durch das Fenster zu Mrs. Chandler hinein. Ihr Mund stand offen und ihre Hände waren vor der Brust gefaltet. Wie Elvis hatte sie das Gebäude verlassen.

Buck und ich kletterten zur Straße hoch.

Es war schwer, genau festzustellen, wo wir uns befanden, aber ich wusste, dass wir in der Nähe des Sees sein mussten. Als wir die Abzweigung von der

Hauptstraße erreichten, erkannte ich diese eher durch Glück.

Wir bewegten uns praktisch schwimmend weiter, und ich wusste erst, dass wir das Ufer des Sees erreicht hatten, als ein heißer Blitz den Himmel so erhellte, dass er für kurze Zeit gelb war. Eine Strähne dieses Blitzes traf die alte Brücke und erzeugte ein zischendes blaues Netz, das sich entlang der Metallkabel von der gegenüberliegenden bis zu unserer Seite bewegte.

In dieser kurzen Explosion blauen Lichts sah ich, dass ein Großteil des Seebetts bereits voller Wasser war und sich weiter füllte. Ich hörte das laute Gluckern und Rauschen des Sees und sah die schattenhaften Umrisse der Gebäude von Long Lincoln aus ihm hervorragen.

Als die Leuchtspur des Blitzes die Brücke verließ, richtete ich die Taschenlampe einen Moment lang auf den See. Er sah aufgewühlt aus, um es milde auszudrücken. Er war noch nicht ganz voll, würde es aber bald sein.

Ich richtete die Lampe auf den Damm und den Notüberlauf, aber ich konnte beides nicht klar erkennen. Ich hörte nur ein Rauschen und sah weiße Explosionen dunklen Wassers, das aus den Lücken des Überlaufs in den See spritzte.

»Mann«, sagte Buck. »So hab ich ihn noch nie gesehen.«

»Komm weiter«, sagte ich.

Ich ging voraus, am Ufer entlang. Die Uferlinie wurde schmaler und schmaler, während das Wasser rapide stieg. Der Pfad, der den Hügel hinauf in den

Wald führte, wo sich die Bunkertür aus Beton befand, war von Nacht und Regen weitgehend verborgen. Ich führte uns hinauf.

Der Aufstieg war beschwerlich, was an der Natur der Steigung lag. Schotter löste sich unter unseren nassen Schuhen und es gab Büsche und kleine Bäume, die wir umgehen mussten.

Schließlich gelangten wir in den Wald und zu dem Hügel, in dessen Hang die Tür gebaut war.

»Ich war schon oft am See«, sagte Buck. »Aber davon wusste ich nichts.«

»Um das zu finden, muss man danach suchen«, erwiderte ich. »Ich glaube, dass auf diesem Weg die Arbeiter reingegangen sind. Andere Tunnel waren für Lastwagen oder als Lagerräume angelegt. Das war ein richtiges Labyrinth unter der alten Stadt.«

Ich gab Buck die Lampe und versuchte den Rand der Tür mit den Fingern zu greifen, aber viel bekam ich nicht davon zu fassen. Außerdem war sie wahrscheinlich sowieso verriegelt. Ich hielt den Montierhebel mit beiden Händen, steckte das abgeschrägte Ende in den Türspalt und versuchte unter Einsatz meines ganzen Gewichts, sie aufzustemmen. Erst als ich das Gefühl hatte, meine Arme würden gleich aus den Schultergelenken springen und meine Eier platzen, als wären es überstrapazierte Dichtungsringe, hörte ich, wie das Schloss nachgab. Mit einem kratzenden Geräusch bewegte sich die Tür ein kleines Stück. Aber sie war immer noch zu schwer, um sie zu öffnen.

Buck steckte sich die Taschenlampe in die Gesäßtasche, lehnte die Schrotflinte an einen Baum, packte gemeinsam mit mir das Werkzeug, und dann versuchten wir es noch einmal.

Ein Scharren ertönte, das ich bis in die Zähne spürte. Dann öffnete sich die Tür ein wenig und der Gestank von da unten kam uns wie eine Welle entgegen. Als wir sie weit genug aufgestemmt hatten, um hineinschlüpfen zu können, benutzte Buck die Lampe, um die Dunkelheit zu vertreiben.

»Mein Gott. Was für ein Gestank«, bemerkte er.

»Erschieß nicht Flashlight Boy. Du wirst ihn riechen, noch bevor du ihn siehst. Obwohl's hier so stinkt.«

Ich schob den Montierhebel in meinen Gürtel und nahm die Taschenlampe von Buck entgegen. Er nahm die Flinte. Wir gingen hinein und ließen die Tür offen.

Im Licht war zu erkennen, dass das Wasser am Fuß der Treppe höher stand als zuvor. Ich dachte daran, wie alt diese Tunnel waren und wie instabil sie mittlerweile vielleicht geworden waren. Außerdem musste ich an den gewaltigen Regen denken, der den Fluss, der in den See mündete, breiter und tiefer hatte werden lassen. Er war mit ungeheurer Kraft auf den Überlauf getroffen, hatte das Wasser in schäumenden Stößen durch die dafür vorgesehenen Lücken schießen lassen. Sehr viel Wasser.

Der See und die Umgebung wurden so schnell überflutet, weil der Boden ausgetrocknet war und seine Fähigkeit verloren hatte, Wasser aufzunehmen. Unter diesen anschwellenden Fluten in einem baufälligen Tunnel zu stehen, ließ mich beinahe in Panik geraten. Es brachte Erinnerungen an dunkle Tiefen im Mondlicht zurück, an die Hecklichter des Buick, die tiefer sanken, immer tiefer.

Ich dachte an Mrs. Chandler. Bald würde das Wasser ins Auto fließen. Die Vorstellung, dass sie tot im Auto treiben würde wie mein Vater, war mir zuwider. Aber ich konnte nichts mehr dagegen tun. Die feuchte Nacht würde sie zu sich nehmen, und mehr gab es dazu nicht zu sagen.

»Ich glaube, ich kenne den Weg.«

»Das erinnert mich an Vietnam«, sagte Buck.

Wir stiegen die Stufen in das kalte Wasser hinunter. Die Luft war dick wie Schlamm, aber weniger schmackhaft. Wir kamen an den zugemauerten Tunneleingängen vorbei. Wasser drang durch Risse in den Ziegeln, tropfte an den Mauern herab und ergoss sich in Stößen auf den Tunnelboden, um danach in Ablaufrinnen in den Ecken zu verschwinden. Unsere Schritte brachten es zum Plätschern.

Ratten bewegten sich im Licht, rannten über- und untereinander. Ihr hohes Quieken hallte von den Wänden wider und tat uns in den Ohren weh. Sie mochten das Wasser nicht. Sie mochten die Lecks in den Wänden nicht. Das hatten wir gemeinsam.

51

Wir erreichten Winstons Versteck. Keine der von der Decke baumelnden Taschenlampen war eingeschaltet. Ich sah mich mithilfe meiner Lampe um, sah Knochen, Regale, Ratten und alte Kleidung, aber nicht ihn.

Ich ging herum und schaltete die an Schnüren hängenden Lampen ein, und als ich so viele zum Leuchten gebracht hatte, wie es mir ohne große Mühe möglich war, war dieser Abschnitt von Winstons unterirdischer Welt voller Licht. Ratten huschten und wuselten in die Dunkelheit davon. Aber von Winston keine Spur.

»Unglaublich«, staunte Buck.

»Wenn wir die hier anlassen, haben wir eine Orientierung für den Rückweg.«

»Wo ist Flashlight Boy?«

»Er sagt mir nicht Bescheid, wo er hingeht, Buck. Es gibt noch andere Tunnel, die nicht zugemauert sind. In irgendeinem davon könnte er sein. Vielleicht ist er auch draußen im Regen. Er ist Unwetter gewohnt. Kann sein, dass er Taschenlampen und Batterien klaut oder auf dem Friedhof neue Sachen anprobiert. Komm, gehen wir.«

Wir kamen rasch voran, während das Wasser rieselte und die Ratten rannten, und erreichten schließlich die Betonwand, die in Wirklichkeit eine Tür war. Ich nahm den Montierhebel aus meinem Gürtel, steckte ihn in den Spalt zwischen Mauer und Tür, während Buck die Lampe hielt, und stemmte mich dagegen. Es war schwer, aber nicht so schwer wie bei der Außentür. Die Wand glitt zur Seite. Die Luft, die uns seufzend entgegenwehte, war frisch und kalt, weil wir von Kopf bis Fuß nass waren.

Ohne mir die Mühe zu machen, meine Schuhe abzuwischen, steckte ich das Reifenwerkzeug in meinen Gürtel, nahm Buck die Lampe ab und führte uns die Stufen hinauf, bis wir zu der Plattform gelangten, wo das Licht durch ein Fenster hereinfiel und ein kaltes, cremefarbenes Viereck über uns legte. Ich sah den Regen draußen; er prasselte so heftig herab, dass das Fenster klapperte.

Ich legte mein Ohr an die Tür. Abgesehen vom Geräusch des Regens war es so still wie in Lincolns Grab. Ich öffnete den Riegel und schob die Tür zur Seite. Es war dasselbe Licht wie zuvor, verbreitet von matten Glühbirnen.

Ich nahm die Lampe in die linke Hand, zog meine Pistole unter dem Hemd hervor, ging auf Zehenspitzen durch den dämmrigen Korridor und hoffte, alles würde gut gehen. Buck schlich hinter mir her.

Als wir am Ballsaal angelangt waren, öffnete ich die Tür vorsichtig einen Spalt. Stockdunkel. Wir gingen hinein. Buck blieb kurz unter der dunklen Discokugel stehen, neigte die Hüfte und reckte einen Finger nach oben.

»Ganz nach meinem Geschmack.«

»Glaub ich dir.«

Nachdem sein kurzer Anflug von Humor vorbei war, ging ich weiter voran, vorsichtig, aber auch schnell.

Wir stiegen die Treppe hinauf in das Zimmer, von dem man in den Raum hinunterblicken konnte, in dem Creosote Johnny geduldig in seinem Schrank wartete und der Garrottenstuhl sowie der dreieckige Tisch standen.

Ich schob einen der Vorhänge zur Seite und warf einen Blick hinunter. Es war dunkel. Der Tisch, der Stuhl und das erhöhte Podium waren nur schemenhaft zu erkennen.

Vielleicht hatten die Mitglieder des Stadtrats beschlossen, die Feierlichkeiten abzusagen, nachdem sie ihr Opfer Mrs. Chandler verloren hatten.

Wir verließen den Raum und gingen in den mit den Akten. Nachdem wir hineingeschlüpft waren, zog ich die Tür zu und schloss sie ab. Buck lehnte die Schrotflinte an den Türrahmen und ich schwenkte den Lichtstrahl der Lampe durch das Zimmer.

Nachdem ich eine der Hängeregistraturen ausgewählt hatte, gab ich Buck die Lampe. Ich steckte mir den Revolver in den Hosenbund, nahm den Montierhebel aus dem Gürtel, hielt das abgeschrägte Ende hinter die Registratur und drückte kräftig zu.

Dann zog ich die Aufhängung heraus. Eine dicke Akte befand sich darin. Ich öffnete sie und blätterte sie durch.

Buck beugte sich über meine Schulter und leuchtete mit der Lampe auf das, was ich gefunden hatte.

52

Wir gingen Ordner um Ordner durch und stapelten sie auf dem langen Tisch zwischen den samtbezogenen Sofas. Alle waren Variationen derselben Sache. Manche reichten so weit in die Vergangenheit zurück, dass die großen drei in dieser Zeit noch nicht alt genug gewesen waren, um zum Stadtrat zu gehören. Sie waren nur merkwürdige Jugendliche gewesen, die gewisse widerwärtige Neigungen gemeinsam hatten. Ich tippte darauf, dass eine Menge von diesem Zeug in Schuhkartons versteckt geblieben war, bis sie reich und mächtig geworden waren.

Die ältesten Akten waren offenbar besonders gepflegt worden. Sie enthielten Zeichnungen von Eichhörnchen, Hunden und Katzen mit Seilen um ihre Hälse, *X*-Zeichen, die über ihre Augen gemalt waren, und unnatürlich lang gezogene Zungen. Was es verdammt unheimlich machte, war der Umstand, dass das alles so lächerlich und gleichzeitig so ernst war – wie eine Genitalwarze.

In den Zeichnungen kam auch Creosote Johnny vor, mit seinem breiten Grinsen und den scharfen Zähnen. Er hockte da und hielt seinen Penis fest wie einen kostbaren Schatz. Neuere Akten enthielten grün angelaufene Polaroid-Schnappschüsse. In anderen fand ich aufwendigere Fotos. Die neuesten Ordner waren größer und enthielten beschriftete Heimvideos.

Von einem bestimmten Zeitpunkt an tauchte auf den neueren Fotos der krude, dreieckige Tisch auf. Es gab Bilder von den dreien und nicht identifizierbaren anderen, die an ihm saßen. Ein kleiner Junge, elf oder zwölf Jahre alt, saß ebenfalls dort. Auf späteren Bildern war er älter geworden und zu enormer Größe herangewachsen. Es war kein anderer als Jack Jr., der erwachsen wurde und sich zu einem kalten, berechnenden Mistkerl entwickelte.

Die frühen Fotos zeigten die großen drei von ihrer Jugendzeit bis ins mittlere Alter; die späteren reichten bis zu der Zeit, in der sie Methusalems Altersgenossen waren.

Die Männer trugen Mode und Frisuren, die zum jeweiligen fotografischen Anlass passten: Anzüge mit schmalem Revers, dann mit breitem, breite und schmale Krawatten, weiße Gürtel und moderne Schals, cremefarbene und lindgrüne Freizeitanzüge, Cowboystiefel und italienische Schuhe, kurze Haare, lange Haare, Schnurrbärte, Vollbärte, dann waren sie schließlich wieder glatt rasiert. Kate Conroy erschien mit verschiedenen Frisuren, trug Tellerröcke, Miniröcke, Tennisschuhe und festeres Schuhwerk, Go-go-Stiefel, High Heels und schwarze, flache Schuhe, die so viel Persönlichkeit wie ein Nachmittag in New Jersey hatten. Lippenstift in Puderrosa und Rubinrot, Mascara, so dick wie zwei Schichten Wandfarbe, dann wenig bis gar kein Make-up.

Auf anderen Bildern betrachteten sie etwas. Dieses Etwas war Creosote Johnny. Die Statue war vor einem

Stuhl platziert worden. Es gab verschiedene Stühle, aber die Person, die dahinter stand und die Garrotte bediente, blieb über einen langen Zeitraum dieselbe. Es war Jack Sr.

Auf ein paar Aufnahmen, bei denen das Opfer ein Kind war, zog Kate Conroy die Schlinge zu. Die frühen Schnappschüsse von ihr, auf denen sie eine echte Schönheit war, wirkten auf gewisse Weise noch beunruhigender als die späteren. Es war ein seltsamer Kontrast: eine Frau in einem Minirock und hohen Stiefeln, die den Stock der Garrotte drehte, wobei ihr Gesichtsausdruck dem der sexuellen Befriedigung ähnelte.

Die Personen auf dem Stuhl wechselten natürlich. Schwarze. Weiße. Männer. Frauen. Kleine Kinder, junge Erwachsene, Menschen mittleren und hohen Alters. Ich bemerkte, dass manche, die zuvor an dem dreieckigen Tisch gesessen hatten, später dazu degradiert wurden, auf dem großen Stuhl mit der Garrotte Platz zu nehmen.

Der Ausdruck in Jack Sr.'s Gesicht und später in dem von Jack Jr., wenn sie den Stock drehten, war ebenso orgasmisch wie bei Kate Conroy. Es war die Miene von jemandem, der für kurze Zeit einen Himmel der Sadisten und Folterknechte betreten und einen Platz zwischen allen dunklen Engeln seit dem Anbeginn der Zeit beanspruchen durfte.

Die Mienen der Opfer wirkten weniger verzückt. Sie waren offensichtlich unter Drogen gesetzt worden, was den Umgang mit ihnen sicher vereinfacht hatte. Ihre Augen quollen hervor. Ihre Zungen – wie vollgestopfte Socken – ragten dunkel und geschwollen aus ihren Mündern. Ihre Brust war gedehnt. Ihre Zehen waren in den Schuhen gekrümmt wie Klauen.

All ihre Namen waren in den Akten aufgelistet. Dies mussten die Personen sein, für die Versicherungen abgeschlossen worden waren, für die sie nie bezahlt hatten und von denen sie nicht das Geringste wussten. Opfer für Creosote Johnny. Der Stadtrat, ein Club ritueller Mörder, hatte seine Existenz durch Vorstellungskraft und Gier transformiert. Es waren verschrobene Verfechter der freien Marktwirtschaft und des amerikanischen Traums. Die schlimmste Manifestation dieses Traums.

Sie hatten sich selbst zu denjenigen ernannt, die die Suppe zubereiteten. Wir Restlichen wurden darin gekocht, während man uns einredete, dass uns lediglich warm sei, dass es einen Gott im Himmel gebe und die Welt in Ordnung sei, obwohl wir in Wahrheit nur existierten, damit wir mit der Suppenkelle in die Schüsseln unserer Meister gestoßen und von ihnen verspeist werden konnten.

53

Wir nahmen Kissen von den Sofas und benutzten Bucks Taschenmesser, um die Bezüge herunterzuschneiden. Dann stopften wir sie mit den Akten und Videos voll, bis wir zwei gefüllte Taschen hatten. Alle Akten und Aufnahmen konnten wir nicht mitnehmen, aber genug, um Beweise zu haben. Vorsichtig trugen wir sie in den Keller, was keine leichte Aufgabe war. Am Ende riskierten wir es, die Schrotflinte im Aktenraum zurückzulassen, um alles tragen zu können. Mit der Taschenlampe, dem Reifenwerkzeug in meinem Gürtel, unseren Pistolen unter den Hemden und den Taschen kamen wir zurecht. Die Flinte wäre zu viel gewesen.

Wir trugen die Sachen in den Tunnel und legten sie kurz hinter dem Eingang ab. Ich beschloss, die Tür zu schließen, und Buck half mir dabei. Dann kam mir eine Idee. Ich ging zu den Türen mit den großen Ringen hinüber, zog eine auf, ging hinein und holte eine der Schubkarren.

Buck hielt mir die Tür auf, während ich sie hineinschob. Dann hörte ich ein leises Knirschen. Das Geräusch kam vom Garagentor am anderen Ende, das nach oben glitt. Ich hörte das Schnurren eines fein eingestellten Motors und sah Scheinwerferlicht. Buck ließ die Tür einen Spalt offen. Wir spähten in die Garage. Autoscheinwerfer, und hinter den ersten noch weitere.

Ich sah, dass es da draußen wie aus Eimern regnete, und das Geräusch hallte durch die Garage.

Die Wagen rollten mit zuckenden Scheibenwischern herein.

Offenbar sollte heute Nacht doch noch irgendeine Form von Versammlung stattfinden.

Behutsam zog ich die Tür zu. Wir hörten, wie Wagentüren zugeschlagen wurden und Stimmen in der Garage ertönten.

Da draußen schien eine feierliche Stimmung zu herrschen.

»Was jetzt?«, fragte Buck. »Nehmen wir die Akten und hauen ab?«

»Wäre vielleicht das Klügste. Aber ich frage mich, ob die noch vorhaben, eine – nennen wir es mal so – Versammlung abzuhalten.«

»Du meinst, ob die planen, jemanden … wie würdest du das nennen?«

»Zu opfern. Glaub mir, ich weiß, wie sich das anhört. Aber wenn das der Fall ist, müssen wir es verhindern.«

»Kommt drauf an, wen wir dafür aufhalten müssen und wie viele.«

»Du hattest deine Chance abzuhauen. Kannst du immer noch.«

Buck schnaubte, dann seufzte er, dann grinste er mich an und sagte: »Ach, was soll's, schauen wir uns das mal an. Ich hab gerade gemerkt, dass ich mein Taschenmesser im Aktenraum liegen gelassen habe. Das will ich zurückhaben.«

Ich schob die Schubkarre in den Tunnel und wir legten die improvisierten Aktentaschen hinein. Dann bahnten wir uns leise unseren Weg zurück zum Zimmer oberhalb des Raums mit dem dreieckigen Tisch, schalteten die Lampe aus und setzten uns neben den hohen Fenstern auf den Boden. Ich schob vorsichtig ein Stück des schweren blauen Vorhangs zurück, der eins der Fenster bedeckte.

Buck suchte sich eine Stelle und tat dasselbe. Die Tür wurde geöffnet und ein länglicher Streifen gelben Lichts erfüllte den Türrahmen. Das Licht wurde durch den schlanken Umriss eines Mannes unterbrochen, der in der Mitte stand.

Er betrat den Raum und schaltete das Licht ein. Es war der große Polizist, von dem ich nun wusste, dass er Coolie Parker hieß. Der, der mich zusammen mit seinem Partner Jefferson Davis als Clown maskiert überfallen hatte. Er war in Uniform, trug keine Mütze und hatte eine Pistole in einem Holster an der Hüfte. Das Licht, das er eingeschaltet hatte, war sanft und blau. Wie ein Traum aus Samt erfüllte es den Raum.

Coolies Bewegungen in dem blauen Licht erzeugten den Eindruck, er würde ungeschickt durch tiefes Wasser schwimmen. Er stieg auf das Podium und ging zum Schrank hinter dem hohen Stuhl. Dort nahm er Creosote Johnny heraus, blieb eine ganze Weile stehen und betrachtete die Gestalt. Vielleicht bewunderte er sie, vielleicht wünschte er sich auch etwas, wie man es tut, wenn man eine Sternschnuppe sieht.

Er trug die Statue zur Vorderseite des Podiums und platzierte sie dort so vorsichtig wie eine Mutter, die ein Kind trägt. Dann stieg er hinunter, trat zum Dreieckstisch, stellte sich ans spitze Ende, drehte sich um und musterte prüfend das dunkle Totem, das dort im süßen, sanften Licht stand.

Der Anblick musste ihn zufriedengestellt haben, denn er ging zügig zur offenen Tür zurück, durch die das Licht fiel. Er warf noch einen letzten Blick in den Raum, hob den Kopf in unsere Richtung, was uns zurückweichen ließ, und schloss dann die Tür.

»Was machen wir, wenn die hier jemanden reinbringen?«, fragte ich. »Um diese Sache zu machen. Du weißt schon.«

»Wir beenden das. Das war deine Idee, weißt du nicht mehr?«

»Ja. Kam mir wie ein guter Gedanke vor, aber jetzt weiß ich nicht mehr so recht. Coolie hat eine Waffe. Vielleicht haben die anderen, die in den Autos waren, auch welche.«

»Wir haben auch Waffen.«

»Ich bin ein furchtbar schlechter Schütze.«

»Ich bin nicht so schlecht. Und was zum Teufel sollen wir sonst tun? Wenn wir Hilfe holen, wird schon alles vorbei sein, wenn wir zurückkommen. Und was für Hilfe überhaupt? Wen kennen wir denn in der Stadt, von dem wir sicher sind, dass er nicht auf ihrer Seite ist? Wer würde uns helfen? Wer würde uns überhaupt glauben? Mann, ich hab die Akten gesehen, und selbst ich kann's nicht glauben.«

Buck hatte natürlich recht, und er hatte meine Frage so beantwortet, wie ich sie mir selbst bereits beantwortet hatte. Meine Hoffnung war, dass sie mit

Pizzaschachteln oder Käseplatten in den Händen durch diese Tür ins blaue Licht kommen würden. Vielleicht würde es eine Tanzparty unter der Discokugel geben, während die sich drehte, selbst wenn die großen drei sicher nicht besonders viel tanzen würden. Judea Parker hatte nicht einmal die Kraft, im Takt zu nicken.

Wir saßen am Boden in dem blauen Licht, das zwischen den Vorhängen hindurchdrang. Wir hatten keinen richtigen Plan und keine richtige Vorstellung, was zum Teufel sich hier eigentlich abspielte. Also warteten wir ab. Die Zeit kroch dahin, als bräuchte sie ein Beatmungsgerät. Eine Minute war wie eine Stunde, zwei wie ein Jahrhundert. Was machten die da draußen?

Dann fühlte ich eine Veränderung der Luft, sah, wie der Staub sich bewegte. Holz knarrte, ich nahm einen starken, süßlichen Geruch wahr und begriff zu spät, was passierte.

Sie kamen auf dem gleichen Weg in den beinahe dunklen Raum, auf dem wir hierhergelangt waren. Sie kamen mit Wut im Bauch und Muskelkraft.

Ich griff nach meiner Pistole, aber ich hätte ebenso gut nach den Sternen greifen können. Jemand riss mich zu Boden.

Buck sprang auf und drückte sich mit dem Rücken an die Wand. Er schlug nach einer großen Gestalt, von der ich annahm, dass es sich um Coolie handelte. Coolie ging zu Boden, stützte sich auf Hände und Knie und schüttelte den Kopf, um wieder klar zu werden.

Dann knallte ein dicker, birnenförmiger Mann mit einem Cowboyhut Bucks Kopf gegen die Wand, indem er ihm eine Handfläche unter das Kinn stieß. Eine

Injektionsspritze blitzte auf und wurde ihm in den Hals gestochen.

Buck grunzte, atmete aus und rutschte an der Wand hinab bis zum Boden, wo er reglos sitzen blieb. Der dicke Kerl warf die Spritze beiseite.

Dann waren sie alle auf mir. Ich wurde von so vielen Körpern erdrückt, dass ich nicht erkennen konnte, wer wer war. Meine Nase war in eine dunkle Anzugjacke vergraben, und diesen Mann erkannte ich an dem widerlich süßlichen Duft, der ihm schon beim Betreten des Raums vorausgeweht war. Brut Cologne, im Überfluss aufgetragen von Jack Jr. Der Duft war so dicht, man hätte eine Hängematte an ihm aufhängen können.

Jemand hielt meine Beine fest. Ich wand meinen Kopf aus Jack Jr.'s Jacke heraus und sah in dem schwachen blauen Leuchten, das durch die Vorhänge drang, dass es Coolie war.

Der dicke Mann mit dem Cowboyhut zog etwas aus seiner Hemdtasche. Noch eine Spritze. Er entfernte die Kappe über der Nadel, bückte sich und versuchte, mich damit zu stechen, während ich versuchte, mich loszureißen. Jetzt erkannte ich, wer er war. Es war so, wie Mrs. Chandler gesagt hatte: Auch Chief Dudley war dabei.

»Tut mir leid, Junge«, sagte er. »Aber du bist verdammt noch mal zu neugierig.«

Er trat mit einem seiner Cowboystiefel seitlich auf mein Bein, was einen brennenden Schmerz auslöste.

Die Nadel bohrte sich durch den kurzen Ärmel in meinen rechten Arm. Ich versuchte, ihr zu entgehen.

Ich riss meinen Arm so heftig weg, dass die Nadel heraussprang und die Flüssigkeit darin auf meine Haut spritzte wie heißes Ejakulat.

Dann wurde sie an einer anderen Stelle erneut in mich gestochen. Es war wie ein Stich mit einem Schienennagel. Als Chief Dudley den Kolben der Spritze hinunterstieß, fühlte sich mein Kopf an, als würde er wie ein Partyballon mit einer Luftpumpe aufgeblasen.

Erst kämpfte ich dagegen an, dann nicht mehr. Ich fand ein Loch im Universum und wühlte mich hinein. Jetzt war ich kein Ballon mehr. Ich war ein kosmischer Wurm auf der Suche nach dem Nirwana, und das Nirwana war ruhig, still, weich und samtblau.

54

Die ganze Welt war blau, die Farbe floss und blubberte – und es erklangen Geräusche in ihr. Ich glaube, dass mich einmal jemand schlug, weil mein Kopf sich bewegte, aber es tat nicht weh. In diesem Zustand tat mir gar nichts weh.

Ich war unter dem See, schwamm, blickte in die Tiefen hinab und sah die Hecklichter des Buick tiefer, immer tiefer sinken, bis sie verschwunden waren und ich allein im Dunkeln zurückblieb. Dann war Licht über mir. Ich drehte mich und schwamm zur Oberfläche. Aber ich war so schwach, dass ich nicht glaubte, es zu schaffen.

Von oben kam eine dunkle, flinke Gestalt herab, die mich packte und hinaufzog. Dann wurde ich wieder zurückgerissen.

Ich sah nach unten. Es war Dad, aber sein Gesicht war verzerrt, seine Augen glühten und er versuchte, mich zu ihm herabzuziehen. Doch die Gestalt, die von der Oberfläche, aus dem Licht kam, gewann den Kampf und entriss mich ihm. Plötzlich war ich am Ufer und das Gesicht, das auf mich herunterblickte, war Ronnies.

»Danny«, sagte sie. »Wach auf.«

Ich glaube, dass sie meine Wangen tätschelte. Ich lag am Ufer des Sees und schaute zu meiner Meerjungfrau hinauf. Aber sie war jetzt älter, trug eine Polizeiuniform, und ich war überhaupt nicht am Moon Lake. Ich befand mich in dem dunklen Raum, in den dünne, blaue Klingen aus Licht hineinstachen. Ich hörte wütenden Donner, der das riesige Gebäude zum Vibrieren brachte. Die Luft war dick und schmeckte nach verbranntem Toastbrot.

Ich rechnete damit, dass dieses Bild von Ronnie wieder verschwinden würde, aber das geschah nicht.

Ich versuchte mich zu bewegen, aber ich war zu schwach, um viel tun zu können. Meine Hände waren hinter meinem Rücken gefesselt. Ronnie schob mir ihren Arm unter die Achseln und hob mich hoch. Langsam wurde ich wieder klarer im Kopf.

»Im nächsten Zimmer ist ein Messer. Liegt auf dem Tisch«, sagte ich, als mir Bucks Taschenmesser wieder einfiel, das er dort vergessen hatte.

Ronnie kehrte damit zurück. Ich drehte mich zur Seite und sie schnitt meine Hände los. Ich sah mich im Raum um. Buck war weg.

Ich fühlte mich so schwach wie eine Feder im Wind. Ich griff nach meiner Pistole, aber die hatten sie mir natürlich abgenommen. Mit Ronnies Hilfe gelang es mir, mich auf die Knie hochzustemmen.

»Wie bist du hierhergekommen?«, wollte ich wissen.

»Als du nicht zu unserem Treffen kamst, dachte ich mir, dass was nicht stimmt. Ich erinnerte mich an deine Beschreibung des Tunnels. Die Tür stand offen. Ich hatte meine Taschenlampe und meine Pistole dabei, also ging ich rein. Die Uniform habe ich angelassen. Ich vertrete schließlich das Gesetz.«

»Hast du meinen Freund gesehen, Flashlight Boy?«

»Nein.«

»Die haben Buck.«

»Was?«

Ich sparte mir die Mühe zu antworten. Auf Knien kroch ich zum Vorhang und zog ihn ein kleines Stück auf, wobei ich diesmal sehr vorsichtig war. Schon beim letzten Versuch hatte ich mich für vorsichtig gehalten, aber Coolie musste mich gesehen haben, und sie hatten uns gefunden. So musste es gewesen sein. Diesmal öffnete ich den Vorhang nur so weit, dass ich mit einem Auge hindurchsehen konnte.

Unten im blauen Zimmer herrschte sanftes Licht. Musik füllte den Raum und schwebte zu mir herauf. *Memories,* gesungen von Al Martino.

Dieses verdammte Lied hatte ich schon immer gehasst, und jetzt hasste ich es noch mehr. Ich sah Buck da unten auf dem Stuhl sitzen. Das Seil wurde durch die Löcher in der Lehne gesteckt und um Bucks Hals gelegt. Seine Augenlider flatterten, aber es war offensichtlich, dass er nicht bei Bewusstsein war. Er hatte weit mehr von dem Betäubungsmittel abbekommen als ich. Außer ihm war niemand im Raum.

Die Tür wurde geöffnet, ein butterweiches Licht loderte auf und verdrängte das samtblaue Licht aus dem Türrahmen. Eine Prozession begann.

Coolie schob Judeas Rollstuhl in den Raum. Judea Parkers Kopf war zur Seite geneigt. Die Plastikmaske bedeckte sein Gesicht und sein Sauerstofftank war am

Stuhl befestigt. Sein Mund stand offen. Man hätte an seinem Ohr eine Kanone abfeuern und auf seinem Schoß einen irischen Tanz aufführen können, ohne dass er es gemerkt hätte.

Coolie rollte Judea zu einer Rampe, die man aufgebaut hatte, während ich mein Schläfchen gehalten hatte. Er schob ihn auf das Podium neben den Stuhl, auf dem Buck saß, bevor er wieder hinunterstieg. Er hatte ein Sportsakko über seine Uniform gezogen. Die Kleidungsstücke passten zueinander wie ein Löwe zu einer Maus. Coolie stellte sich auf der linken Seite des Tisches auf und faltete die Hände.

Jack Sr. kam herein. Er stützte sich auf seinen Gehstock und auf eine Krücke. Eine imposante Erscheinung in einem teuren Anzug. Hinter ihm kam Jack Jr. Er trug eine schwarze Robe mit zurückgeschlagener Kapuze, wirkte groß, bedrohlich und gleichzeitig so albern wie ein billiger Zauberkünstler.

Wenige Augenblicke später fuhr Kate Conroy in ihrem motorisierten Rollstuhl herein. Sie war schwarz gekleidet, ihre Haare sahen in dem Licht stahlblau aus.

Estelle Parker ging hinter ihr. Sie trug ein vanillefarbenes Gewand, das ihr hervorragend stand. Ihre Haut war weiß wie Porzellan, mit einem Hauch Pfirsich, ihr Haar wie reifer Weizen und das Gewand schmiegte sich bei jedem Schritt an ihre Beine. Wie eine Platzanweiserin blieb sie an der Tür stehen.

Dann trat Chief Dudley ein. Er wirkte erschöpft und ließ die Schultern hängen. Sein Gehen war eher ein Trotten. Er trug seine Uniform, seine Waffe und seinen Cowboyhut. Keine Veränderung. Wahrscheinlich schlief er sogar in diesem Aufzug. Er stellte sich neben das von einem Vorhang verdeckte Fenster.

Okay, sie hatten mir die Pistole abgenommen, aber ich erinnerte mich an die Schrotflinte.

Ich stand auf, was ungefähr so schwer war wie ein billiges Segelboot durch einen Taifun zu steuern, aber ich schaffte es.

»Was machst du?«, fragte Ronnie.

»Schrotflinte.«

Ich löste mich von ihr und ging schwankend ins Aktenzimmer. Die Flinte lehnte noch da, wo Buck sie zurückgelassen hatte. Sie hatten sie übersehen. Es war nur ein Schuss in der Kammer, aber wenigstens hatte ich mit einer Flinte eine bessere Trefferchance, wenn ich nahe genug am Ziel war. Das Problem war, dass es mehr als ein Ziel gab.

Ich kam mit der Waffe wieder herein. Ronnie hatte den Rand eines Vorhangs gehoben und spähte nach unten. »Mein Gott.«

Ich schleppte mich zu ihr und sah ebenfalls durch den Vorhang. Die Musik lief noch, und alle hatten nun an dem Tisch Platz genommen. Jack Sr. und Kate Conroy saßen auf gegenüberliegenden Seiten, nahe dem Ende der Dreiecksspitze, die auf das Podium gerichtet war. Estelle war jetzt bei ihnen. Sie saß steif an der Tischseite, die der Tür am nächsten war.

Jack Jr. ging über die Rampe zum Podium hinauf. Mann, war der groß. Jetzt hatte er sich die Kapuze über den Kopf gezogen. Sein Gesicht lag im Schatten. Vor Judea Parker blieb er stehen und nahm diesem sanft die Sauerstoffmaske vom Gesicht.

Judea schnappte heftig nach Luft und machte dann mehrere kleinere Atemzüge wie ein gestrandeter Fisch. Währenddessen schloss Jack Jr. das Sauerstoffventil. Dann hielt er Judea mit Daumen und Zeigefinger die Nase zu und legte ihm die andere Hand über den Mund.

Jack Jr. rief: »Für den, der gedient hat!«

»Gedient«, ertönten die Stimmen von weiter unten.

Ich ging auf die Treppe zu, die in den Gang im Stockwerk unter uns führte, aber Ronnie hielt mich fest und sagte: »Warten wir noch ein bisschen.«

Ich dachte: *Klar, warum nicht?* Judea hatte das Ende seiner Verpflichtungen erreicht, und ich nahm an, dass sie alle ein Teil dieses Pakts waren, er eingeschlossen. Wenn man nicht mehr von Nutzen war, trug man zum Erfolg der anderen bei.

Jack nahm die Hände von Judeas Gesicht, legte ihm eine Hand auf die Brust und fühlte seinen Herzschlag. Einen Augenblick später schien er überzeugt zu sein, dass Judea nicht mehr unter den Lebenden weilte. *Memories* war verklungen und ein älterer Song begann, *In the Mood* von Glenn Miller. Ich hätte beinahe mit den Zehen im Takt gewippt.

Jack stand jetzt hinter Buck. Er nahm sich einen Moment Zeit, um das Seil besser um seinen Hals zu legen.

»Es wird Zeit«, sagte ich.

Jack rief: »Und ich kurble.«

Er kurbelte tatsächlich und packte den Stock, der in den Schlaufen am Seil steckte. Es spannte sich so straff um Bucks Hals, dass dieser den Kopf hob. Seine Augenlider zuckten. Sein Mund öffnete sich weit.

»Und ich kurble«, wiederholte Jack, während wir die Stufen zum Zeremonienraum hinunterliefen.

»Jetzt oder nie«, sagte ich und versuchte, in meiner Benommenheit durch die noch nachwirkende Droge nicht zu stürzen. Ronnie hatte ihren Dienstrevolver gezogen.

55

Kennen Sie das, wenn man in Gedanken etwas plant, und obwohl es einem vielleicht nicht einfach erscheint, hat der Plan doch Hand und Fuß und man denkt: *Ja, ich werde dies und jenes tun, und daraufhin wird das und das passieren?*

Ich stellte mir vor, wie Ronnie und ich mit gezogenen Waffen in den Raum stürmen und rufen würden: »Stopp! Lasst Buck frei!« Dann würden wir uns mit ihm davonschleichen, und alle würden nur dasitzen und uns zusehen. Aber das ist der Nachteil an Plänen. In der Regel werden sie auf die eine oder andere Art von der Realität sabotiert.

Natürlich wäre es hilfreich gewesen, wenn Ronnie und ich einen Plan gehabt hätten, der diesen Namen auch verdiente, aber dafür blieb keine Zeit.

Wir rannten durch den Gang, durch die Tür in den Raum hinein, und als wir dort eintrafen, lief bereits ein anderer Song, *Hang Down Your Head, Tom Dooley.* Jack Jr. hatte wieder gerufen: »Und ich kurble«, und am Tisch war die Antwort von Kate und Jack Sr. gekommen: »Kurble.« Grinsend zog Jack Jr. die Garrotte weiter zu. Bucks Zunge quoll aus seinem Mund.

Ich schrie etwas, aber niemand nahm es zur Kenntnis. Die Musik war laut, ich konnte die am Tisch

Sitzenden im Chor rufen hören: »Kurble. Kurble.« Dabei schlugen sie mit den Fäusten auf den Tisch.

Mit schnellen Schritten ging ich am Tisch und an Chief Dudley vorbei. Ronnie war hinter mir und hielt ihre Waffe bereit. Die Musik kam aus einer schwarzen Box auf einer Art Regalbrett. Ich schlug mit dem Kolben meiner Flinte dagegen. Es fiel herunter, das Kabel wurde herausgerissen und der Rekorder landete auf dem Boden. Plastik zersplitterte und eine Kassette rutschte über die glänzenden Bodenfliesen.

»Lasst ihn in Ruhe«, rief ich.

Jack Jr. musterte mich, als wäre ich nicht mehr als eine Fliege, und hielt die Garrotte fest in der Hand, aber dann schien er seine Haltung langsam zu ändern. Eine Schrotflinte konnte sehr überzeugend sein. Er ließ die Garrotte los und das Seil löste sich. Dann kam er auf mich zu. Ich zielte mit der Flinte auf ihn. »Pflanz deinen dicken Arsch neben den toten alten Furz auf die Bühne.«

Jack Jr. ging und setzte sich. In dieser dummen Verkleidung mit der Kapuze wirkte er wie ein trauriges Kind an Halloween, dem jemand die Süßigkeiten gestohlen hatte.

Ich warf Ronnie einen Blick zu. Sie richtete ihre Pistole erst auf Dudley, bewegte sie dann und zielte über den Tisch auf Coolie, der es gewagt hatte, die Hand an den Griff seines im Holster steckenden Revolvers zu legen.

»Bitte, zieh«, forderte Ronnie ihn auf. »Wir waren zusammen auf dem Schießstand. Ich weiß, dass du nicht mal einen Elefanten auf zehn Schritte Entfernung mit 'ner Ladung Schrot triffst. Na los. Zieh.«

Coolie spannte die Gesichtsmuskeln an, erwiderte aber nichts. Langsam nahm er die Hand von der Waffe.

Ich ging und beförderte Creosote Johnny mit einem Tritt vom Podium. Danach tat mir der Fuß weh, ich versuchte aber, es mir nicht anmerken zu lassen. Als die Statue mit einem dumpfen Schlag auf den Boden prallte, hörte ich, wie Jack Sr. und Kate Conroy keuchten.

»Meint ihr, er ist jetzt böse auf euch?«, fragte ich sie.

»Du neugieriger kleiner Scheißer«, sagte Kate.

»Du mordlustige alte Schlampe«, gab ich zurück. »Ihr seid eine Bande von Cartoon-Bösewichten.«

Ich stieg vom Podium, ging zu Coolie, richtete die Schrotflinte auf ihn und forderte ihn auf: »Zieh die Pistole aus dem Holster und leg sie auf den Boden.«

Er zögerte länger, als Jack Jr. es getan hatte. Ich spannte den Hahn der Flinte. Es klang, als würde das Tor zur Hölle entriegelt.

»Scheiße«, fluchte er. Er nahm die Pistole mit Daumen und Zeigefinger am Griff, zog sie heraus und legte sie auf den Boden.

»Geh ein Stück zurück.«

Er tat es. Ich ging zu ihm. Als ich dicht vor ihm stand, sah ich, dass sein Gesicht noch Spuren unserer letzten Begegnung aufwies. Ich trat ihm kräftig in die Eier. »Das ist dafür, dass ich dich nicht leiden kann.«

Er keuchte und ging langsam in die Knie, bis diese den Boden berührten. Er versuchte etwas zu sagen, aber sein Mund tat nicht mehr als sich zu öffnen und zu schließen.

Ich hob die Pistole auf und steckte sie mir in den Hosenbund. Dann sah ich zum Tisch. Kate und Jack Sr. erinnerten mich an Mumien. Es schien keinen Sinn zu ergeben, dass sie so viel Macht hatten. Was Estelle anging, so sah sie aus, als wäre ihr alles, was sie je gewollt hatte, plötzlich nicht einmal mehr das Streichholz wert, das man gebraucht hätte, um es anzuzünden. Ihre Augen waren glasig und das blaue Licht spiegelte sich in ihnen wie ein Traum.

Ich sah zu Ronnie hinüber. Sie war in die Hocke gegangen und richtete ihre Waffe wieder auf Chief Dudley.

»Von Ihnen hätte ich das nicht erwartet«, sagte sie.

Dudley sah wie ein kleiner Junge aus, den eine Nonne dabei erwischt hatte, wie er ins Weihwasser onanierte. Er erwiderte: »Ich muss sagen, ich auch nicht.«

»Bitte machen Sie es so wie Coolie und legen Sie Ihre Waffe hin.«

Er gehorchte.

»Jetzt zurück bis ans Fenster.«

Auch das tat er. »Ich hatte geglaubt, ich wäre jemand anderes«, sagte Chief Dudley.

»Ist mir egal.«

»Ich dachte eigentlich, dass ich ganz in Ordnung wäre, bis ich eines Tages einer von ihnen war.«

Ronnie zitterte leicht. Sie hob seinen Revolver auf und steckte ihn in ihr Holster, während sie ihren weiter schussbereit hielt.

Ich ging mit der Flinte vor den Tisch und blieb in der Nähe des Podiums stehen. Dann forderte ich Jack Jr. auf: »Kipp den alten Deppen aus dem Rollstuhl.«

Jack beäugte mich, um festzustellen, ob ich es ernst meinte, und dann kam er zu dem Schluss, dass das der Fall war. Er stand auf, ging hinter den Rollstuhl, fasste die Rückenlehne und schob ihn nach vorn. Als er am Rand des Podiums war, kippte er den Stuhl. Judea fiel heraus wie eine Puppe, prallte auf den Bühnenrand und blieb zusammengekrümmt liegen.

»Nimm Buck das Seil vom Hals und setz ihn auf den Rollstuhl. Und bitte sei ein Arschloch und lass ihn fallen, damit ich ein Loch in dich hineinschießen kann.«

Donner grollte, brachte die Türen zum Klappern und die Fenster zum Klirren. Ich war so darauf fixiert sicherzustellen, dass Jack Jr. tat, was ich sagte, dass ich gar nicht bemerkte, dass Estelle aufgestanden war und vom Tisch wegschwebte wie ein vanillefarbenes Gespenst. Ich merkte es erst, als ich hörte, wie der Stoff ihres Gewands flüsternd um ihre Schenkel glitt.

Sie richtete ihren geistesabwesenden Blick auf mich, öffnete die Tür, trat in den Streifen zitronengelben Lichts und ging hinaus.

Dann schloss sie die Tür leise hinter sich, als würde sie nur kurz zur Toilette gehen. Ich dachte: *Was zum Teufel …?* Aber sie war weg.

»Versucht ja nicht, das nachzumachen«, ermahnte ich die anderen.

Ich sah, dass Coolie aufstehen wollte. »Coolie, keine gute Idee. Geh und setz dich an den Tisch.«

Er erhob sich behutsam, ging mit leisen Schritten zum Tisch und setzte sich langsam auf den Stuhl, auf dem zuvor Estelle gesessen hatte.

Jack Jr. hatte Buck noch nicht auf Parkers Rollstuhl gesetzt. Er hatte sich nur hinter Buck aufgestellt, der auf dem Würgestuhl saß.

»Wenn du damit schießt, erwischst du uns beide«, sagte er.

»Aber ich treffe nur dich«, entgegnete Ronnie. Sie richtete ihre Pistole quer durch den Raum auf ihn. Mit einer Handfeuerwaffe war es ein weiter Schuss, aber ich hatte das Gefühl, dass sie dazu fähig war, selbst wenn er hinter Buck stand.

Jack Jr. wollte es nicht herausfinden. Er hob Buck aus dem Garrottenstuhl, als wäre er so leicht wie eine Feder, und lud ihn auf Parkers Rollstuhl ab.

»Jetzt schieb Mr. Rogers vorsichtig die Rampe runter und bleib vor Ronnie stehen.«

Ich ging um den Tisch herum zum breiteren Ende, wo ich Ronnie näher war. Jack Jr. hielt den Rollstuhl knapp zwei Meter vor ihr an.

»Jetzt geh zurück und setz dich dahin, wo du eben warst, an den Rand des Podiums.«

Ich sah, dass Jack zunehmend unwirsch wurde, also zog ich die Flinte fest an meine Schulter und zielte über den Lauf.

Wieder gewann sein Überlebenstrieb den Vorrang vor seinem Mut. Er setzte sich an den Rand der Bühne. Dabei stützte er die Füße auf Judea Parker ab wie auf einem Fußhocker.

In diesem Moment hörte ich den Motor von Kate Conroys Rollstuhl. Er summte und sie rollte auf die Tür zu.

»Was soll das denn werden?«, fragte ich sie.

»Erschieß mich doch«, gab sie zurück. »Aber dazu hast du nicht die Eier. Das ist der Unterschied zwischen uns und euch.«

Es ließ sich nicht leugnen. Ich hatte nicht die geringste Lust, einer alten Frau in einem Rollstuhl den Kopf wegzupusten. Sie erreichte die Tür und zog am Griff. Dieser klapperte ein wenig, aber die Tür bewegte sich nicht.

»Gottverdammt«, rief sie.

»Ich werde auch gehen«, verkündete Jack Sr. Er griff nach seinem Gehstock und der Krücke und versuchte aufzustehen. »Hilf mir mal, Coolie. Damit ich mich auf die Dinger stützen kann.«

»Coolie, dich erschieß ich auf jeden Fall«, warnte ich ihn.

Er rührte sich nicht.

Jack Sr. hatte Mühe, sich zu erheben und auf seinen Stöcken das Gleichgewicht zu halten. Einer von ihnen rutschte weg, und er landete klatschend auf dem Boden. Dadurch wurde sein Stuhl zu Dudley hingeschoben. Jack Jr. fühlte sich veranlasst, aufzustehen und auf ihn zuzugehen.

»Schön langsam«, ermahnte ich ihn. »Setz ihn wieder auf seinen Stuhl, aber sonst nichts.«

»Verfluchte Tür«, schimpfte Kate. Sie zerrte immer noch daran. »Irgendjemand soll das blöde Ding aufmachen.«

Chief Dudley meldete sich zu Wort: »Du weißt, dass ich noch eine Waffe habe, Ronnie.«

Jack kam vorsichtig herüber, hob seinen Vater auf, setzte ihn auf den Stuhl und gab ihm seine Krücken.

Die Eskapaden von Kate und Jack Sr. hatten Ronnie und mich abgelenkt. Dudley hatte von irgendwoher eine Waffe zum Vorschein gebracht, einen kleinen Revolver, der wie ein Spielzeug aussah. Ich hatte keine Ahnung, wo er ihn versteckt hatte. Er hob ihn und richtete ihn ungefähr in Ronnies und meine Richtung.

»Jetzt wird der Spieß umgedreht«, rief Jack Sr.

»Coolie hat auch so einen«, sagte Dudley und zeigte mit dem Revolver auf Coolie, der in seinen Stiefel griff. Chief Dudley schoss ihm in den Kopf. Der Schuss krachte laut wie Donner durch den Raum. Blut spritzte über den Tisch, bildete einen Nebel in dem blauen Licht und rieselte auf den Boden. Coolie fiel mit dem Gesicht voran auf den Tisch. Eine seiner Hände zuckte noch für einen Moment wie ein sterbender Spatz an seiner Seite. Blut und Hirnmasse sickerten aus seinem Kopf über den Tisch zu einer dickflüssigen Lache.

»Was soll der Scheiß, Dudley?«, fragte Jack Sr.

Dudley sah uns an. »Geht. Geht einfach. Und Ronnie, ich wollte nie so werden. Das ist, als ob man Bandwürmer bekommt.«

Ronnie trat hinter den Rollstuhl, auf dem Buck saß, ließ ihre Pistole in seinen Schoß fallen und schob ihn in Richtung Tür.

Dort rüttelte Kate immer noch an dem Türknauf. »Macht diese Scheißtür auf!«

Ich wich hinter Ronnie zurück, wobei ich die Schrotflinte vor mir ausstreckte. Gerade als ich durch die Tür gehen wollte, die Ronnie offen gelassen hatte, sah Chief Dudley mich mit einem kleinen Grinsen an, das an diese gezackten Münder erinnerte, die man an

Halloween in Kürbisse schnitt. Vielleicht glaubte er, alle seine Verfehlungen wiedergutgemacht zu haben.

Ich hatte Jack Sr. für träge und verkrüppelt gehalten, aber da hatte ich mich getäuscht, zumindest in einer Hinsicht. Er zog ein langes, dünnes Schwert aus seinem Gehstock und rammte es Dudley in den Bauch. Es glitt so leicht hinein wie Licht durch eine Fensterscheibe.

Dudley versuchte noch, seine Waffe zu heben und zu schießen, aber die Klinge kostete ihn das Leben. Die Pistole rutschte aus seiner Hand und landete auf dem Boden. Er sackte so schnell zusammen, dass Senior das Schwert aus der Hand gerissen und er ebenfalls wieder zu Boden gezogen wurde.

Dudley saß mit gekreuzten Knöcheln und an die Wand gelehntem Kopf und Nacken da. Ein blau erleuchteter Blutstrom bildete eine Pfütze auf seinem Bauch, die wie ein farbenfrohes Rorschach-Muster wirkte, bevor das Blut auf den Boden rann.

Senior wälzte sich am Boden wie eine auf dem Rücken liegende Schildkröte. Jack Jr. hatte den Blick bereits auf Dudleys Pistole gerichtet. Es war mir zwar zuwider, aber als er danach griff, schoss ich mit der Schrotflinte auf ihn.

Als ich den Abzug druckte, ertönte ein leises Klicken, dann eine Art Zischen und eine Rauchwolke stieg aus dem Lauf auf. Der Rauch wirbelte im blauen Licht herum wie ein befreiter Flaschengeist. Aber er würde mir keine Wünsche erfüllen.

Die Patrone hatte nicht gezündet.

Jack Jr. grinste.

56

Ich hatte Coolies Pistole, dachte aber nicht daran, sie zu benutzen. Ich war zu verängstigt und verwirrt, um überhaupt denken zu können.

Jack Jr. hatte sich bereits Chief Dudleys zu Boden gefallene Pistole geschnappt. In seiner riesigen Hand sah sie wie ein Spielzeug aus.

Ich ließ die Flinte fallen und rannte in den langen Flur. Das blaue Licht folgte mir und ließ die Fotos an den Wänden wirken, als ob sie sich bewegten.

Ronnie hatte bereits die Tür am Ende des Gangs durchquert, die zur Plattform am oberen Ende der Treppe führte. Sie hatte sich hinter ihr geschlossen. Als ich den Griff packte und drehte, schlug eine Kugel kurz über meiner Schulter in die Tür ein und Holzstaub flog umher. Ich stieß sie auf und ein zweiter Schuss streifte die Unterseite meines Ohrs. Es fühlte sich wie ein Insektenstich an.

Ich sprang auf den Treppenabsatz, knallte die Tür hinter mir zu und verriegelte sie. Ronnie war mit Buck und dem Rollstuhl an der Treppe.

Die nächste Salve durchschlug die Tür, zischte an uns vorbei und peitschte in den Keller.

Ich packte den Stuhl, drehte ihn um und begann ihn hinter mir herzuziehen, während wir die Stufen hinabstiegen. Buck hüpfte auf und ab wie ein Kind auf einer Schaukel.

Unten sagte ich zu Ronnie: »Renn in den Tunnel. Schnapp dir die Schubkarre, die dort in der Lücke steht. Die ist voll mit Beweismaterial. Lauf bis ans Ende. Wenn ich in ein paar Minuten noch nicht da bin, nimm die Beweise und fahr damit weg.«

Sie nahm ihre Taschenlampe vom Gürtel, schaltete sie ein und zögerte nicht. Sie rannte los. Ich drehte den Rollstuhl um und wollte ihr folgen. Aber ich drehte ihn zu schnell, sodass er umkippte und Buck auf den Boden rollte.

Nachdem ich den Stuhl wieder aufgerichtet hatte, fasste ich ihn unter den Armen und versuchte ihn hochzuheben. Es kostete mich einige Mühe, aber ich konnte ihn umdrehen und wieder hinsetzen. Sein Kopf sackte von einer Seite zur anderen.

Jack Jr. warf sich mit seinem ganzen Gewicht gegen die Tür. Ich hörte, wie das Schloss nachgab und der Türrahmen splitterte. Er erschien auf dem Treppenabsatz und stand auf der Tür, die er gerade mit der Schulter aufgebrochen hatte. Jetzt sah er in seiner Robe weniger wie ein Kind zu Halloween aus. Eher wie ein Todesengel.

Hastig schob ich Buck auf die Lücke in der Wand zu. Ein Schuss peitschte in die Mauer und ließ Ziegelstaub auf mich herabregnen. Ich sah nach, ob die Schubkarre und die improvisierten Taschen verschwunden waren. Das waren sie. Einen Moment später holperten wir die wenigen Stufen hinunter und drangen in die Dunkelheit vor, wobei die Räder des Rollstuhls

Wasser aufspritzen ließen und den Ratten Angst einjagten.

Ich hörte Jack Jr.'s große Füße hinter uns durch das Wasser platschen. Ein weiterer Schuss krachte und hallte durch den Tunnel. In den Haarspitzen fühlte ich die Kugel vorbeizischen wie eine frische Windböe, aber alles, was zählte, war, dass sie mich verfehlt hatte.

Ich rannte um eine Kurve, gerade als der nächste Schuss irgendeinen Ziegelstein traf. Jack Jr. verfolgte mich lautstark. Im nächsten Augenblick roch ich sein Kölnischwasser, und dann packte er mich.

Er griff meine Schultern, riss mich vom Rollstuhl weg und schleuderte mich an die Tunnelwand. Ratten huschten davon. Ich war benommen. Er packte mich am Hemd. »Du hast alles ruiniert.«

Er hob mich hoch, als wäre ich eine Puppe aus Styropor, und warf mich durch den Gang. Ich traf Bucks Stuhl und kippte ihn um, wodurch Buck in ein Rinnsal fließenden Wassers fiel. Der Stuhl blieb auf der Seite liegen, die Räder drehten sich weiter.

Ich stand auf. Hätte irgendjemand mich dabei beobachtet, hätte er den Eindruck gehabt, der Evolution der Menschheit zuzusehen. Erst auf allen vieren, dann beinahe auf den Beinen, dann weitgehend aufrecht, dann ganz.

Jack Jr. stürmte auf mich zu. Ich griff nach Coolies Pistole, aber sie war nicht mehr da. Sie musste mir irgendwann aus dem Hosenbund gefallen sein. Vielleicht hätte ich sie gefunden, wenn ich eine Lampe, eine Stunde Zeit und die Hilfe eines Ratten-Suchtrupps gehabt hätte.

Jack Jr. packte mich, hob mich hoch und umschlang mich mit seinen bärenstarken Armen.

Er hatte die Hände hinter meinem Rücken verschränkt und quetschte mich zusammen mit einem Griff, der so fest wie ein Schraubstock war. Schweißgeruch mischte sich mit seinem Kölnischwasser. Der Geruch war stärker als der Gestank des Tunnels. Ich spürte, wie meine Organe verschoben wurden. Mir entwich ein Furz. Ich bog mich von ihm weg und zog meinen Kopf zurück. Dabei schlug ich mit einer Faust auf ihn ein. Ich glaubte ihm die Nase gebrochen zu haben, aber vielleicht war das nur Wunschdenken. Ich versuchte ihm die Augen auszukratzen, hatte mich aber zu weit zurückgebogen. Mich überkam das Gefühl, dass ich gleich ohnmächtig würde. Dann hörte ich ein Quietschen und Plätschern, drehte den Kopf und sah ein Licht durch einen der Seitentunnel näher kommen. Es bewegte sich schnell, und hinter dem Licht kam dieser schreckliche Gestank, den ich in der Nacht am Ufer des Sees kennengelernt hatte. Ratten quiekten und im Lichtschein erkannte ich eine mit den Tieren übersäte Silhouette. Der Strahl der Taschenlampe zuckte durch die Schatten und erreichte in einem Bogen Jack Jr.'s Kopf.

Der Aufprall brachte das Glas der Lampe zum Splittern, aber es waren noch winzige Glasfragmente vor der brennenden Glühbirne sichtbar, als die Lampe Flashlight Boy aus der Hand fiel, den Boden traf und herumwirbelte, wobei sich ein dünner Lichtstreifen wieder und wieder im Kreis drehte.

Jack Jr. ließ mich ins kalte Wasser fallen, das durch die Mitte des Tunnels floss, als wäre ihm der Schlag lediglich lästig gewesen. Meine Hand berührte Bucks Hand. Sie fühlte sich nass und kalt an.

Ich hatte Schmerzen, aber meine Angst war stärker als der Schmerz. Ich kam wieder auf die Beine und schnappte mir die Taschenlampe. Es war ein sehr robustes Exemplar, das von einer dicken Gummischicht umhüllt war und aus schwerem Metall bestand. Ich richtete es dorthin, wo die beiden Kolosse miteinander kämpften.

Das Licht huschte über Ratten, die von ihrem menschlichen Taxi sprangen, als Jack Jr. mit den Fäusten auf Flashlight Boy einschlug. Es war wie in einem *Godzilla gegen King Kong*-Film. Etwas Silbernes blitzte auf und schoss herab, hob sich wieder und wurde erneut herabgestoßen. Ich erkannte, dass es sich um die Klinge eines Taschenmessers handelte. Das Messer, das ich Flashlight Boy geschenkt hatte.

Jack fiel schneller als die Unterhose eines Gigolos und Flashlight Boy stürzte sich auf ihn. Sie wälzten sich im Wasser und machten Geräusche wie zwei sich paarende Wale. Ich wandte die Lampe von ihnen ab, um die Pistole zu suchen. Ein Knall ertönte und ein roter Feuerblitz zuckte durch den Tunnel. Jack Jr. hatte die Waffe vor mir gefunden.

Flashlight Boy brüllte einmal vor Schmerz. Er hockte über Jack Jr. und stach immer noch mit dem Taschenmesser auf ihn ein, jetzt jedoch langsamer. Ein weiterer Blitz zuckte, ein weiterer Schuss krachte. Diesmal klang Flashlight Boys Schrei schwächer, aber das Messer hob und senkte sich noch einmal, bevor er über Jack Jr. zusammensackte.

Jack Jr. kämpfte sich unter dem Toten hervor. Es fiel ihm nicht leicht. Flashlight Boy war ein schwerer Mann.

Ich stellte den Rollstuhl auf und hievte Buck wieder hinein. Er war schlaff wie ein Sandsack. Die Anstrengung löste einen brennenden Schmerz in meinem Rücken aus, wo mir Jack Jr. die Wirbelsäule zusammengequetscht hatte. Ich schaltete die Lampe aus, ließ sie in Bucks Schoß fallen und schob den Rollstuhl mit so viel Kraft vorwärts, wie ich aufbringen konnte.

Ratten wuselten um meine nassen Füße und kaltes Wasser schwappte in meine Hosenbeine. Hinter mir hörte ich Jack Jr. platschend durch den Tunnel rennen. Wieder war er hinter mir her.

57

Ich passierte den Bereich, in dem die Lampen von Flashlight Boy von der Decke hingen, stieß mir den Kopf an einer seiner einzigartigen Lichtinstallationen und gelangte zu dem Durchgang, der in den schmaleren Tunnel führte. Ich rannte auf die Stufen zu, hinter denen der Ausgang lag.

Buck setzte sich für einen Moment ganz aufrecht hin und sagte: »Ich glaube, ich brauch einen Kaffee.« Dann war er wieder still.

Als ich mich der Treppe näherte, fiel ein Lichtstrahl in mein Gesicht, was mich dazu veranlasste, schlagartig stehen zu bleiben.

»Ich bin's«, rief Ronnie. »Ich musste warten, Danny. Ich konnte dich nicht einfach zurücklassen.«

»Jack ist hinter mir.«

»Schaff Buck die Treppe rauf.«

Ich fühlte mich wie Sisyphos, der seinen Stein den Berg hinaufwälzte. Immer wenn ich Buck beinahe oben hatte, entglitt er mir und rollte wieder zurück. Ich musste schnell rückwärtslaufen, damit ich von dem Rollstuhl nicht überfahren wurde.

Beim dritten Versuch war der Bann gebrochen und ich schob ihn dorthin, wo ich im Licht eines Blitzes durch den offenen Türspalt bis zu dem Pfad blicken konnte, der zum See führte. Kurz waren die blauen Nadeln des Regens zu erkennen, dann war der Blitz vorüber und ich musste mich wieder auf meinen Instinkt verlassen.

Als ich mit Buck die Tür erreichte, blieb ich stehen, blockierte die Räder und lief wieder die Stufen hinab. Ich sah das Licht von Ronnies Lampe, dann hörte ich Jack Jr. durch das Wasser platschen. Ein Schuss knallte aus seiner Richtung, dann noch einer, und Ronnies Licht ging aus.

Ein weiterer Schuss kam aus meiner Nähe. Der nur schemenhaft erkennbare Jack Jr. wankte ein paar Schritte nach links und prallte gegen die Mauer. Dann sank er ins Wasser.

»Ronnie«, rief ich und sah dorthin, wo ihr Licht gewesen war.

Ihre Stimme ertönte hinter mir: »Ich bin hier.«

Ich drehte mich um und wir umarmten uns.

»Ich hab die Lampe in einen Mauerspalt gesteckt«, sagte sie. »Hab den Dreckskerl ausgetrickst.«

»Und wie.«

»Ich hab noch eine Stiftlampe.« Sie holte sie aus ihrem Utensiliengurt hervor, der Batman alle Ehre gemacht hätte.

Sie richtete das Licht auf Jack Jr. Sein Mund und seine Augen waren offen, aber sein Geist hatte ihn verlassen. Er hatte ein Loch mitten in der Stirn, aus dem Blut über sein Gesicht rann. Seine Robe war mit nassen Flecken übersät, wo ihn das Messer von Flashlight Boy getroffen hatte. Die Hand, die noch immer die Pistole hielt, hing an seiner Hüfte ins Wasser.

»Ich habe eigentlich auf seine Brust gezielt«, sagte Ronnie.

»Das Resultat ist dasselbe. Ich glaube, er war voll mit Adrenalin. Flashlight Boy hat ein paar ganz schöne Löcher in ihn reingestochen.«

»Wo ist er?«

»Hat's nicht überstanden. Er hat mir das Leben gerettet. Und dann hast du mir das Leben gerettet. Zum zweiten Mal.«

»Du warst einfach zur richtigen Zeit am richtigen Ort.«

»Schon klar. Was ist mit dem Beweismaterial?«

»Habe ich schon in den Streifenwagen gebracht. Dann bin ich zurückgekommen, um zu helfen.«

»Gott sei Dank.«

Ich schob den Rollstuhl durch den Türspalt in die Nacht hinaus. Der Regen, der Bucks Gesicht traf, ließ ihn munter werden. Er sah sich um, während das Wasser an seinem Kopf herunterlief und über seine Wangen rann.

»Ich hab was echt Seltsames geträumt.«

Ich schob Buck durch wegloses Gelände und versuchte mir einen Weg zu Ronnies Streifenwagen zu bahnen. Der alte Pfad war überschwemmt und das Wasser stieg. Überall waren verworrenes, nasses Gras, Wasser und eine Menge Schlamm. Es machte den Eindruck, als versuchte man, auf dem Meeresgrund mit einer billigen Bodenfräse den Boden zu pflügen.

Ronnie half mir beim Schieben. Wir mühten uns ab, das verdammte Ding mit Bucks Arsch darin bis zu ihrem Auto zu schaffen. Ich wette, dass es uns mindestens eine halbe Stunde gekostet hat. Als wir dort ankamen, war das Wasser schon beinahe bis zur Hügelkuppe gestiegen. Es war bestimmt nicht mehr als 1,20 Meter von den Vorderreifen entfernt. Die Schubkarre, die neben dem Auto stand, war voller Wasser.

Es gelang mir, Buck aus dem Stuhl zu zerren und ihn auf den Rücksitz zu verfrachten. Den Rollstuhl ließ ich draußen. Ich sah in die Nacht hinaus. Die Dächer der Gebäude waren nicht mehr zu erkennen. Die Brücke, von der mein Vater gefahren war, ebenso wenig. Nur das dunkle Wasser. Ich erinnerte mich an das, was mein Vater über dunkle Seelen gesagt hatte, die über die Erde zogen und weinten.

Der Regen machte die Windschutzscheibe undurchsichtig. Buck hatte angefangen zu schnarchen. Ronnie ließ den Motor an, und sobald sich unser Wagen in Bewegung setzte, ertönte ein Knall wie ein Pistolenschuss, und die Welt wurde in strahlendes Licht getaucht, hell wie ein Bühnenscheinwerfer, der für einen langen, spannenden Moment einer Zirkusnummer folgte.

Ich wandte mich um, blickte zurück und sah, dass die Bäume auf der höher gelegenen Hügelkuppe über dem See von diesem Blitz getroffen worden waren. Ein kleines Feuer entstand in den Baumkronen. Der heftige Regen löschte es fast augenblicklich, und eine Wolke stieg aus dem Wald auf wie ein winziger Atompilz.

Wir fuhren mit eingeschalteten Scheibenwischern davon, wobei wir trotz der Scheinwerfer kaum mehr als einen Meter weit sehen konnten. Die Hecklichter erzeugten nicht mehr als roten Nebel. Dennoch fuhren wir weiter, wobei Ronnie sich mehr auf ihren Instinkt verließ als auf das, was sie sehen konnte.

Ein paarmal gerieten wir fast in überschwemmte Gräben. Dann ließen wir den Moon Lake und das große Waldgebiet, das ihn umgab, endlich hinter uns. Auf der freien Fläche war es ein wenig heller, aber in den Häusern entlang der Straße schien kein Licht; nicht einmal die Umrisse der Gebäude waren erkennbar.

Dann hörte der Regen plötzlich auf, als hätte jemand den Wasserhahn zugedreht. Die Wolken wichen langsam zurück wie ein Terrier, der gerade die Füllung aus einem Teddybären gerissen hat. Ein Teil des Mondes wurde sichtbar sowie ein paar verstreute Sterne, wie feuchter Glitzer. Jetzt wurden die Umrisse der Häuser sichtbar, aber sie waren immer noch unbeleuchtet. Die Straße schimmerte wie eine silberne Schlange.

FÜNFTER TEIL

Das nüchterne Tageslicht

58

Nachdem etwas Zeit vergangen war, kam mir die ganze Angelegenheit wie ein Traum vor. Aber Träume haben Risse, und hin und wieder falle ich durch einen hindurch.

In diesen Träumen erinnere ich mich an alles, was geschehen ist, manchmal sehr realistisch, oft weniger. Manchmal hatte Creosote Johnny Beine, Kate Conroy zog immer noch am Türgriff und Jack Sr. saß stumm da, während das Wasser des Sees bis über die Bäume stieg und auf die Ebene hinüberschwappte, auf der der Golfplatz und der große Country Club mit seinen vielen Zimmern lagen.

Das Wasser riss die Wände ein, brach durch die Fenster und öffnete schließlich mit Leichtigkeit die Tür, wie eine Antwort auf Kate Conroys klägliche Rufe. Dickflüssig wie Quecksilber strömte es herein, überflutete sie und alles andere, versiegelte die Lebenden, die Toten, alles innerhalb des Country Clubs in einem pulsierenden Klumpen fleckigen Silbers, der in den Nachthimmel hinaufschwebte.

Zwischen dem nassen Mond und den nassen Sternen tat sich im weiten Himmel eine Lücke auf, die so gewaltig wie das ganze Sonnensystem war. Diese Lücke hatte scharfe schwarze Zähne. Es war der offene

Mund von Creosote Johnny. Große Augen glühten wie kosmische Feuerkugeln über dem Mund, und der gesamte Inhalt des silbernen Klumpens wurde in ihn hineingesaugt wie inhalierter Schleim. Dann zuckten Blitze in diesem Maul, Donnerschläge grollten wie japanische Trommeln, gefolgt von den wilden, ohrenbetäubenden Schreien der Seelen. Der Mund schloss sich wieder und nicht einmal ein Murmeln blieb. Die roten Augen verblassten, der Himmel wurde wieder schwarz, glatt und klar, ohne Mond oder Sterne.

Die Realität entsprach dem weitgehend, wenn auch alles etwas einfacher war. Die Ebene, auf der der Country Club lag, füllte sich mit Wasser und Schlamm, dort überlebte nichts. Das Pseudoschloss stellte sich als weniger stabil heraus als die Gebäude im ursprünglichen Long Lincoln. Die gewaltigen Massen des heranflutenden Wassers ließen es zusammenbrechen, als wäre es aus Sperrholz und Pappe. Es zerfiel in seine Einzelteile. Stücke des Dachs wurden Kilometer entfernt gefunden, wo der See sich verteilte, Bäche füllte, Weiden überflutete, Kühe und auch ein paar Menschen ertränkte. Weit verstreut fand man feuchte Fotos und durchnässte Videos. Sie kamen zu den besseren Beweisstücken hinzu, die Ronnie in Sicherheit gebracht hatte. Es war das Zeug, das ich in dem Haus neben dem von Mrs. Chandler versteckt hatte, außerdem das Material aus dem Moonshine Castle. Das FBI begann, sich des Falls anzunehmen.

Die Leichen der Mitglieder des Stadtrats wurden nie gefunden. Man entdeckte Kate Conroys Rollstuhl in einem Baum, aber nicht sie. Auch nicht Jack Sr.

oder Estelle Parker. Vielleicht war ihr sogar die Flucht geglückt, bevor der Country Club unter Wasser geraten war, aber das blieb zweifelhaft.

Der offene Tunneleingang auf dem Hügel und die offene Tür im Keller des Country Clubs hielten die Fluten nicht mehr ab. Aufgewühltes Wasser staute sich in den Tunneln. Merkwürdigerweise wurden dennoch die Leichen von Jack Jr. und Flashlight Boy gefunden. Sie lagen ineinander verkeilt in einer Schlammkugel am Fuß der Treppe, die nach draußen führte.

Chief Dudleys langjähriger Liebhaber Duncan packte mitten in der Nacht seine Sachen und verließ die Stadt mit unbekanntem Ziel.

Ich konnte Christine dazu bewegen zurückzukommen. Der Verkauf der Zeitung war noch nicht ganz in trockenen Tüchern gewesen. Sie wurde wieder Herausgeberin und Redakteurin.

Ich schrieb die restlichen Artikel und konnte damit einen hübschen Vorschuss für ein Buch an Land ziehen. Die ganze Sache ist so seltsam und gleichzeitig so wahr, dass alle sich sicher sind, dass es ein Bestseller wird. Ich habe bereits mithilfe der Bank ein Haus gekauft, von dem ich hoffe, dass ich es mit den kommenden Einnahmen abbezahlen kann. Es ist das neben dem Chandler-Haus. Bis jetzt ist noch kein Geist mit zerschossenem Kopf aus irgendeinem Wandschrank hervorgekommen.

Nach dem Tod der Mitglieder des Stadtrats kamen noch alle möglichen Dinge ans Tageslicht. Leute, die etwas wussten und zuvor nie ein Wort gesagt hatten, begannen plötzlich zu reden.

Wir fanden weder Mrs. Chandlers Leiche noch mein Auto, in dem sie sich befunden hatte. Meine Vermutung ist, dass beide sich jetzt am Grund des Sees befinden, wie die anderen Autos, die wir gefunden hatten.

Ronnie und ich versuchten ein paar Monate lang eine Beziehung zu führen. Erst war es schön, dann plötzlich nicht mehr. Jim Crow ist in Osttexas immer noch präsent wie ein böser Geist, vor allem in Städten wie New Long Lincoln. Obwohl die großen, bösen, alten Seelen dieser Stadt nun verschwunden sind, gibt es noch Reste. Ich kam damit zurecht, aber für sie war es zu viel. Zu viel Geflüster, zu viel Veränderung selbst für sie, die für Neues offen war.

Ich fahre von Zeit zu Zeit zu den Candles, und manchmal esse ich mit ihnen, Ronnie und ihrem Verlobten Buck Rogers zu Abend.

Wir lachen, reden und verstehen uns gut. Und ich sterbe innerlich jedes Mal, wenn seine Hand ihre berührt, erinnere mich an die Lust, die sie mir bereitet hatte, an den Nervenkitzel, sie zu berühren.

Aber die Dinge sind, wie sie sind. Auf Sonne folgt Regen. Nicht jede Hoffnung wird erfüllt.

Mr. Candles gibt mir immer noch Boxunterricht. Ich nutze manchmal seinen Trainingsraum in der Garage, wenn er mit anderen Dingen beschäftigt ist. Die beiden sind für mich nach wie vor die Eltern, die ich mir gewünscht hätte.

Shirley hat mir von einer interessanten Entdeckung berichtet. Sie kam zu dem Haus am Rand der Stadt, das ich erworben hatte, und war so schön, klug und förmlich wie immer. Mit ihrer süßen kleinen Stimme teilte sie mir mit, dass man die DNA-Probe, die ich schließlich abgegeben hatte, mit der DNA der Knochen und der Haut verglichen hatte, die hinten im Wagen meines Vaters gefunden worden waren. Das Ergebnis war nicht das, womit ich gerechnet hatte.

Die Tote war tatsächlich meine Mutter.

Der Zahn mit dem Stern war eine Lüge. Man hatte endlich ihren Zahnarzt aufgespürt, der bestätigte, dass sie den Zahn tatsächlich in den Monaten, in denen sie verschwunden war, ersetzt hatte. Er erkannte den Zahn wieder. Er war komplett neu. Darauf wäre ich nie gekommen. Auch hätte ich nie geglaubt, dass der Schmuck ihr gehört hatte. Offenbar hatte sie alles an sich verändert, hatte ihr altes Erscheinungsbild abgestreift wie eine Schlange ihre Haut.

Diese Erkenntnis sowie die DNA versetzten meiner Vorstellung, dass sie noch irgendwo da draußen lebendig sein könnte, den Todesstoß. Sie war nicht mehr da.

Ich ließ meine Eltern einäschern. Die Asche meiner Mutter steht nun auf einem Regal in dem Schlafzimmer, das ich in ein Arbeitszimmer verwandelt habe. Sie befindet sich in einer hellblauen Urne. Ich denke noch darüber nach, was ich damit tun werde. Bis jetzt habe ich auf diese Frage keine Antwort.

Ich nehme an, dass sie ihrem alten Leben komplett entfliehen wollte. Aber es hatte noch eine letzte Verbindung zwischen ihr und meinem Dad gegeben, Scheidungspapiere, letzte Worte, die gesprochen werden mussten – ich weiß es nicht. Es hatte mit ihrem

Tod geendet. Ich bin mir jetzt sicher, dass mein Vater sie getötet hat. So, wie man es mir gegenüber zuvor angedeutet hatte. Es hatte einen Moment des Zorns gegeben, einen schnellen Wutausbruch, und das, was einmal schön und verlockend gewesen war, wurde plötzlich still und starr. Vielleicht war es bei einem seiner Ausflüge passiert, als er aufgebrochen war, um von unserem letzten Geld Benzin oder Lebensmittel zu kaufen. Höchstwahrscheinlich hatte sie an dem Abend, als wir zum See aufgebrochen waren, zunächst hinter der Weihnachtsdekoration in der Garage gelegen.

Bevor wir gingen, muss ich ins Haus gegangen sein, um noch mal das Badezimmer aufzusuchen oder eine letzte Tasche oder etwas zu holen, das ich besonders liebte, und danach hatte ich es vergessen. Es gibt keine andere Erklärung. Dad hatte sie in eine Decke gewickelt, die ich nicht erkannt hatte, sie in eine Embryonalhaltung gekrümmt, in einen Koffer gesteckt und sie dann neben den Ersatzreifen in den Kofferraum des großen Buick geladen.

Nun wusste ich endlich, wer er wirklich gewesen war, und obwohl diese Erkenntnis nicht angenehm war, lagen die Fakten auf dem Tisch. Meine Mutter würde mir weiterhin ein Rätsel bleiben.

Sobald sie im Wagen lag, hatte mein Dad vorgehabt, uns alle zum Moon Lake zu bringen. Dort wären wir in seine alte Welt hinabgetaucht, in der er glücklichere Zeiten erlebt hatte. Hinab zu dem Ort, wo er meiner schönen Mutter zum ersten Mal begegnet war und wo ihre Herzen füreinander entflammt waren.

Mein Vater besucht mich nicht mehr in meinen Träumen.

Mein Name ist Daniel Russell. Ich träume von dunklen Wassern.

www.joerlansdale.com

Joe R. Lansdale, geboren 1951, zählt zu den großen US-amerikanischen Erzählern. Er hat etwa 50 Romane in diversen Genres geschrieben, die zahlreiche Auszeichnungen erhielten, u. a. den American Mystery Award, den Preis der Horror Writers of America und den Edgar Award.
Berühmt geworden ist er mit den *Hap & Leonard*-Krimis, die auch als TV-Serie verfilmt wurden.
Joe R. Lansdale lebt mit seiner Familie in Nacogdoches, Texas.

Infos, Leseprobe & eBook:
www.Festa-Verlag.de

Zuletzt erschienen in der Reihe MUST READ: